妖刀與天劍

上官鼎 著

妖刀與天劍

目次

楔子……005
第一章　妖刀……007
第二章　決鬥……050
第三章　隕石……073
第四章　鐵匠……097
第五章　盜商……120
第六章　忍者……142
第七章　國姓……169
第八章　天劍……214
第九章　叛國……234
第十章　孤臣……268
第十一章　毒術……297

第十二章　叛逃……312
第十三章　垂成……331
第十四章　追殺……344
第十五章　怨懟……363
第十六章　扣押……401
第十七章　告密……423
第十八章　反撲……446
尾聲……467
後記……470
推薦文　好看的小說，我們都期待／王榮文　472
推薦文　湖南變閩南——歷史之正反／陳耀昌　474
推薦文　古今三地間的傳襲與千絲萬縷／胡川安　478

楔子

日本古代鍛冶製刀的技術極爲高明，冶鍊技法傳自中國漢唐。到了日本，製刀技術精益求精，製刀工匠改良訣竅代代相傳，特定家族打造的寶刀價値連城，其品質已遠超過中土刀劍。明代「倭寇」侵擾中國沿海諸省時，明軍所使之兵器已不敵「倭刀」，抗倭名將戚繼光便曾用極大努力改良兵器，佐以厲害陣法，才能打敗「倭寇」手上堅硬鋒利的倭刀。

其實東瀛日本不產優質的鐵及煤，只能用雜質多的砂鐵爲原料，燃燒溫度較低的木炭加熱。原本是極不利的先天條件，卻被日本工匠努力走出一條獨到的低溫鍊鋼法，用慢工出細活的方式鍛造出精良的日本鋼刀，獨步天下。

由於武士刀在日本人的眼中是技術、工藝、美學，甚至是從貧瘠逆境中勇於突破的民族精神所揉合而成的結晶，歷史上因它而起的神祕傳說就不絕如縷。

話說德川家康是日本江戸幕府的第一代征夷大將軍，他開創的江戸時代統治日本兩百六十四年。

當他的家族還在三河地區用「松平」的姓氏時，他的祖父松平清康在與織田家作戰中，被自己的部屬用一把武士刀從右肩斬至左腹而亡。

十年後，家康的父親松平廣忠被他最親信的近臣岩松八彌背叛，刺殺而亡。

三十年後，家康的兒子松平信康為其妻子所背叛。信康的岳父乃是權傾天下的織田信長，織田聽了女兒密告，懷疑女婿信康和其母與敵人武田家勾結，松平信康遂被逼切腹自殺。

這幾件德川家的不幸事件中，有一共同的物件：他們都死於同一個人所造的刀下。無論是死於作戰、死於暗殺或切腹自裁，致死的刀都是出自一個名為「藤原村正」的刀匠之手。

從此之後，詛咒德川的「妖刀」之名不脛而走。德川家的仇敵紛紛在自己的配刀刻上「村正」之銘文，於是「妖刀村正」之名流傳一時，德川家康得天下後曾經下令嚴禁村正刀。

由於家康之祖、父死於心腹近臣之背叛刺殺，而其嫡子死於妻子之背叛而被逼切腹，漸漸地，愈來愈多的人相信一個傳聞：「妖刀村正」乃是「背叛者之刀」。

然而在藤原村正的後人心中，真正的「妖刀」是先祖在明應八年（公元一四九九年）製成的一柄太刀，那把太刀刃長八十九公分，柄長二十公分，刀銘只四個字，「村正祖刀」。

那柄刀和德川詛咒的傳說沒有關係，而是因它百年之間前後的刀主人與敵手對戰七十八次，一共砍斷了七十七柄敵人之刀劍，斬殺了六十九個武士，另外八人斷肢存命；其中只有一次勝負不明。

傳說中，那唯一勝負不明的一次決鬥，對手使用的是一把中國劍。

第一章　妖刀

鍾正華站在他的辦公室落地窗前向下眺望，中環灣仔繞道右前方的渡輪碼頭人頭熙攘，從八十層樓的高度看下去，那些紅男綠女就像各色各樣的小蟲在大地上緩緩蠕動，加以整棟大樓包在隔音良好的氣密窗內，外界成了無聲的另一個世界。

在寸土寸金的香港精華地段，這樣豪華的辦公室確實昂貴無比，但對鍾正華和他的「東西文華貿易公司」來說卻不當一回事。「東西文華」在紐約、巴黎、北京和東京都有辦公室，而且都是在價值連城的市中心。

「東西文華」這個名氣不大的公司到底做什麼生意能有如此大的財力？在一般商圈裡很少人知道，所以鍾正華和這個公司的名字雖然經常出現在公益慈善活動的場合，大家總覺得他和他的公司帶著一些神祕的色彩。

說「神祕」其實不為過。這家公司主要的生意是從事東西方古文物買賣，鍾正華和公司的外務關係極為多元而複雜，全球有頭有臉的古物收藏家、各國大小古文明博物館、擁有家傳珍藏的富豪、古物鑑定專家、文物走私集團、盜墓集團和國際洗錢集團……這些都和鍾正華的東西文華貿易公司有生意上的來往。由於經常牽涉到無從估價的古文物和來歷不明的現款，這些交易者大多保持絕對的低調，這一切自然而然增加了他和公司的神祕度。

鍾正華本人年約四十出頭，身高一米八十，五官輪廓深刻，有一副成熟帥哥的架勢，加以皮膚白皙，言行舉止斯文，是個很受仕女們喜歡的高富帥。

上週末剛完成了一筆生意，傳說交易額可能上看一億美金，而他公司抽得的佣金竟然破了百分之十五，只不過交易的是什麼，沒有人確知。

鍾正華踱回辦公桌前坐下，面帶微笑地忖道：「等那個猶太人買主回到紐約，宣布公開展出西元前八百一十年亞述女王塞彌拉彌斯的黃金佩劍及珠寶珍藏，這件考古史上的奇蹟將立時震撼全球……」

這時有人輕敲辦公室的門，門其實是開著的。

進來的是他的祕書兼貼身「法律顧問」施玉，一個漂亮成熟的女子，年約三十四、五，由於面容姣好不需濃妝，一襲高腰洋紅色套裝、白色鈕子及假腰帶，素淨地襯出性感的身材和穿著的氣質。

施玉雖讀法律出身，但個性使然，她不喜歡做執業律師，反而樂於待在這家貿易公司做大老闆的祕書，除了工作性質較合她意，老闆對她好、薪水及年終獎金高都是原因。祕書工作之外，她的法律知識也使她成爲老闆貼身法律顧問，及時提供老闆最起碼的法律諮詢。

「老闆，還沉醉在塞彌拉彌斯女王美麗浪漫的傳說中？」

鍾正華微笑道：「妳猜對了！不可思議的故事，不可思議的合同！」

施玉走到辦公桌旁，淡淡的茉莉花和玫瑰花香隨著她的動作飄在空氣中，蒂芬妮是施玉最喜歡的品牌，而且她知道老闆也喜歡這款芬芳。

「老闆，爲了證實這個美麗的故事，公司的花費恐怕接近百萬美元呢，天下沒有白吃的午餐，這合同得來不易呵。」

「嗯，恐怕不只一百萬元，光是花在兩位亞述古史和兩位巴比倫古史專家的研究經費及評鑑認定就花了將近五十萬，加上兩位國際公認的古兵器鑑定家、三家世界級碳十四實驗室，尤其是伊拉克政府的各種文件，每個字都是花錢買來的，咱們也是下足了老本。」

施玉點頭道：「是啊，但主要是老闆的眼光厲害，出手又快又準又大器，我們公司這幾筆生意才能無往不利。您這本事是怎麼練成的？」

鍾正華哈哈一笑。以他的個性，通常聽到奉承話就一笑揭過，但今日心情特別愉快，忍不住多說了一句：「施玉，妳以爲我天生就這麼厲害？要不要聽聽我怎麼賺第一桶金的故事？」

施玉樂開了，連聲道：「要聽，要聽！老闆快講。」

鍾正華娓娓道來：「十幾年前，我在美國伊利諾大學攻讀博士學位，讀的是國際關係。不瞞妳說，在美國那幾年，我在經濟上其實相當拮据，出國不到一年，家中的生意垮了，父親去世，帶出來的美金都匯回家還債，自己一個人在美國靠打工賺取學費及生活費。這樣辛苦地打拚，總算學業一一過關，只剩最後一場口試，就能結束從小到大二十多年的學生生涯。唉，是四分之一的人生啊。」

正華停了一下繼續說：「前景都在朝好的方向發展。我開始規劃和于菱的婚事。我們相識於打工的場合，愛情長跑了五年，彼此都有定下來的想法，但是兩人一直在學業和打工之間浮沉掙扎，成家的事實在心有餘而力不足，就一直拖著。所幸兩人的愛情在現實壓力下，居然發展得更加甜蜜堅定。」

施玉爲他感到高興，道：「你們有革命感情嘛！」

「有一天晚飯後，我們算了算兩人的財產，驚喜地發現居然存下九千多元，足夠支付婚禮的花費。正當一切都按照規劃進行時，發生了一個意外事件……」

「什麼？意外事件？」

「對，香檳城秋季不時會有小小的拍賣會，我們偶而會去湊熱鬧，也曾以很好的價錢買到一些特有興趣的書信和文件。這一次，有人拿了一個銅鼎來拍賣，號稱是秦代的古青銅器。那鼎造型古樸大方，但是由於鼎身略有瑕疵，拍賣時叫不高價，到了七千元便停下了，主持人三問無人加碼，即將敲下定槌，這時窮學生的我忽然殺出，以七千三百元買下了。」

「七千三百美金？」

「對，于菱聽到我跟她講拍賣的經過，差點氣得昏倒，還對我大叫說：『爲了一個破鼎，你把我們的積蓄幾乎用光，你有沒有問過我？我們還要不要結婚？』

「我平時一本正經，但是對于菱的本事就是逗她笑，她也愛笑，天大的事逗笑了便沒事。我聽于菱大發雷霆，就說：『我問過妳呀，妳說I do啊……』她說：『I do你個頭啊，我不跟你講話了，你走。』

「我知道這次打渾耍寶逗笑都無法過關，就正經嚴肅地說：『于菱，這個戰國古鼎三個月後就能賣到五萬元，正好爲我們辦一場風光的婚禮，妳信不信？』」

施玉忍不住插口問：「她信了？」

「她當然不信，我就說：『于菱，妳以爲我吹牛？我買下這個「破鼎」只因爲鼎上有三個字，「洞庭郡」。照太史公《史記》的說法，秦始皇統一天下，將天下分爲三十六郡，其中並沒有洞庭郡，但是後世不少文獻表示應有洞庭一郡，這點在歷史及考古上皆有爭議。假如這個鼎確是秦代青銅，那三個字就要重寫歷史了，妳說七千三百元買下便宜不便宜？

「她回說：『可是我們辛辛苦苦也只存了九千元！你……』我跟她說，三個月後就有五萬元了，而且我會去地質系『柯曼／劉同位素實驗室』找傑克劉，請他用銅鏽的雜質試，做碳十四同位素鑑定。雖然這樣做鑑定比較貴，但傑克劉很夠意思，請他幫忙搞不好可以免費。傑克劉來伊大較早，個性豪邁慷慨，有古信陵君之風。幾十年來香檳城留學的學生，無論來自台灣或大陸，受過他照顧或幫助的沒有五百也有三百。我說到這份上，于菱也就將信將疑，不再鬧脾氣了。」

「結果呢？」

「結果，傑克劉果真免費爲我們做了鑑定，確定這個『破鼎』鑄成於西元前兩百三十九年左右，這正是秦始皇初年。我興奮地告訴于菱，秦始皇初年鑄的鼎上就刻有洞庭郡三字，這表示秦統一天下立三十六郡的說法要重新斟酌了。咱們這個破鼎以古董來說，雖因有瑕疵在商業市場裡拉不高價碼，但它的文化價值就厲害了。

「三個月後，南伊利諾大學在卡本德爾拍賣會中，以十萬零七千元的喊價標得我鍾正華的『破鼎』。這是我賺第一桶金的故事，除了少數伊大的老同學，很少人知道。」

鍾正華講完他的故事，施玉聽得心蕩神馳，久久才嘆一口氣道：「老闆，您很神奇欸……對了，你們的婚禮如期舉行了嗎？」

「哈哈，我們不但如期辦了婚禮，那婚禮以留學生的水準來看，算得上豪華了，另外，于菱的破車也換了……」

施玉見老闆心情愉快，把握機會對著他露出一個可愛的表情，略帶嗲氣地說：「前幾個月我們才策劃了空前成功的紐約宋朝文物拍賣會，這個月又完成了這份合同，老闆您該讓自己休息幾天了吧？我也想趁這段空檔休個……」她放柔了聲音：「……帶薪假。」

她這一招不是頭一回施展，不過每次都有效。果然鍾正華點頭道：「我不需要休息。妳去休假吧，休幾天？」

休帶薪假還讓自己決定時間，這種老闆哪裡找？其實鍾正華對公司大事要求蠻嚴格的，無論是時效、進度都盯很緊，不過對身邊親信倒是十分體貼，尤其對施玉，不只是欣賞和信任，一些牽涉到法律層面的問題，在正式送法律事務所前都會先和她談，最重要的文件檔案也都交給她管理，因此他對施玉提出的要求，照單全收的機會蠻大的。

施玉打鐵趁熱，滿懷期待地道：「三個禮拜好不好？老闆！」

三個禮拜有點長，原以爲老闆可能會打個折扣，哪知鍾正華一本正經地道：「好，就三個禮拜，妳找樓下的吳小珊上來代一下。」

然後又補了一句：「三個禮拜後希望有好消息，老大不小了。」

施玉望了老闆一眼，臉上流露出一種似笑非笑、似怨非怨的曖昧表情，然後低聲道：「謝謝老闆，我會去找小珊來交代工作。」

正準備轉身離開，忽聞敲門聲，一個穿著筆挺西裝的男人站在門口。

鍾正華抬頭道：「學賢，什麼事？請進。」

胡學賢是鍾正華的特別助理。若問鍾老闆在全球布局的幾十個幹部中最親信的手下是誰，大概多數人的答案便是胡學賢和施玉了。胡學賢除了擔任董事長特助，更難得的是還身兼董事長特派在董事會的董事一職。

胡學賢進來望了施玉一眼，施玉忙道：「我是來請休假的，已經報告完了，胡特助你跟董事長報告，我去煮兩杯咖啡。」

他見施玉說完便往外走，就笑著說：「恐怕休不成假了。」

他年齡不滿四十，身材不算高大，但四肢修長，上下身比例勻稱好看。他天生有一張討喜的臉孔，嘴型生得好，看上去總像是帶著些溫暖的笑意，開口說話常讓人有如沐春風的感覺。

施玉不解，問道：「什麼？」

「報告董事長，咱們派在長沙的駐地研究員剛才緊急報告，有人在衡山深谷中發現了一個古代的決鬥現場，除了決鬥人的骨骸，還有兩柄古兵器……」

鍾正華皺了皺眉，心想：「這種事值得大驚小怪嗎？怎麼知道是古代決鬥場？」不過他沒開口質疑。

胡學賢繼續說：「咱們駐長沙的研究員是羅邁斗老師，他是湖南大學中文系的副教授。董事長記不記得，那次鑑定西夏國王的金印時，提供西夏文字協助的就是他……」

鍾正華哦了一聲，點頭道：「當然記得，羅老師年紀不大，卻對少數民族的文字有深厚的研究，十分難得。他怎麼說？」

胡學賢知道老闆的公司雖然做的是全球古文物的買賣，但老闆本人卻對東方古兵器特別感興趣，他正色道：「羅老師雖在長沙湖大任教，實則和董事長祖籍一樣，是衡陽人。他對南嶽衡山的風景和文化遺產情有獨鍾。他曾告訴我衡山七十二峰，數不清的清流深谷大都有他的足跡，要說對衡嶽的熟悉，很難找到勝過他的人……」

鍾正華顯然聽出了一點興趣，他耐心地等候胡學賢進入正題。在一旁的施玉心中還在琢磨剛才胡學賢那句「恐怕休不成假了」，聽到這裡忍不住插口道：「唉呀，對不起，胡特助您就快說正題吧！」

胡學賢眼角瞟了施玉一眼，續道：「羅老師有一回在衡山深谷中尋到一個以前不知的斷岩，斷岩下終日雲霧飛騰，也不知有多深，他花了大半天在四周探索，希望找到一條能下去的路，費了九牛二虎之力，不但沒有找到反而迷路了。當時天色漸晚，山谷裡很快就暗得看不見路，還好他碰上一個住山裡採野菇的劉姓老漢，領著他走回原來的小路，且聊了起來。劉老漢見羅老師一個大學教授卻熟知衡山的一峰一谷，感到甚為欽佩，愈談愈投契，老漢便告訴他那岩石下面一百好幾十米處是個深潭，無路可以下去，只他兒子有一次用攀岩的索具和鋼爪下去一回。據他兒子劉兵說，底下潭邊有一具骸骨，另有兩件兵器，深潭四周不見日光，終年陰黯，那兩件兵器和那副骨骸都發出鬼光，十分恐怖。當時劉兵跪下拜了三拜，不敢驚動鬼魂，匆匆攀上斷崖，再也不敢下去了……」

鍾正華愈聽愈入神，但仍不得要領，便打斷道：「這故事雖有趣，但也就是兩件兵器的事，更不知有多久的歷史？」他心中嘀咕，幽谷潭邊濕氣重，刀劍最易鏽腐，如果仍然完好，反而說明歷時有限，不會是什麼歷史悠久的古物。

到這時胡學賢才說出關鍵的一句話：「老闆，您記不記得日本古代有一柄『妖刀』？」

鍾正華眼睛一亮，啊了一聲道：「你是說日本戰國時期的『村正妖刀』？」

「村正刀存世的還有那麼幾柄，民間傳說都號稱是妖刀，但是據專家了解，眞正的妖刀只有一柄，已失蹤多年……」

「你是說，衡山谷底的兩件兵器裡有眞正的妖刀？」

「羅老師十分懷疑其中那把武士刀可能是，當然還不敢確定。我先請教了專家，據伊賀忍者的傳說，妖刀刀身自冒幽光，而且永不生鏽，羅老師本人也是業餘的古兵器專家，他極力建議我們去鑑定一下，如果確是妖刀，那可是稀世之寶，要趕快出手買下來。」

鍾正華雙目發亮，想了一會，修正胡學賢的說法，道：「不管是不是，先買下再仔細鑑定！問題是向誰買？」

胡學賢道：「向羅老師碰到的那姓劉的老漢父子買呀！」

施玉道：「其實那刀劍也不屬於老漢父子，咱們等於付一筆封口費，教他們從此守口如瓶，不得向任何人洩漏此事。對吧，胡特助？」

胡學賢點頭，鍾正華也點點頭，他知道這事只要張揚開了，刀和劍可能會被收爲國有。想到這裡他沉吟了起來。

施玉問道：「老闆，我們派誰去辦這件事？」

胡學賢道：「就派羅老師去辦好不好？」

鍾正華點了點頭，但隨即搖頭說：「這事要有一個團隊去才辦得了。學賢得去，羅老師凡事都向你報告，和你最熟；另外，台灣成功大學的薛博士要去，他是合金材料的頂尖專家。還有，我也去……萬一眞的撿到寶了，要帶出境可能不會那麼順利，必要時我得出面打點方方面面。那……施玉也去吧。」胡學賢心中暗笑，老闆想親自出馬的原因其實是基於他本人對東方古兵器的熱愛，聽到「村正妖刀」便忍不住了。

說到最後一句，鍾正華有些抱歉地看了施玉一眼，卻看到施玉婉約諒解的微笑，絲毫沒有顯出失望之情。他覺得自己這個忠心耿耿的祕書笑容眞甜美。

胡學賢立刻回道：「是，立刻去辦。成功大學薛博士是美國ＭＩＴ的材料科學博士，曾在美國太空總署工作過十年，他的學識經歷自不用說，最厲害的是，他發明了手提式的多功能偵測儀，能在現場對古物做各種分析，極爲適合做田野調查。」

鍾正華點頭道：「我就是因爲這一點，才想到他一定要去，不過他的手提儀器雖然不大，要如何通過檢查，順利帶入境，可要千萬小心，不要引起官方懷疑而追查到公司，那就得不償失了。」

胡學賢道：「是，薛博士要以科學家參加學術活動的名義入境，和咱們分頭行動各走各的，如何掩護他過關，那是咱們的專業，老闆請放心，我這就去辦。」

鍾正華坐在衡陽君雅酒店的頂級套房中，小型會議桌坐了另外四個人：胡學賢、施玉、湖南大學的羅教授、成功大學的薛博士。

他們面前都放著平板電腦，螢幕畫面較暗，但仍能看見左上方呈現一灣清澈碧綠的潭水，潭邊的巨岩下有一具姿勢十分怪異的半側臥骨骸，兩米外的地上有一柄日式長刀，最奇怪的是，骨骸的胸骨部分插有一柄短劍，這劍插得深，穿過了胸背，似乎緊緊卡在胸骨上。

羅教授開口道：「由於地點極其隱密，沒有人動過現場，這一骸一刀一劍就維持當時原狀，不知多少年了。死者靜靜地躺在潭邊受日曬雨淋，衣服和肉身皆腐朽不見蹤跡，連毛髮都沒有發現，想是被雨水沖入溪流，現場只剩下一副白骨和一刀一劍。」

鍾正華仔細在電腦上放大那具白骨，可以清楚看到插入他胸口的短劍長約兩尺，劍身完好無鏽，泛出一層微帶紫色的光澤，極爲詭異。

他接著將照片移到地上的武士刀，刀長約三尺，同樣全刀無鏽，極目力所及，能看到刀身泛出極淡的暗綠色，看上去有些陰森感。

材料專家薛博士解釋道：「從我的手提分析儀現場取得的數據看來，這柄武士刀的刀尖及刀刃都含有微量的氧化鉻，通常鉻是現代不鏽鋼的重要成分，而氧化鉻有兩種顏色，三價的鉻呈綠色，六價的鉻呈橘紅色。各位仔細看，靠近刀柄的刀刃似乎有紅色的紋路，我猜測這柄古刀的製作時代不可能有今日的高溫煉鋼爐，基本上應該是將鉻土塗在刀刃上，不斷加熱捶打而成，紅色鉻鹽在還原焰中加熱後，分解成更穩定的綠色鉻鹽，而靠近刀柄處加熱較不均勻，便留下些微紅色鉻鹽的痕跡。」

胡學賢問道：「薛博士，你的意思是說這一層鉻鹽只是塗在外層，遲早要剝落的，是嗎？」

薛博士搖頭道：「我做了一個垂直成分分析，發現這薄薄一層鉻鹽的學問可大了。最裡層，即最貼近鐵心的一層基本上已化爲鐵鉻合金，愈向外，氧化的程度愈明顯，但從內到外，其微觀結構似乎已成一體，歷久不會剝落，不會生鏽，鋒利無比，是低溫煉鋼術的極致傑作……」

說到這裡，他環視大家似乎對他深入淺出的解釋已能理解，便進一步宣布大家最感興趣的答案：「我小心翼翼將刀柄上半朽的護物清除，由於刀柄之鋼鐵未曾鐵鉻化，刀銘已漶蝕，全靠我手提儀器具備電子掃描的功能，才能將刀銘字跡還原……」

他一面說，一面在面板上點了一下，只見螢幕上顯出放大的刀柄，第一張照片顯示四個模糊不可辨認的字跡，第二張是經過掃描顯出的四個字：

村正祖刀

胡學賢忍不住驚呼：「村正！果然是村正妖刀！」

施玉忍不住提醒：「只是一柄村正刀吧！還沒證明它就是那把獨一無二的妖刀啊？」

羅教授也皺著眉質疑：「施小姐說得是，我們不要太快下結論，據說村正製刀愛爲長銘，這刀銘卻只有四字……也許，這把刀是村正鑄刀人精製的第一柄寶刀，爲他自己所用，『村正祖刀』四個字似乎有這個意思呢。」

薛博士到底是個科學家，具有一分證據說一分話的專業訓練，他雙手一攤道：「分析化驗這柄刀是我的專業，但它是否就是那柄妖刀，非我專長……」說到這裡，他啊了一聲，補充道：「差點忘了，那刀柄已腐朽殆盡，只尾部還殘留類似半個人頭的雕刻物，我已收藏好帶回去仔細化驗一下，或許能告訴我們更多的訊息。」

鍾正華轉換話題：「那柄短劍呢？又是怎麼一回事？」

薛博士搖頭道：「抱歉，非我的知識所能回答。回台灣後我要再請教專家。」

施玉有點忐忑不安地問道：「那……那具骨骸呢？」

羅邁斗教授道：「發現現場的劉老漢兒子劉兵曾下去過一次，這回多虧他識得舊路，先行成功落下，同時一路用釘耙敲出勉可落腳的支撐點，並拉上繩索，咱們才能一一安全到達潭邊。這年輕人攀岩有本事，可好像特別怕死人骷髏，我發現有這情況便事先準備好香燭，請薛博士點了祭拜一番，又胡亂唸了一段經、一段咒，對那具骸骨祝道：『前輩遭凶器鎖骨，我今去除此劍，先輩靈魂歸位。』又裝模作樣對那具骸骨拜了三次，劉兵一路跟著拜、跟著唸。然後我上前拔劍，豈料那劍卡得緊，竟拔不出來，當下便叫劉兵相助，這小子力大無比，一下子便拔出來，可是那具骸骨就毀了，全身骨頭散了一地。劉兵嚇得臉都變了，多虧薛博士連聲低唸：『劍去魂歸，咱們快助前輩入土爲安。』便指揮大夥挖土將骨骸埋了。」

薛博士苦笑道：「我這輩子還頭一回客串『師公』呢！」

施玉不解問道：「師公？」

薛博士道：「就是作法的道士啦！我們台灣話叫師公。」

「那劉兵呢？」

「劉兵臉上總算有了血色，跪在土堆前拜了一會，站起身來時，居然就面帶喜色了。」

「面帶喜色？」

胡學賢插口：「他是想到白骨靈魂歸位，他父子百萬人民幣到手，哪還有不喜的？」

鍾正華道：「現在讓咱們來瞧瞧寶刀寶劍的實物吧。」

胡學賢應了一聲，就從靠在牆角的皮袋中拿出兩個長型帆布包，打開布包，取出密密纏著厚棉布條的一刀一劍。

羅邁斗接過長刀，薛博士接過短劍，兩人小心翼翼地將纏繞的布條一圈一圈褪下，當最後一圈布條脫開時，施玉關上了大燈……

廳中光線暗了下來，羅教授手中長刀泛出極微弱、森森的綠光，而薛博士手中的短劍閃耀著詭異的紫光，蔚爲奇觀。

大夥目睹這兩件神奇的古兵器，鍾董、胡學賢和施玉固然是目瞪口呆，羅、薛兩人雖在現場見過這兩柄刀劍，但此刻在燈光昏暗的氛圍下，看到清洗擦拭乾淨後一刀一劍的神奇光芒，仍覺得目眩神馳，一時之間噤口無言。

過了好一會，鍾正華像是回過神來一般，長噓一口氣道：「看來咱們尋到寶了！」

羅邁斗道：「若要百分之百確定它就是妖刀，需要做考古及科學的鑑定。不過，不管結論是什麼，這是一柄價值連城的寶刀。」

胡學賢笑道：「這柄短劍不知是何方名劍，劍上也沒有留下任何字跡，但它紫光外泛，竟似比那柄長刀還要耀眼，我瞧這必然是一柄曠世寶劍，只是現在還不知道它的來歷，說不定它的價值更在那柄長刀之上哩。哇，咱們爲求一刀而來，卻得了一刀一劍兩件寶物，可眞走狗屎運了。」

施玉橫了他一眼，湊趣地道：「特助，您好話也不會講，要說老闆這一趟親自出馬，好事馬上成雙！」

鍾正華被逗笑，羅邁斗卻一本正經地接話：「不過照現場的情形來看，還有許多疑點有待澄清。那具遺骸在劉兵和我拔出插在胸骨中的短劍時，立刻散成一段段骨節，似乎原本就全身骨骼寸斷，其肉身化去後，骨骸只是勉強『拼』在地上而已……」

施玉平日愛看武俠電視劇，聞言立時有了反應：「看來這人被刺死前，先被人以內家掌力震斷了骨骼。」

薛博士不置可否地點點頭說：「還有，既然短劍刺穿此人胸口，那麼落在數公尺外的這柄長刀肯定就是此人的兵器了，以此推之，這人應該是個日本武士，只可惜他頭髮衣裳皆已徹底腐朽，無法從他生前髮式及服裝來判定……」

鍾正華猛然打斷道：「DNA……」

薛博士從衣袋中掏出一個小瓶，微笑道：「你們都沒有注意到，在埋葬骨骸時，我悄悄留下了一節小指骨。」他心中暗忖：「我還將刀劍柄上的殘留護皮護木也收集了，回台灣就可以做碳十四的年代斷定。」

施玉開燈，廳中重現光明，薛博士和羅教授對望一眼，兩人不約而同從長桌兩端紙盒中抽出一張面紙，同時拋向空中，輕揮手中兵器，兩人拋出的面紙都被「劈」成兩半，冉冉飄落在桌上。

「眞是吹毛可斷髮的寶刀寶劍啊！」

「雨打日曬了這麼多年，竟然鋒利如此，難以想像！」

感嘆聲中，鍾正華忽道：「應該是兩個人決鬥的現場吧？」

羅邁斗回道：「肯定如此。」

「其中一人被一劍刺死，可是得勝者為何把那麼珍貴的一把寶劍留下而不帶走？」

大家都被問倒了，如此簡單的問題，居然無人注意到。

鍾正華站起身，面帶嚴肅之色踱了幾步，大家都一言不發，靜待老闆發言。

過了片刻，鍾正華坐回原位，看了大家一眼道：「不錯，咱們確實走了運，現在的問題是，如何將這刀劍帶出境送到香港。學賢，你先前的規劃拿出來討論一下吧！」

這些事他從來不需操心，胡學賢聰明幹練，出的點子往往出人意表，總能順利解決問題。

鍾正華躺在特大號席夢思床上，雙眼瞪著屋頂四圍散出的柔和夜燈光芒，心中仍在仔細思考胡學賢計畫中的每一個環節。

胡學賢的計畫基本上是將這一刀一劍混藏在一個運送廢金屬的貨櫃中，陸運到珠海和澳門之間的漁港，在那裡取出後，用漁船走私到香港。這其中許多地方需要打通關節，要花錢，還要靠運氣。

花錢不是問題，至於運氣，鍾正華認為幸運之神始終是站在自己這邊的。

想完了一遍，感覺上有些乏了，他正準備喝水就寢，忽然聽到會客室門外好像有輕微的敲門聲。

鍾正華爬起身來找到拖鞋套上就往外走，心中忖道：「這麼晚了，學賢有什麼事那麼急？」

門開處，一股茉莉花和玫瑰花混合的清香飄了進來，門外站著的是換了便裝的施玉。她上衫解開了一顆鈕子，頸項下的皮膚雪白如玉。

「老闆，沒吵到您吧？」

鍾正華的心緒從微微一驚中回過神來。

「沒有，還沒睡呢。有事嗎，施玉？」

施玉沒有回答，只點點頭，臉上有種莫測高深的微笑，那笑容中卻透出幾分靦腆含蓄的溫柔。鍾正華突然感到一陣心跳，這是他和施玉每天朝九晚五相處同一辦公室從來沒有過的感覺，他不禁了一跳。

施玉輕聲道：「老闆，我可以跟您談幾分鐘嗎？」

鍾正華猶豫了一秒鐘就拉開門請客入內。他下意識虛掩房門，並未將門關緊。

施玉在沙發上坐定，似乎情緒穩定了許多。

鍾正華客氣地問：「要不要喝點什麼……」

施玉道：「不喝了，我是……我是想……嗯，我還是喝一點紅酒吧。」

鍾正華遞了半杯酒給她，自己也倒了半杯。她寅夜來訪說要談幾分鐘，進來坐下卻欲言又止。鍾正華估計她可能是遇到什麼困難，想要找自己聊一聊，到臨頭又有些不便啓齒。

他自忖施玉跟著自己前後已近十年，作爲貼身機要祕書也有五年半，平時對自己交辦的各種工作都能執行得恰到好處。以她的年齡來說，這份老練實在難得，自己對她也是信任有加，相處久了，免不了關心她的一些私事，譬如說，婚姻大事。尤其以施玉的美貌，加上相當優渥的收入，照理說是男士追求的熱門對象，但是始終沒聽說她有知心的男友。雖然關心，但礙於老闆和祕書的關係，他也不好冒失地多問。

這時施玉坐在自己的套房裡，她喝著酒，抬眼看他，卻總是不言。如此四目相交使鍾正華心動，暗忖她心裡的話恐怕是和自己有關了。

這些思維閃過鍾正華的大腦，也不過就是一瞬之間，畢竟是經過風浪的人，他恢復鎭定，輕聲說道：「施玉，妳不急，這裡沒有旁人，有話慢慢講。」

施玉抬眼看了老闆一眼，然後垂下眼低聲道：「老闆，辦完這個案子，我想……想辭職。」

鍾正華吃了一驚，忙問道：「辭職？爲什麼？妳有什麼不……」

施玉抬頭道：「沒有什麼不滿意的事，老闆待我如家人，我哪有什麼不滿的，只是……只是想要離開……休息一下。」

「辦公室的工作分量太重嗎？我可以讓吳小珊上來做妳的助手。」

「不是的，老闆辦公室的業務雖然忙，但我做熟了也能應付，只是……只是近來我情緒常常低落，在辦公室裡心情尤其不穩定，長此以往，我怕誤了公司的大事。」

鍾正華想到來衡山之前，施玉還提出休假三週的要求，那時還好好的，一點也看不出有情緒問題。於是他單刀直入問道：「是什麼事造成妳情緒低落呢？」

施玉抬眼，鍾正華似乎看到一絲驚慌的神情一瞥而過，她已回道：「我也不知道，只覺得這些年來，生活中除了工作，還是工作，自己的喜好和興趣漸漸離我遠去，最後所有的感情都集中在一個人身上，除了那個人、那個人的事，其他的都不在我的心上，但是我卻不知那人知不知道我的存在……」

鍾正華暗道：「來了，果然是這事，我猜得沒錯。她是陷在其中了，須得有人點醒她一下。」

施玉終於敢抬頭正視，她的雙頰嫣紅，鼻尖似有微細汗珠，燈光下顯得格外清麗動人。她望著鍾正華，緩緩地用一種略帶哀怨的聲調道：「他不知道我的心思，我不敢向他表白，我知道表白也不會有結果，徒然自取其辱而已，因爲他心中根本沒有我這個人。」

施玉又低下頭，考慮了許久，她的長髮半覆面頰，伸手撩起，芬芳散放在客廳的空氣中。室中面對如此佳人，鍾正華情緒有些被挑動，他覺得施玉的半側面線條很美；以前每天在辦公室也曾注意到，只是沒有此刻令他怦然心動。

施玉終於勇敢地反問：「老闆，您眞的從未注意到我爲您付出的，遠超過一個祕書該做的各種……您眞的一點也沒注意到？」

她說完便堅定地望著老闆，目光不再躲避，反而是鍾正華著實嚇了一跳，腦中閃過的是多年來辦公室中相處的一些纖細、含蓄卻耐人尋味的互動畫面。那些畫面忽然一一流過他的腦海，他開始對自己該怎麼處理眼前這情況，有點不敢確定了。

施玉見鍾正華沉吟不語，面上神情陰晴不定，想說些什麼，但思及話已經說到這個份上，實在再難啓齒，便也默默望著老闆，等他回應。

鍾正華被她這句話打亂了平日的從容和淡定，他腦中疑惑，心中躊躇，抬眼遇上施玉那堅定而略帶哀怨的眼神，心想不能不說些什麼了。

「施玉，我不知道，我眞的不知道妳對我有那麼多的……的感情，我很抱歉……」

施玉低聲道：「您不需抱歉，是我該說抱歉，是我不該愛上老闆，像電視劇的劇情一樣可笑，給老闆帶來困擾，但我已陷在裡面出不來，只有離開您的辦公室才能找回我自己。」

鍾正華的太太和女兒長年住在美國加州，他雖常待香港，其實也是個「空中飛人」，經年在全球各地飛來飛去，一年中除了聖誕節、春節一定回美國過，其他就是等女兒放暑假時回家兩個星期。

經常在外跑的男人和女祕書在一起的時間遠超過太太，也容易讓女祕書不時忘了自己每天全心關注的男人原是別人的丈夫，這種「愛上老闆」的劇情每天在全世界的老闆辦公室中進行著，施玉要自拔，只有辭職。

想到這裡，鍾正華不禁暗捏一把冷汗。幾年前，自己也曾在香港和上海都有一位「紅粉知己」，但是他卻「幸運」地辜負了這位辦公室裡的佳人；上海和香港的紅粉知己不會爲他的家庭和事業帶來麻煩，辦公室裡如果禍起蕭牆，那結局就難說了。

想到這，鍾正華完全恢復了老闆的理智及精明，他不再覺得面對面會感到尷尬，聲音也恢復了自信。

「施玉，我了解妳的無奈和委屈，不過妳要離開我辦公室，也不一定要辭職呀。」

施玉有些驚訝，似乎沒有料到老闆會這麼說，她喃喃地回應道：「不一定要辭職？您的意思？……」

鍾正華解釋道：「我是說公司在外面還有很多業務需要能手。妳加入公司快十年了吧，又在我辦公室處理過許多高層的事務，如果妳願意，我十分歡迎妳能到外地去開拓業務……以妳的聰明能幹，可以爲公司做出許多貢獻。」

施玉聽了沒講話，似乎正在考慮，鍾正華立即加碼遊說：「施玉，公司實在捨不得妳就這樣離開，如果我記得沒錯，紐約那邊需要一位副手，東京的山口經理退休了還沒補人，這兩個缺妳選哪一個都行。」

施玉想了好一會，終於點頭了，她站起身來對鍾正華道：「謝謝老闆的關照，如果公司需要，我去東京吧。」

鍾正華料想她會選紐約，心想走遠一點，她會認識新朋友，以她的條件，在紐約的華人圈裡一定是君子好逑的對象，卻不料施玉選了東京。

「東京也好，妳就去接山口的缺，熟悉那邊的業務後，再等這邊確認那把武士刀的身世。如果眞是那把妖刀，咱們的展出及拍賣會就到東京去辦，算是妳上任後第一個大業績！」

甩脫了感情的糾葛，鍾正華顯得既瀟脫又明快。

施玉雙眼泛著淚光，向老闆行了一個鞠躬禮，深深地看著鍾正華，一臉感激和感動。就連鍾正華本人也有些感動了，他上前輕輕擁抱施玉。這麼多年朝夕相處的佳人夥伴，心中還眞是有些捨不得，他鼻中嗅著熟悉的芬芳，低聲道：「施玉，妳去東京定會忙一陣子，忙完了也就恢復妳自己了，等明年我們辦東京拍賣會時，我會去看妳。」

施玉臉頰貼在鍾正華肩上，一陣意亂情迷，但她知道這一切都成爲過去了，心中的感覺很複雜：離開這個人，離開他的辦公室，這不正是自己要的嗎？爲什麼還貪戀那一點遲來早逝的溫存？

這時虛掩的大門有人輕敲，接著胡學賢跨步走進門。他說：「董事長您還沒睡吧……喔，對不起！」

他似乎沒料到施玉也在，立刻要退出。

鍾正華和施玉連忙分開，會客室裡一時之間有些尷尬。

到底是老闆，鍾正華不慌不忙地說：「學賢你來得正好，施玉來我這裡辭職，她說她做祕書工作太久，有些職業倦怠了，想要離開。我正說服她留下，還留在公司裡，但換個工作環境看看。我想派她去東京接山口的位置，總算把她留下了。學賢，我們一回去，你就立刻辦理這件人事。」

聽鍾正華這麼一說，胡學賢臉上便露出釋然的表情，他看了施玉一眼，道：「是，董事長！施玉去了東京，對接替施玉的人，董事長有沒有人選？」

鍾正華考慮了一會兒，胡學賢便殷勤地道：「要不我從公司選三位比較能幹機靈的，資料再送辦公室請董事長決定？」

鍾正華瞟了胡學賢一眼，搖頭道：「不必，我看那個吳小珊還不錯，幾次上來協助施玉處理事務都還妥當，就讓小珊來試用幾個月再說吧。」

胡學賢稱是，鍾正華又問：「學賢你來有什麼事？」

胡學賢道：「剛收到羅教授的微信，他在他個人的學術資料庫中查到圖片及日文記述，經他仔細比對細節後，初步結論是，那柄武士刀應是煉製於一五〇〇年代，他說雖然還沒做碳十四鑑定，但這把刀是村正妖刀的把握又多了幾分。」

施玉緊接著道：「妖刀村正的傳說起於德川家康祖父被家臣砍死，那一年是一五三五年，而後其父親也被近臣用村正刀殺死，時間是一五四五年，被家康逼著切腹的嫡子用的正是勢州村正刀，時間是一五七九年。」

鍾正華微笑道：「施玉做足了家庭作業啊。」

他心中對於派施玉去日本處理「村正刀」一事感到十分滿意，接著道：「看來我們得到的這柄刀，時間上與德川家康祖父遭背叛而死於村正刀的傳說並不相違，不過所謂『村正妖刀』是基於對德川氏家族的詛咒，泛指那些背叛者之刀，只是那些刀正好都是村正家族鍛造的；而我們現在要的故事是，眞正的『妖刀』不是那許多背叛之刀，而是一柄無堅不摧、天下第一的村正刀，就是我們手上的這把刀！」

胡學賢心領神會，點頭道：「我們回去就開始工作：鑑定這把刀，炒紅這個故事；前者靠薛博士，後者就要拜託羅邁斗教授多給力了。」

鍾正華很滿意地點點頭，輪流看了學賢和施玉一眼。

胡學賢道：「不早了，我們先回房，董事長晚安。」他鞠躬而退。

施玉對著老闆淺笑，鍾正華感覺得出來那笑裡的溫柔和一絲無奈。她低聲道：「老闆晚安。」

鍾正華無言，施玉已娉婷過身走向門外。他看不到那走出房間、隨手關上房門的佳人臉上的無奈和哀傷已經一掃而空，自信和堅強的神色隨著她的腳步一點一點回到臉上，她加快了步伐走向自己的房間。

薛博士在他的實驗室中，他的電腦上忙著整理委託其他實驗室檢測的各種數據；畢竟科學上的求證只憑自己一家檢測數據是不足的。

根據其他實驗室的檢測，似乎大致確定了薛博士自製手提儀器得到的初步結果。那柄散放微弱綠光的武士刀，經過了精密的非破壞性檢測，顯示刀刃及刀尖都有一層含有鉻及微量鈦的「不鏽」鋼膜，此層物質結構比較紊亂，而這柄刀的高硬度及防鏽功能可能與它含有鉻及微量鈦有關，但為何會發出微弱綠光則無適當解釋。薛博士心中打定主意，只要此刀經商業操作、拍賣成功後，他還要找幾位同行學者仔細研究這層薄膜的數據，例如它的微結構及發光機制；不過那只是為了滿足科學上的好奇心。

至於那柄神祕的短劍經過精密檢測後，結果明確顯示它的兩面劍刃及劍尖的外層有一層含鈾、鈦、鐵、鎢的碳鋼膜，還有一些分布不均勻且極微量的稀土元素鈰及釓，其晶相雖不規則，但很奇妙地排列成孔隙很少的緊密結構。從微結構的觀察來判斷，其工藝水準似乎猶在長刀之上。

經過更精密的分析，薛博士發現一半以上的晶格空隙中，嵌入了一種不完全明瞭的物質，該物質中含兩價金屬鎘及硫。薛博士懷疑短劍的螢光應該和放射線及這不明物質有關，但確實機制則有待更進一步的研究。

這一特殊外層類似合金，卻較合金的異質程度高，就是因爲有它而造成這柄短劍的硬度、鋒利度、耐鏽力大增。薛博士每多一分瞭解，便對古時鑄刀劍之人更多一分敬佩。他喝了一口烏龍茶，輕嘆道：「眞不知這些鑄刀劍師傅怎麼搞出這些奇特材料的？」

桌上電腦「叮」的響了一聲，有新的資料進來。他連忙察看，是台灣大學地質系的同位素研究室陳教授寄來的電郵。

薛博士知道傳來的是委託測量的結果。他委託的樣品有三：刀柄和劍柄上殘留的微量「護柄物」，以及從衡山深谷現場帶回的一節指骨。結果進來了，他不禁精神爲之一振。

其實成功大學也有碳十四實驗室，不過台大地質系的設備較先進，使用的測量方式也較進步。陳教授的實驗室用一種效能極高的新催化劑，將樣品中的碳以百分之百的產率先合成乙炔，然後三聚成苯。苯的分子由六個碳原子、六個氫原子構成，是含碳比例最高的分子（含碳百分之九十二），用如此碳濃縮的方式製成的樣品測碳十四同位素，肯定比較準確。

那種新催化劑是陳教授和美國伊利諾大學「柯曼／劉同位素實驗室」合作開發的，目前正在申請專利中，只供雙方自用，尚未提供其他實驗室共享。

他迫不及待點開電郵，陳教授實驗室的數據顯示：長刀的年代約在一五○○年，上下誤差五年之間；而短劍則鍛造於一六五○年，正負誤差五年；至於那一截指骨的主人則死於一六五○至一六六○年左右，誤差八年。

「嗯，短劍和被它刺死的人屬於同時代，換言之，那人死於當世出爐的短劍，而那柄長刀則早了一百多年問世……」

他點開一封台北「雙溪科學鑑識中心」的ＤＮＡ報告書，上面對那一小截指骨的鑑定結果爲：大和民族，女性。

「大和民族」並不讓人意外，因爲骨骸旁就有一柄日本武士刀，但「女性」就令薛博士驚呆了。他反覆心口相商：「女性？怎麼可能？女武士？怎麼可能？」但是科學的證據擺在眼前，他不得不接受事實。

於是他心中有了一個輪廓：「有人用當世出爐的短劍刺殺了一個東瀛女武士，而那個女武士是村正妖刀的持有人。事件發生在一六五○到一六六○年之間，地點是中國湖南省衡山的一個祕谷中……」

他根據現場所見及科學物證綜合出目前的結論，不由得又驚又駭地嘆道：「這是怎樣的一個傳奇故事！傳說村正妖刀所向無敵，這持妖刀者竟死於敵人短劍之下，其中眞相之祕要如何去解破？羅教授要如何去構建我們要的故事？」

他對著桌上電腦螢幕發呆，開始神遊在近四百年前的虛擬故事情節中，直到中午卻仍然不得要領。

「嘿，編故事非我所長，把這些資料寄給羅邁斗，我看那個衡陽佬蠻能寫能編的，我嘛，還是去吃中飯比較王道。」

羅邁斗教授從湖南大學研究生院的「逸夫樓」走出，他剛剛爲中文系的研究生講授了一堂「宋詞精選」的選修課，這一班選修的只有七個研究生。今天開講的是豪放派大詞人蘇軾的婉約詞代表作〈水龍吟．次韻章質夫楊花詞〉。

一小時的課，羅教授講得逸興遄飛，台下學生聽得如醉如痴。羅教授頗有成就感地走出教學樓，快步走上麓山南路趕回自己的研究室。他一面走一面想到，不久前系裡請了一位曾在國外教中國詩詞的名牌教授來湖大講了六個小時的課，不算學分，慕名而來的學生將幾百人的大講堂擠得水洩不通，其中眞正對古典詩詞有概念的十中無一，絕大多數的學生只是想「親炙」大師、沾些文學的芬芳氣息罷了。想想自己開的這門課內容何等有深度，在課堂上的口才自信也絕不亞於那位大師，無奈只有七個人聽他的課。

羅邁斗雖然豁達，還是暗自嘀咕了一句：「也是氣數！」

他回到研究室，就熱水瓶取水泡了一杯茶，針狀茶葉豎懸在熱水中三起三落，正是珍貴的洞庭君山銀針。茶沏好滿室清香，羅邁斗啜一口只覺味醇甘爽，不禁哈一口氣，再吸一口氣回味口中那清冽的餘香。

他從電腦中找出那篇尙待潤飾的文章〈妖刀出世〉，副標題是「人間消失了四百年的東瀛寶刀」。他的宏文簡述了日本戰國的歷史，重點落在日本最後一位幕府征夷大將軍德川家康其祖、父、子一一橫遭背叛者以村正刀殺死的故事。另一方面，他撰寫了造刀世家村正家族的簡史，配以當今日本博物館中收藏碩果僅存幾柄村正名刀的高畫質圖片。

接著他綜合各家傳說介紹了「妖刀」，並以相當篇幅闡明民間傳說。

所謂「村正妖刀」之名是來自德川家康家族屢遭背叛的詛咒流言，在德川家康對村正刀下了「禁刀令」之後，流言漸漸消退。然而識者相信，在伊賀流忍者圈中，仍存在著一柄號稱天下無雙的眞正「妖刀」。

傳說中持有這柄無堅不摧的妖刀者，與人決鬥時只要一出刀，對手立即如摧枯拉朽般刀斷人裂，從無例外。「妖刀」之名就這樣在忍者圈中流傳，爲大家又敬又畏，甚至神化爲天成之器，非人間所能製造。

羅邁斗窮究相關民間文獻，並綜合現存證據做出合理推測。他對這柄眞正的妖刀作了進一步描述。其要點有：

這柄長刀從「先切」至「棟區」（刀刃的直線長度）長八十九公分，雖經數百年風霜雨露而不生鏽，其堅硬度及鋒利度皆展示此古兵器舉世無雙的絕頂風範：

力斬可斷一寸直徑的鋼條。

輕撩可斷飄落的面紙。

黑暗中可見到淡淡陰綠色的光芒，有如鬼磷。

刀銘為「村正祖刀」。

成刀時間約為一四九九年，時值日本明應八年，大明弘治十二年。德川家康（時名松平家康）之祖父松平清康在天文四年遭家臣阿部正豐暗殺，據說用的便是此刀，史稱「守山崩之變」。之後此刀下落不明。

其實羅邁斗心中並不相信這種傳說，試想這柄號稱天下無雙的「村正祖刀」怎會落入一個家臣之手？但是在商言商，提一提這個傳說，宣傳效果也是有的。

不過此次這把刀突然出現，有興趣的收藏家們及媒體肯定會追問來源，爲免麻煩，衡山深谷的事不能提，但羅邁斗的文中不能不給一個說法，這個說法必須愈簡單愈好：

此刀失蹤四百多年後，流落在民間被當作不起眼的古鐵器，以一般的價格轉手了幾次，直到古兵器專家接了手，經過專業的還原處理、嚴謹的科學驗證及考古論斷，確定此刀應該就是伊賀忍者圈中盛傳數百年的「村正妖刀」。

羅邁斗將全文讀了兩遍，做了幾處文字的修正就寄出去了。

收件人是胡學賢特助。

東西文華貿易公司在東京分部經理施玉的協調發動下，卯足了勁為「妖刀出世」專案推出一系列熱身活動。

羅邁斗教授撰寫的文章被包裝成三種文宣資料：最通俗而故事性強的版本上了網路，五位經過專業訓練的寫手每日以不同名義在網上發表短文帶風向、炒聲量，兩個星期就在網上累積了上百萬次的點閱，羅教授也上了兩次電視專訪。

第二種是半專業版本，由羅教授及薛博士研究室中的研究生，在各場自辦及他辦的相關演講會中說明整個故事的來龍去脈，透過網路累積直播聽眾有十多萬人，報章雜誌的報導有五百多則。

第三個版本是專業的版本，用在較小型的專業人士研討會中，由羅教授和薛博士親自主持，向與會的古兵器專業人士、私人收藏家、博物館收藏部門專家，以及其他古物買賣商等做簡報。這個會議中，羅邁斗和薛博士不但各自提出精闢的報告，還提供了許多專業的檢驗數據，旨在為一個月後的拍賣會吸引更多有興趣的買家。

東京拍賣會終於登場。

此次拍賣會前，在媒體上討論較多的五項拍賣品分別是：

烏茲別克出土的蒙古軍頭盔，經鑑定為成吉思汗長子朮赤作戰時所戴的頭盔。考證認定是朮赤率蒙古軍攻打花剌子模時的遺物。

莫斯科大公國第一個統治者亞歷山德羅維奇的金杯。

西夏大將軍的金面具一對。

韓國濟州出土的古百濟國與日本佛教交流的石碑，碑文以漢文書寫。

最後一件，也是日本各界最為重視的國寶級古物，村正妖刀。

整個活動在施玉悉心規劃下搞得火紅，NHK的會前採訪由施玉親自受訪。聰明的她臨時學了三十幾句高級日語，在訪問中交替使用，字正腔圓。再加上她的好顏值和身材，在日本媒體的吹捧下，著實未演先轟動。

鍾正華在拍賣會開幕前兩天飛到東京，聽了施玉和胡學賢的簡報，大表滿意。他想到那一天在施玉和自己談感情的緊要關頭，當機立斷調她來東京，他對自己的「睿智」感到很得意；不但化解了尷尬和麻煩，公司因此多了一位表現優異的主外大將，確實是化負爲正的高招。

聽完簡報，言歸生意，他問道：「日本的專業媒體預測『村正妖刀』拍價如何？」

施玉回答：「由於羅教授和薛博士的考證及科學證據工作做得有水準，日本這邊相關專業人士對我們所提村正妖刀的眞實性和周邊故事的接受度都相當高。羅、薛兩位主持研討會後，我們看到有三篇評論性文章分別刊登在《讀賣新聞》、《朝日新聞》和《每日新聞》上，都持正面的評價，因此這一次這柄『村正妖刀』的拍價，媒體估計應不低於七億日幣，也就是大約七百萬美金。當然，如果現場出現拚價的場面，成交價可能上看千萬美金。」

「太高估了吧？單一件古兵器從來沒有這樣的價碼……」

胡學賢道：「董事長，我們在籌備過程中感受到日本收藏家及博物館對這把刀的熱情，實在超出想像，國際的反應也極爲熱烈。施玉提到現場飆價的情形，我感覺應該有可能……」

鍾正華半輩子泡在這行業中，從小掮客做到國際上最大的古物商之一，豐富的經驗告訴他，永遠不要太信任拍賣前媒體的褒貶評論。拍賣場上經常有意想不到的突發事件，愈是貴重的拍賣物，往往驚奇愈大。

他看頭一回主持大拍賣會的施玉顯得一頭熱，也不澆她冷水，只淡淡地說：「你們底價就訂在七百萬美金？」

胡學賢道：「對，經過估價小組反覆討論，只要有人叫價超過七百萬，咱們就有交易。據小組專業分析，就算這次流標，村正妖刀的名頭已經炒熱了，幾家日本的博物館肯定會根據叫價的情形多編列明年的預算，咱們明年再專爲這把刀拍賣一次，叫價就更實際了。」

施玉補充：「依我看不須等明年，博物館今年的預算雖然不足，但我們打聽到名古屋有一位富商準備資助名古屋博物館競標這柄寶刀。博物館今年雖然沒有預列這筆經費，但如加上富商的挹注，其叫價的競爭力必然大增。難得的是，這位富商沒有附帶任何條件，他就是一心一意要把這柄與德川家族關係密切的村正妖刀留在德川家康所築的居城，作爲永久的紀念。」

鍾正華聞言爲之動容，他拍了拍手道：「你們倆說的都有一定的道理，這事準備工作做得充分，我們就按計畫進行，希望爲施玉開個紅盤。」

施玉感激地看著老闆，然後和胡學賢對望了一眼，一雙大眼睛中充滿了喜悅。

東京拍賣會結束了，大眾及媒體聚焦的村正妖刀，主要競標者爲東京博物館和名古屋博物館，但是讓大家跌破眼鏡的是，得標者竟然是一個隱匿姓名的神祕客，媒體完全查不出他的底細，成交價格爲八百二十三萬五千美元，在單件古兵器的交易價格上創下了歷史新高。叫價的過程可看出，到了五百萬美金以上，個人競標者一一退出，最後只剩下兩家博物館在拚場，名古屋及東京博物館。

媒體分析，名古屋博物館本身受預算限制，本無可能在此天價拍賣中競標，而是完全仰賴不願透露姓名的名古屋富商無條件出資協助博物館參加這場競逐。

東京博物館則因藏有文龜元年製作、刻有「勢州桑名住右衛門尉藤原村正」之長銘的太刀，與永正十年鑄造的「妙法村正」刀，兩者並稱當世最珍貴的村正刀，再加上德川家康在江戶開府，館方認爲要用盡辦法湊出充足經費搶標這柄「妖刀」。

兩大博物館叫價拚到七百萬時依然此起彼落。施玉第一次主持這麼大的場子，這整個月來，拍賣的日期愈近，她的心情就愈緊張，直到此時才略爲鬆了一口氣，她知道今天的拍賣不會流標了。

叫價升到八百萬時仍然氣勢如虹，施玉一廂情願地忖道：「看來衝上九百萬，甚至一千萬也有可能呢！」

但是現場局面忽然變得十分詭譎，叫價一過八百萬，兩家博物館的出價開始變得保守，之前十萬、二十萬跳加的場面不見了，雙方都像是突然帶上了剎車在衝刺，愈到後面愈小兒科，最後變成兩千、一千地加碼，終於停在八百零三萬五千元。東京博物館不玩了。

名古屋博物館的正副代表兩人都緊張得滿面通紅，這已是他們的最高上限，無能力再加碼了，然而就在定槌之前，忽然殺出一個陌生人，一口氣再加二十萬元，名古屋博物館的代表只能眼睜睜地看著那神祕客得標。副手忙著打手機，想必是在向館長及幕後資助博物館的金主報告，東京博物館的代表則匆匆離場而去。

一場東京拍賣會，五件主要拍賣品共賣出兩千多萬美金，其中四件是委託拍賣，眞正屬於東西文華貿易公司的只有這把刀，而這把刀的本錢，只花了兩百萬人民幣！即使將鑑定、宣傳等諸多費用算上，這筆生意的淨利仍大得驚人！

至於村正妖刀的得標者，現場無一人識得是何許人，只知他是某收藏家的代表，媒體地毯式的搜索也查不出任何來歷。但主辦單位東西文華貿易公司是知道的，只是照規矩永遠不得對外透露。

鍾正華私下和那得標的負責人見了面。那位神祕的幕後大咖給了他一張名片，鍾正華看了後驚得幾乎叫出聲來，瞪著他細看。只見那人劍眉細目，面有異相，嘴角略帶一抹似有似無的微笑，淡淡地道：「請保守機密，鍾桑有一天說不定會需要我們的服務。」

拍賣會結束，鍾正華在東京最高檔的料理店爲工作同仁辦慶功宴。鍾董爲人體貼，不但施玉、胡學賢、羅教授、薛博士在場，連東京方面參與拍賣會事務工作的同仁也都在邀請之列。大夥兒第一次在皇室庭院布置的古典氛圍中用餐，都覺得榮幸無比。

鍾董先舉杯感謝大家的辛勞，接著他舉杯專敬湖南大學的羅教授。

他朗聲道：「這次東京拍賣會最受矚目、也最成功的一項便是『妖刀村正』再現人間，而這件美事能成眞，是因爲羅邁斗老師首先獨具慧眼，看中了一把流落在民間達數百年之久的古刀，認爲它有曠世不凡的身世和身價，繼而遍研妖刀的歷史和百家傳說，終能撰寫出既專業又通俗的說帖，爲咱們這把曠世名刀驗名正身。羅教授，您居這一場勝仗的首功！」

大家轟然叫好聲歇，鍾董的下一杯酒敬了成功大學的薛博士。

「要不是薛博士的材料科學知識淵博，加上他發明的手提式非破壞檢測儀，我們不可能在現場第一時間便確信得了寶物。之後薛博士提供的分析與鑑定數據不但支撐了羅老師的考古論述，而且令所有與會的國際專家們口服心服，所以這第三杯，我要敬薛博士您的研究團隊。可惜他們此刻在台灣台南，今晚不能參加我們的慶功宴，薛博士回去時一定要親自把我們的感謝帶給他們。」

鍾董的第四杯酒在手，他轉身面對著施玉，舉杯道：「這一杯酒讓我們大家一起敬施玉經理，慶祝她第一次出手便旗開得勝。這次東京的大拍賣，無論是事前的籌劃、準備、宣傳及媒體的掌握無不做得有模有樣，公司獲利方面也十分成功。施玉，妳要把這杯乾了！」

施玉看了坐在她身旁的胡學賢一眼，謙遜地說：「要感謝董事長的信任、胡特助的指導、同仁的賣力，我這杯酒一定乾了，還望大家今後繼續協助指教。東京業務做得好，是大家群策群力的成果，如有不到位的地方，是我這個經理的責任，也請不客氣地指出，我這菜鳥才會有長進。」

「施玉說話有板有眼，外放沒多時就有大將之風了，看來過去窩在我辦公室裡是大材小用啊。」鍾董似有所感地看了施玉一眼。

正巧施玉也在桌對面望著他，那目光充滿了感激，但不知爲何，鍾董總覺得除了感激，還有那麼一絲淡淡的哀怨，讓他心中特別有感。直到他坐下來，感覺那目光仍然跟著自己。

送客後，作主人的鍾正華對身邊幫忙招呼客人的祕書道：「小珊，叫司機備車。」

吳小珊笑著應道：「羅教授還沒有走哩，他有事要跟董事長報告。」

鍾正華這才發現羅邁斗仍坐在沙發上，羅教授聽到小珊的話，便站起來對鍾董說：「我知道鍾董明天一早就要飛紐約，我明日上午也要搭機經北京轉回長沙，董事長經常是空中飛人，要見一面也不容易。我這裡有幾件事想跟董事長當面報告請示，對不住，要耽誤幾分鐘啊。」

「哪裡的話，羅老師您不要客氣，我們是……就在這裡談？好的，小珊請關上門，要服務員暫時不要進來收拾。」

羅邁斗待鍾正華坐定，啜一口茶，開口道：「是關於那一柄泛紫色螢光的短劍……」

鍾正華今晚喝了不少，這時打起精神來回應：「對！我正要問我們那柄短劍的事，有新發現了嗎？」

羅邁斗輕噓了一口氣，卻面帶微笑地說：「自從妖刀問世的文章作完後，這段時間我查遍所有可能想得到的資料和線索，感謝我們互聯網裡中外各種搜尋引擎，加上我個人半生蒐集的民間孤本及抄本筆記、族譜、地方誌、廟誌、墓誌銘等……簡而言之，被我找到兩個人名，也許和這一柄短劍有些關連……」

鍾正華聽到這裡精神大振，酒意全消，連忙問道：「哪兩個名字？」

羅邁斗壓低了聲音道：「我從一本舊書《練兵實紀》中找到一條線索。《練兵實紀》的作者是明朝抗倭寇名將戚繼光，這本舊書中有一條眉批提到戚帥抗倭時每為兵器質量不及倭刀而苦，曾計畫派軍中一名翁姓的年輕鐵匠到東瀛考察倭刀製造之祕訣，可是因上級大官反對而作罷。而翁鐵匠的子嗣名叫翁白山，白山之子翁翌皇，都是冶鋼造劍的名匠，他們父子都被稱為中土第一鑄劍名家。翁家三代冶鐵高手，在江湖民間可能有不少傳聞軼事，更重要的是，翁翌皇是個史上留了名的人物，比較有機會查到更多歷史資料……」

鍾正華道：「翁翌皇？這名字沒有印象啊……」

羅教授道：「翁翌皇後來定居東瀛，娶了一個日本女子，招了一個乘龍快婿，名叫鄭芝龍。董事長這下有印象了吧？」

鍾董啊了一聲，這下全清醒了，喃喃問道：「這柄短劍和鄭芝龍有關係？」

羅教授道：「不知道。這柄短劍除了我們已知的特異之處外，還有一個奇特的地方，便是劍身上隱隱有類似倭刀才有的刀紋。我極度懷疑這柄短劍的鑄造過程中，融合了中土與東瀛兩種工藝的精華，而翁翌皇是移居東瀛的中土煉劍高手，他應兼具中日雙方絕藝，又是史上留名的人物，相信民間史料中還藏有一些他的資料，是值得我們追下去的一條線索！」

鍾董用力點頭道：「不錯不錯！羅教授您這聯想力不得了，這條線索絕對值得追下去！您剛才說，還有一個名字呢？」

羅邁斗又啜了一口茶，茶水已涼，他是個懂得品茗的人，店裡的茶品質已經很勉強了，涼了便覺不堪下嚥，但此時所談之事至關重要，飲茶便顧不得品質了。他勉力喝下繼續道：「我從鄭芝龍的資料查到另一個有意思的名字……」

「他的兒子鄭成功？」鍾董自以爲幽默地問。

「不是，我查到他的四弟，名叫鄭鴻逵，原名叫鄭芝鳳。」

「鄭芝鳳怎麼了？」

「鄭芝鳳在史書上的正名是鄭鴻逵，崇禎十三年的武進士，在南明官拜定國公。其人喜愛刀劍，傳說中他一生擁有不少名劍。」

鍾正華道：「嗯，有趣。您覺得這鄭鴻逵與我們那柄短劍有關？」

「還不知道。但因爲這一點關係，我就對鄭鴻逵感到興趣，然後查出他在一六五一年左右，將一家老幼婦孺從福建南安老家遷到江西以避清軍……」

鍾正華啊了一聲。羅邁斗繼續道：「其家人遷到江西後仍遭追殺，於是這一家人再遷到湖南衡陽，並改姓鍾。董事長，您是衡陽鍾家之後，追溯起來其實是福建鄭氏之後，這事您原先知道嗎？」

鍾正華聞言震驚，繼而陷入沉思。

回憶中依稀記得小時候曾聽祖父說過「我祖本姓鄭」，但祖父死後便再未聽過這句話，在他的認知中，早已認爲祖父所言乃是家族中以訛傳訛的說法，不復在意。

這時忽然聽羅教授這麼一說，他又從遠久封存的記憶中搜尋到「我祖本姓鄭」這一句話，但這事太過懸疑，豈能憑一句話便認定鍾家祖先是鄭鴻逵？

同是衡陽人的羅邁斗道：「您的祖先由姓『鄭』改爲姓『鍾』，我查過族譜，衡陽鍾家第一代是『守』字輩，第二代是『國』字輩，董事長，您只要用衡陽話唸一遍『鄭鍾守國』四字，您就明白了！」

鍾正華試著用衡陽話唸了兩遍：「鄭鍾守國，盡忠守國……原來如此！」

「鄭氏雖遭追殺不得已改了姓，仍要其後人不忘『盡忠守國』的深意，太可敬了。」

鍾正華爲之動容，他正色對羅邁斗道：「羅教授，不管這一條線索與那柄短劍有沒有關聯，咱們都要追下去！」

羅邁斗到這時才提出具體的想法：「董事長如果認爲這兩條線索，包括其他未來新發現的線索都值得追下去，我就要好好搞一個專案計畫，招兵買馬，天羅地網、上窮碧落下黃泉地去解這柄短劍之謎。」

鍾正華極表贊成，連聲道：「正該如此，正該如此！」他對這個「在地研究員」羅教授愈來愈欣賞，也愈來愈信任。

羅邁斗道：「初估這個計畫爲期一年半，經費大約需一百萬。」

「人民幣？」

「當然是人民幣。董事長您以爲是……？」

鍾正華哈哈笑起來：「我以爲是日幣呢。跟您開玩笑的，就一百萬人民幣，實報實銷。麻煩您寫個計畫書交給胡學賢……」

羅邁斗打斷道：「對不起，董事長，能不能不透過胡特助，直接送到董事長辦公室？」

鍾正華不禁奇道：「咦？過去您不是都向胡特助報告的嗎？……」

「董事長，這案子八字沒一撇，所需經費卻不算少，所以不想經過胡特助的審批。您拍個板，我就拚命去幹活了。」

鍾正華仍不能完全理解羅邁斗有何顧忌，猜想跟胡學賢對約聘人員比較苛刻有關。但他不想在這事上糾纏，重點是要靠羅教授的專業及資料把這柄短劍的身世來歷之謎解開，以它詭異的特性而言，極有可能又是一個轟動古兵器界的奇譚。

於是他不假思索地道：「好吧，如果是這樣，您就把計畫直接送到我辦公室，至於經費的支領，我會請上海分公司那邊支應。好，您這計畫就暫時掛在上海辦公室帳上吧。」接著他又補了一句：「有事找我的話，還是要先知會胡特助。」

從東京飛北京的飛行時間是兩小時，羅邁斗坐上舒適的商務艙，但飛機在滑行道上等候起飛就磨蹭掉一個多小時。鄰座是一位常跑中國的日本商人，用半生不熟的北京話對羅邁斗抱怨說，成田國際機場的地面作業在這兩年整修跑道工程期間相當爲人詬病，日本國內的輿論頗多批評，但交通大臣在國會中只輕描淡寫地回應：「非常時期大家多忍耐一時，機場管理部門爲改善塞機情況的努力有目共睹，大家已經盡力。」

羅邁斗不想聊天。他專心喝完了一杯起飛前的香檳酒。飛機仍在牛步中，空服員知道旅客多少有些不快，便又送上一杯香檳。羅邁斗空腹喝下兩杯香檳，竟有些昏昏欲睡，於是閉上雙眼養神。

也許是酒精在空胃中作亂，也許是他腦子中塞滿了太多的異事奇想，漸漸地，羅邁斗陷入了一種似睡非睡、似夢非夢的情境，情境裡似乎看到好多有關那柄神祕短劍的線索一一飄過眼前，一會兒像是揭開了層層祕紗，過一會兒卻又像是更加撲朔迷離而眞相隱晦；飛機何時起飛，他竟然完全沒有知覺。

兩個小時後，羅邁斗被空服員輕輕搖醒，耳中聽到座艙長宣布準備降落北京首都國際機場。羅邁斗從幻想和淺夢中清醒，夢中看到的某些浮光片影似乎還留在腦海中，他像是抓到了一些有意義的畫面和暗示性的線索，但是認眞去追憶，卻又只是些支離破碎的影像和意念，完全理不出頭緒。是眞是幻，一時竟分不清楚了。

他輕嘆了一口氣，忖道：「無論我們多努力，這把短劍的故事恐怕不容易完全眞相大白，除了努力考據，盡可能勾勒出故事的輪廓，空白處就需要一個小說家來塡補了。」

窗外陽光耀目，他閉上雙眼，忽然之間，眼前出現了一個曾在夢中出現過的畫面：

水氣迷濛的海岸，沙灘上浪進浪退，兩名武士各持兵器迎面走向對方……

第二章　決鬥

公元一六一六年，明萬曆四十四年，歲次丙辰，肖龍。

這個龍年沒有給大明朝廷帶來任何吉兆。正月初一，東北強悍民族的首領愛新覺羅．努爾哈赤在赫圖阿拉正式登基，建立「後金國」，眼看即將成爲明朝東北國防最大的心腹之患。

立春後不久，山東傳來大饑荒的消息，青州一帶民間傳出「母食死兒，夫割死妻」的蓮花落，聞者無不淚垂。

青州府莒州臨海處有一個新興的小鎭，這小鎭原來只是個窮漁村，住了二、三十戶人家，由於緊鄰「安東衛」的營寨，在萬曆初年倭寇鬧得厲害時，附近沿海村民不少人棄家逃到此處，倚仗「安東衛」軍營的庇護，難民就沿著村後的一條小街搭建房屋住了下來。雖然簡陋，但是亂世中能有一個遮風避雨又能免於倭寇搶殺姦淫的安身之處，也就謝天謝地了。

老鄉們患難與共，或耕或漁，幾十年含辛茹苦、勤奮勞作，居然把個難民雜居的小漁村經營成一個像樣的小鎭，那條街也被整修得有模有樣。由於就在「安東衛」的前方，當地人就管它叫「前衛街」。

四月十七，天色漸明，東方海面早潮漸退，沙灘上白色的浪線也逐漸後退，水氣迷濛中有一個孤單的人影，紋風不動地立在沙岸上。他站在那裡已有半個時辰之久，海風吹起他寬大的黑衣衫獵獵作響，他卻像一尊石像無聲無息，只睜著一雙精光閃閃的眸子，凝視著黑藍色的海面，臉色肅然。

過了一會，微曦漸漸照到他的臉上，只見得是一個年近中年的高瘦漢子，濃眉大眼，臉頰瘦削，從唇上到下巴留了一圈短髭，把臉色襯得蒼白，堅毅的容貌卻顯出某種難以形容的滄桑之色。

朝曦漸明，浪聲漸悄，海面上出現一艘通體漆黑的木船，船雖不大，卻有一根十分高聳的木桅，也是黑色的。此時白色片帆已半卸，船上一個身著白衣的青年人，雙手使槳在退潮之中巧妙地利用一進一退的浪差快速衝向沙灘。

那白衣人趁一個浪猛然撥槳衝上沙岸，便任由船頭擱在沙灘上，他輕輕一躍而下。晨曦中只見他身材雖然粗獷健碩，面目卻極爲清秀，耳邊垂下長髮，身著裙襦，雙袖卻只半截。背上揹著一柄長刀，腰間插了一柄短刀，赤足涉水而上，踏在沙上了無印痕。

白衣人走到距黑衣人十步之遙便停了下來，默然盯著對方打量。黑衣人自始至終沒有移動分毫，只微瞇起一雙銳利的眼睛掃了白衣少年一眼，一聲不響，心中卻暗道：「啊，他多了一把短刀。」

白衣人也在深深打量對方，打量個十足，終於開口道：「翁翌皇別來無恙乎？」

黑衣人此時總算點了點頭，這可是半個多時辰中他身軀唯一的一次「動作」。

「村正梅之助，這一天在下久等了。」

「不錯，村正梅之助也久等了。」他瞅著黑衣人，過了一會兒，點頭道：「翁翌皇，你很守時啊。」

白衫客回答的音調有些僵硬，強作老練反而顯出些許緊張，但是他的一雙眸子卻散射出異常冷酷而淩厲的神色，和他的容貌殊不相稱。

「梅之助，你也很守時，嘿嘿，『丙辰四月十七安東衛之濱』，十年前你我訂下之約，豈有不踐之理？」

村正梅之助聽到這一句，便雙拳一抱，禮貌地問道：「翁兄貴體安好？」

話雖溫文有禮，但他的語調卻透出一股陰鷙之氣，令翁翌皇暗自警惕。

「在下承兄一刀之賜，重創返鄉本以為一身武功全廢了，卻不料十年苦修，皇天不負苦心人，如今在下堅強猶勝當年。」

「大幸啊大幸，翁兄英雄，劍溪一戰傷在我刀下，非技不如人，乃是你干城劍不敵我村正刀，非戰之罪也。但劍溪戰中你偷襲我一掌，竟致成了我身上暗疾，實非好漢所為。而十多年來，扶桑劍道高手爭名奪利，在挑戰決鬥之中一一凋落，我不禁感到極度失望及傷感，於是四年前遁入深山，潛修幼時曾習之忍術。如今自覺已將忍術融入我村正武術之中，也算是一種因禍得福，今日正要就教於老兄。」

黑衣人聽梅之助將他自己武功的進境大剌剌地講出來，一副托大的模樣，加上聽到「偷襲」

兩字，胸中激動澎湃，待要反駁卻硬生生忍下默然不語，只緩緩從腰間解下了一柄長劍。墨黑的劍鞘不知是何種材料所製，只見唰的一道劍光有如長空電閃，他手中已多了一把寒光閃閃的寶劍。

「十年前劍溪之戰，我干城劍被你一刀劈斷，在血濺五步之下與你訂下今日之約，就是要用這柄護國劍再戰村正刀。當年你受我一掌擊傷，那掌乃是我臨危奮力出手，絕非什麼偷襲……嘿，事隔十年，今日你我多說無益，梅之助，你就亮刀吧。」

村正梅之助雙目緊盯翁翌皇手中的護國寶劍，冷冷回道：「不錯，你偷襲便是偷襲，多說無益！」左手緩緩從肩上拔出一把三尺太刀，舉刀行禮，淡淡的綠色寒光閃耀跳動。

翁翌皇壓下胸中怒火，冷冷地道：「還是那把『妖刀』？」

村正梅之助舉刀齊眉，翁翌皇瞥了一眼，他的刀柄尾端有顆雕工精緻的人頭，雙目怒睜，狀似妖魔。

梅之助略帶緊張地道：「正是。此乃百年前出自我先祖獨門冶煉絕技的第一把村正寶刀，也是十年前斬斷你干城劍的寶刀。」

翁翌皇瘦削的臉上閃過一絲殺氣，腦海中卻閃過一個淒涼的景象：自己拖著幾乎殘廢的身子，在冰天雪地的幽谷中掙扎著爐邊煉鋼、林間練劍的情景，他暗暗忖道：「護國護國，十年磨一劍，就看今朝！」

於是他長吸一口真氣，吐氣道：「梅之助，動手吧！」

村正梅之助輕喝一聲：「看刀！」他墊步上前，左手刀光暴長，迅如閃電般已出三招，這三招二虛一實，待逼得翁翌皇左右閃避之際，實招已遞到他的胸前。

翁翌皇不出劍，只見他上身似在閃躲，腳下已踩迷蹤步法，梅之助的寶刀對胸劈到，他一步踏出如鬼魅般忽地就到了對手右後方，梅之助一刀落空同時，翁翌皇的長劍已遞到他後頸。

梅之助側身避劍，手中刀化成一道白光，直接向翁翌皇手中長劍砍去，反應之快令人咋舌。翁翌皇抖個劍花繞過村正刀，同時已經倒退了七步，抱劍凝視對手。

顯然翁翌皇不願一上來就和對手拚兵器，當年干城劍被這把妖刀一擊而摧的往事，多少在他心頭產生了一層陰影。

梅之助一刀逼退翁翌皇，卻也不敢追擊，翁的步法錯綜迷離，其快速和隱祕似乎大大超過了當年，也超出他的預料。

他倆都不敢掉以輕心，於是兩人之間又恢復了十步的距離。

只不過三招兩照面，這兩個華日高手開始了戰術相持。兩人凝神相對，似乎都沒有動，實則兩人手腳微一作勢，對方已經作了布勢微調的回應；表面看上去似乎沒有交手，其實默默中已交手了二、三十招，而且招招凶險。

靜態中的緊張從兩人頭上開始滴汗可以看出。

突然間，村正梅之助迅速左移，略向前侵，翁翌皇不敢怠慢，亦步亦趨地應變。定下步子時，兩人之間只有五步相對，緊接著梅之助的長刀挾著驚人力道劈頭斬向翁翌皇，然而……

幾乎是同時，翁翌皇的長劍已點向梅之助左肩，劍尖三抖處，直指梅之助的「雲台」、「中府」及「極泉」穴，這三穴前兩屬肺經，後一屬心經，如被刺中，即使淺刺亦有性命之危。

梅之助識得厲害，刀光順勢橫掠，刀鋒已在對方頸喉之外三寸之處，要逼對手立時撤招，否則便兩敗俱傷。

翁翌皇見梅之助一上來就是「寧爲玉碎，不爲瓦全」的打法，不禁暗抽一口涼氣，飛快地斜身竄出，穩穩落在十步之外。

看來這兩次互搏都是翁翌皇被逼退，但其實梅之助心中驚駭不已，因爲就這幾下過招，他已經清楚地感到自己每出一招，敵人似乎完全能夠預知身上最隱祕的破綻之處，他對這種情形既不解又覺恐駭；敵人雖被逼退，他卻已被迫施出兩敗俱傷的打法，一時之間，心有餘悸。

於是兩人又恢復到凝視相對的局面，梅之助在等待機會一擊破敵，而翁翌皇在等梅之助出招——只要出招就有破綻。

時間一分一秒過去，晨曦已經高照，早潮也漸消退，大海顯得更爲平靜，只沙灘上決鬥的兩人在凝視及閃電般疾速的微動中相持。兩人並無再次出手，但兩人的衣衫均爲汗水濕透，彼此心中都十分清楚：照這種對決之勢，下一次出手就要分出勝負了。

「我這村正自家創的『飄流風』出招最是隱藏難測，翁翌皇怎麼可能預知我的破綻？難道他也熟知這套刀法？不可能的！」

翁翌皇也在暗中盤算：「我這以緩破急的武學，豈是扶桑武夫所能了解？我盼這人耐不住就要對我發動致命一擊！」

果然村正梅之助按捺不住這長久僵持的局面，他對著敵手當頭出擊，這一擊疾如流星卻飄若旋風。翁翌皇感到來勢如巨石壓頂，攻擊點卻又飄忽如蚊蠅撲面捉摸不定，他知道這是村正家傳「飄流風」中最厲害的絕招，緊接在後面可能的變招有五、六種之多。當年的決戰後，他將實戰經驗詳細整理，因此對方那後藏的變招他大致胸有成竹，但最終的難題仍是對方手上的那把妖刀。

「我這護國寶劍是否能敵得住他那柄妖刀？如果不與他兵器相交，我只能一直挨打？」但不到必要關頭，他不想直接刀劍硬碰硬！

電光石火之間，翁翌皇閃踏一個迷蹤步想引動對手露出破綻。梅之助不爲所動，飄忽的刀勢依然疾速劈下，就在這一瞬間，翁翌皇從對手的形、勢、氣的組合中，找到了梅之助全身唯一的破綻。他再無猶豫，長劍疾刺對手的肋上「大橫」穴，此穴連結脾經與心經，如重創可令傷者心血逆流，立有半身不遂之虞。

豈料梅之助宛如未覺，不閃不避，手中長刀繼續劈下，十足要與敵人同歸於盡的架勢。翁翌皇大駭，急忙中只好揮劍上撩，以十成內力灌注劍身，要與村正刀迎面相架。

就在刀劍即將接觸的瞬間，翁翌皇的護國劍巧妙地一抖，便以劍身貼上村正刀的刀面，兩股大力相撞，一刀一劍貼在一起，相貼處竟然沒有冒出火花，反而看到一片白花花的蒸汽隨而冒起，蔚爲奇觀。

翁翌皇心中雖覺緊張，手上卻無絲毫遲疑，一瞬間將上舉之力化爲側頂，正待吸氣吐力，自己左下腹「衝門」穴受到一股極爲銳利的無形力道入侵。他驚駭地大叫一聲，立時已知生死在此一瞬之間，急切間側身左腳奮力飛踢，這一腳乃是迷蹤步法化出的攻擊招式，出腳全無跡象，力道卻大得驚人。然而就在他踢中對方右脅之際，他感到梅之助右手上多了一把短刀，要將自己右腿橫斷，千鈞一髮之際他當機立斷，放棄頭頂的力拚，猛然揮劍下護，同時身如一隻陀螺般向後旋轉閃出……然後就聽到金屬相擊之聲，伴隨著右腿的劇痛，他已跌倒六七步之外，右腿鮮血暴湧，立濕下衫。

他還沒有完全弄清楚前一瞬間發生的全部細節，已經運指如飛在自己的腹結、府舍、衝門之間連點五穴，湧血立緩，他這才抬眼察看前方情勢。

十步之外的村正梅之助雙手各持一刀，左手長刀支地勉強撐立著，嘴角、下巴及衣襟上都是鮮血，兩人之間的沙灘上則斜插著半截寒光閃閃的劍身，自己手中的護國劍只剩下半截。

梅之助終於沒能撐住，一個踉蹌跌坐在地上。翁翌皇回目望著自己手上緊握的半截護國劍，腦中飛快地閃過自己受傷前的幾個瞬間，他心中已有了結論，默默忖道：「這廝用短刀砍斷了我的護國劍，我的迷蹤腿踢中了他的右胸……但我腿上受了重創……」

他想要站起，但感到頭暈，失血加上極度緊繃的身心忽然鬆懈下來，使他無法支撐站立，但是他仍努力從地上坐了起來，一提眞氣運行，立刻察覺除右腿外全身別處幸未受傷。他心中一安便運氣全周天，走了一圈精神略爲提振，暗中喟然嘆道：「這場決鬥的結果和十年前的那一場何其相似。」

十步之外，梅之助也暫止住了吐血，他從腰囊中取出了三粒黑色藥丸，咬碎和血吞下後，正在努力平息胸腹之間翻滾的血氣。

四周了無人聲，近處只有兩人運氣療傷所發出的沉重呼吸聲，遠處則傳來規律的浪濤聲。這時天色忽然暗了下來，大片烏雲從東方飄來，朝陽被突來的厚雲遮住，海灘上出現一種不尋常的昏暗和寧靜，隱隱透出一股莫名的緊張氛圍。

良久，逐漸恢復了一些元氣的翁翌皇開口打破沉默：「梅之助，你好厲害的短刀！」

梅之助凝神調息，沉聲回答：「這柄脇差（編註：日本武士佩帶腰間的備用短刀）剛堅銳利，不在我的太刀之下！」

翁翌皇回想那長短二刀鬼魅般配合出擊的一剎那，一個念頭閃過心頭，他抬眼問道：「二刀流？宮本武藏的二刀流？」

梅之助有點吃驚，但他並不隱瞞，點首答道：「翁桑也知道二刀流？七年前，武藏先生曾親自傳授我二刀流。」

翁翌皇暗嘆了一口氣，有些無奈地忖道：「多了一把厲害的脇差，加上宮本武藏親傳的二刀流，我雖有備而來，終難勝他。」

梅之助見對方陷入沉默，不知為何忍不住想要告訴這個對手：「四年前，武藏先生在舟島和佐佐木小次郎決戰，獲勝之後便不再與人決鬥，因為再也找不到敵手了。他天下無敵的二刀流，就只有我梅之助得到幾分眞傳。」

翁翌皇未作答，但他聽到「天下無敵的二刀流」這幾個字，忍不住搖首哼了一聲，暗中忖道：「宮本武藏的二刀流就算打遍扶桑無敵手，畢竟只是一套高明的刀法而已，難與我中土武學的博大精深相比。但是他村正寶刀的威力，實非中華刀劍所能敵，這廝手中的妖刀十年前砍斷我的干城劍，此番他腰上短刀又斷我十年精煉之護國劍，方才交手之時，斷我劍如摧枯拉朽一般，竟似不輸給那把百年妖刀，實在可敬可畏。」

村正梅之助似要開口說話，胸腹之中猛然一陣血氣上湧，張口又噴出一口鮮血。翁翌皇仔細看了一眼血色，估計方才自己那奮力一腳挾帶著十成內力，梅之助的內傷著實嚴重，如無立即施救，他可能活不過一個對時。

這場決鬥，看似兩敗俱傷，若以受傷輕重來看，翁翌皇其實是慘勝了。

梅之助連吐三大口血仍未停止。

翁翌皇冷冷地道：「你若有膽，敢不敢試試我的藥丸？」

說著便掏出一個小瓶，從瓷瓶中倒出一粒紅色丸子，拋給梅之助。梅之助一把接住，哼了一聲道：「大丈夫死便死了，有什麼不敢？」說著一口就吞了下去。

梅之助吞服了翁翌皇的藥丸，閉目再次運氣調息，催動藥性，面色顯得白中發青。過了半炷香時間，他胸腹之間湧上一股暖流，氣息竟然奇蹟般平穩了下來。他暗讚翁桑的藥丸的確神效，待要道謝，尚未開口便聽到翁翌皇的聲音：「村正梅之助，你有所不知，其實我幼年便見識過上乘的日本刀，那一年……好像是天正十六年吧……」

梅之助有些迷惑，不知對方在此時說這話的用意，他的性子較急，立時在心中忖道：「天正十六年？那是二十八年前，我正好生於那一年，這個明國人說這做什麼？」

翁翌皇略一沉吟，接著道：「嗯，天正十六年就是萬曆十六年，那一年你們關白豐臣秀吉下達刀狩令……」

梅之助感到驚奇，便忍不住打斷道：「我日本國之事，翁兄竟然如數家珍，你到底要說什麼？」

翁翌皇道：「那年日軍入侵朝鮮，明軍援朝，我父爲明軍徵召，在朝鮮負責數萬明軍之兵器及火器製作維修，曾經收集倭刀精品十二柄，對倭刀之製作及品質詳加研究……」

梅之助冷聲打斷道：「刀狩令後，民間好刀多徵爲軍用，令尊蒐集之日本軍刀中不乏精品，可惜顯然令尊未能解破上乘日本刀的製造祕訣。慶長十年劍溪之戰，你的干城劍碰上我的村正刀，實乃不堪……不堪……不堪一擊。」

梅之助說到這裡便有些氣喘，翁翌皇道：「日本人冶鐵煉鋼之藝乃得自中華唐朝匠人傳授，如今倭刀之技藝精進，令人佩服，但你飲水亦當思源，以中國之大，焉知沒有奇人異士，能造出更厲害之刀劍？」

梅之助努力調息，略一恢復便冷笑道：「不錯，日本曾以大唐爲師，我日本自中土學習帶回各種技藝，又何止冶鐵成鋼這一項？然技到我國改良精進，技留中土則守舊不前，以致今日中日兩軍對戰，明軍兵士在兵器上已遠非我軍對手。」

翁翌皇暗中點首認可，忖道：「嘉靖年間，戚繼光抗倭寇時就發現我大明軍隊所使之兵器碰上倭刀不堪一擊，那時我爺爺被徵至軍中，命他改良冶鐵煉鋼之工序，要派他潛入日本學習煉鋼之術……終因上級心存大國傲慢之情結，反對向倭敵學習，甚至有人認爲戚帥之構想有辱國體，遂未能成行。唉，戚帥也只能拿『禮失求諸野』的話來自我解嘲了……」

他抬眼看到梅之助蒼白的臉上了無血色，卻流露出一副不屑的神情，便沉聲道：「梅之助，十年前你我爲何有劍溪之決鬥？便是爲了中土及東瀛誰能造出天下第一的刀劍，兩地武學何者更勝一籌的爭論。咱們還要再繼續爭下去嗎？」

村正梅之助道：「我村正一族原爲巧手鐵匠，世代以打造鐵器製刀爲生。百餘年前我祖創出突破傳統之製刀絕學，名滿日本的村正刀乃是他一生中最得意之作，也就是我手中這柄長刀。傳到我父，除了製造刀具之本事繼承祖業之外，他五歲習劍，十六歲起到各處拜師精進修爲，三十歲時自創『飄流風』……」

翁翌皇忍不住打斷道：「村正先祖所造的刀果然人間少有，但是『飄流風』卻算不上是一流刀法。」

梅之助瞇起眼想了一會，才接著道：「翁桑的劍法是好的，可惜自詡中華第一鑄劍人製的干城劍和護國劍，以日本的水準看來也不能算是極品。」

翁翌皇嘴角露出一絲苦笑道：「想十年前，你我在劍溪各以中土及東瀛的頂尖兵器和刀法劍術相鬥，結果竟然和今日的情形如出一轍，雙雙重傷後接著就鬥口，依然各不相讓。可嘆復可笑……」

梅之助運氣吐氣三次，緩緩地道：「我從劍溪回來後只覺得百念俱灰，沉潛多時後重新開始關注兩件事：其一，努力打造一把脇差短刀，其鋒利差比村正祖刀，就是方才一舉斷你護國寶劍的這把短刀。煉成當晚，我破了兩年的酒戒，飲了個爛醉，第二日便整裝出門，對我自己說：『爲了翁翌皇一言之約，我要去尋找一個人……』那年我二十一歲。」

翁翌皇聽得入神，忍不住問道：「尋找什麼人？」

梅之助吸一口氣，緩緩吐出道：「宮本武藏。這就是我日思夜想的第二件事，尋找宮本武藏。終於在狼居寺，我找到了他。」

「他……很多人說他是日本第一劍客？」

「我曾問過他本人此一問題，他不肯答。一年後武藏離開狼居寺，精通杖法的玉竹方丈偷偷告訴我，武藏從十三歲到二十五歲與全國各路高手決鬥共五十八次，從未落敗。」

翁翌皇想到梅之助使出的二刀流，心裡已猜了個大概。他凝視著對面那張蒼白無血色、略顯陰氣的臉，點頭揚聲道：「於是你求武藏授你二刀流刀法。」

梅之助淡淡笑了一下，重傷之餘居然談笑自若地道：「不錯，見到武藏，我立即獻上精心打造的脇差，請他以這把極品短刀換取傳授二刀流。武藏初不肯收，後來看在玉竹方丈面上才收下……」

梅之助見翁翌皇臉上有不解之色，便解釋道：「武藏傳了我二刀流的訣要，次年離去前又把這柄脇差回贈給我。我堅決不受，武藏說，這柄脇差製造精絕，品質遠在他慣用的長刀之上，二刀流乃是陰陽合流之刀法，脇差鋒芒勝過太刀，恐對刀主不利。他一面把短刀爲我插在腰間，一面拍著我的肩膀說，等梅之助練成熟了，這短刀配上祖傳太刀，論兵器，恐怕天下無敵了。」

翁翌皇聽了，暗中嘆一口氣道：「唉，說得不錯，這一對長短刀果眞難敵！」

梅之助接著道：「我是個實心眼的人，堅持脇差短刀乃是村正家族爲換取宮本家二刀流刀法專爲武藏所打造，絕不可退還村正家。武藏就對我說，他從刀法中徹悟禪道，此後鋼刀與木刀便無差異，長刀與短刀也無差別，便是單刀也能施出二刀流，說罷飄然而去。」

翁翌皇聽了暗自吃驚，忍不住冒出一句：「啊，原來武藏先生也參悟了我十年前最後對你說的那句話……」

梅之助雙目圓睜，急切地問道：「那句話是……」

翁翌皇道：「我說刀須有刀魂方是神器。」

梅之助沉吟不語，似在回憶。

翁翌皇道：「村正寶刀或許天下無雙，畢竟器物也！須得修成刀與心靈合一之至高境界，你的村正刀方稱得上無雙神器！」

梅之助顯然記起了這段對話，但是當時並未深思，認爲是翁翌皇故作玄語，他心中還暗哂

「明國人最會說些裝神弄鬼之語」。現在想起武藏徹悟禪道所說的話，心中忽然有所領會。

梅之助頓悟了，雖受重傷，心中卻甚是激動，忍不住把心裡所思都說了出來：「其實家父他老人家也對我說過類似的話，要我追尋武士之魂。他悟到武士心靈的至高境界乃是『禪』，於是我才要拜通悟禪道的宮本武藏爲師，爲此我須先打造……」

翁翌皇冷冷地接道：「那時你們不懂的是，進入禪道的二刀流根本不再需要頂尖的短刀，連長刀都可以用木刀替代。」

梅之助聽到這裡暗自稱善，想到後來舟島之戰，武藏果然用木刀打敗小次郎，便緩緩點了點頭站起身來。

海風轉強了一些，他寬大的白色裙襦飄盪如旗，天色愈來愈沉，日光隱耀，完全感覺不出是午前的海濱。

翁翌皇用一把斷劍支撐著勉強站在沙灘上，緩緩地道：「我雖知刀劍不過器物而已，但身負中土第一煉劍師的虛名，我誓必要煉出一把寶劍來打敗你這把妖刀。我們再約……」

梅之助點頭道：「十年前我說：『需多少時間，我等你。』你說：『人言十年磨一劍，十年後我翁翌皇將持新成之劍挑戰。』如今我回答，十年之內隨時奉陪，你要找我，到伊勢國問十歲小孩都知道何處可以找到敝人！」

當頭烏雲似乎愈集愈厚，連最後一個雲洞也被蓋封，海灘上一片昏暗有如黑夜將臨，已消退之浪因強風而復起。巨浪撲上岸，海水漸漸湧到兩人腳前，梅之助赤足無礙，翁翌皇則感鞋襪欲濕。

強風中，他看見對面的梅之助忽然又開始狂吐鮮血，彎身蹲了下去，再也站不起來。

翁翌皇沒有任何遲疑立時衝上前去，細探梅之助的命脈，知他內傷本極嚴重，在服藥強壓住後自以爲暫時穩定，便不休息養氣，反而一刻不停地大聲說話，終於造成嚴重的經絡失調，竟致暴發性的大出血，性命已在須臾之間。

他一面猛送眞氣給梅之助，一面大聲叫喚其名。他知道這時梅之助只要昏厥過去，便大羅神仙也無救藥了。梅之助雙目微張，努力撐著一點一滴流失的生命元氣，翁翌皇再無猶豫，從懷中再次掏出那個小瓷瓶，瓶中還藏有兩粒朱色藥丸。他將一粒塞入梅之助口中，在他喉頭及胸前連點數穴，待藥丸吞下後續以眞力助他運氣化瘀，只數彈指，梅之助的吐血便止住了。

過了一盞茶時間，梅之助的臉上逐漸有了一絲血色。翁翌皇將小瓷瓶塞入梅之助懷中道：「這藥乃是中國神醫吳大國手親自調製的療傷聖藥，你服了兩粒已暫時保住傷勢不會惡化，一對時後再服一粒，然後多服補品，多加調養，可保你逐漸復原。切記一年內不可再施內力與人爭鬥，絕對不能再次嘔血。記著，此藥萬分難得，我也只此三粒，你若再出事，我便想救你也救不了啦。」

梅之助睜開雙目，眼中閃動著感激的淚光，他點點頭又閉上眼。又過了一盞茶時間，那吳大國手的療傷聖藥已充分發揮效力，梅之助覺得血氣、呼吸都暫復正常。

於是他抱拳道：「翁桑，中國人說大恩不言謝，青山不改綠水長流，我們必有再見之日，我要回去了。」

話聲未了，一個大浪湧上，擱在沙灘上的木舟竟被掀起，似要隨浪退入海中。梅之助連忙躍上舟尾，他揮臂將一個油布包拋向翁翌皇，勉力叫道：「當年得此物，仔細研讀後有感中華《天工開劍》雖享盛名，不過仍不及村正煉刀之術。今日就歸還於你，翁桑你拿去吧！」

話聲才了，天邊忽然傳來嘶嘶異聲，昏暗之中一個散發著亮紫色的火球從西往東飛過長空，其大如斗，越過頭頂時細看那紫色焰光中又突突閃出赤紅強光的尾焰，嘶嘶異聲中挾著劈啪的爆裂聲響，有如一個霹靂流星飛掠而去，霎時消失在東方天際。

梅之助站立船尾，木舟被大浪掀起又摔落。他雖帶傷在身，但熟知水性泰然不懼，此時看到那顆怪星呼嘯東飛而去，面色卻陡然大變，他暗中疾呼：「狼居寺玉竹老和尚曾告訴我，赤光流星下墜人間主大凶。看它似將飛向日本，難道國有大變？」

說也奇怪，紫色流星一去，天空雲層就漸漸散開，陽光重照沙灘，海面也漸趨平靜。梅之助漸覺心浮氣虛，他鼓足餘力，熟練地抖繩拉纜，一片白帆在黑色的桅杆上升起，乘風破浪駕舟向東北馳去。

他歸心似箭，卻不知道日本此刻即將陷入緊急狀況，全國將會面臨一個全新的局面，因為就在那顆紫光流星墜落之時，江戶幕府的首代征夷大將軍德川家康死於安倍郡駿府城。

翁翌皇打開油布包，只見包中一部黑布面的古籍，封面上篆書「天工開劍」四字。他暗忖道：「梅之助今日將此珍貴古籍交還給我，當然是感激我贈藥救他性命，只是他得了咱們煉劍祕笈還要說嘴，我倒要重新仔細看看這書中是否藏有什麼失傳的祕訣。此書號稱中華冶煉技藝無上之寶，恐怕有些日本人看不懂的心法。」

他把沙灘上半截護國劍拾起，小心地放入劍鞘，再將手中的半截劍也插回，就以長鞘為拐杖，支撐著緩緩走離。陽光灑在長灘上鋪出一片金色的地毯，翁翌皇心中忽然閃過一個想法。走了幾步後，愈發覺得這想法確實是個好主意。

「我要去一趟東瀛。」

村正梅之助揚帆離開了山東海岸，失血過多的他終於支持不住而昏睡過去。他的單帆船便順著海風不徐不疾地往北行去。

昏迷中不知過了多久，梅之助被一個巨大的撞擊震醒，醒來時發現他的船歪歪斜斜地撞在一片岩岸上，船首卡入一條岩石的窄縫之中，一時之間反而安全無虞。

經過這一陣昏迷的時間，他先前服下翁翌皇的療傷聖品的藥效似已充分發揮，身子雖然虛弱無比，但頭腦清醒。他看天色估計了一下時間，小心翼翼地摸出翁桑給的最後一粒藥丸服下，檢查了一下全身，內外流血都已止住。此刻他倒是感到飢餓難忍，心想此時尚有一點力氣，要趕快抓一條魚來吃以補充體力。

說也湊巧，才從船上行囊中摸出一柄小鐵叉，便看見一條海鰻從岩縫中游出，繞船舷邊而過。梅之助見機不可失，舉手奮力一叉插下，竟然心到手到，正中那鰻魚的七寸。

梅之助生怕鰻魚掙脫，恐自己再無力氣追殺牠，連忙雙手並用，顧不得內傷疼痛，直到將鰻魚抓上船來才得安心。那條鰻魚長近三尺，身有大碗粗，全身泛紅，頭上有一尖角突起，看上去有些怪異。牠被鐵叉叉住不停掙扎，梅之助再無懸念，揮刀將鰻魚頭斬了，魚身還在船板上騰跳。

他搖頭苦笑，暗忖道：「中國聖人說『割雞焉用牛刀』，我此時殺鰻竟然用村正祖刀，也是氣數！」

他將鰻魚切了幾片下來，飢不擇食地生食起來。東瀛人本習於生食魚肉，鰻魚更是佳餚，這條紅鰻肉質細嫩，竟是十分鮮美。梅之助大喜之下一口氣吃了五大塊，水袋中還有小半袋水，吃喝完了，精神大振。

他將帆卸下，試著爬上岩岸，想要從岩上著力將船從岩縫中推出。試了幾下，那船首卡得甚緊，他此刻又渾身乏力，一時弄不出來。

他攀上一塊巨石環目四望，只見四方寂寥無人，不遠處似有一條大河流入海，他暗忖：「原來這裡是在一條河口上，不知是在日本還是在……在朝鮮？或是中國？總要弄清楚方向地界，才能規劃如何離此歸家的路線，但這裡莽莽蒼蒼，不辨東西也不見人跡，這便如何是好？」

就在這時，他似乎聽到遠方傳來一陣馬蹄聲，不禁大喜，連忙攀上一塊更高的岩石以便居高望遠。果然，遠處塵土揚起之處，似有一小隊人馬馳來，他正待大聲呼救，忽然一陣突來的頭疼及暈眩，他才叫出一聲便跌在岩石上，再次失去知覺。

梅之助不知自己這次昏厥了多久，只知道再省人事時，是臥在一個帳篷之中，有個獵人裝束的漢子見自己醒過來，大聲叫道：「報告貝勒爺，這廝醒來了！」

接著他看到一張英武的國字臉，濃眉短髭，顯得格外神氣。他想說話，卻發現自己喉頭似乎已啞，嗬嗬乾喝數聲，說不出話來。

那國字臉的貝勒爺年紀甚輕，但氣度很是不凡。他伸出食指搖了搖，示意梅之助不要急著說話，朗聲道：「年輕人你懂漢語？」

梅之助點頭，那從人對貝勒爺行了一禮，便由他接續盤問道：「瞧你身上帶著倭刀，敢情是東瀛之人？」

梅之助點頭示是，那從人乃點頭道：「你誤食了一條毒鰻之肉，本來絕無倖活之理，算你祖宗顯靈，竟然碰巧遇上了咱們貝勒爺，湊巧咱們又備了極其稀罕的解毒之物，你這條命就這樣撿回來了。」

梅之助口中無法發聲，只能用雙目表達感激，想要爬起身來拜謝也辦不到，只因全身軟綿綿，一絲力氣也施不出。

那貝勒爺的從人言語舉止皆從容有度，不似尋常侍從。他知梅之助無法發聲，便解釋道：「你所食鰻魚生於遼東河海交會之惡地，喚作赤毒鰻，其毒較之蝮蛇更有過之，中毒之人全身麻痺，呼息立止，無藥可救。咱們貝勒爺卻是滿洲享有大名的藥師，他所配製之解毒藥丸數十種，多有奇效，你這東瀛小子碰上貝勒爺，眞是祖上有德了。」

貝勒爺道：「年輕人你雖口不能言，四肢無力，暫時並無生命之危，三日後自然逐漸恢復。此地百里之內了無人煙，只有虎狼出沒，你就跟著咱們馬隊回瀋陽，等恢復了再作打算。」

三日後，梅之助果然恢復能言能動，只是所受內傷未癒，血氣甚虛，他急於要向貝勒爺謝過救命之恩，便勉力爬起，到貝勒的大帳中拜見。

貝勒爺看他氣色便知他毒退已盡，便道：「年輕人，你這條性命算是保住了。」

梅之助跪下拜了三拜，勉力發聲道：「小人村正梅之助，東瀛勢州人士，因在山東與人決鬥受了內傷，在船上昏厥過去，以致所乘之船隨波北漂到了遼東，還誤食毒鰻，幸得博洛貝勒爺相救，是我再造恩人。小人欠恩人性命一條，從今而後，恩人但有所遣，小人千里必到，赴湯蹈火在所不辭。」

他嘶啞著喉嗓，努力講了那麼長一段漢語，已是滿身虛汗。貝勒爺命從人扶他在皮毛墊上坐好，淡淡地道：「梅之助，本貝勒早已看出你除中毒外還身帶內傷，這三日正在解毒期間，除我所配解藥外不可服用其他補藥。從今日起，你所中赤鰻之毒已經解除，我叫手下送你熊膽一副、虎骨膏一罐，讓你好好養傷。」

梅之助想起翁翌皇贈藥時說過，除了服救命藥丸還要搭配療傷補品，在日本時也聽說過中土這些珍貴大補之物的名頭，聞言大喜，再拜道：「小人與貝勒爺素昧平生、萍水相逢，卻蒙貝勒爺救命又賜療傷珍品。中國人說『大恩不言謝』，此恩此德小人心中銘記，就不再說什麼感激的話了。」

他的心中忽然微震了一下。這句中國話「大恩不言謝」，這幾日間自己竟一連對兩個救命恩人說了。

貝勒爺微笑點頭不再多說，他的從人卻笑道：「梅之助你身上兩柄好刀啊。」

梅之助猛然省起，才站起來又跪下道：「小人旁的沒有，便只身上長短兩柄防身之刀乃是家傳寶物。貝勒爺若不嫌棄，願獻上一柄以表謝意……」

貝勒爺搖手打斷道：「萬萬不可，梅之助你的家傳寶刀本貝勒絕不可能接受，倒是你痊癒之後意欲何往？」

梅之助聽出貝勒爺不稀罕他的佩刀，卻有招納自己之意，但貝勒爺顯然還不明瞭梅之助在日本的身分，也不知道梅之助佩刀的來歷，不過這話充分顯現出貝勒爺的大氣和高度。於是他答道：「小人在東瀛日本仍有未了之事有待處理，但今後每一年……頂多兩年，小人必放下日本諸事趕到遼東來侍候聽命於貝勒爺。貝勒爺有事交代，小人使命必達；貝勒爺無事，小人便回日本，下回再來。」

博洛貝勒爺哈哈大笑道：「不說什麼侍候、聽命的話，每一兩年能見到你這位東瀛奇士便是佳事一樁。好好，我賜你鎏金令牌一枚，你隨時可以持牌進我大帳，咱們就這樣說定！明日我就回瀋陽處理軍國大事，梅之助若無其他事，請自便了。」

梅之助對博洛貝勒爺的乾脆作風及豁達大度極是感佩，更別提還有救命之恩了。他收下鎏金令牌，再拜退下，私下對貝勒的從人道：「這柄短刀削鐵如泥，定要請替貝勒收下，當作他的馬刀，可好得緊哩！」

從人笑著搖頭道：「貝勒爺說了不收，我一個馬前侍衛哪敢收？」

梅之助道：「請教貝勒爺喜愛什麼？我定備好了下回拜見時獻於貝勒，表達一個心意。」

從人道：「貝勒爺啥都不缺，要說有的話，缺的是人才和人才的忠心。」

梅之助見他答得頗有見地，心想這個馬前侍衛絕不簡單，肯定是貝勒爺的心腹，便拱手問道：「請教尊姓大名？」

那從人也抱拳回道：「敝人姓金名準。」

梅之助道：「幸會。下次來拜見貝勒爺時，仍勞金兄引見。」

別了金準，離開大帳，他心中盤算道：「我要先回勢州，伊賀的忍者弟兄們對我與翁桑決鬥之事焦慮萬分，對決戰結果更是引頸而待。我既身爲伊賀流頭領，理應爲弟兄們的生計盡一份力，這幾日聽貝勒的手下們談起，滿清和明朝在遼東之戰事愈趨慘烈，戰爭中肯定需要間諜及暗殺的高手，我這次回去要弟兄們趕快學會一些簡單漢語，咱們忍者的本事在中國大有發揮之空間呢！」

第三章　隕石

日本九州平戶藩。

平戶位於日本九州最西端的平戶島上，與朝鮮隔對馬海峽相望，與中國黃海、東海之濱的距離最近。自古以來，三國之間的商貿絡繹不絕，十六世紀歐洲商船東來，也是以此地作爲貿易根據地，是以雖只是一個比較偏僻的藩地，卻是當時日本對外的重要門戶。

對中國而言，除了貿易，平戶島也是個麻煩地，它是海上倭寇的根據地。從元末明初開始，中國沿海各省就飽受倭寇侵犯掠奪之苦，直到十六世紀中戚繼光抗倭之後，情況才略爲改善。不久之後，「倭寇」漸漸演化成亦盜亦商的海上武裝貿易集團，直接燒殺擄淫平民的事件略爲減少，但地盤利益爭鬥日漸增加，武力相向、海上喋血事件層出不窮，其慘烈殘酷之情況，較早期倭寇時代有過之而無不及。

另外一大差異是這些集團的首領，漸漸從日本人變成了來自沿海的華人。

平戶沒有變，仍然是日本海上貿易的重要基地。

元和二年（公元一六一六年），日本曆陰曆四月十七日午前巳時，幕府大將軍德川家康在家鄉駿府城溘然逝世。

第五天，從大坂府來的快馬信差將這個重大消息送到了平戶藩，當藩司將此惡耗張貼公布於「復興天守」城閣後，民間普遍揚起一片恐慌的情緒。老一輩的曾經歷過三十四年前織田信長喪命本能寺、十八年前豐臣秀吉猝死等變故，知道強人死後戰亂隨起，談起來都心有餘悸。

加上五天前巳時，一塊熾燃巨石由天而降，落在平戶島的山區，砸出了一個方圓數十步的深坑，落地時引起大火，燒毀一片黑松林。幸好沒有落在人居之地，目睹之人描述巨石飛落時挾霹靂之聲而有紫光射天，落地之後山區昏天黑地，有鬼魅之影幢幢飛舞，繪聲繪影說得口沫橫飛。

民間普遍相信這是大凶之兆，然後就接到家康去世的消息。細算之，兩件事發生時間又完全吻合，各種流言更傳遍市野，憂心者守在家中不敢外出。

過了十幾日，日本本州傳來的消息是江戶城平靜無戰事，國事按部就班並無動亂，民間這才鬆了一口氣，街坊各店舖又恢復了人氣。庶民們飲酒互慶，卻不知這一番太平無亂，乃是緣自德川家康生前的老謀深算。

家康於十三年前就任大將軍，全國大權在握之後，只當了兩年將軍就把大位傳給三男秀忠，自己居於幕後，以十年的時間指點秀忠熟練政務及掌控諸侯。一年前攻陷大坂城，將豐臣秀吉後人的殘餘勢力徹底殲滅，這才確保了自己身後天下太平，而他一手建立的江戶幕府得以維繫兩百多年屹立不墜。

日子恢復了平靜，平戶的居民回到往日平淡的生活。

這一日，從申時就開始下雨，雨勢愈來愈大，到酉時猶自下個不停。正對著平戶城門的大街上，出現了數不清的坑坑窪窪，直是少人行。路旁一間居酒屋裡擠了十幾個酒客，這群酒客至少有一半是因爲躲雨才進來喝杯清酒。不料雨一下就是一個時辰，反正回不成家，有兩個酒客就著一張木桌擲起骰子來，吸引其他五、六個閒漢圍著看，又是拍手又是吆喝。觀客比那兩個賭客還要熱鬧，有人觀戰了一會就興起參加押注，過了一會，聚賭的已有十人，酒屋一下就變成賭屋了。

這些酒客大多是賺日薪的搬運工人，另外有四個衣著整潔的，一看便知是在公卿或富人家當差的下級執事。他們沒有興趣參與賭博，只把清酒一杯杯往肚裡灌，間或低聲談論主人家發生的八卦事。不遠處的屋角一張小桌獨坐著一個濃眉大眼、臉頰瘦削的黑衫漢子，從唇上到下巴長了一圈濃黑的鬍鬚，頭髮又長又亂，也不知有多久未曾修整過。從舉止看來，顯然與這間居酒屋中的酒客格格不入，他只低著頭喝悶酒，對屋裡熱鬧的賭局視若未睹。

賭桌上獨眼的胖子一連贏了五把，引起一陣騷動，也引起酒屋老闆娘的注意；那四個執事人卻似沒有受到任何喧譁的打擾，正在低聲談論一樁事。

獨坐小桌的黑衣漢子閉目仔細聆聽四個執事的談話，一個沙啞的嗓子壓低了音量道：「……那塊巨石自天而降，落地時間正是家康將軍逝世之時。這絕非巧合，乃是天意。」

另一個低沉嗓子的接著說：「棄愚寺的方丈前日開示，這顆天外隕石於午前巳時墜落，原本是上天以凶煞之惡運降我日本，但據目擊者告知，隕石以紫光為首、赤焰為尾，方丈認為此種異象或許是上天憐憫我日本世上苦人多，恩賜我國一次贖罪之機會，這就應驗在德川大君以命贖罪這件事上了……」

兩個人的聲音都不容易聽清楚，總算冒出一個比較清亮的嗓子打斷道：「聽那老和尚胡說！家康將軍病了好一陣子了，又不是隕星一落下來就猝死，哪有什麼關聯？嘿，你們二位有沒有去現場看過？」

那低沉聲音道：「現場倒是沒有去過，幾個日常為藩府送野味的獵戶卻是特別到現場去仔細看了一回。據他們說，那大隕星在南山松林裡砸出一個幾十步周圓的大坑，總有七、八丈深，坑口的附近一片焦黑、寸草不生，坡上松樹也毀去一大片。」

那嗓子沙啞地問道：「坑裡有啥東西？你那些獵戶有沒有人下去探探？」

「哪個敢？有個仔細的獵人說白天看裡頭，黑壓壓的是啥瞧不真實，天黑了倒能看到坑底隱隱發放紫光，十分可怕，沒有人敢靠近，不過過了數日，好像不再放光了。」

「藩府裡對這事不管？」

「只警告鄉人不可靠近、不可入坑。他們在南山入口處貼了告示，有人看見還派士兵守著，說是已經向江戶方面請示如何處理。」

這時那個黑衫漢子用一柄墨色帶鞘長劍支撐著站了起來，緩步走到四人桌邊，單掌當胸而立，恭聲道：「各位執事請了，敝人姓翁名翌皇，來自大明國，有一事想請教……」

沙啞的嗓音道：「呵，明國人。你能說日語。」

四個人都起立，很禮貌地回禮。那聲音沙啞的衣著比較光鮮，頭上紮了一條小白花的藍色頭巾，看得出是上等棉布，他鞠躬道：「明國來的翁桑，請隨意問不要客氣。」

黑衫青年翁翌皇趕緊也鞠躬行禮：「在下聽說有一顆放紫光的巨石自空而降，落在平戶？」

四人皆點頭稱是，神情和語調配合得十分和諧一致，看得出這四人經常在一起，說話行動已經自動產生默契。

翁翌皇見這四個東瀛人特有禮貌，便又鞠躬一次，問道：「是不是四月十七日午前巳時，從西方飛來的紫光隕星？」

四人聽了立刻很認真地低聲會商，經確定後，由那嗓音清亮的漢子代表大家回答：「是、是，就是四月十七巳時，從西方飛過來的！」

翁翌皇趕快又鞠個躬稱謝，四人趕快一齊鞠躬回禮。翁翌皇趁勢問了最後一個問題：「請問那顆隕星墜落的現場在何處？」

這回四個執事的回答就不一致了。

「就在我們這裡南面二十里的山坡上……」

「從這裡去要先過一條小河……」

「入山口有藩府公布的禁令呀……」

「你千萬不能去，要被抓到官府去的……」

然後四人話聲戛然而止，湊近半步又開始商議。還是那口音清亮的代表大家作答：「從此處出去左轉向南走十五、六里，涉過一條淺河，再走五里就到入山口，右邊有藩府張貼的禁止入山命令。你不會是要去現場吧？進山去就會被抓進官府關起來。」

翁翌皇鞠躬道：「各位執事放心，敝人只是好奇問一問，感謝十分，很多的感謝，我們後會有期。」

說完他便前往櫃檯付帳。老闆娘指著門外道：「雨停了……啊，你要替四位客人付酒錢？」翁翌皇以指按唇低聲道：「別聲張，請他們喝酒嘛，小事小事。」然後就步出店門，直接左轉一步一拐地向南走去。

天色已暗，翁翌皇走到山前小河時，一場大雨帶來水量，河水已經漲了上來。他從微弱天光裡認定了河中三塊露出水面的石尖，一提眞氣向前飛躍，用單足一口氣在河中的三塊石上點過，輕輕地落在彼岸。他慢行時似略有躓踣之虞，這一番單足飛縱，完全看不出不良於行。他雙足雖未沾水，鞋面還是被洶湧的河水略為打濕。

他向著山麓小路快奔而去，這一快奔從背影上就看得出來右腳頗有障礙，以致兩肩一上一下地顛動，但並不影響他的速度。

五、六里的路程中沒看到一個人影，看來酒屋裡那四個執事說的不錯，這山被天外來的怪石砸過，附近百姓皆以爲是大凶之兆，沒有人願意在此入山，更何況還有藩司派來的士兵看守入口，任誰也不願惹麻煩。

到了入山路口，果然看到路旁一塊木牌上釘了一塊白布，布告上的字他識得「入山」、「禁止」等幾個漢字。他伏在一塊大岩石後仔細觀察四方，並未見到有任何士兵在看守入口，便不客氣直接進入山區。

一入山林，光線更弱，幸好大雨之後雲層散去。今夜又是滿月，抬頭看那一輪明月，看來不是十五就是十六。憑著月光，翁翌皇很快就從叢林中找到了隕星墜落之地，因爲他看到前方已出現被燒死而屹立未倒的松木群，地上的雜草也都成了灰燼。

終於，翁翌皇在一個山坡後面看到隕石撞擊地面形成的大坑洞。坑洞在月光照射下像一個惡魔張開的巨口，坑口的一些斷木殘枝，有的被燒成焦黑，有的外皮全被巨大力道剝去，露出白森森的軀幹，看上去十分恐怖。

翁翌皇走到坑口向下探望，從月光可及的上半邊可以看到坑壁土壤層幾乎全被撞飛，焦黑的岩層裸露在外，受到直接衝擊的地方都被削平，像是遭到巨斧亂劈亂砍過。往下看黑壓壓的什麼都看不見，看不出這坑洞究竟有多深，也看不到那塊隕石在哪裡。

翁翌皇忖道：「隕石多半撞碎了，散布在這個大坑中及坑外四周，我且摸黑下洞去瞧瞧。」

翁翌皇膽大，那個又深又黑暗的大洞裡究竟有什麼一概不知，但他毫不猶豫地沿著坑壁向下滑落。岩石雖經撞擊削平，但坑壁並非平滑整齊，隙縫及突石仍然遍布，翁翌皇施出輕身功夫一路滑下，太快時便在壁上裂槽或尖凸處施力阻擋一下。他手腳並用，很快就雙腳落地。

黑暗中他察覺到所謂「落地」，其實是落在一塊大石頭上，顯然是隕石撞碎後剩下的大塊「殘石」。

坑洞中溫度與洞外相差無幾，空氣中仍有很濃的草木燒焦的氣味。翁翌皇燃起火熠子細察腳下的石塊，所見與一般岩石並無不同，以手觸摸時卻吃了一驚。

那石頭表面看來與一般石塊無異，觸感卻有如金屬，沁涼似乎更勝金屬，翁翌皇以火光貼近照亮，隱隱看到石頭表面泛出暗紫色。他從隨身當作拐杖使用的長劍鞘中拔出一把斷劍，火光照射在半截劍身上，閃耀著藍汪汪的劍芒。

他暗運眞氣，將半截劍在石塊上劃過，不料手中劍竟被一股強大的反彈之力震得幾乎脫手，他大驚之下再次一試，這次將更大的內力貫注腕上，一劍劃下，反彈之力也更大，彈得他單臂高高跳起。

翁翌皇不禁有些不信邪地無名火起。他猛吸一口氣，將十足眞力貫注高舉的右臂，順勢猛斬下去。這回改劃爲砍，只聽一個怪異的鏗鏘聲應砍而起，怪石被砍缺一小角，細看手中之劍卻是無損。

「好劍！」

一聲響亮的漢語發自洞中，翁翌皇一口吹熄火熠，駭然仗劍四顧，但見洞中一片黑暗寂靜，一時不知發聲之人躲在何處。

過了片刻，黑暗中那人終於再次發聲：「如此上乘好劍竟然只剩半截，施主告訴貧道，另外半截劍怎麼了？」
講了一串話，翁翌皇終於循聲發現坑洞右邊靠近一堆碎石的後面，盤坐著一個上身奇長的人影，在黑暗中著實不易察覺。聽他自稱「貧道」，難道是個道士？仔細回想，他講的不但是漢語，還是河南口音。
「道長請了，在下姓翁，敢問如何稱呼？」
那人並未回答，卻低聲喃喃自語：「姓翁，姓翁……」
翁翌皇萬沒想到自己一個人跑到日本平戶來，居然在這個坑洞中會遇到一個中國道士，他再問道：「敢問道長如何稱呼？」
那人這回倒是很爽快地答道：「貧道衛州元真，偶然路過此地，邂逅翁施主實乃三生有幸，敢問翁施主因何來到此洞之中？」
這道士言語十分客氣，禮貌周到，顯得是個有道之士。翁翌皇心想，我還沒有問你老人家為何會出現在這個坑洞，你倒先問起我來。他答道：「敝人祖業冶鐵煉鋼，本乃中土一鐵匠。我以十年工夫煉成一劍，自覺出類拔萃，不料仍不敵東瀛村正寶刀，一擊之下竟然斷為兩截，便思到東瀛來一訪扶桑寶刀之祕，卻不料在此坑洞中遇見道長，實屬意外……敢問道長何以來此？想必不會是偶然進入此洞吧？」
黑暗中傳來一聲大笑，那道人唰的一下亮起火苗，點燃了一盞氣死風燈，翁翌皇立刻看到坑角落處坐著一個極高極瘦的道士，乍看之下看不準實際年齡，然而再一瞥，已見到道人長鬚花白，猜想應該有六旬以上的歲數了。他身著道袍，一頭披肩長髮，又長又亂。

道人笑罷便指著翁翌皇道：「翁施主，你我心照不宣，都是為了這顆隕星殘體而來，施主以為然否？」

他見翁翌皇沉吟未答，便續道：「貧道來此是為採藥，敢問施主來此為何貴事？」

翁翌皇見他說得坦蕩有禮，便也不再隱瞞：「在下在山東海濱初見隕星飛過時，這隕星通體發光，紫光為首赤焰為尾，狀極詭異。我自幼遍讀金鐵相關群書，乃猜測其中必含有稀奇之金屬，或有助於我煉成絕頂寶劍，以抵抗東瀛寶刀。」

黑暗中他見元眞道長不住點頭，似在沉思，便問道：「道長追此隕星為的是採藥，此話怎講？」

元眞道長道：「我有太乙道祖傳祕笈，記載天外隕落之石可以入藥。我本有隕石碎片數種，藏之多年，前人用以治療惡瘤之疾，但貧道行醫療效卻是時好時壞，有時能使惡瘤消腫，有時不但無效甚至引發患處惡化，殊不可解。此次聞得有此奇異隕星落於平戶，特從中土來此採藥……」

說到這裡，他忽然停下，喃喃自語了幾句，聲音極低不知其所云，過了一會他問道：「姓翁……中土一鐵匠……你該不是和中原第一鑄劍師的翁家有關係吧？」

翁翌皇聞言為之一震，囁嚅道：「正是……正是敝家，道長怎知？」

元眞道長呵了一聲，低聲道：「原來如此……果然如此，今日在此坑洞之中竟然再次碰上施主，真乃天意也！」

翁翌皇不知此話何意，暗中琢磨，難道他老人家曾經見過自己？卻聽老道士幽幽地道：「年輕人，貧道看你右腿似有障礙，如不嫌棄，就請移駕過來讓老道瞧瞧。」

翁翌皇暗忖：「這道長恁地厲害，我從坑口一路滑下來，又沒有作什麼動作，他卻知我傷了右腿。」

他輕跳下大石，循那光處走去，足下但覺全是碎小石塊，想是隕星墜落時撞擊的碎片。走到道士之前，近看之下才見著這道長高額長頰，臉上瘦削幾乎無肉，面色焦黃且有愁苦之色，不禁暗暗稱奇。

元真道長借光仔細打量了翁翌皇一番，喃喃自語道：「聽施主貴姓翁，又祖業冶鐵煉鋼，貧道私下起疑，總覺不可能那麼巧吧。翁翌皇，不料果真是施主你。」

翁翌皇聽他先前說「果然如此」，現又說「果真是你」，更叫出自己名字，他有如丈二金剛摸不著頭腦，只得好奇地望著道長等他說下去。

道長未開口卻突然動手，只見他閃電般一伸手就拿住翁翌皇左手之脈，翁翌皇瞬間不能動彈。還不待他回神，道長已經鬆手，低聲道：「可憐，你右腳主筋已受重創，這輩子不易完全復原了。」

翁翌皇又驚又佩，對這個不修邊幅、一臉晦氣的老道之武功及醫理感到不可思議，過了良久才冒出一句：「道長，您三番兩次說遇見晚輩乃不期之巧，是何意思殊不可解？請道長示下以釋晚輩之惑。」

他見這個神祕的元眞道長一身武功及探脈之術神奇無比，對他說話不自覺變得更爲恭敬。元眞道長並不回答，卻忽然道：「施主您那把劍能讓貧道一開眼界嗎？」

翁翌皇既知此道人武功深不可測，自己有沒有這把斷劍都不是他的對手，便大方地將手中斷劍遞給老道。元眞藉燈籠之光仔細看了一會，伸指在劍身上彈了一下，發出一聲非金非石沉重之音，直扣心弦。

道人又在劍鋒上吹了一口氣，接著揮劍在自己腦袋前後挽了一個劍花，只見他一頭披肩長髮只剩下整齊的及肩長度。

「好劍，吹毛斷髮啊！」

他將半截劍擲還翁翌皇，這才微笑問道：「翁翌皇你變得又老又邋遢，我一時還眞認不出了！這劍是新打造的？較之十年前那把干城劍強一些……」他停了一下，搖頭嘆道：「還是給砍斷了，又是敗給那柄妖刀？」

翁翌皇此刻已確定眼前這位道長對翁家和村正刀的事知道得相當清楚，他急於了解一些困惑著他的問題，便索性恭敬地行一禮，用請教的口吻道：「前輩對晚輩及晚輩家族之事似乎知之甚詳，敢請問道長是否和晚輩或家父曾見過？晚輩似無印象，亦從未聽家父提起過……」

元眞道人生得身長臉長，尤其一張老臉比一般人長了至少四分之一，加以鼻梁又挺又長，雖在黑暗之中，任何見到的人心中大概都會浮上一個字：馬。他一張馬臉上皺紋又多又深，看上去便覺愁苦，怎麼笑都像是在苦笑。

「貧道不識得令尊，但從江湖上用劍的朋友口中聽得翁家『中原第一鑄劍師』的名頭，那是如雷貫耳。至於見到你本人，則是十年前在福建南平劍溪的一個水底洞穴中……」

翁翌皇聽到「福建南平劍溪」六個字，忍不住啊呀叫出聲來。莫非那日劍溪之戰現場還有第三個人？……他自己的心好像被揪成一團，突然之間，隱隱約約感覺到十年前那段公案難道尚有可驚的內幕，只是自己還不知道？

元眞道人又開始低聲喃喃自語，這回翁翌皇勉強聽到片段。

「……說巧還眞他媽的巧，每次碰到這個姓翁的小子都在古怪的洞中……也是一種造化，我操！他的鬍子長得像狗毛，老子竟完全不認得了。」

翁翌皇不禁嚇了一跳，有點不相信自己的耳朵，一個方才還言語彬彬有禮的道長，喃喃自語時卻一口粗話，確實大出意料，禁不住再仔細打量一下這個怪道人。

微弱的燭光下，道長一張長臉上的表情似笑非笑，殊難形容。翁翌皇暗中嘖嘖稱奇，卻見元眞停止說髒話，好整以暇地將十年前的事娓娓道來……

南平劍溪堤岸下方有個十分奇異的岩洞，此岩洞常年處於水面之下，但洞中的地勢漸行漸高，深入洞中後地面就高出水面……

元眞道長是當今全眞派第一高手，但是他個人另一項最大的興趣是醫藥。他隨身帶著兩本書，一本是兩百年前全眞派絕世高人完顏宣明道長所著的武功祕訣，另一本則是十年前才問世的一代藥聖李時珍所著的《本草綱目》。他自己也不清楚在哪一本書上花了他更多的時間和心力。

十年前他繼李時珍的腳步在各地尋找新的草藥，當他發現福建南平劍溪下有這樣一個奇異的「水洞」，便潛入洞中尋找稀奇珍貴的植物，發現長年水封而光照微弱的洞中居然長有數種從未見過的蕨類植物。元眞大喜，便備了食物補給再次潛入洞中，仔細蒐尋、記錄、採擷……忙得不亦樂乎。

洞中雖然陰黯潮濕，但是顯然在形勢複雜的四面石壁及洞頂上仍有孔道通外，否則空氣和亮光何來？元眞終於發現一個洞壁石縫深處有極爲狹窄的通道通向更深的空間，他大膽探索，在移開了幾處橫豎大石塊後，通過了一段狹窄通道，竟然豁然開朗進入了第二個洞室。

他發現第二個洞室時十分高興，原以爲可以找到更多不曾見過的新植物，卻不料一進入洞中，就發現此洞有人進來過。

這第二個洞室比第一個洞室大了許多，洞頂也高得多，地上有水有陸。元眞發現靠水的坡地上有一個石塊砌成的高爐，邊上一個砂坑，爐前有全套冶鐵煉鋼的設備及工具，雖然是十分古早的樣式，但是十分齊全，顯然有專業的鍛鐵匠人曾在此洞中煉鋼。元眞立刻精神大振，他聯想到此洞極有可能是古代的煉劍爐，那古代在南平一帶夜間劍氣沖天的「龍泉」、「太阿」兩柄名劍，難道就是在這洞室中煉成？

元眞正在仔細檢查古煉鐵舊址的每個細節，忽然之間他就如一隻大鳥般飛起，無聲無息地藏身在洞頂側面突出的一塊巨石之上。洞室中本就昏暗，那巨石之上又格外黑暗，實是最佳隱藏之處。

他才一落定，石室狹甬道口閃進一個人，那人無聲無息走入，並沒有發出任何聲響，元眞竟然在前一瞬間已經察覺，搶先一步隱藏起來。

進來者是個高瘦的年輕漢子，他一身黑衣，行動敏捷，發現古代的煉鋼遺址顯然大爲激動，跪在地上察看一番後，從坑中挖出一堆鐵砂，喃喃道：「這些鐵砂沉手且沁涼如冰，說不定是前輩鍛造龍泉、太阿兩劍剩下的鐵料……」一面就取出一個布袋，想要裝滿一袋。

這時甬道口傳來輕微腳步聲，又有一人進來，來者是個更年輕的白衣少年，衣著卻不像是中土人士。

先前進來的黑衣人回頭瞪著後進來的白衣人，那人停下身來不發一言也盯著對方。過了一會，黑衣人道：「閣下跟蹤敝人已有數百里，所爲何也？」

白衣少年道：「翁翌皇，你還記得翁大木這個名字嗎？」

此言一出，站在煉鋼爐邊的黑衣人及藏在洞頂巨石上的元眞道人都吃了一驚。元眞暗道：「啊，翁翌皇，人稱中原第一鑄劍高手的翁家傳人，原來就是此人！」

翁翌皇本人則有些激動，他厲聲道：「『翁大木』這個名字在世上已經十幾年沒人用過，知道這名字的人少之又少，而你這傢伙鬼鬼祟祟跟了我幾百里路，竟然知道『翁大木』。你究竟是何人？」

白衣少年冷冷地道：「我名村正梅之助，我父石津公，在日本伊勢豐木村收過一個從浙江來的學徒翁大木，你竟還猜不出我是誰？」

這人漢語說得極佳，完全聽不出是日本人，翁翌皇點了點頭，熱切地道：「原來是梅之助師弟，我當年在石津公門下學習日本最上乘的煉鋼製刀技藝，前後兩年之久，師弟你從小在外習武未歸家，咱們師兄弟竟然沒有見過面。師弟今日遠渡重洋來到中土，眞乃有朋自遠方來不亦樂乎。」

村正梅之助卻不給面子，道來語氣不善：「你在石津師門習術兩年，師父待你如親，傾囊相授，你這些年在中國闖出好大的萬兒，我聽說中原第一鑄劍高手非你莫屬，可還記得伊勢豐木村的老師父？」

翁翌皇行禮道：「石津老師仙去之消息傳到翌皇之耳已是半年之後，無法親臨奔喪，只好遙祭恩師，感念他老人家破格收我爲徒。其時我一個明國人負笈東瀛，能在村正門下習治煉之術，眞乃可遇不可求之奇緣也。」

村正梅之助冷冷地道：「家父臨終時還記掛著他的明國門生翁大木呢，他老人家叮囑小弟來向師兄討回一件事物。」

「什麼事物？」

「一本小冊子，師父手書的《村正刀制訣要》！」

翁翌皇似乎不知如何回答，過了片刻才道：「可我沒有這本小冊啊，師父從來沒有給過我這本訣要！」

「當然沒有，你不告而取，這在我東瀛小國就叫做『偷』，不知在中華大國叫什麼？」

「梅之助，你有所不知，當年我拜令尊為師時，是我獻上一冊中華《天工開劍》古本祕笈給石津公參閱，他老人家才答應收我為徒。他說只是想要參研一下中華古法與日本技藝的異同而已，兩年後我離開時，他也沒有歸還，如今你卻賴我偷了《村正刀制訣要》，眞乃荒唐之至……我心目中的村正子弟個個彬彬有禮，嚴守誠信之家訓，師弟你不該說謊！」

「你說得不錯，村正子弟從不打誑語，是你偷了《村正刀制訣要》，還要說謊，眞是丟了明國人之顏面，甚是可恥。」

「想不到石津老師有閣下這種不肖兒子，眞乃村正之恥……」

兩人愈吵愈情緒化，漸漸口不擇言，接著兩人又爭執日本刀與中國劍孰優孰劣，說著說著兩人拔出刀劍來就要幹架……

深坑中的翁翌皇聽到這裡實在忍不住要打斷元眞道長的敘述。道長所述與他原來的記憶和認知大多相符，證明當年在劍溪水底洞中和梅之助決鬥時，這位元眞道長確實在場。於是他問道：「道長在水底洞中目擊現場，所謂旁觀者清，敝人有一事請教……」

元眞道長點了點頭道：「當時貧道藏身於洞頂石上，親眼所見，親耳所聞的便是方才所述，字字是眞，施主有何疑慮？」他頓了一下又道：「貧道除了於醫道、藥道及全眞武功有些造詣之外，外人不知，其實還有一樣天賦異稟，說來話長……」

翁翌皇怕他一「說來話長」便不知到了何方，他急於弄清楚當時發生的實情，趕忙打斷問道：「您說到我們拔出刀劍相拚，我記得動手決鬥之前，我倆曾在一塊石上相試刀劍之優劣，道長是否記得此事？」

元眞道長被他拉回到故事中，連連點首道：「那倒是有的，我正要講到這裡，不過此事之所以發生，在於村正要細察全洞尋找干將、莫邪寶劍，遭你譏嘲，說他畢竟是外道村夫，居然不懂此地之劍氣乃屬歐冶子所鑄之龍泉、太阿兩劍，與干莫夫妻所鑄之干將、莫邪完全扯不上干係，村正怒罵『八格野鹿』之後才發生的……」

翁翌皇聽他又開始鉅細靡遺地敘述枝節之事，十分後悔打斷他的敘述，便閉口不敢再言。

元眞道長說完細節總算回到正題，開始敘說村正、翁翌皇兩人試劍石上分不出勝負，遂眞刀眞劍幹起來，然後就評論梅之助的東瀛刀法優劣以及內力不足，對翁翌皇的劍法雖有讚賞但負面評語多於正面，唯其所言字字精闢。翁翌皇是當事者，對行家評語的高明之處一聽便知，道長的評點句句到位，一時之間倒不嫌道爺旁枝細節喋喋不休，反而聽得認眞，眞覺得受益匪淺，希望他再多說幾句。

好不容易道長左右臧否、優劣剖析完了，才回到正題：「……結果村正一刀劈斷了干城劍，你雖受刀傷，卻以一招『穿雲掌』打傷了村正梅之助……」

翁翌皇心中疑惑的問題到了，不得不再次打斷道長：「請教道長，當時一片混亂，我完全沒有思考，那一掌將梅之助打成重傷，以您方家法眼觀之，此一掌是否出於偷襲？」

元眞道長聽到此問，老臉上露出不可理解的神情。他睜大了雙眼，一張馬臉上皺紋更顯深刻，然後用力搖了搖頭道：「這種問題還要問？可笑啊。你用穿雲掌這種拙劣的掌法要想傷人，奏效只有一個辦法，便是出敵不意突然襲擊，這致命一擊必須隱藏於擾敵虛勢之中，這是基本道理，若這個叫做『偷襲』，我道爺的全眞掌法八十一招都是偷襲了。你這人搞了半輩子煉劍和練武，怎麼如此糊塗？」

翁翌皇聽了似乎解開心中一個疙瘩，被元眞道人損了幾句倒也受用，便附和道：「道長說的是，是我糊塗了，當然不是偷襲……」

豈料道爺又不以爲然了：「什麼不是偷襲？當然是偷襲！中土武術，凡致勝之招，十之八九皆爲偷襲，如以蠻力勝，那還需要什麼招式？我見人便發十成功力與敵硬碰硬便了。何況即使力拚，裡頭還有巧勁，用巧勁出其不意而傷敵，算不算偷襲？」

翁翌皇一聽便如醍醐灌頂，豁然開朗，心想自幼父親傳授自己武功，所學全是練內力和習招式，奧妙之處總知其然而不知其所以然，便是父親本人也未必眞正領悟透徹，但這道士隨便幾句話便點破了自己的盲點：所謂致勝巧招，十之八九就是「偷襲」！

元眞道長接著道：「你們兩人無論是東瀛刀法或是中土劍法，以貧道看來都未臻一流高手之境，尤其是那個梅之助，年紀輕輕一個東瀛武士，刀法中隱隱有一些鬼裡鬼氣的東西，看著便不舒服……總而言之，你們兩人打鬥的過程實在不太好看，貧道就不談了。只是打完了，一個刀傷一個內傷，兀自繼續鬥嘴，這一點倒是挺有意思。以貧道淺見，兩位鬥口之功力遠在武功之上，不過以你這號稱中原鑄劍第一高手的後生，對日本刀及東瀛刀法的境界倒是說了幾句有點意思的話，想來乃是福至心靈瞎矇到的，倒讓貧道刮目相看。」

翁翌皇其實記得那時候自己說過的話，聽元眞如此說，便故意問道：「我說了什麼話？」

元眞道：「你對梅之助說，刀與心靈合而爲一是至高劍道。又說你深知日本刀也識武士魂，即便是中土二百年來，也只有『王道劍』將王道和劍道合而爲一，方可臻此境界。日本武士若無此領悟，終其一生也只能做個二流的刀客，武士刀也終是冷冰冰的一柄利器而已，蓋無魂也。這話說得有些意思了……」

翁翌皇聽了心中感到駭然，事隔十年之久，這個道士所轉述的竟與當年自己親口講的一字不差。

他忍不住嘆一口氣道：「道長您好厲害的記性！」

元眞道長睁大了一雙細眼，也嘆一口氣道：「方才不是說過，貧道除了醫道、藥道及全眞武功有些造詣之外，外人不知貧道其實還有一樣天賦異稟，說來話長……正要細說就被你打斷……」

翁翌皇道：「您是要說，您的天賦異稟便是記性好？」

元眞道：「一點不錯，貧道從四歲時獨自在家院中玩耍，第一次痾屎自己擦屁股的大事開始，一生中大小經歷全都記得清楚。凡人對貧道說過的話，事後如想抵賴，肯定被當場戳破。貧道讀過的書也永遠記得一字不錯，施主如是不信，可以當場測試。有一回，在山東嶗山碰到一個道友，他一大早喝得醉醺醺，要考我《沖虛眞經》中『湯問篇』的一句……」

翁翌皇知他只要一開始說細節，一時便回不來了，連忙插口道：「道長您記憶力之強天下無雙，但請您先說我們兩人後來……」

元眞道：「後來村正梅之助受不了，便忍著傷痛離洞而去。你受刀傷後流血甚多，兀自長篇大論，終於傷了元氣。貧道從來沒見過那麼愛講話的人，就算話再多，難道不能等傷好了再講？你服藥調息了好久才勉強離洞去了，貧道眼見再沒戲可看便跳下來，跟在你後面，見你尋到一間道觀，在觀裡又是打坐又是運氣，折騰了大半日。後來你肚子不爭氣，又去一個小麵館吃了好大碗湯麵，我瞧你刀傷歸刀傷，胃口卻好，大抵一時死不了，這才自己走了。」

翁翌皇聽到這裡，再無疑慮，便跪下拜道：「多謝道長暗中護我，敝人懵懵不知，好生慚愧。今日天意在此洞中得知一切，道長請受小子一拜。」

元眞搖手，正色道：「施主切不可多禮，施主那日如眞有性命之危，貧道出家人豈有見死不救之理？你們兩人祕洞決鬥，偏生遇著貧道在場，此乃施主之造化也。貧道適逢其事，從頭到尾看個光，說不定亦是貧道之造化，何謝之有？」他的言語忽然又變得文雅而彬彬有禮，翁翌皇爲之一怔。

元眞見翁翌皇一時說不出話來，那張馬臉上忽然露出一絲略帶詭異的笑意道：「貧道那一回雖然沒有採到什麼奇珍藥草，可也沒有空手而回，只不過從村正梅之助的背囊中拿走了一本小冊子，封皮上寫著『村正刀制要訣』六個字。」

翁翌皇駭然，元眞道長何時何地動的手腳，爲何自己完全沒有看見？他呆了片刻才叫道：「是您！是他？……」

這短短兩句的意思很明顯：是你元眞拿走了這冊祕笈，而這冊祕笈既然得自村正梅之助的背囊，他爲何要咬定是我偷了？

翁翌皇說不下去，元眞道長又開始喃喃自語，他連忙豎起耳朵仔細聆聽。深洞中寂靜無雜音，這回就勉強能聽到他咒罵：「他媽的什麼祕笈，滿篇日本假名和幾個漢字混雜，老子不識日文，硬是被搞糊塗了。那村正梅之助到底少不更事，東西被老道摸走了還不自知，兀自誣賴翁小子，可笑呵，我操……」

他罵了一會，瞥見翁翌皇在側耳傾聽，粗痞的自言自語便戛然而止，立時換成文雅有禮的語言，同時指著坑中那隕石道：「施主要的精鐵、貧道要的藥材，如果有的話便在此隕石之中了，待咱們將之分成數塊，各取所需如何？」

那塊隕石總有一個小方桌大小，石質堅硬，翁翌皇方才全力以半截寶劍劈之，只砍下小小一角，要將這個隕石分爲數塊，談何容易？

正思考間，那元眞道長已微蹲身軀，雙臂環抱隕石，一語不發。

他身高臂長，環抱那巨石雖然只及一半，仍然有一種盡在掌握之中的氣勢，奇的是他只是抱著，並無任何其他動作，也無一句話，翁翌皇不禁覺得好生奇怪。

又過了一會，估計有半盞茶的時間，道人仍是不響不動。翁翌皇提起燈籠上前細看，駭然發現元眞道人背上衣衫盡濕，全身也在微微顫抖，正待問是否需他協助，卻聽到元眞道長沉聲輕吼，一連三聲，一聲比一聲更沉更重，然後就是轟然一響，那塊隕石就在道人懷抱中分裂成八塊！

他嚇了一跳，不知這道人施的是什麼功夫，竟然不聲不響就將一塊巨石「抱」得四分五裂，不禁又驚駭又欽佩，卻見元眞道長氣定神閒地道：「貧道這紫霞罡氣還沒練到第九層，若是練成頂層，這塊隕石就不是八塊了，只怕八十塊都不止！」

翁翌皇暗中欽服，他將手中燈籠放低細察，發現八塊裂石中有一塊與眾不同，通體泛出紫色金屬光澤。他對元眞道：「這塊石中多半蘊藏有異種金屬，如果道長無異議，小人就要將此石塊帶回去治煉試試運氣。」

元眞道長微笑道：「施主要是有力氣，這八個石塊一併搬走也無妨，貧道揀些碎石片回去試試用作藥材，足夠矣。」

兩人各取所需，相對互望了一眼，元眞道：「當年貧道與翁施主巧遇於南平劍溪洞中，今日又與你再相遇於此隕石砸成之深坑之中，冥冥造化似有深意。我若製成活筋造血佳藥，當尋找施主一試，治治施主的腿傷。」

翁翌皇和元眞道長素昧平生，卻覺道長一直對自己拳拳有愛顧之意，不禁十分感動，便再拜道：「小人再次拜謝當年道長暗中相護之恩。我將留在東瀛平戶此處，定要煉製一柄中華寶劍更勝那村正妖刀，煉不成便不離開。」

他藉此向道長告知了何處可以找到自己，元眞呵了一聲道：「施主說要煉製中華寶劍，我才說到那本小冊子《村正刀制訣要》，通篇密密麻麻假名之日文，漢字十無一二。貧道請通曉日文之道友譯成中文後仔細讀之，乃知全為極其複雜之煉鋼造劍工序，想來是村正家族數代煉劍之心得，對村正門人是無價之寶，對貧道卻是無用天書。今日便交給施主吧，對施主或有用處呢。」他說著就從懷中掏出一個小冊子，伸手遞給翌皇。

翁翌皇喃喃道：「可是……可是此冊祕笈應屬村正家所有……」

元眞道長微哂道：「梅之助那小子既然聲稱這冊子是施主偷走，如今我老道將之歸於你，誰曰不可？否則你這偷名豈不白擔了？呵呵，至於梅之助為何要誣賴你，則非貧道之所關注者也。哈哈。再說，那日在劍溪洞中，我居高臨下瞧得眞切，那個什麼梅之助正面長得眉清目秀，背後卻露個老大腮幫子，我老道閱人多矣，『腦後見腮，日久必反』，送你這八字，未來有一天必可印證，哈哈。」接著便開始喃喃自語，這回聲音極低，便沒有聽見他又說什麼髒話。

他說得理所當然，翁翌皇總覺得有些不對，但還是將那小冊子接過了，心中忖道：「村正歸還了中土的《天工開劍》，下次遇到梅之助，也讓這本《村正刀制訣要》完璧歸趙吧。」

第四章　鐵匠

平戶城裡多了一個鐵匠舖，舖中鐵匠手藝奇佳，待客服務熱情周到，不但新製的鐵器精美耐用，便是舊鐵器拿到他店中修理，他都會悉心處理。一些大件的漁農器具，他修理時常會補一些新鐵，卻不加價，半年下來，城裡城外都曉得了翁家鐵匠舖的好名聲。

還有一樁事也讓平戶鄰人喜愛，便是鐵匠翁翌皇雖然來自中國，一口日語說得大家都能聽懂，顯然很有些根底。也許因為久未使用而略顯生疏，但他這人聰明好學，半年之後，日語竟然大大進步，一般生意及生活日語已經十分流利，和附近居民之間更是交流無礙，不知底細的人，初次見面會以為他是土生的平戶島人。

說他好學，還眞常見他在小紙條上寫些比較不常用或艱深的日文句子，央客人為他解釋，半年過後，日文的閱讀能力也讓日人刮目相看。

鐵舖前門對街，後門裡面有一個極深的院子，叢草亂生，四周有十幾棵楓樹長得挺拔瀟灑，近處還有幾棵柿子樹和銀杏樹，秋風起時，楓紅柿黃杏葉閃金，景色甚美。翁翌皇買下這片店面時，對這長形的後院極為中意，便加了些銀子將整個院子都買下。

附近鄰家的孩童常想跑到這院子來玩耍，以前每每被地主趕出院外，自從這個支那鐵匠來了之後，他只把緊鄰店鋪的一塊地圍上矮牆，其他大片草地任由孩童玩耍，這個舉動也受到鄰人的歡迎。

不久，鄰近兒童間傳出了一則流言：有一個頑皮小孩深夜到草坪去偷柿子吃，無意中從矮牆邊偷看到翁鐵匠在圍牆內忙著用石磚砌一個高爐和一個矮窯。之後不久，又有大人看到翁鐵匠在矮窯中燒製木炭，一窯又一窯，其實遠超過他鐵舖所需，不知他要屯集那許多木炭是打什麼主意？難道冬天到了他要兼賣木炭？

到入冬時，翁鐵匠並未賣木炭，人們終於了解，翁鐵匠是在他後院建造了一套冶煉刀劍的設備。

這事很快傳到藩司裡，藩司裡管理兵器的官員及武士聞名特地光臨翁家鐵舖「視察」，指定要看翁鐵匠鍛造的刀劍。翁翌皇暗道：「這樣也好。若是藩司的官員成了我的客戶，我在此地便生根了。人言『大隱隱於市』，我可是準備『十年磨一劍』又要兼顧生計，躲在這個小地方當鐵匠，再好不過。」

這一日，藩司裡來了三個武士要看刀劍。翁翌皇這些日子試著在他的新爐打造了三把短刀，品質也不算十分滿意，但藉著這些功夫總算把冶煉設備的諸項毛病一一修補妥當，這時便把這三柄短刀拿給來客看。

「各位藩司裡的武士大人們，歡迎光顧小店，小人來此不久，只打造了這三柄短刀，請諸位賜教。」

那個爲首的武士濃眉隆準生得英俊，啊了一聲道：「中國刀，嘿嘿。」轉首對兩位隨行武士乾笑兩聲。翌皇聽得出其中不屑的意思，便更加謙恭地道：「刀柄部分比較粗糙，待我配上把手就漂亮了。」

那兩個位階較低的武士仔細察看劍身，對望一眼。一個蓄了一部大鬍子十分威武的大漢冷笑一聲道：「看不見有刀紋哩，一郎，這算不得是什麼好貨。」

一郎是個削臉細目的瘦武士，一雙鼠目轉起來十分機靈。他一聲不響，唰的一下拔出了身上佩戴的武士刀來，十分囂張地喝了一聲：「待我一刀斷了它，看這廝還敢不敢在日本賣中國刀！」

「吭」的一聲，刀劍相交，火花四濺！但斷掉的卻是他手中的武士刀，那柄不起眼的短刀卻是分毫未損。

「啊……啊！」

軍官和大鬍子齊聲驚呼，不約而同重新檢視手中的支那刀，怎麼看還是毫不起眼，不禁搖頭對望，然後一齊望向翁鐵匠。

翁翌皇躬身問道：「兩位要不要也試一試？……」他站直了身，比一個手勢，用一隻手掌劈在另一手掌上。

長相英俊的武士搖頭道：「不需要了……」

那大鬍子武士卻插嘴道：「讓我再試一次，說不定一郎的刀用久了原本就有問題！」

他施出全力猛砍下去，「吭噹」一聲再起，這回是一郎大聲叫道：「蠢蛋！大鬍子你的刀也壞了！」

這一下為首的武士為之動容了，他對翁翌皇的態度立刻改變，鞠了一躬道：「看不出翁桑打造的刀竟然如此優異，這三把刀咱們都要了，價錢上請多多讓步！」

翁翌皇已習慣日本人的言行舉止，連忙也鞠躬道：「是、是，請放心！」

於是翁鐵舖第一筆兵器生意賣出三把短刀，共收了二十一兩銀子，很不錯的價錢，對他的生活有相當補助。

吃過午飯，翌皇見今日生意清閒，一大早又賺進二十一兩銀子，便留了一張紙條在店門上，請上門客人如有需要服務，只要拉扯一條繫有鈴鐺的繩索即可，自己就跑到後院去搞他的煉鋼工作。

他一口氣工作了兩個時辰，矮牆外總有一雙大眼睛認真地注視他的一舉一動。他知道是鄰居田川家的小姑娘田川松。

田川松剛滿十歲，翌皇只知道她和她娘住在隔壁的老屋中，半年來從未見到過男主人，猜想多半是一個守寡的婦人帶著女兒過活。他不便打聽人家，更不便登門去拜訪，倒是小姑娘時常跑到他的後院來玩耍。別的孩子來玩時總是打院子裡的柿子和銀杏果的主意，只有田川松這小姑娘對翌皇打鐵煉鋼特有興趣，有時一看就一個時辰，但她生性害羞，只是躲在矮牆外靜靜地看翌皇幹活，從不出聲。

有一回，翁翌皇請她進來看，她眨著大眼睛，羞紅了臉，轉身便跑回家去了。便那一次，他發現這小姑娘皮膚又白又亮，五官長得清秀漂亮，一雙眸子又黑又靈活，雖只十歲年紀，已經十足是個美人胚子。

這幾日，翁翌皇嘗試一種新製的精炭，看上去不但燒得溫度更高，火力也更穩定，鐵砂半融時的顏色分布及表面流動狀況也更加理想。從兩日前開始鍛燒起，翁翌皇感覺上漸漸能夠掌握爐火條件及鐵砂變化，心中甚喜，便多煉了一日。這時他從爐底取出炭渣，一頭大汗，這才發現完全沒有注意到天色已暗，已是酉時了。

這時他聽到掛在牆上的鈴鐺叮叮作響，前面舖門有人扯鈴，他不禁喃喃自語：「這時候哪還有客人上門？」

他匆匆抓條布巾揩了一把汗，便到前方應客，這邊才一離開，一個小身影從矮牆外閃了進來，正是那田川家的小姑娘。

她興奮地觀看煉鋼製刀劍的每一個設備，剛出爐的紅鐵在水淬後冒出大量水氣，在迷濛水氣中可以看到小姑娘脹紅了的一張小臉跑來跑去，矮牆裡看了一圈後就蹲在地上看那大水盆中凝結的鐵塊，有些表面多孔，像是漁夫拋棄在港口沙地上的海綿塊。

這時前面傳來腳步聲，小姑娘嚇了一跳，站起身來就要往外跑，卻聽到一聲叫喚：「阿松，妳怎麼跑到別人家裡來？」

竟是母親的聲音，她吃了一驚就呆在原處，一動也不敢動。

「阿松，到處找妳不到，喚妳也不答應。池田家兩兄弟在翁桑後院玩了一下午都回家了，問他們都說看見妳在院子裡玩了一會便不見了，媽媽擔心得要命，只好來翁桑這裡找……翁桑，實在對不起，打擾您了……」

小姑娘面紅耳赤，嚅囁答道：「我就在牆外看翁桑燒鐵……因爲非常好看就忘記時間了，對不起媽媽，對……不起，翁桑，您做出的鐵塊好像海綿。」

小姑娘的媽還待責罵兩句，翁翌皇卻開口替小姑娘開脫：「夫人不要責怪小阿松，她常來看我煉鐵，也不打擾我幹活，其他孩子卻是在院中放野，比起來小阿松嫻靜好學，眞是個好孩子。今天是她看得入神忘了時間，倒也不能怪她，確實要怪我自己，幹活幹得入神也忘了時間。」

小姑娘的媽聽翌皇這樣說，便不好再多責備，牽起阿松的小手，躬身行禮辭別。翁翌皇送她母女到前門口，小姑娘的媽忽然停下來，轉身道：「先夫田川七左衛門，遺有一柄長刀，多年無人使用，日前揩拭時發現有些生鏽，未知能否帶來請翁桑看看加以整理？」

翁翌皇忙道：「可以、可以，明日便請夫人送刀來，敝人盡快處理。」他說完看了阿松一眼，示意她替母親送刀過來，又可以從旁觀看自己處理舊刀，小姑娘一定開心。

阿松的娘聽了嫣然一笑，謝道：「如此有勞了，先行謝謝。」說著又行了一禮，轉身離去。

這時翌皇才注意到田川氏竟然也長得甚美，她的女兒阿松雖已十歲之齡，爲娘的看上去竟似猶不到三十，適才道謝之時對他一笑，臨晚餘暉照在她身上，翁翌皇直覺得不可方物，望著她長裙搖曳、嫋婷而去，一時看呆了。

原以爲次日小姑娘會替她母親送刀過來，不料竟是母女兩人手牽手攜刀而來。翌皇再見田川氏，心跳加快，大失平日的從容。

阿松搶先一步跑進店鋪，衝著翌皇叫道：「翁桑，母親定要自己送刀來……」

「阿松！不許胡說……」

翁翌皇上前接過一柄長刀，刀鞘上的護木已經破損，看上去有些年歲了，他對阿松的娘道：「讓我先瞧瞧外觀再看刀刃。」說著將木套解除，刀「莖」上不少鏽痕。

田川的太刀長近三尺，是典型的長刀，莖（刀柄）上有銘文，細看「表」面乃是「伊勢村正」，「裡」面刻的是「永正七年八月」。

翁翌皇閉目算了算，喃喃道：「永正七年……距今有百年了吧，應是村正第一代所製……」

他將長刀拔出，見到刀背棟區、下刃境及刀鋒切先處均有鏽蝕痕跡。他噓了一口氣道：「這刀有百年歷史了，久無人使又缺保養，致使上好的皮鐵和刃鐵都開始生鏽，可惜啊……」

田川大娘低聲道：「這把刀乃是先夫家傳的兵器，先夫家三代皆爲武士，十分寶貝這柄刀。先夫在時，每日都帶在身上，可以說刀不離身，傳到我一個婦人手中，既用不著也不懂如何保養，還要麻煩翁桑費心處理。」

翁翌皇連忙謙應兩句，就著手除鏽及清理工作。他做得又快又好，即便是外行人也看得出是十足的高手。

除鏽清理完畢，手上又是一柄精光閃閃宛如新製的武士長刀。田川母女瞧得口呆目瞠，小阿松尤其興致盎然，稱呼也改了。

「翁叔叔好厲害的手段，像變魔術呢。」

田川氏讚美道：「便是先夫在時，他每次保養這刀也沒有如今光彩奪目呢。」

翁翌皇執刀對空舞了兩下，然後插歸刀鞘，帶著微笑對田川氏道：「夫人，恕我直言，這柄刀雖是好刀，卻不是眞正的村正刀。」

田川氏睜大了眼奇道：「怎麼？什麼是村正刀？」

翁翌皇見她連什麼是村正刀都搞不清楚，不禁有點後悔提這事，只因「村正刀」和自己的命運相關，才忍不住說了出來。於是答道：「村正刀是名匠村正家族打造的刀，和德川大將軍家族一連串的悲劇之間有若干關聯。戰國諸侯之間流傳各種說法，把村正刀喚作『背叛者之刀』，更因它製造精良，鋒利無比，又叫作『妖刀』。武士們喜歡得到村正刀珍藏如寶，憎恨德川的諸侯門人人手一把。德川家康得天下後，便下令將村正刀列爲禁刀，不准人佩戴了。」

田川氏呵了一聲道：「怪不得！翁桑您說得對，先夫家族曾參加了上杉家臣直江的部隊，後來又幫石田三成和家康交戰。因盟友秀秋叛變而兵敗逃亡，數年後與秀秋的大將關原長旭冤家路窄，在佐賀國見山下決鬥，先夫不幸敗死……關原長旭竟然沒有沒收這把刀作爲戰利品，反而著人送回交給我這寡婦，原來是因爲村正刀是禁刀的緣故。」

想到決鬥中被殺死的丈夫，噩耗傳來時她身懷六甲，那椎心之痛委實不堪回首。一時之間田川氏不禁泫然欲淚，但過了一會兒她便恢復平靜，問道：「您說這刀卻不是村正刀？方才看見刀柄上明明刻著『伊勢村正』，您怎知是僞作？」

翁翌皇微笑道：「我是從刻痕及銘文內容看出的。村正刀我看過，這把刀的刀莖所刻時間爲永正七年，距今已有百年，製刀村正應屬第一代，第一代村正的銘文皆爲長銘，除國名、地方名外，還有自己住所及自號的官名，而這把刀卻是短銘。再者，那銘文刻痕比較新而清晰，絕非百年前刀成之時所爲，而是之後刻上去的。是以我便斷定此刀不是村正刀，不過我還是要說，這是一把好刀！」

田川氏帶著深切讚賞的眼神瞟了這個對日本刀瞭若指掌的明國人一眼，阿松更是崇拜地叫道：「叔叔您好厲害，您那麼懂刀，一定是劍道高手，我要跟您學劍道。」

翁翌皇笑道：「我懂刀，卻不一定會使刀，妳一個女孩子要學劍道爲啥？」

阿松道：「阿松學好劍道，要去找關原長旭，我要和他決鬥，殺了他替我父親報仇！」

田川氏聽了又驚又怒，斥道：「阿松妳一個女兒家，說什麼劍道、決鬥、報仇。妳想都不准想，媽就只妳一個女兒！」

阿松嘟起小嘴，抗議道：「女兒家又怎樣，我聽那些從明國來的大船上的武士們說，明國的江湖上有好多好多女俠，專門殺貪官和壞人，劍術可好呢。翁叔叔，您說是不是？還有，我一直不懂『江湖』是什麼東西？」

翌皇對這小女娃很是喜愛，聽她如此問，便知她不時跑到海邊去看大船，在碼頭上聽到那些水手們說的八卦故事，便笑道：「在中國，『江湖』就是朝廷之外的民間，尤其指俠士們活躍的世界。明國江湖上女俠是有的，但是沒有『好多好多』，絕大多數劍客仍是男人。」

阿松只聽到她想要聽的，立刻笑逐顏開叫道：「媽，您聽到叔叔說的吧，明國江湖上真有女俠的。媽，我長大了想當女武士。」

田川氏有些不好意思了，對翁翌皇鞠躬行禮道：「阿松自幼喜歡胡思亂想，有時會說些奇怪的話，翁桑莫要怪罪……」

翁翌皇道：「阿松說的並非胡言亂語，俠義之心不分男女，也不分文武，即便是不能使刀劍，只要心存俠義，行事仗義，也就是俠士。」

阿松聽得似懂非懂，但也知道翁叔叔站在自己一邊，便跑上前一把抱住翁翌皇，嬌聲叫道：「叔叔願意教我劍術！謝謝叔叔！」

阿松的母親柔聲斥道：「阿松不要這樣麻煩翁叔叔……」

翁翌皇道：「阿松喜歡看我打鐵煉鋼儘管來看，等妳長一些氣力，就可以來幫叔叔工作，我還可以教妳一些功夫。」

做母親的雖然不願女兒學什麼打鐵煉鋼，更不願她學武去尋仇人決鬥，但她也知道以目前的現實考量，自己實無能力讓女兒過著大小姐的日子長大，田川氏啊了一聲就無語。

想到獨立負起自己和女兒生計的沉重擔子，她不由自主地多看了翌皇一眼，心中竟然閃過一個不可思議的念頭：「這麼多年了，家裡也該有個男人，也許……也許這個從中國來的異鄉人，他……他不在意我是個寡婦，還帶著一個阿松？」

立刻她就感到荒謬而難為情，雖然自己注意這個工作勤奮的中國人好一陣子了，但畢竟今日才是第一次正式見面，自己這種想法實在是羞到頂點……

她想著便臉紅了，偷瞥一眼，卻正好和翁翌皇的目光相交，一陣心跳如狂，一把抓起阿松的小手便往門外走，像做錯什麼事被逮住了的那種慌張和失禮。

「媽，妳的刀！」

「夫人，您的刀！」

阿松和翌皇同時喊，田川氏停下來，轉身接過那柄武士刀，這時她看到翌皇眼中流露出深深關切的眼光。

半年後，田川氏嫁給了翁翌皇，成了翁夫人。

翁翌皇卻不教阿松改姓，讓她仍然保有田川的姓氏，永遠紀念她未曾見過面的父親。再嫁的母親很是感激，對這個新丈夫悉心服侍，恩愛照顧無微不至。

翁翌皇萬萬沒有想到自己在平戶這個偏僻的島鄉留下，竟然結束了半生漂泊的生涯。

幸福的日子過得很快，前年藩主慶祝四十大壽時，得到翁翌皇為他打造的一柄長刀，藩主愛不釋手，白晝貼身佩掛，夜晚放在睡榻上觸手可及，睡醒來第一件事便是伸手摸刀。從此藩府上下對翁鐵匠十分照顧，翁家在平戶的地位令鄉人側目。

其實那一柄武士刀，乃是這幾年翁翌皇不斷摸索改進製造刀劍的實驗作品。有一個善於奉承的藩士摸到主公愛刀的嗜好，又從手下官員及武士處得知翁鐵匠造得一手好刀，便花重金要翌皇打造一柄華麗的好刀，當作獻壽的禮物。

這些年來，翁翌皇對日本刀的製法已嫻熟於胸，他也深知日本社會中有頭有臉的人物都愛炫耀自己身佩的名刀，而名刀又講究刀紋的華麗，剛好翁翌皇試用一種新調配的燒刃土，淬火的結果得到一柄雲霧般線條的刀紋，陽光下煞是好看。於是他便配上漂亮的刀柄和刀鞘，一把實驗成品就成了名貴壽禮，翁家也著實進了一筆豐厚的酬金。

溫柔鄉中的翁翌皇一日也沒有忘記自己躲到東瀛來的目的。

隕石坑中收集到的含金屬石塊，翁翌皇按照古法和自己創新的各種方法試過多次，就是無法得到隕石石塊中的金屬，主要是那非金非石的礦石遠比鐵砂難熔。翌皇的煉鐵爐燒到最高的溫度，那礦砂發出閃閃紫光，但顆粒完全不爲所熔，仍然維持原樣。

試過各種方式皆不成功，翌皇的心態其實憂喜參半，憂的當然是冶煉無門毫無進展，喜的是他從隕石中得到的這些礦砂確實是前所未見的異物，如能突破瓶頸將它融入刀劍中，肯定會產生不可預料的特異性質。

「福船來了，福船來了！」

平戶島的碼頭上平時出入的多爲漁船，但每一、兩個月總有從中國來的商船隊靠岸，上下貨物除了供中、日商品交易之外，還有一些在西方市場熱門的中國產品。每隔一季，定期而來的西方船隊就會到達，到時平戶這個小地方就有一番日、華、洋商旅雜處、生意交錯的場面。

中國船隊裡的大船多半是福船，船高如城，吃水一丈二尺，適航於大洋，在季風推送下，是海洋貿易的好載具。

平戶的孩童大多對進港的大船特感興趣，每回有船隊到了，孩童爭相告知，大夥兒湧到港口，見到下船的中國人，還會喊幾聲「歡迎」、「你好」的華語；見到西方的船員，大多會對著他們叫葡語的哈囉——「歐拉」，倒也成了一種對外來商旅歡迎的儀式。

船隊靠岸了，一共十五艘，爲首的一艘大船上，首先走下的是一個紅髮的西洋人，他身邊同行的是一個年輕英俊的華人，操一口流利的葡語和洋人邊走邊交談。

走到市鎮中心，那個洋人說要去酒店喝幾杯日本清酒，那華人指著腰上的佩劍對他說：「范譚姆蘭你先去酒店，我這把佩劍的劍鞘損壞得厲害，要找個刀劍舖配一個新的……我已打聽過了，前面不遠處就有一間刀劍及鐵器舖，那老闆還是個華人呢。我去去就回來陪你吃酒，不醉不休。」

兩條街外，翁翌皇的鐵匠舖裡正忙著，藩司裡新到差的兩個軍官訂了兩把短刀，約定今日來取貨。翁翌皇在兩柄脇差的刀面上小心翼翼地擦拭，然後用鹿皮來回盤擦，直到刃面發熱，看上去出現一層似油非油的光澤，然後再用棉布施以薄薄一層防鏽的丁子油。

翁氏和女兒兩人合力造了兩把刀鞘，正各持一把，在做那打亮木質的精細活。兩人一面工作一面低聲談笑，不敢驚擾到專心清理利刃的翁桑，但她們都知道待軍官買主將這兩柄脇差取走，他們又有一筆豐厚的收入。

「店老闆，店老闆！」有人在叫，是華語呢。

翁翌皇先小心地停下手上的活，然後才抬眼看來客。因他手上的傢伙鋒利無比，一個疏神手上就是一道血口子。

來客頗有禮貌地點頭爲禮道：「店家老闆，我這柄佩劍的劍鞘已破損不堪用了，聽咱們船上的同伴說，翁師父手藝全城第一，想請您做個新的劍鞘，不知要花多少時間和多少錢？」

翁翌皇聽到來自故國的言語，心情大好，微笑道：「好說好說，這城裡就只有我一家鐵舖，我的手藝想不『全城第一』都不成，客官您說笑了。」

他接過年輕人的劍，仔細看了看那劍鞘，乃是木製加漆，外裹蛇皮，下方可能受過嚴重撞擊，已經破損到木心，從外面都能看見劍刃，確是不堪用了，便建議道：「客官你要在我這裡做，我便爲你打造一個鐵劍匣，要不銅劍匣也成；您若還要木心的，便去找別人。」

年輕的客官生得濃眉大眼，英俊中帶著幾分江湖味的帥氣，聞言很瀟灑地道：「翁師父您方才言道，這城裡就您這一家，怎叫我去找別人？便由您決定吧，做鐵做銅，您說了算，我照付銀子。」

說完這話他發覺有一雙眼睛盯著他看，順著目光望去，才發現右邊一張木案上忙著揩拭一把短刀鞘的竟是一個妙齡少女，不由得仔細多看了一眼。他心中忖道：「原來翁鐵匠說『找別人』，指的是找這美少女。她會做木鞘？」

就這多看一眼，改變了這個美少女一生的命運。

她便是長大了的阿松，十七歲的田川松。

長大了的阿松保留了一些小時候的天真稚氣，但多了濃濃的少女嬌美，雖然穿著粗布衣裳，臉上也沒有刻意化妝，但是花樣年華的自然之美卻掩不住，加上田川家的好教養，她一舉一動都流露出優雅的氣質。

霎時間，年輕人盯住阿松驚爲天人，他萬想不到在平戶這小地方一個鐵匠家裡，竟遇見這樣一位美女。他渾身宛如中邪，目光再也離不開阿松。

做媽媽的立刻發覺這個大膽的年輕男子態度無禮，第一次看到女兒，竟是如此色授魂與難以自持，不禁又驚又嗔，便輕咳一聲，示意翁翌皇這個當老爸的也該管一管事。

不料這年輕人竟直接了當地對阿松道：「姑娘，原來妳是製刀鞘的高手，我這把劍不做什麼鐵鞘銅鞘了，就煩請姑娘爲我製作，我就要這種朴木白鞘。」

阿松雖聽得懂一些華語，但難以應付這場面，翁翌皇便道：「小女不諳漢語，客官你說的她聽不懂，小女也從不爲客人製作刀鞘，她手中的白鞘乃是賤荊所製。再說，白木鞘作爲日本短刀之鞘尚可，中國長劍的鞘還是金屬的較佳……」

阿松見母親對她使眼色，便將手中的刀鞘交給母親，低首走向後房。年輕人見她苗條的體態剛健中透出幾分婀娜，情不自禁地道：「翁先生，令嫒麗質天生，芳華之年不該守在平戶這小地方。」

翁翌皇皺了皺眉，嫌他說得唐突，便道：「小女年幼，平時讀書練劍自得其樂，有勞客官掛心了，客官新劍鞘打造需兩日，我用上好青銅製造，連工帶料需半兩銀子。」

年輕人總算靈魂回竅，恢復了瀟灑的性子，道：「全依老闆的，在下兩日後再來取劍。」說著就連劍帶鞘交在案桌上，對翌皇抱拳道：「如此，在下告辭。」

一直沒有說話的翁夫人這時忽然低聲對翌皇道：「這個年輕人來得突兀，你問問他的來歷。」

翁家三人的共同語言是日語，翁氏雖略能聽懂幾句華語，但比不得翁翌皇的日語流利。翌皇雖覺盤問這位客官有些奇怪，但他對愛妻幾乎百依百順，毫不猶豫便用華語問道：「還未請教客官貴姓大名，客官是第一次到平戶？」

翁氏卻不知這年輕人往來日本，更兼天生言語有才，一般日語都能通曉，聽到翁氏要丈夫問自己的來歷，不禁暗笑，巴結地回道：「在下鄭芝龍，福建泉州南安人，咱們船隊和荷蘭人合伙作海上生意。我在澎湖有一個基地，平時兼作荷蘭商人的通譯。您問平戶嗎？我們船隊常來的，在平戶還有自己的倉庫棧房，不過每次都不久留。」

翁翌皇啊了一聲道：「客官好本事，能通荷蘭文？」

芝龍笑道：「在下說葡萄牙語，在這一帶海上跑的西洋商人大約都懂葡語。」

翁翌皇多少聽過，中國沿海一帶朝廷在抵抗日本海盜，民間卻自己發展出一種亦商亦盜的海上勢力，其中牽涉到華、日、西洋諸國之間的利益和地盤，局勢十分複雜。這個鄭芝龍年紀輕輕居然能在澎湖獨當一面和洋人打交道，看來確實是個厲害的角色，加以此人儀表堂堂，言語便給，給人良好的第一印象。至於老婆翁氏爲何要盤這年輕人的底，他忽然恍然大悟。

翁氏是念及年過及笄的女兒是武士之後，平戶島上的年輕男子不是種地便是打漁的，看得上眼能與愛女匹配的大都是經商或官宦之家的後生，但不論是經商的或是官家，大多流動性高，極少留在平戶生根的。

她看到年輕英俊又能幹的鄭芝龍，心中爲女兒歡喜，便忍不住想要了解一下，這時聽說鄭芝龍經常往來平戶，在平戶還置了貨倉棧房，不禁眼睛一亮，暗自上了心。

事情發生的比做母親的想像還快。

兩日後，鄭芝龍再次光臨翁家鐵舖時，店面上只有阿松在照顧生意。翁翌皇在後院忙他的煉鋼爐，母親翁氏去了鄰居布商家看京都來的新款布料及和服式樣。

阿松在櫃案後遠遠望見鄭芝龍騎著一匹高頭大馬而來，那馬比平時見到的日本馬高了不只半個頭，加以鄭芝龍高大魁梧的身材，比一般日本武士也高了半個頭，阿松看得心生喜愛，不由芳心亂跳。

到了店舖前，鄭芝龍跳下馬來，只見他身手俐落，神情瀟灑，眞如玉樹臨風，見到阿松很有禮貌地鞠躬行禮，問道：「敝人來取劍，敢問翁先生在否？」

阿松含笑迎客，告知父親在後院忙，便從壁櫃中取出鄭芝龍那把配劍，劍鞘果然煥然一新，青銅匣外包一層魚皮，看上去頓時成了一柄頗爲像樣的新劍。

鄭芝龍將劍拔出，隨手挽了一個劍花，唰的一下插入鞘，果然順手無比，忍不住叫聲：「好鞘！服貼更勝原裝，翁鐵匠名不虛傳。」

阿松微哂道：「這把劍鞘算得了什麼？父親每天想要做的是天下第一劍呢。」

芝龍從錢袋中掏出一塊白銀，足有一兩多重，阿松也不秤重，直接用鐵剪剪成兩塊，收了半塊，將另一半擲還給芝龍，道：「爹說連工帶料半兩銀，我瞧這差不多了。」

芝龍喜歡阿松的大器作風，笑道：「差不多，差不多，妳找我的一半銀塊只有多沒有少。姑娘不斤斤計較，最合我意。」

阿松聽他說的日語顯然不甚到位，語意中倒有些曖昧，羞紅了臉笑而不答。鄭芝龍更加殷勤道：「我來往中國、平戶、長崎好多回，從沒見過阿松姑娘這麼溫柔美麗的女子；不僅日本沒有，恐怕中國也沒有。」

阿松明知他說得誇張，但仍是十分樂意，掩嘴笑道：「你這人喜歡亂講話，有沒有人教你在日本跟女子第一次見面是不作興說笑的。」

鄭芝龍搖手道：「阿松姑娘說的不對，第一，我們是第二回見面了；第二，我說的全是真實的話，哪有說笑？」

阿松答不出話來，心跳得厲害，自然想要低下頭來，卻又好強不想示羞，急切間要換話題，便指著鄭芝龍的大馬道：「你這匹馬好生高大，怎麼比我平日看著的馬高了半個頭……」

芝龍反問道：「妳平日看什麼人騎馬？」

「大多是藩司裡的大官和武士。」

芝龍笑道：「他們騎的日本馬當然矮小，怎跟我這匹馬相比？」

阿松奇道：「那你的馬是什麼馬？明國馬嗎？」

芝龍得意洋洋地道：「我這馬是歐洲名馬，是歐洲野馬和西域野馬交配而生的駿馬，神駿無比，日本馬又矮又小怎麼能相比？」

阿松皺眉問道：「什麼是歐洲？這馬是你的？」

芝龍這才想到這平戶城的小姑娘怎麼會有寰宇知識，便解釋道：「歐洲是西方世界，有好多國度，全名叫歐羅巴洲。至於這匹馬呢，主人是個荷蘭商人，他和我相熟，借我騎騎，順便騎來取劍……」

他持劍拎韁，立在駿馬身邊，看上去十分威武英挺。阿松看著心喜，卻不知再說什麼好，希望他快上馬離開，又希望他多留一些時間多說一會兒話。

正在猶豫時，耳中卻聽到芝龍問道：「阿松姑娘會騎馬嗎？」

她連忙搖頭，不料這個膽大包天的年輕人竟然道：「妳來騎騎我這匹馬，便知牠跑起來又快又穩……妳若不敢騎，我可以坐在妳身後，助妳控馬，咱們共騎到山丘地外，讓妳試試馳馬平原的滋味……」

阿松聽了既覺這人胡說八道，又覺怦然心動，一時之間竟不知如何是好，只好搖頭道：「我在看顧店舖哩。」

芝龍卻道：「妳不敢騎也罷，至少可以來摸一摸這匹馬，這匹馬性子好，靜如處子，動如游龍，我在中國也從來沒騎過這麼神駿的馬。」

阿松聽他說不用眞正去騎，只摸一摸馬毛便放心多了。鄭芝龍的話像是有些催眠作用，她竟順著他的話跨出舖門檻，盯著那匹洋馬的大眼睛看，覺得牠挺溫柔的，便鼓起勇氣摸了一下馬頸上垂下的鬃毛，正想要說：「好乾淨漂亮的鬃毛……」芝龍忽然一把將阿松抱起放在鞍上。阿松驚叫了一聲，鄭芝龍已經一躍而上了馬後背，雙手環過阿松的身子拉住轡繩。那馬唏嗶叫了一聲，撒開四蹄，踏著小快步向前疾走。

鄭芝龍把馬轡交到阿松手上，他用雙腿夾馬控制，馬兒果然走得又平又穩。鄭芝龍又教阿松用轡的方法，阿松一旦去除了恐懼，片刻就學會了以轡繩控馬。她畢生沒有經歷過躍馬馳奔的快樂，剎時渾忘了鐵匠舖空無一人看守，玩得樂不思歸。

她漸漸學會了如何靠自己駕馭，膽子大起來，放馬疾奔。那馬十分機靈，知道到了郊區，立刻放開四蹄愈跑愈快，阿松覺得像是騰雲駕霧，心中有些害怕，這時她感到坐在身後的芝龍環抱她的雙臂從虛抱變爲實抱，馬行愈快，抱得愈緊。她開始聞到一股年輕男子的氣味，想要扭動身子擺脫他的懷抱，卻又感到一陣意亂情迷，捨不得擺脫背後這個大膽中國人的擁抱。

過了一會，馬行慢了下來，原來奔馳了一大圈又回到鎮內的大街。阿松正在擔憂不能這樣讓人抱著回家，芝龍十分善體人意，立刻從馬上跳了下來道：「阿松妳還騎著，我來牽馬。」他接過轡繩，牽著馬慢慢走回鐵舖。店舖似乎並未有客上門，老爹仍在後院忙著，阿松暗喜，低聲道：「咱們到郊外跑了一圈，家裡都沒有人發現哩。」

芝龍卻看見阿松的娘翁氏從不遠處走過來，她看見他們牽馬回店，便閃入小巷。

他抬頭看了馬上的阿松一眼，阿松騎馬一輪跑下來，頭髮微亂，額頭略見汗珠，雙頰因燥熱及興奮而顯得緋紅，看上去正是花容正茂的碧玉年華，自己已經被這小女子迷倒，情不自禁就生了想向翁桑提親的念頭。他這兩日打聽過，知道阿松生父乃是田川氏的先夫，對她的婚姻大事，母親的意見恐怕比翁翌皇更要緊。方才見到翁氏明明看到兩人牽馬歸來，卻隱身小巷子中沒有出面責問，精明的鄭芝龍已察覺到此乃好兆頭，看起來翁氏對自己沒有壞印象，頂多覺得自己太急躁了一點，才第二回見面就有本事把小阿松哄去騎馬。

阿松哪曉得這個在中國已經結過婚的英俊男人，腦中在想什麼複雜的心思，更不知道他已經抓住自己不放，很快就要提親，自己逃不出他的手掌心了。

果然，鄭芝龍向翁翌皇提親時，翁翌皇第一個問題就是問鄭芝龍在中國成親沒有。芝龍老實回答少年娶妻陳氏，夫妻沒有什麼感情，陳婦留在故鄉未有所出，年紀輕輕便終日念經向佛，完全不管也不了解鄭芝龍在外面做些什麼。他信誓旦旦此番要娶田川松乃是基於愛情，婚後定會待她如元配長婦，凡家中之事一切依照阿松之意，不敢有違。

第二難關是母親翁氏不捨唯一的女兒遠嫁到重洋之外的中國，此後要見一面勢比登天。這事原不好辦，但芝龍抓住翁氏也是嫁了中華郎的事實，一口答應阿松不須立即搬到中國去住，而且他已經打算婚後把一半的工作重心放在平戶，一年少說也有幾個月可以待在平戶，要效法翁翌皇一般守著老婆孩子，好好疼愛她們。

翁氏再嫁後對老公很是滿意，想想也有道理，便答應了，但仍表明了一切要以阿松的意願為主。

第三關就是阿松自己樂意。

於是一個風和日麗的早晨，芝龍換了一件新衣，牽著阿松在海灘上漫步。芝龍掏出一枝並生的兩顆荔枝，又大又紅，其中一顆表皮已剝去一小塊，露出白玉般的荔枝果肉，看上去汁多甜美，令人看一眼便滿口生津。

阿松見了心喜，伸手接過想要剝食，接到手中才知是玉石雕的，她更加愛不釋手了。

芝龍道：「這兩粒連枝荔枝是我送妳的玩物。」

阿松眼中放光，喜孜孜地道：「這荔枝的紅、果肉的白都是石頭的原色哩，怎麼有如此奇石如此巧匠？我還以為是新鮮荔枝準備剝開來吃呢。」

芝龍解釋道：「這是我福建家鄉出產的壽山石，天生晶瑩半透，溫潤可愛，顏色多樣，有黃、紅、赭、白、藍、灰、黑等，每一種都特別高貴大方，加上福建的巧匠，便能依照石頭天然的形狀及顏色，雕琢出各種精美的成品，維妙維肖……」

芝龍施展出推銷商品的渾身解數，阿松聽得如醉如痴，嘆道：「雖說石頭多彩，但這塊石頭的顏色和光澤就和荔枝一模一樣，也太神奇了。」

芝龍知道荔枝在日本國是珍品，平常人家不易吃到，他見阿松愛石荔枝的精美，又愛真荔枝的甜美，便笑道：「阿松喜歡荔枝，今日我送這兩顆給妳拿著玩，明年夏天時船從福建來，我要他們給阿松送大簍的貴妃荔枝來，讓妳吃個痛快。」

「眞的？不許食言。」

「當然不會食言。今日這兩顆石荔枝便是我倆成婚的證物……」

「什麼成婚？你別胡說……」

「我已跟你父母提親了，他們兩人都同意，只要阿松樂意就可開始準備婚禮了……這兩顆石荔又甜蜜又堅實，就和我們倆的感情一樣，妳若收下了，就表示樂意做我的新娘子。」

阿松低下頭，臉上羞赧未退，並不回答，卻把兩顆石荔枝緊緊地握在手中，沁涼的壽山石都被她握暖了。

芝龍喜道：「那妳是樂意了。我鄭芝龍乃海上游龍，今天對大海起誓，我娶了田川松為妻，這一世都要疼妳、愛妳、護妳，咱倆就像這兩粒石荔永遠連理並生，誓不分離。」

阿松聽他發誓，說得直白有趣，忍不住笑了起來。她張開小手，望著掌心兩顆荔枝道：「那麼你就是那顆剝了一半皮的，我是這顆完美無缺的。」

芝龍一把握住她的手道：「不對，妳是那顆露了果肉的荔枝，我就要咬一口了。」

說著就俯首在阿松雪白的手臂上親了一口。

鄭芝龍輕撫著阿松的身子，就像海水輕撫著岸沙。遠方海平線上白雲朵朵，停在蔚藍天幕上動也不動，就像是一幕舞台的布景。

第五章　盜商

一六二五年，澎湖外海。

時在寅時三刻，海面一片平靜，二十六艘船靜靜停在海上，爲首一艘最大的船頭上站著一個高大英挺的青年，他一身打扮半軍半民、亦華亦洋；上身是明朝的軍官甲冑，頭上戴著一頂西洋船長帽，下面卻是福字錦緞袍及繡面靴，只看下半身倒像是富商的穿著。

他手捻三炷拇指粗的檀香，插入一個銅香爐中，口中朗聲唸道：「觀世音菩薩，媽祖娘娘，乞求保佑芝龍出海平安，斬獲豐碩！」

身後十幾個部下齊聲參拜上香已畢，他從頸上取下一條金鍊，鍊上懸著一個白金的十字架，他把十字架靠在供桌上，喃喃用葡萄牙語禱道：「願上帝賜恩典給您的僕人尼古拉斯，讓他出海平安，斬獲豐碩，阿門！」

這時他身後一個紅髮洋人上前一步，在胸前劃了一個十字，俯首低聲道：「阿門。」紅髮洋人長了一臉的赤鬚，看不出他眞實年齡，但從一雙淡藍的眼睛看來，只覺炯炯有神，似乎年紀甚輕。他用葡語問道：「一官，你一面拜上帝，一面又拜中國菩薩，這合適嗎？」

「一官」是「尼古拉斯」的小名，「尼古拉斯」是受洗的教名，這個高大英俊的青年正式的中文名字便是鄭芝龍。

鄭芝龍今年二十一歲，福建南安石井人，少年時隨阿舅到澳門去找出路。他人長得帥，機靈善解人意，有語言天分，見葡萄牙人在澳門無論經商傳教都無往不利，處處顯得高人一等，心想大丈夫當如是也。舅父說想上進就去信個洋教吧，於是他便入了天主教，又學得一口流利的葡萄牙語。那年頭葡萄牙國海權強大，商人和教士在東方四處活動，洋人之間不論來自哪一國，到了東方大多以葡語交流，鄭芝龍的葡語流利，使他在華洋交會的沿海地區到處吃得開。

不久，他就被沿海及南洋一帶最有勢力的人物看中。那人姓李名旦，也是閩南人，泉州出身，在菲律賓經商致富，擁有龐大船隊，經營的模式是亦商亦盜，他的船隊既是商船也是海盜船。後來他與菲律賓的西班牙人交惡被捕為奴，但仗著機智及手頭大方，逃脫後轉移陣地到日本平戶，取得德川幕府的朱印狀，成了往來日本、大陸沿海、台灣、南洋的大商人，也是擁兵自重的「倭寇」，洋人尊稱他「甲必丹」李旦（編註：甲必丹，西班牙語「船長」之音譯）。

鄭芝龍因舅舅的關係而認識李旦，李旦對這個聰明機靈的少年極有好感，當了他的教父，對他很是看重。鄭芝龍加入李旦的組織，主要工作是在澎湖和荷蘭人打交道，雙方合作在台灣海峽截擊來往於菲律賓的西班牙船隊。在商場利益上，視西班牙為競爭對手的荷蘭，和與西班牙人有深仇大恨的李旦，確有利害的共同交集。

鄭芝龍抬眼看了看高大的荷蘭人夥伴，笑答道：「范譚姆蘭，我們中國人見神都拜，不像你們洋人只准拜一個神，除了上帝，別的神都說是『假的、邪惡的偶像』，實在有點愚蠢。」

范譚姆蘭有些不高興地道：「嘿，我好心提醒你不可褻瀆上帝，你倒說我蠢，可惡你一官，你可是受過洗禮的天主教徒啊……」

鄭芝龍微笑道：「我說你們蠢乃是基於事實，試想想，世上的人那麼多，事那麼繁，只有一個神如何管得下來？定要有許多神各司其職，才能管得有條有理。譬如說，我們在海上討生活的，便有媽祖娘娘專司保佑之職，而救苦救難的慈航觀音菩薩也管事的。再說，我們多拜幾個神，就能避免有閃失，起碼有一個神能聽到就有保障了；中國人說『禮多人不怪』就是這個道理。」

范譚姆蘭是個極爲虔誠的天主教徒，早年還在荷蘭阿森郊外的修道院度過三個夏天，聽鄭芝龍說得頭頭是道卻完全不能接受，說又說不過他，便賭氣不理鄭芝龍。想到自己用葡語都說不贏這個中國年輕人，不禁愈想愈火大，便走下船頭，獨自去艙裡禱告了。

鄭芝龍坐在一張藤椅上默默養神，等待隨時將臨的海戰。四周一片黑暗，耳中只聽到海浪打在船舷的聲音，他想要定下心神，但興奮和緊張使得情緒不停地起伏著。

他想著留在日本九州平戶的妻子，美麗的田川氏，原是鐵匠翁翌皇的日籍義女，他們在花樣年華一見鍾情，一個嬌豔嫻靜，一個高大英俊，相見相戀數日就在翁翌皇的同意下結爲夫婦。婚後的幾個月是芝龍一生中從未享受過的美好日子，田川氏有日本女子的溫柔體貼，鐵匠丈人翁翌皇每日指點他劍術刀法，在平戶的海濱沙灘上，清晨見到儷影雙雙，黃昏則見刀光劍影。他暫時忘卻了商場，忘卻了地盤，也忘卻了海上喋血、殺人越貨……可惜李旦交付的任務到了，他不得不回到海上。

此刻最令鄭芝龍興奮難以平靜的是，想到剛回澎湖和廈門不久，田川氏就託人帶信來告知，她爲鄭家生了一個男孩。

他即刻趕回日本，見到了新生的嬰兒，天庭飽滿，小鼻挺直，雙眼雖然不常睜開，但偶一微睜便見黑白分明且有神。他擁著妻兒，只覺自己是世上最幸福之人。

他爲嬌兒取名福松。希望他不忘家鄉福建，壽如長松。

福松滿月不久，幕府的地方官衙發生了對華人極度欺壓剝削的事件，長崎平戶一帶的華人聚在平戶布商顏思齊家中密會，眾人都是離鄉背井出海打拚的好漢，不堪忍受幕府愈來愈專橫跋扈而刻薄的政策，大夥商議要在長崎縣起事，進而據地自雄。

鄭芝龍以他和荷蘭人的關係，很自然地被推爲領袖之一，然而密會後尚未有行動，也很自然地便有華商向幕府通風報信。事跡既已敗露，芝龍被追捕，只好匆匆離開妻兒，與顏思齊逃往台灣暫避。

想愛妻，想愛子，然後想到即將到臨的海戰，他雖全身放鬆、閉目養神，實則心情起伏難定，沒有片刻安寧。

「嘟」一聲短促低沉的號聲響起，船艏眺望架上一個瘦子吹完三聲海螺號，從架上向芝龍報告：「目標由北而來，約二里外！」

鄭芝龍快步奔向船艏，向眺望架上喝道：「備戰！」

大船立刻傳出一長二短的海螺號聲，海上二十六艘福船上全體船員立刻動起來，不一會，黑色的船帆全部升起，兩舷的火銃也全部卸除了遮掩物，水手各就各位，一切動作盡在黑暗中安靜而熟練地進行，沒有任何喧譁人聲。

船上原載的厚重貨物全部堆成了臨時掩體，看這些船上的裝備就十足說明了鄭芝龍船隊亦商亦盜的本質。

海峽吹著溫和的西南風，二十六艘船的黑帆升起後，船隊開始向北移動，進入海峽中央後風勢較勁，船速增加。每艘船上的首領都是有海戰經驗的老手，他們安靜地指揮船員將準備工作做好，等統帥一聲令下就要接戰。

駛在最前方的是主帥船，鄭芝龍和荷蘭督戰官范譚姆蘭並肩站在船艄。眺望架上的瘦子開口叫道：「對方發現我船隊了……」

「對方打燈號了！」

「一高一低……一高兩低……兩高兩低！」

他報的是來船利用燈籠高低打燈號的順序，鄭芝龍吃了一驚，用葡語對范譚姆蘭道：「是我方的燈號哩，難道是自己人？」

范譚姆蘭緊張地道：「不可能！我對我們的情報來源很有把握，這時候從北方南下的定是西班牙人雇的中國船隊……」

鄭芝龍對眺望者叫道：「我方暫不回應，等對方再發燈號！」

過了一會，雙方的船又近了一些，眺望架上傳來消息：「他們又發燈號了……」

「一高一低……一高兩低……兩高兩低！」

鄭芝龍和荷蘭人這回也看清楚，黑暗中來船利用氣死風燈掛在高位及低位發訊號，而所發之訊號正是己方所定的暗號，這表示來船確屬己方！

眺望架上又傳來新發現：「來船只一艘！來船只一艘！」

鄭芝龍和荷蘭長官范譚姆蘭對望一眼，荷蘭人低聲道：「看來眞是你們自己的船，怎麼會此時隻船南駛？出了什麼事？」

鄭芝龍道：「我方大船隊半個月前出發駛往平戶，由甲必丹李旦親自率領，照說這時早已到達。這艘單船如屬我方，算航程、船速及時間，應該是尚未抵達長崎就折返，難道海上眞發生了什麼天大的事？」

船行漸近，已能清楚辨識來船只有一艘，其後方並無船隊跟隨。那艘孤船不停打出燈號，鄭芝龍再無疑慮，遂發出暫時按兵不動的號令。

眺望者首先確認來船，大聲叫道：「是福順六號，福順六號！」

鄭芝龍下令「升燈」，他的帥旗桅杆旁升起了燈籠，一高、一高一低、三高……是己方回應的燈號。

雙方終於靠近，減速、靠舷、搭板，福順六號的船老大無視海浪顛簸，飛步從搭板上跑來，才落甲板便悲聲大叫。

「老大死了！甲必丹李老大死了！」

鄭芝龍大吃一驚，一把抓住來人，急問道：「你說什麼？老王你慢慢說……」

福順六號的船老大叫王大元，他喘氣連連地道：「半月前，李老大率咱們四十條船從台灣去平戶，第五天夜裡老大多喝了半斤酒，夜半突然發了絞心症，大家拚命搶救無效，到天亮他老人家便走了。羅副決定船隊繼續往平戶島前進，只派我福順六號折回報喪，幸好在這裡遇上鄭通事和荷蘭官人的船隊……」說完又向范譚姆蘭行了半禮。

荷蘭人號稱能聽閩南語，其實一知半解，但他卻聽懂了「甲必丹李死了」。他臉色凝重地盤算，接下去該怎麼做才能保持荷蘭王國在這塊區域的最大利益，一時無語。

鄭芝龍要王大元坐下歇一口氣，命手下燙了一碗黃酒給老王壓驚。他心中同樣也在盤算下一步如何因應變局，一時之間也沒說話。

王大元喝乾了一碗黃酒，人也鎮定了，便續道：「老大走得突然，倒下去時心痛如絞，慘呼幾聲後就不省人事，也沒留下什麼交代就走了。羅副說這批貨價値高，是老大在台灣和荷蘭人聯手幾筆大生意盤到的好貨，運到日本脫手利潤巨大，定須在俄羅斯買主離開日本之前趕到長崎，否則要空置一整季，既無收入還要花銀子租倉棧。再說李老大的家眷這兩年大多住在平戶，雖說落葉歸根，遺體該回福建，但在這節骨眼上還是先運到平戶辦了後事，將來再設法運回他老家泉州府安葬，而且……」

他停了一下，鄭芝龍知他要說什麼，抬眼望了他一眼等他說下去。老王嘆了一口氣道：「而且天氣熱，老大的遺體經不起耗時折騰，趁此西南風加速趕到平戶才是正辦。我便叫手下儘快將福順六號艙裡的貨物轉到五號和四號，咱駕空船折返，雖然頂風，總是輕快一些……」

鄭芝龍點頭道：「羅副和你們的顧慮都是對的，羅副有沒有要你帶其他什麼話給咱？」

王大元瞟了范譚姆蘭一眼，接著道：「羅副要咱全速趕回，不得有任何耽擱，定要在西班牙雇的船隊南下通過澎湖海面之前見到鄭通事，不然便以延誤『軍機』問罪。他媽的，老王看這情形，好像西班牙雇用的船隊尚未到達，總算不辱軍令。」

王大元是個仔細的漢子，他見荷蘭人就站在鄭芝龍身旁，便在言語中把一些重要字句改成南京官話，不小心連粗口也改成官話，心想這荷蘭人勉強聽得懂一些簡單的閩南語，南京官話就肯定莫法度了。

范譚姆蘭經驗老到，察覺到王大元話中有「話」，知他有事要瞞著自己這個外國人，卻也不急躁，只淡淡地對鄭芝龍道：「一官，甲必丹李旦突然逝去了，咱們是照既定計畫在這裡等候襲擊航向馬尼拉的船隊，還是先回澎湖等上級的指示？」他心中暗忖：「只要你一回答我這個問題，我便知道你心中打的什麼主意。」

鄭芝龍知道他口中說的「上級」是指荷蘭東印度公司派在台灣的長官傑拉德．韋特。這些訊息往返海上千里，要得到新指令少說也是十天半個月以後的事，此刻要緊的是當機立斷。在李旦死後的新局面中先馳得點，搶佔住有利的地位，遠比等待上級長官新的指令來得重要。

他要先弄清楚情況，便問道：「老王，你單船一路下來，有沒有西班牙雇用船隊的消息和行蹤？」

王大元道：「咱們一路上記載所有碰到的大船的詳細方位、航行方向、速度等，零星碰到幾艘皆屬大型鳥船，艄艉總有五十尺上下，航行方向全都駛向東北，直指九州。我猜測可能是西班牙國雇來的船隻正駛向九州集合地，如以此計算，船隊集合，裝載貨物，補給食物及武器然後南下，通過此點應該就在一日之內的事了。恁老母，咱們已經佔了有利的襲擊位置。」

鄭芝龍點頭稱善，並據實翻譯。范譚姆蘭心中暗忖道：「甲必丹李一死，他手下群龍無首，廈門、台灣的基地必定將會產生爭奪地盤之矛盾。這二十六艘福船，就算一官統禦有方，只要李旦死訊傳開，士氣必然大挫。這襲擊的事萬一搞砸了，我督戰無功反而有過，新任的傑拉德·韋特長官方甫就任，他的性子我也還摸不清。不如緩它一緩。中國人說得好，事緩則圓，不做不錯。」

於是他對芝龍試探道：「一官通事，甲必丹李的死訊恐怕會使你的手下弟兄士氣大傷，此時咱們繼續執行襲擊的計畫，你有幾分把握？」

鄭芝龍機靈過人，一聽便知這個紅毛督戰官心中已萌退意，但是他正在打算的還不止於此刻的進退，他在思考李旦死後留下龐大的海上勢力，無論是商業或是武力，都將立即進入鬥爭和重組的局面。現下襲擊西班牙雇傭船隊只是一次性殺人越貨的海盜行為，幹不幹實在沒有必要性了。

於是他抬眼看著荷蘭人督戰官，嚴肅地道：「照說此刻是戰是撤須你督戰官同意，范譚姆蘭，我意既不在此等待襲擊，也不班師回澎湖，反而火速趕往台灣，待閣下與新上任的傑拉德・韋特長官面對面商量過後，咱的船隊再執行新的命令，尊意以為如何？」

范譚姆蘭一聽便覺是個好主意，暗讚這個年方二十一歲的青年通事確實聰明機靈，當下猛點頭應道：「一官這個主意很好的，我們與其回澎湖等命令不如直接去台灣請命，至於該死的西班牙商貨就暫時放過他這一次，下回再幹個痛快。」

鄭芝龍三言兩語擺平了荷蘭人督戰官，心中暗笑道：「李老大一死，廈門那邊的產業和人員恐怕要落入李旦的拜把兄弟許心素之手，我這邊的上策還是趕回台灣搶先接收李老大在台灣的勢力。李老大在台灣的副手顏思齊日前才病故，我若錯過了第一時間，樹倒猢猻散，再要聚攏就難了。」

他想到許心素，那個搞錢莊出身、深受李旦信任的好手，李旦在日本時此人便是留守在中土的心腹代理人，平時就不怎麼看得起沒讀過多少書的鄭芝龍。芝龍不禁恨恨地想道：「這時就讓你得了廈門的豐富基業，我到台灣後加緊發展武力，李老大在廈門的財產和船隊遲早還是歸我鄭芝龍的！」

年方二十一歲的鄭芝龍已立下了取代李旦海上地位的雄心。他毫不猶豫地拔劍下達命令，二十六艘福船浩浩蕩蕩向台灣魍港（今嘉義布袋）進發。

從此他要「轉骨」自立門戶。他將手中長劍插入劍鞘，一臉嚴肅地對站在身邊的荷蘭督戰官范譚姆蘭道：「從今夜起，請閣下不要再叫我『一官』，我的名字是鄭芝龍。」

范譚姆蘭啊了一聲，一頭霧水。

兩年後，鄭芝龍以台灣魍港爲基地，縱橫閩粵沿海，大筆做生意，外兼劫財掠地，很快發展成七百艘商船戰艦合體的船隊，果然打敗並殺了對手許心素（其時許心素已接受招安當了明朝的官），盡得廈門的船、財、人，聲勢大振。

一六二八年，北京順天府換了皇帝，崇禎帝即位，鄭芝龍在台灣與荷蘭人分庭抗禮，在商業利益上既合作也競爭。他將主基地移回福建，並在這一年率領一千艘船及三萬部眾接受福建巡撫熊文燦的招撫，受封爲「五虎游擊將軍」，駐安海（今福建晉江）。

聰明的鄭芝龍打著精明的算盤，一方面當上了朝廷的將軍，可以炫耀親朋鄉人，在荷蘭的長官面前也可以揚眉吐氣；另一方面他擁兵自立，有朝廷的官銜加持，在海上卻依然我行我素，並不理會朝廷的海禁，率領龐大船隊來往於日本、中國沿海、台灣、澳門、菲律賓、東南亞各港口之間，甚至外國船隻也都升掛鄭氏旗號。每船一年例入三千金，鄭家歲入以千萬計，芝龍更斥資在福建基地築城，眞有點鄭氏海上王國的氣勢。

這六年之間，鄭芝龍從李旦手下一名通事成長爲海上霸主。他坐鎮基地，每日忙於布局經商，指揮作戰；對內應付朝廷爲官，對外則周旋於洋勢力之間，雖然奉母命另娶了顏氏，但幾乎沒有時間顧及私情。

六年間，他的船隊經常出入平戶島，但是他本人從未再回到平戶，而他的兒子鄭福松已經七歲了。

平戶島的海灘，天邊第一道旭光劃破黑暗，海上紅光耀日，海灘頓時成了遍地金沙。那景色動人心弦，可惜整個海灘上竟無人欣賞。

其實在東北角一片岸礁後，有兩個人對立著，他們的雙眼都注視著對方手上的木劍，對那天邊和海上千變萬化的奇幻色彩完全沒有關注。

這兩人一大一小，大人年近五旬，小孩看上去才七、八歲，兩人都穿著單薄的和服，赤足束髮，看上去就是兩個在地人，大人在教小孩劍術。

實則這兩人都是華人，他們是鐵匠翁翌皇和他的外孫鄭福松。

福松雖只七歲，持劍和馬步都穩重有力，看得出他已打下了相當紮實的日本劍道的基礎。

翁翌皇單手持劍，鼓勵福松：「看準了就進攻！」

福松趁外公吐氣發話之際，猛揮手中木劍直取對方左肩。翁翌皇舉劍斜指，腳下右滑閃開，同時大叫道：「進攻！再進攻！」

福松橫劍下劈，不待招式用老已經挺身上刺。翁翌皇斜轉讓過，叫道：「注意了！」

他轉身之際忽然伸手在福松的劍柄上拂過，福松猛覺自己被一股力道一推，立時站不穩腳步，向前仆倒。

他尖叫一聲爬起身來，一臉的驚奇之色，結巴地問道：「外……外公，你推我之力一點也不大，爲何……爲何我……忽然跌倒？」

翁翌皇微笑道：「福松，你練花房氏劍法練得太用力了。」

「太用力了？」

福松一頭霧水，翁翌皇解釋道：「你劍法練得太用力，用力就有破綻。方才你從下劈轉爲挺刺，腳力轉換之間就出現一個破綻，別人看不出來，便是你老師花房氏自己也不見得知道。外公卻知道，只要抓準那一點，四兩之力你也受不住。」

福松想了想道：「外公我不信，咱們再練過！」

翁翌皇笑道：「好，小劍客，站好了再攻我。」

福松的母親田川氏對福松的教養無微不至。田川氏原是武士世家之後，福松五歲時，就把他送到名師花房氏門下學習劍術，講文修武鍛鍊身體。他資質天賦優異，一年後就在同門孩童中贏得「小劍客」的稱號。

聽到外公叫他再度進攻，福松按照花房老師的傳授，將馬步架勢蹲得十足紮靠，瞅著外公一副稀鬆隨便的姿勢，突然衝出一步，木劍疾如流星刺向對手右胸。有了方才的經驗，他的下盤絲毫不因出劍而放鬆，雙腿半蹲如鐵鎖橫江。

翁翌皇瞧得眞切，單手揮出，木劍已經在一瞬之間先一步點到福松的咽喉。福松猛然收勢，順勢改刺爲劃，直取外公的小腹。然而就在此刻，他又是大叫一聲，雙腿站立不穩，向右急跨了三步，終於還是跌倒在沙灘上。

這一回翁翌皇動作更快，福松連自己如何跌倒都弄不清，便已坐在地上。他張口結舌，望著對他微笑的外公說不出話來。

翁翌皇這才上前一把將小福松拉起，替他拍掉一身沙，笑著問道：「小劍客，你是怎麼跌倒的呢？」

福松漲紅了一張小臉，對外公神奇的功夫佩服至極，但倔強的他卻不輕易放棄。他認眞回想剛才發生的動作細節，抗聲道：「外公總叫我進攻，我一出力進攻就跌倒。假如我不進攻不出力，您就沒法子將我推倒，是不是，外公？」

翁翌皇正要說「孺子可教也」，岩石後面傳出嘻笑聲，一個女孩子的聲音道：「小劍客，你躲在這裡偷練外公的功夫，怪不得花房老師班上其他的徒兒都打不過你啦。」

另一個男孩的聲音：「福松，你外公教你的功夫叫做四兩撥千斤，你用力愈大，跌倒得愈快愈重。翁師父，對不對？」

岸岩後面一男一女兩個孩子跑了過來，年紀都比福松大一些，女孩長得白淨可愛，一對烏溜溜的大眼睛隨時看上去都像是在偷笑，兩頰微紅。額上見汗，許是一路快跑過來。

男童小小年紀就把頭髮剃梳成茶筅型的武士頭，濃眉隆準，看上去英氣勃勃，加以身材較同齡男孩高了半個頭，看上去倒像有十五、六歲的氣宇。

翁翌皇指著男孩道：「鄭冬，你又懂什麼『四兩撥千斤』了？」

男孩鄭冬是福松南安老家鄭氏族叔的小孩，他父親追隨族兄鄭芝龍在海上跑生意，想把兒子送到日本學日語，也學一門將來可以謀生的技藝。在一場海上戰鬥中，這位族人英勇戰死，鄭芝龍甚是傷心，想到族弟生前的心願，又想到岳父翁翌皇打得一手好鐵，便將鄭冬送到翁翌皇家做學徒，也可以和小他五歲的族弟福松作伴。福松從第一次見面就特別喜歡這個同族哥哥，那時福松身材瘦小，鄭冬見了這個族弟，一把將他抱起，福松就感到這個冬哥有一副強壯廣闊的胸脯，讓他覺得被他抱著十分地安全。

鄭冬也很喜愛這個聰明的小族弟，平時生活上、學習上處處維護著福松。有時福松貪玩耍誤了功課，鄭冬都會出面替他頂過挨罵。翁翌皇都看在眼裡。

鄭冬聰明好學，不但打鐵技藝學得上手，平時和福松一道跟翁翌皇練武尤其進步神速，幾乎是學一知三，領悟力奇佳。翁翌皇從來沒有見過如此好資質的少年。

鄭冬聽翁師父問，便答道：「師父您忘了，幾日之前您在隔壁和慶子的爹談中土和東瀛武術的精要，您就提到『四兩撥千斤』的要旨不在力之大小，而在施力的時間及著力點的精準，如能掌握二者，小孩也能打贏大人。」

翁翌皇暗嘆：「鄭冬實是難得一見的練武好料子，比起來，福松就差了一截。不過福松這孩子對兵法布陣之學特感興趣，花房氏借給他看的兩冊日本兵法他小小年紀都讀得透徹，過些日子我來傳他孫子兵法和戚繼光兵法。這族兄弟倆長大了都不是普通人，鄭冬可成武林高手，小福松可以做個獨當一面的大將軍。」

他轉頭對小姑娘道：「慶子，妳一大早天不亮就跑到海邊來，小心被妳媽知道了又要挨罵。」

小姑娘慶子特有禮貌，對著翁翌皇鞠個躬，才喜孜孜地回答：「我就愛看小福松練武功，翁桑教的招式又厲害又好看，我也偷偷在學著練習哩，一早便猜到您和福松肯定躲到這裡來練武功了。」

慶子的父母數年前從北方搬來，就住在翁家隔壁。吉野先生在附近置了一些田產，算是個小地主，生活雖不富裕倒也無虞溫飽。他擁有一艘漂亮的海釣快船，每日天未亮就要乘風破浪出海，捕獲漁產好貨就賣到藩府，一般的貨色就交給小廝們在市場上叫賣。其實這是他的喜好，家計並不靠此爲生。吉野太太是個熟練的裁縫，她從京城進些平價布料，經她手做出來的和服無論剪裁、手工都是一流，在平戶這小地方不易找到第二家有此手藝，是以才搬來數年，生意就接不完。她勤勞工作，爲人卻大方有禮，和翁鐵匠的女人田川氏一見如故，成了要好的閨中密友。

這時朝陽上昇，日曬下大家都已出汗，翁翌皇看了看海面，遠方出現了船隊的蹤跡，雖然距離過遠難以辨識，但他經驗豐富，已看出那支船隊少說有三、四十艘船，心中已經有譜。

「鄭ㄙ，趁太陽還沒有曬頂，你將前兩日學的劍法演練一遍給師父看看……」說到這裡，他轉頭對慶子和福松道：「慶子，妳帶福松到港口那邊探看探看，好像有一隊福船要進港。」

慶子開心地牽起福松的手走了，沙灘上留下兩行小腳印，一路走往港口。

福松沒說話，慶子牽著他默默地走。她側看福松的小臉，覺得他眼睛細長，睫毛上彎，鼻梁挺直，心中喜歡，便對福松道：「福松，你猜你外公為何要我們去港口？」

福松搖了搖頭沒有回答。慶子又問道：「你有沒有聽你外公或媽媽說起你爸的事？」

福松不解地望了慶子一眼，搖頭道：「沒有啊，我爸怎麼了？」然後又加了一句：「他……他便是突然出現在平戶，我也不認識。」

慶子道：「我聽我媽說，是你媽告訴她的，你爸在中國發達了，他要接你回中國去。你真的沒聽說？」

福松立刻回道：「真的沒聽過。反正我不回中國。」

慶子很開心地笑了，不過走了幾步後她又擔心起來，皺了皺細眉道：「我怕到時候大人們要你回去，也由不得我們小孩。」

福松並沒有在擔心，倒是對慶子的說法感到好奇，便道：「我不擔心，我媽說阿爸不會讓我們分開，她也不會想去中國的，再說，外公也不會准我們走。妳剛才說什麼『由不得我們小孩』是什麼意思，又跟妳有什麼關係？」

慶子聽了為之一怔，過了片刻，低聲道：「怎麼沒關係？我也不准你回什麼中國，可……可是，我擔心到時候可由不得我們。」

福松這才聽懂慶子的意思，他也覺得開心起來，便道：「妳是說，妳也捨不得我走。」

慶子點頭道：「我……我永遠不准你走。」

說這話的小女孩隱約感覺有些害羞。她的臉紅了，小臉在朝陽下像是初熟的蘋果，福松覺得好看，便多看了兩眼。慶子別過臉去，兩人手牽手走了一程，沒再說話。

他們愈走愈靠近海浪，早潮退後，沙灘上留下了好多貝殼。慶子忽然歡呼一聲停下腳步，在沙灘上撿起兩顆一般大小的紫色貝殼。那貝殼的顏色豔麗，有如一杓濃郁的桑椹汁澆在乳白色的瓷瓶上，陽光下散發出微微的螢澤，讓人一見便愛不釋手。

「呼！好漂亮的貝殼！」慶子一面吹去貝殼上的細沙，一面高興地大叫。福松沒說話，雙目流露出欣羨的眼光。

慶子選了其中一顆特鮮豔的放在福松手心。福松眼睛一亮，問道：「給我？」

「給你，慶子所有的東西都和福松共享。」

福松沒說話，其實心中很是感動，慶子笑瞇瞇地問：「福松你給慶子什麼？」

福松不經思考脫口而出：「福松永遠保護慶子。」

慶子初聞此言覺得好笑，看著比自己矮一截的小福松，說什麼要永遠保護自己？但當她看到福松臉上一種男孩子特有的堅定神色，不禁深深爲之打動，只覺得心頭一陣熱烘烘的，能言善道的她竟然說不出話來。

「怎麼啦？」福松看著慶子的俏臉，可愛的笑容有些僵硬。

帶著幾分窘意，慶子回道：「小劍客，你要永遠保護慶子？」

看著手心中漂亮的貝殼，福松堅定地點頭：「嗯！」

十二歲的慶子，忽然像個小女人般脫口說道：「那除非我們做夫妻。」

她說完就撒開腿向前跑去，福松跟在後面，一面跑一面叫：「做夫妻有什麼好？像我爹我媽那樣？」

福松七歲，慶子十二歲，如何能了解世事的變化無常，誰也不能將自己所有的東西與人共享，誰也不能永遠保護任何人。他們的童言童語雖然稚氣，卻是男女小孩的純情，無關風月。

平戶港外正在緩緩入港靠岸的船隊，就是由福松的堂叔鄭芝鶚所率領。他帶了大批貴重禮物，也帶了軍容浩蕩的鄭氏「軍威圖」，準備對幕府「威懾利誘」，要他們打破幕府禁止本國女子出國的規定，迎接田川氏和福松回到中國與鄭芝龍團聚。

其實在鄭芝鶚率船隊來平戶之前，鄭芝龍已派他另一位堂弟鄭芝燕向日本請求准許讓田川氏母子離開日本，卻遭到斷然拒絕。

熟悉幕府處理涉外事務作風的鄭芝龍知道，只有用「威懾利誘」才有可能奏效。自己當年年輕氣盛，曾經在平戶島策劃推翻幕府、自立爲雄的起事，因而遭到追捕逃離平戶，這回請求准許放行妻兒的事就不便自己出面了。

果然藩廳十分重視泊在平戶港口的四十艘武裝商船。藩主對鄭家行賄的珠寶金銀也十分動心，但是國法不能輕易破壞，正在反覆商議之際，主辦業務的執事又接獲密告，說福松實爲當年謀反的一官通事的兒子。

這一來事情就複雜了，結果幾經折衝，官方提出一個折衷辦法，就是讓芝燕、芝鶚將福松帶回中國，但是田川氏則不准離開日本。

鄭芝燕及鄭芝鶚面臨是否同意這個條件的抉擇。芝燕是個直腦筋，認爲大哥之命沒有完成不敢歸國。芝鶚卻較圓滑而有主意，他對芝燕兄弟說：「芝龍大哥雖有迎接田川母子歸國的命令，但這件事咱們交涉折衝到這個份上，只怕再難更進一步，而大哥每日念念不忘的大半是他流落在日本的兒子。至於田川大嫂嘛，嘿嘿，大哥不是又娶了顏氏嗎？我瞧只好等將來大哥勢力更大一些時，再來迎回田川氏。咱們就帶福松先回去吧，我估計大哥見著小福松，心中一樂，八成不會責怪咱們未能竟全功的事了。」

芝燕聽了覺得也有道理，便不再堅持，於是這事便如此決定下來。

這個決定對福松和田川氏都是晴天霹靂，尤其是對小福松，他不懂那個在自己心目中全無記憶的阿爸，爲什麼要又一次傷害母親和自己？

自幼在單親撫養下成長的他，有著超乎年齡的成熟，加上外公和母親給他嚴格的家教，他知道父親是天，父命不可違。得知必須離開熟悉的出生地已經夠難接受，再得知必須和母親分離，那股怨憤在他小小的胸中已達飽和，但是七歲的他居然硬生生地壓抑下去，表面上只看到他的順從。

他不抱怨、不吵鬧，只是變得更加沉默寡言，連最親的媽媽和外公都不知道他小腦子裡在想什麼。外公發現他讀書、練武變得更加勤奮，簡直到了廢寢忘食的地步。

只有族兄鄭冬和鄰居慶子比較能了解福松此刻的心裡感受。這兩人是福松從小僅有的玩伴，也是福松最親近的哥哥及姐姐。他們感覺到，福松表面恭順從命的態度後面隱隱醞釀著一股暗流：福松覺得自己被背叛了！而這種被自己父親背叛的念頭必須埋藏在心底深處，絕不能讓它爆發出來。

和曆十月，平戶島淒風苦雨，航海人報來中國東海及台灣海峽海象良好，北風漸盛，正是南航的好季節。

鄭芝鶚的船隊終於決定啓航回國，田川氏得知船隊離開的日程後暗自流淚，不讓愛兒福松看見。行前一日，福松知道啓程在即，卻沒事般照常一早到海邊跟外公習武，然後到花房老師處習文加練幾招東洋劍術，結束時恭敬地向花房恩師拜謝辭行。午餐後，他和族兄鄭冬對拆外公傳授的少林長拳。福松正常習作，中規中矩，一點也看不出異樣。

鄭冬習武學藝天賦極高，原來跟翁翌皇主要是學習冶鍛之術，伴隨福松一齊習武不到三年，已有相當高的功力，一套少林長拳打下來遠非福松所能跟上，他小心出招，唯恐傷了小族弟。這時兩人拆到分際，正要收手，福松卻似毫無感覺，依然卯足了勁，雙拳直取鄭冬兩脇。鄭冬吃了一驚，慢了這一拍立時使他陷入匆忙自救的窘境。他飛腿反襲，同時旋轉猛退，但踢出的一腳就無從控制力道，相當強勁有力地踢向福松的小腹。

一聲驚叫，夾著一聲大喝：「快退！」

鄭冬的一腿踢在一個人身上如中敗革，踢出的力道反而將鄭冬向後彈出三步，福松則被一股柔力捲起，向左飛跌出五步，勉強站住。

鄭冬定眼看時，只見翁師父氣定神閒地站在兩人中間。他心中忐忑不安，翁師父卻無責怪之意，只對福松道：「福松你心裡氣苦，要哭就哭一場吧，強憋著傷身體呢。」

福松睜大眼睛，一對黑亮的眸子望著外公，眼眶中有淚卻不流下，只是默默地看著。翁翌皇竟然從這個七歲童子的眼神中感到一種無名的肅殺之意，不禁大為震撼，暗忖道：「這孩子具有一股極少見的懾人氣勢，長大成人後可為萬人敵。」

入夜後，田川氏睡在床上，在微弱的燭光中仰望著蚊帳的圓頂久久不能成眠。明日一早福松就要離她歸去中國，七年來她獨自含辛茹苦養育福松長大，福松的成長沒有一天離開過她無微不至的照顧，時而給他溫柔的母愛，時而加以嚴格的教訓。她自認善盡了嚴父慈母兩個角色的職責，而福松的成長也令她感到安慰。這孩子一天天長大，一天天懂事，無論讀文習武都有傑出的表現，母子之間的相互依賴一日深於一日。明天愛兒即將遠去，也不知道何年何日才能再見面？還有那曾經熱愛過的丈夫一官……

就在這時，福松出現在她的床邊，她吃了一驚，才叫道：「福松……」

福松已經輕輕爬上床，靜靜地側睡在她身旁一動也不動。她聞到愛兒的氣息，伸手去抱，這才發現福松淚流滿面。她側身緊抱愛兒，顫聲叫：「福松，我兒……」

耳邊聽到福松低聲對她說：「媽媽，我愛妳。」

第六章　忍者

鄭氏船隊升帆待發，烏雲漸散，海港天際現出一縷陽光，給了岸邊送行者一個好兆頭的吉利話題，大夥齊聲道：「出太陽了，此時出發，航向天光。」

鄭冬拍了拍福松的肩膀道：「福松，回到中國不要忘了你冬哥啊。」福松握了鄭冬的手，沒說話只是微微搖了搖頭，鄭冬知他是在說「不會忘記」。慶子拉了福松的手，兩人把手張開，手心中都是那顆紫色的貝殼，他們對望著。

慶子低聲道：「福松，你到中國要記得慶子。」

福松道：「我去哪裡都記著慶子。」停了一會，他又道：「我答應過要永遠保護妳的，我一定會回來。」

慶子心知殊不可能，仍然用力點頭，臉上撐著笑容。田川氏摸摸福松的頭，對他只說一句：「到了中國要聽爸爸的話，注意照顧自己。」

福松道：「媽，我一定會回來看妳。」

最後他對翁翌皇道：「外公，有冬哥幫你，你的寶劍一定能鑄成。」

翁翌皇點點頭道：「福松，從今天起你是大孩子了，記得勤練外公教你的功夫不要間斷。」

福松最後上前和鄭冬道別，看到鄭冬高大強壯的身子，福松忍不住和他擁抱了一下。話不多的鄭冬低聲道：「福松，你冬哥練好功夫，幫師父煉成他的寶劍就來找你。冬哥會保護你，別怕。」福松感受到他結實強壯的胸脯，就如第一次和冬哥見面時的感覺一樣溫暖、踏實。

這時早已上船的兩位叔叔已覺不耐，不停在船上揮手催行。福松提起媽媽給他的行李布包，轉身上船。

船隊順利到了泉州港，添加補給後就要將日本上船的貨運到台灣去，福松則在此下船。在岸上迎接他的是四叔鄭芝鳳。

鄭芝鳳是個長相威武而說話文雅的軍人，他一見福松便喜歡這個侄兒，福松也覺這個叔叔比「押」他離母背鄉的另兩個叔叔好多了。他在船上孤獨地把自己關在艙中好多日，這時見到一位和藹可親的叔叔，馬上就興起親切之感，很高興地隨著鄭芝鳳換了一艘小船，沿海灣進入河道，最後到了晉江安海，小船停靠在河邊一座大宅子的石階前。鄭芝鳳牽著福松上岸，門開處，竟然是一間布置豪華的臥室。

小福松看得目瞪口呆，直覺得不可思議，什麼人住在這麼豪華的臥室，竟有船隻可直達窗門口，那麼住這間臥室的主人，豈不就可以開門上船，直駛大海？他小小腦中立刻浮出一個天眞的想法：「我若住在這裡，只要開門上船，就能直航到平戶找媽媽和外公。」

正在胡思亂想，一聲宏亮的笑聲從房內傳來：「四弟辛苦了，多謝你到泉州接福松回來……

福松，你長好大了，快來讓阿爸看看你！」

隨著笑聲一個英武將軍走了過來，一把將福松抱起，然後放下仔細端詳這個七年不曾見面的兒子。

福松落地，不慌不忙地雙膝下跪，恭敬地拜了下去，口稱：「父親大人在上，請受孩兒福松一拜。」

芝龍先見福松長得眉清目秀、相貌端正而有英氣，心中便是一喜，又聽他口齒清晰，知禮而落落大方，不由大爲高興。這個流落在日本七年的兒子竟然生得如此優秀，眞是謝天謝地，眼前不由自主地浮現田川氏美好的面容，心想：「眞要感謝他母田川氏……唉，這回沒能將她一起接回來實是憾事！」

他一把拉起跪在地上的兒子，發覺才七歲大的小福松身輕力大，十分敏捷輕鬆地順勢站起，他不禁一怔，然後哈哈笑道：「啊，忘了你媽曾捎信給我說你跟花房氏習劍道。好，好啊，小小年紀居然能文能武。爲父要給你取一個正式的名字，從今以後，汝就叫鄭森，不要再用福松這個小名了。」

福松聞言爲之一怔，心中忽然覺得不快。小小年紀的他並無法分析自己的心理，這不快的感覺中有失落，也有委屈，還有些反感。這反感主要來自這些日子以來他連續遭遇到的巨大變化，而這些變化沒有一樁是他自願歡喜的；熟悉的人和事物一一離他而去，迎面而來的陌生令他不喜，如今連他熟悉的名字「福松」也要被改成陌生的「鄭森」，這一切都是因爲這個初次見面的父親。他雖然儘量表現出恭順有禮，心底深處卻隱隱對父親有了隔閡，只是這些幽微的心理變化，七歲大的福松縱有超齡的成熟，卻不可能有自知之明，只是對一見父面就要改名這事很是不開心。

但當他抬眼望著父親英武的面容及高大的身軀，想到母親的叮囑，便壓抑住那份不快，恭敬地答道：「謝謝父親賜名，孩兒今後便是鄭森了。」

鄭芝龍高興地對鄭芝鳳道：「四弟，這孩兒聰明知禮，年紀雖小卻有大器，我事情忙，你要幫我多照顧教導。」

芝鳳笑道：「我和福松一見面便覺投緣，雖然尚未有時間多加認識，已覺此子氣宇不凡，說不定是大哥家中的千里馬呢。」

芝龍大樂拍手道：「四弟你知兵又飽讀詩書，文武雙全，由你來指導森兒最是合適。森兒，今後你的文、武功課不可荒廢，我要為你聘請教席教你詩書，你也要聽從四叔的教導，望你長大搏個功名，光耀我家門。」

芝鳳心知這個大哥自幼不喜讀書，憑著出眾的外貌、語言的天賦，再加上聰明機靈的手段，雖然在海上做出偌大的事業，兩年前經朝廷招安後也封得個「游擊將軍」，但內心卻希望家族中有人走科舉正途而做大官，好光耀門楣。他心中暗笑，忖道：「我知大哥此心久矣，便是我本人也有此意，這幾年讀書練武，希望明年就去考武舉。如果考場順利、祖宗蔭佑，未來終能搏個武進士，一樣也是光宗耀祖，為鄭氏一門爭氣。」

他見大哥和兒子一見面便談到科舉功名、光耀家門，便問道：「福松你在平戶跟外公都學了些什麼？讀書了嗎？」

福松聽到芝鳳並沒改口稱他鄭森，仍然叫他福松，便對這個四叔又增了幾分好感，開心地回答：「侄兒在平戶花房老師班上認字讀文及練東洋劍道，另外跟外公練中國功夫。文章讀了《朱子家訓》、《鬥戰經》、《破夷兵法》，東洋劍道學了花房流、雙蝶飛，外公教的是武當內功和少林長拳。」

鄭芝鳳暗暗稱奇，向芝龍道：「這孩子年紀雖幼，學的這些都是成為一代名將的基本功。大哥，你那鐵匠丈人實乃一位異人。福松你既背了《破夷兵法》，那是一本什麼書呀？叔叔沒聽過。」

福松道：「《鬥戰經》、《破夷兵法》都是日本人寫的，不過全部都是用漢字，侄兒學的時候只會背，意思卻是不懂，後來外公一字一句慢慢解說侄兒才懂得。原來《鬥戰經》是簡易的孫子兵法，《破夷兵法》講的是岳飛破金兵的法子。」

芝龍拍手道：「森兒，我說了要請個飽學之士教你四書五經，你芝鳳四叔馬上馬下功夫都了得，更兼熟悉海上戰法，由他點撥你武藝必能使你成為文武全才，科舉途上功成名就。哈哈，今日慶祝森兒歸來，可要擺家宴痛快吃一餐，你且隨丫鬟去屋裡歇息一下，吃飯前拜見你二媽，此後她要照顧你起居，你也要孝敬於她。」

鄭森想要問父親何時能接母親來團圓，聽到父親說到二媽，一時有些迷惘。他並不知道父親已於去年娶了顏氏，心想等見了「二媽」，弄清楚是怎麼回事再提母親的事。
於是鄭森忍住不言，便行禮隨丫鬟去後房歇息了。
七歲的鄭森能有這樣的深思，確是萬中無一的奇葩，而之後他的一生經歷也正是萬古未有之奇。

福松離開平戶好一陣子了，翁翌皇潛心從中華《天工開劍》及石津的《村正刀制訣要》兩本書冊中琢磨試驗，主要困難是從隕石坑收集來的金屬不知究是何物，始終無法將它熔於一爐。
幾經思考，最後翁翌皇決定從改良燃料及配料上著手。
他的思考是：如果能找到某種新的燃料，燃燒溫度更高，能將隕石熔化，而新的配料能將鐵砂中的廢鐵雜質消除得更乾淨，說不定就能冶煉出我心目中的寶劍了。
他將這個想法告訴鄭冬。鄭冬雖只十五歲，但已經是一個經驗豐富的冶鐵「高」手，只因他在翁師父這裡所學的不是一般陳規的技藝，而是不斷地做新材料、新技法的試驗。他所學到的都是世上別處所未曾有之新知識，再加以他對煉刀劍、習武術都有極高的領悟力，翁師父在和他的互動之中，不知不覺已從師徒的關係轉變爲可共商大計、探討問題的夥伴了。
鄭冬聽完了翁師父的想法，想了一會道：「師父的想法極有道理，不僅如此，我覺得煉鋼爐的設計也可以改進。只不知師父心目中要另尋的燃料及配料究是何物？又在何處可得？」
翁翌皇雙目凝視著煉鋼高爐，緩緩地點頭道：「我要去蝦夷國！去蝦夷國石狩川找上好的煤炭。你若想改進煉鋼爐，不如另外造一座新爐，我出去這半年你可以好好想一想。」

「蝦夷國？您是說愛奴人的地方？」

「不錯，我曾認識一個住石狩川一帶的愛奴人族長，他告訴我石狩川有最上等的煤炭，整塊天成，有如黑玉。他族裡有人拿來雕刻成黑玉神像、黑玉鳥獸等珍貴商品賣給俄羅斯商人……」

「俄羅斯？師父您是說羅剎國吧？」

翁翌皇點頭笑道：「俄羅斯是蒙古語的說法，其實照俄人他們自己的語文發音，稱呼『羅剎』是比較接近的，不過用『羅剎』這兩個漢字似乎對他們十分不敬。」

鄭冬道：「師父可知去那蝦夷國來回要多少時間？」

翁翌皇早已有計算過，回道：「如果趁春夏東南風出發，冬天西北風起時回歸，一條快船半年可以來回。」

鄭冬聽了覺得不放心，提出兩個問題：「師父您全程走水路，可有找到可靠的船隻和船夫？不然可等我芝龍伯父下回率船隊來時，讓他挑一條好船送您去。第二個問題是，您一個人去不如鄭冬陪您去，路上兩人也好照應，再說弟子來此之前也曾在船上打雜廝混多時，航海的事都熟，師父您說呢？」

翁翌皇見他十來歲的一個少年，乍聽到自己這個冒險主意，不但不驚不慌，還能立刻抓住問題核心爲師父設想，不禁大慰，但是此刻他不能同意，因爲他另有想法。

「鄭冬，你能設想到這些細節，眞不虧『少年老成』這四個字，但是師父的打算是乘坐慶子爹的那條船去蝦夷國……」

「吉野桑的船？吉野桑……要駕船陪您去？」

翁翌皇點頭道：「我出錢租下吉野桑的船和人，一共六個月，另外付他九個月的安家費用，他就答應了。」

鄭冬覺得有些不敢相信，驚問道：「您說吉野桑就答應了？」

翁翌皇點頭，然後很嚴肅地道：「不錯，吉野桑絕非普通漁人，他原來就是新瀉人，新瀉剛好在去石狩川的半途上。這一路咱們都是沿著海岸航行，吉野先生是走熟了的，遇到問題隨時靠岸可以安心。倒是家裡頭，尤其是兩個家，就你一個男人在了，鄭冬你怕不怕？」

鄭冬有些猶豫，想了一會，抬起頭來對師父道：「師父，鄭冬不怕，您只管放心去石狩川尋找您要的材料。家裡面，我是說咱們和吉野兩家的事就交給我，我不怕。」

他要言不繁，翁翌皇卻知道這個徒弟的性子，他凡事不輕諾，一旦答應了的事，必定會全力做到。於是他欣慰地輕舒一口氣。

吉野先生的海釣船雖不大，但設計和裝備都很講究。翁翌皇和吉野船主備好了長途航行所需物品，選一個破曉前的時辰，海上吹著溫和的東南季風，浪濤平穩，揚帆出發了。

家人都被兩位家長勸阻不准送行，起錨後就走得灑脫。其實家人們雖然窩在床上，沒有一人是在夢中。

翁翌皇雖也有獨自操作小舟的經驗，但是和眞正經常海釣的吉野桑比起來，只能做個聽使喚的下手。吉野駛船靈活熟練，釣船張帆後操縱行出半里，便處於穩定的風向和洋流中，一路順風地向北行馳去。

翌皇在旁幫不上太多忙，心中欽服不已，問道：「吉野桑，您這艘船行得又穩又快，走長途一日一夜可行多少里？」

吉野的身材以日本男人來看，算是高大。他雙眉和短髭都長得又黑又濃，額頭上方經常繫一條深紅色的布巾，打一個帥氣的貓耳結。

他一面將上半身伸到舷外察看浪花水紋，一面大聲答道：「如果海上維持這樣子不變，咱們一日一夜起碼走兩百里。」

翌皇也大聲道：「咱們船上只有兩個人吃喝，載足了菜蔬清水和乾糧，可以儘量不靠岸過夜，我瞧一個月就能到達蝦夷國。」

吉野回道：「沿海岸北行，此去不過三個較大的港口可以停靠及補充清水食物，其餘每天三餐，咱們都在船上解決。除了帶上船的乾糧蔬菜，不要忘了一路上好多豐富的漁場，咱們怎麼吃都吃不完。喂，翁桑你吃不吃生魚片？」吉野說得好像海中的魚都是他家養的。

翌皇知道吉野是個捕魚高手，跟他一道航海豈會少了海鮮？其實平日他不喜生魚片這道日本料理，但人在海上哪能講究許多，當下回道：「吃，吃。生魚片還有鮮魚湯，都好！」

他連忙補上「鮮魚湯」，起碼偶爾吃一次熟食吧。他心中其實篤定，昨夜老婆在行囊中塞了一罈「中華臘八豆」，是翁翌皇親自督導監製的私房菜，也是長年離鄉的他對自己所能保留的舌尖上的故鄉。

船航過壱岐島，海面上出現了十幾艘漁船在進行海釣，翌皇心想這裡多半有個好漁場，正要開口相問，吉野桑已經將船速慢了下來。他笑瞇瞇地搬出全套釣具，對翌皇道：「翁桑你瞧瞧我的手段，您出海第一頓午餐便請您吃鮮肥的眞鯛魚。」

翌皇暗忖：「你怎知釣上來一定是眞鯛魚？」其實他連什麼是眞鯛魚也搞不清楚。

吉野手腳麻利，三枝釣竿上綁了不同的魚鉤，魚鉤上放了不同的魚餌，全依他豐富的經驗而為，動作熟練而瀟灑，放竿收竿之間，生猛活跳的赤鯛魚便一尾尾地上鉤。

船停了半個時辰，吉野竟然釣上了二十多尾魚，大多是眞鯛，也有幾尾鰙魚及紅魦，吉野笑道：「翁桑您運道好，我出手釣得的二十多條魚，全是高級鮮美的種類，可不容易。您瞧最大的那條眞鯛，怕不有兩尺長，咱們午餐便先吃它。」

說完就再次升帆前航，他對翌皇道：「瞧您對駛船還有點經驗，咱們就換手，您來控船方向，我要下去整治午餐了。」說著他把釣具仔細收好，放回右舷一個置物艙內。

這時翌皇湊巧看到置物艙中除了收進去的釣具，還有兩支魚標槍，魚標槍旁靠著一柄三尺長刀，刀柄上繫著一條紅布巾。

雖只一眼，翌皇的心頭猛跳了一下，因為他眼中那把刀雖然插在刀鞘中，卻隱隱散發出一股殺氣。

翌皇忖道：「這柄刀煞氣如此之重，恐怕是一把殺人無數的凶刀，吉野桑他一個小地主兼漁夫，竟帶著這麼一把刀，難道他是一名武士？」

太陽在平戶島尚未升起，鄭冬已經起身匆匆洗漱完畢，就在院中將一捆木柴劈成小片，堆在廚房灶爐旁，以備師娘煮早飯之用。這是他每天早晨瞧著師父例行的工作。

幹了這活，他抱著一本舊書匆匆出門，走過街道，向西邊行走了五百步，便到了港灣西南的雙河口。

所謂雙河口其實只有一條河，只因藩司的役所離河口有點距離，為了讓藩司所屬的船隊能貼近役所進出，藩廳便在府前開了一條小運河，港裡的官船就能直接駛到役所門前，也有了幾百步長的運河岸可供官船停泊。

鄭冬趁著天色未明，路上尚無行人的時機展開了輕身功夫，如一溜煙般跨過運河上的木樁，跑到東邊河口的岸邊，停了下來。

他勘查河口四周，有一片茂盛的竹林和柳杉林，蔓延數里。一條清溪潺潺流入平戶港，溪水十分清澈，鄭冬蹲下以手舀了一掌心水潑在臉上，一陣清涼直沁心脾。

他掏出那本舊書，封面上「天工開劍」四字已有點模糊。翻閱了幾頁，又掏筆在一張紙上畫下河口四周的地形，補上幾筆記要，然後在那幾處來回測量，仔細記下距離、方位，甚至各種地上物的特徵。

他默默工作，心中忖道：「我要在這河口邊造一個新冶煉爐，肯定比師父那個強得多，待他帶著新的燃料和配料回來時，定要嚇他一跳，也讓他驚喜一場。」

他嘴角露出些許笑意，暗道：「我的高爐如果建在這裡，取木製炭、取水淬火都可就地現取，最重要的是在水邊建一個水車，爐前用竹子造一個大風扇，用水力帶動水車，水車帶動風扇，足可將熱風不分晝夜送進高爐，估計就算用師父現有的燃燒方式，爐中熱度起碼可以增加一成半。」

他想到師父回來後帶來新的燃料，禁不住低聲喃喃自語：「師父若能帶回上好的煤炭，用我這新爐燒出的爐火，說不準就把他那一袋隕石鐵給熔了。」

於是他再次把一支筆從銅筆套中抽出，在他那張紙上手畫的相關位置上畫了一個圖。

「就建在這裡了！」

他趕回家時，碰著吉野家的慶子。

慶子已經長得亭亭玉立，素顏展現少女清純之美，短裝難掩一身爆發的青春氣息，她正在石井打了一桶水，提著要回家去。

「慶子，早安啊。」

「啊，冬哥早。」

她招呼完便低頭疾走，似乎急於避開鄭冬。

其實自從福松回中國以後，慶子就失去了往昔陽光般的笑容，鄭冬和她在一起時，感覺上也有些疏遠。之前以爲那是因爲福松走了她思念玩伴，而後則以爲是漸漸長大男女有別之故，也不甚以為意，仍然對她關懷照顧如昔。

直到最近，鄭冬開始覺得慶子有些刻意躲著自己。以前在練師父教授的中國武術時，慶子總愛在旁邊看，然後就要求教她一招兩式，但最近鄭冬練功時，慶子便不再出現；碰上她問為啥不來「偷」學中國功夫了，得到的答案竟然是「沒有時間」。

鄭冬覺得奇怪，也覺不安，但他無暇深思，此刻屋內已傳來田川大娘的聲音：「阿冬，一早出去忙啥？快來吃早飯呀。」

吉野先生的船駛近了一座大島，島上有個六、七十畝大的湖，水質佳，南岸平坦多樹木，居民多以捕魚為業，島上的平坦地區也有不少農村。

吉野桑對這一帶海域十分熟悉，他遙指著左前方一片青蔥的樹林，對翁翌皇道：「翁桑，這是佐渡島，您瞧右手邊遠方模糊可見的陸地便是新潟，也是敝人的故鄉。咱們在佐渡島停靠一晚，補充清水和菜蔬。」

「既然新潟是吉野桑的故鄉，咱們為何不去新潟靠岸？今晚吉野桑還可以找些親朋故友聚聚，譬如說家鄉裡的老相好……可以去她家借宿一夜重溫舊夢，我替你守船……」

吉野卻沒有笑，反而有點嚴肅地搖頭道：「不去新潟了，傷心之地縱是故鄉，也是近鄉情怯哩。」

翌皇沒料到吉野桑這樣回答，一時再也問不下去。

吉野哈哈乾笑道：「不談這個了，待會船靠岸，我要到鎮上去辦些貨，翁桑要不要跟我上去轉轉？」

翌皇道：「不，我守船。」

「其實不必守。這佐渡島碼頭上的生意人，不少還記得我吉野先生這條快船。當年參加海釣鰤魚大賽，就這艘船釣到兩條超過五尺的大紅魽，破了紀錄而得到第一賞，做漁生意的老店家肯定都還記得，咱們只要繫好船拜託店家看著就好。」

「你去，你去。我留船上煮飯，等你回來吃。」

「也好，待會我可能找人先送清水來，麻煩翁桑指引工人將船上水槽加滿，錢我會先付過。」

船一靠岸，吉野拎著一個長形布包便上岸去了。翌皇在船上眺望，岸上幾家小店，說不上有什麼繁榮景氣，日頭落下之後甚至有些冷清，港口停泊的漁船也不多。過一會，點點漁火亮了起來，看來不少漁家就住在船上以船為家。

「這個吉野有點愛吹當年勇。」翁翌皇進艙淘米煮飯，然後盤膝在坐墊上閉目，緩緩調息。也不知過多久，四周暗了下來，忽然聽到有人在船頭叫：「船上有人嗎？送水的來啦！」

翌皇一躍而起，應道：「來了，請稍等。」

他快步走到右舷，打開一個置物艙的木門，門內掛了一個銅製鑰匙，他抓起鑰匙跑到船頭，只見兩個後生推了一輛水車送水來。翌皇引導他們找到清水槽，用鑰匙打開艙蓋，原來水槽還在裡面一層「藏」著。

那兩個後生對望一眼笑了起來，其中個兒較高的道：「倒是頭一回看見水桶要上鎖的哩。」

另一個矮胖的笑道：「吉野桑看上去就是個仔細的人，大海上航行，清水最是要緊，鎖起來怕是防船上其他人偷喝，哈哈哈……」他一面笑一面瞅著翌皇，翌皇笑道：「船上其他人就是我呵！」

兩人嘻嘻哈哈將水槽灌滿了，那矮胖的愛說笑：「我瞧吉野桑是個管理嚴格的船長，如果你不偷喝，嚴守吉野桑配給水的規矩，這一槽水足夠你們到蝦夷國了。」

翌皇道：「誰說我們要去蝦夷島的？吉野先生嗎？」

「吉野桑沒講，我瞎猜的。這季節風颳得好，來往海上的船都是北上的。你們進港不久就有另一條從新潟來的船靠岸，我們剛送了燒酒過去，他們說要去蝦夷國，除了灌滿船上水槽，還叫我們把七八個木桶都加滿。我才猜你們也去……」

那個兒較高的不耐他夥伴話多，便打斷道：「往北航行也不見得都是要去蝦夷國的，阿井就愛胡謅。」

兩人工作完畢一道下船去了，翌皇臉上的笑容卻沉了下來。方才他開置物艙取鑰匙時，瞥到那一大堆漁具，靠在壁櫃上兩支魚標槍還在，而那柄繫著紅布巾的長刀不見了。

「吉野桑一個漁夫上岸辦貨要帶著長刀爲啥？難道他預感岸上有危險？」

想了一會不得要領，忖道：「許是我想多了，吉野桑愛充門面，上岸去帶把刀耍耍武士的派頭也是有的。」

鼻中聞到飯香從炊具傳出，他盤膝坐下閉目養神，等候吉野回船。

四周已陷入黑暗，船上也不點燈，無光也無人聲，只海水輕拍船舷的響音聲聲入耳。漸漸地翌皇進入一種冥想的境界，狀似入眠，內心無一塵，外面世界一葉之落皆有迴響。突然，他閉上的眼睛猛然睜開，因爲聽到了極輕的談話聲。

「……目標沒在船上……」

「船上有一個人，看上去像中國人，只是閉眼打坐……」

「……咱們到鎮上去堵目標。」

翌皇潛身速移到船首，正好看到三條穿著深紫色衣帽的影子迅速掠過船頭，飛快地消失在黑暗中。

他的腦子也飛快地轉動：「瞧這三人身手不凡，到咱們船上來刺探，難道是衝著吉野桑而來？這……這吉野先生到底是什麼人？」

事不宜遲，他從床底拿出一柄長劍，輕輕一縱上岸，尾隨那三個深色衣帽的不速之客，兩個起落，也消失在黑暗之中。

吉野走在夜市的小路上。路兩旁都是矮屋商店，家家戶戶門前都掛著一盞燈籠，把一條二百步長的夜市路面照得明暗交錯，隨著風動燈籠的搖曳而變化，從遠方的黑暗中望過去，有一種似幻還眞的奇妙感覺。

吉野買了自己愛吃的苦瓜、秋葵、黃瓜、枝豆和菘菜，滿滿一大袋揹在背後。採購時也曾考慮翁桑喜愛吃什麼菜，但卻想不起來，感覺上他從來不挑剔食物，也從來沒說過什麼好吃、什麼不好吃。

走出夜市就沒有了燈光，前方就是一條暗路，從兩旁茂密的林子中彎彎曲曲地通向海邊。天上厚雲密布，吉野先生踽踽獨行，愈走四周愈暗，漸漸伸手不見五指。

這時吉野忽然停下了腳步，向四周環目細看，然後輕聲試探道：「躲在黑暗裡的朋友，可以現身了吧。」

嗍的一下，一陣眼花之間，吉野的前方出現了三個人，動作之快，就在七、八步外的吉野，竟然沒有看清楚三人從何處現身。

黑暗之中勉強可感覺出，這三人身著深紫色衣帽，將全身包得密不透風，只露出一雙凌厲的眼睛。

吉野相當鎮定地道：「敝人平戶漁夫吉野，三位有何見教？」

三人居中的一個身材較高，所戴的帽子也較高，兩旁的二人則是一般的身材高矮，一樣的衣帽，便如同一對孿生兄弟。

中間那人哼了一聲道：「吉野？平戶漁夫？太可笑了吧，你當我們是誰？」

吉野點頭為禮，禮貌地道：「敝人不識三位，請讓路。」

同一人回道：「渡邊雄，我卻識得你，伊賀流埋名的高手，你以為能騙一輩子？」

吉野沉默不再回答，他緩緩向左路移了三步，他知道自己要對付的是三個忍者高手。

那三名忍者也跟著向左邊移了三步。吉野忽然轉身往回跑，那三人早有警覺，知道吉野唯一的做法就是跑回夜市人多的地方，然後設法脫身。他們不約而同快步追上，疾如旋風。

吉野跑了十幾步，突然回身，手中已經多了一柄長刀，他左刺右砍，一抽手，長刀又從正中橫切向中間敵人。只見他身手矯捷，刀法凌厲，分明是個劍道高手，哪裡還是平戶那個海釣的漁人？

三名忍者被他反身一輪猛攻，暫時向後跳開閃避。吉野悶聲不吭轉身又跑，這回卻不是沿著原路跑回市鎮，反而是快步衝向左邊的林子，在幾棵柳杉之間穿左繞右，然後身形就消失在樹林中。

三個深紫衣帽的忍者也是一聲不響，忽地分開，從三個不同方向衝向樹林，瞬間也消失在林中。

四周恢復了平靜，漆黑的柳杉林中似乎什麼也沒有發生，既無聲響也無動靜，但隱身在一棵高樹上的吉野卻不知自己這招應變是否明智正確。因為在黑暗中匿藏、搜尋、突襲正是忍者的特長，自己誘敵入林，就是要各施所學一較高下了。

想到被對方識破自己是「伊賀流忍術高手渡邊雄」，他不禁長吸一口氣，默唸原本名號，胸中一股豪氣隱然而生。他暗中對自己說：「我雖不識汝等，難道不知爾等乃是新潟上杉流的狗腿？伊賀流何時怕過你們？」

又想：「嗯，新潟上杉流忍術精於分頭合擊，從不同方向用掩藏之術靠近目標，雖然近在咫尺目標仍不能發現，然後突然發動合擊殲滅目標，百無一失。此時林中除了偶然一兩聲鳥叫之外一片寂靜，料想那三人都已經隱藏在離我十尺之內……鳥叫聲中可能混雜了新潟忍者的訊號，我要採取主動！」

林上忽傳來一聲夜鶯啼叫，緊接著鏗然聲起，三柄長刀同時砍中吉野藏身之處，斷枝碎葉中飛出各式蔬菜，有苦瓜、秋葵、黃瓜、菘菜，還有枝豆飛得最遠，而吉野卻已經躲在柳杉樹下，要等那三人落地之時突然拔刀襲擊。他一抖手收回了一根掛在樹上的釣線，原來他無聲無息從樹上溜落，靠的竟是這根釣魚線。

一聲慘叫，三個紫衣忍者中個兒高的那一位首當其衝，在全無警訊的情況下被埋伏在樹下的吉野一刀從右肩砍到左腹，頓時倒地不起。

但是吉野也因此暴露了自己的行蹤，還來不及收刀換勢，兩柄利刃已經砍到頂上和腹胸之間，吉野暗罵：「好快的反擊，好精準的配合！」

那兩個忍者雙刀飛舞，每一招一式，或上下搭配，或左右夾擊，招招雙刀齊至，更難防的是雙刀那些微時間差的精妙設計和變化，使敵人瞬間產生錯亂。吉野連擋了十幾刀，愈戰愈心驚，終於想到兩個人。他大叫：「井宿雙子！你們是井宿雙子一惠兄弟！」

近五年日本黑道中竄起一對最凶殘的殺手，正是新潟國的孿生兄弟一惠。他們兩人從小被新潟黑山寺住持井上方丈收養，親手訓練成頂尖的忍術高手。這一對孿生兄弟長得一模一樣，師父井上方丈靠著弟弟臉上的一顆紅痣分辨兩人。

然而一惠兄弟的個性異於常人。在忍術絕學中，他倆最精於下毒之術。藝成下山之前便常瞞著師父收取錢財替雇主殺人；用刀、用暗器、用毒各殺過一人。兩年前，兩人易容參加招募，成爲北方出雲國三元大將的侍衛，實則暗中收了三元大將政敵的黃金，就在陪同主人狩獵時假裝誤射，不但射殺了主人，而且還割取他的首級回獻雇主覆命。

這事鬧得沸沸揚揚，吉野雖然在平戶也曾有所耳聞。只因這事做得大違忍者規矩和武士精神，他倆的師父井上方丈將他們帶回黑山寺嚴命面壁思過，一年不准下山。

結果是一個月後，一惠兄弟倆竟然瞞過井上方丈的法眼，設局將恩師毒殺。在一個月黑風高的夜晚，他們將全身發黑的師父屍體棄於佛堂的蒲團上，然後大剌剌地離寺而去。

吉野桑其實從未見過一惠兄弟，更遑論交手較量了，這時只因這兩人的刀法凌厲，尤其配合得天衣無縫且毒辣凶狠，自己漸感不敵，靈機一動想到這一對孿生兄弟。

那兩個一般身材的忍者聽到吉野叫出「井宿雙子一惠兄弟」並不答應，手腳也沒有慢下來，兩柄刀化爲兩團刀影，上下起伏把吉野捲入，但厲害的是，兩把刀極少與吉野的刀相撞，是以變招愈來愈快，搭配得也愈來愈妙入顚毫。

吉野想要突圍脫離戰場，結果被這兩名忍者逼得往林子深處退。他心急如焚，想不到久離江湖，頭一回重新揮刀，碰上的竟是這樣厲害的兩個殺手。在對方配合無瑕的刀法中，他已感到欲振乏力，於是決心放棄在招式上拚勝；他不再砍人，專門砍刀。

他知道自己手上的是一柄曾經跟隨多位猛將身經百戰、殺人數百的村正名刀，碰上一般武士刀便如同摧枯拉朽。這時刀法不敵對手，只好施出「射人先射馬」的戰術，希望能藉著手上一柄利刀「砍」出一線生機。

兩名忍者始終保持緘默，絕不發聲，堅守忍者執行任務時啞不出言的規矩。但是吉野的戰術一變，情況立刻有了變化，一惠兄弟不約而同地避免與吉野刀刃相碰，吉野見敵人對自己手上長刀有所顧忌，開始感到今夜活命出現一線希望……

他對著其中一個敵人連揮三刀，刀刀對準敵人手上刀砍去。這連環三刀原是厲害的致勝絕招，這時吉野放棄人身而以敵人兵器爲對象，對手著實難以閃避；豈料就在此刻，兩個忍者突然打破緘默，同時大喝一聲：「著！」

左邊一人竟然揮刀迎上吉野，只聽到鏘然一聲，火花四濺，忍者手中長刀崩壞一個缺口，他抱刀疾退……

但同時間裡，幾乎沒有瞬間的差遲，另一個忍者的刀已經在吉野右肩上劃過，頓時鮮血直流。兩名忍者不約而同地再次厲聲喝道：「倒下！」

完好之刀在上，缺口之刀在下，雙刀的配合再次展現不可思議的加乘效果，就要雙雙砍在受了傷的吉野身上。吉野這一瞬間確實感到自己已經完蛋，再無生機了。

然而驚呼之聲突然同時發自三個人之口，鏗然兵器相撞擊聲再起，兩柄忍者的刀同時彈起數尺，吉野出乎意料地脫險，他單膝跪地，不敢相信自己還活著。

三步之外站著橫劍睥睨的翁翌皇。

兩名忍者手上長刀差一點脫手而飛，持完刀者的長刀上多了一個缺口，持缺刀者的長刀只剩下半截。

翁翌皇望著手上一劍如泓泉，竟絲毫無損，心中暗喜，忖道：「這柄新鑄的劍雖未能用上隕鐵，離我理想仍有些差距，但其品質已不在一流日本刀之下了！」

兩個紫衣忍者也各自望著自己手上的兵器，心中都覺不敢置信，但在陌生人之前，表面上仍展現出極嚴謹的忍者禮數。兩人一齊對翁翌皇抱拳為禮，齊聲道：「敝人井宿雙子一惠兄弟，見過中國劍客，敢問尊姓大名？」

翁翌皇見對方兩人動武時凶狠毒辣，轉眼便轉為彬彬有禮，而且齊聲發言一字不差，真乃雙胞兄弟心意相通。人以禮相詢，翌皇便不隱瞞，也收劍抱拳回道：「敝人平戶翁翌皇，來自中國。」

一惠兄弟先前窺探吉野的漁船時，便猜測翁翌皇是中國人，這時更從翌皇手中的中華劍認定他是中國劍客，聽到翌皇自報姓名，不禁對望一眼，又是齊聲道：「原來是中土的鑄劍高手，怪不得手中之劍好生厲害。佩服佩服！」

兩人又是一字不差，連聲調都一而無二，便如事先演練好的，翌皇不禁暗覺驚訝，心想：「這兩個雙胞胎兄弟心思完全合一，倒是前所未見，怪的是他們卻知道我的名字。」

翁翌皇在中土武林中並無大名聲，在東瀛潛居平戶，更無知名度，是以感到驚訝，但他所不知的是，這對孿生兄弟既是忍者，忍者乃是專業情報人員，他們當然聽過翁家父子在中洲鑄劍名家的萬兒。

他再次抱拳爲禮道：「翁翌皇一介鐵匠，寄居東瀛平戶一隅，吉野桑乃鄰居漁夫，不知何事得罪貴兄弟，竟欲取其性命，敝人不解。」

一惠兄弟似乎想要說什麼，但雙雙忍住沒有說，過了片刻，竟然齊聲道：「此乃我國內戰之事，不勞外國人士掛心。」

翁翌皇更是吃驚，心想：「住我隔壁的吉野桑竟然以忍者武術殺了對方一人，已經夠奇特的了，他們忍者之間就算有昔日恩怨，如何扯得上『我國內戰』之事，簡直是不可理解了。」

他啓口道：「兩位……」

才一開口，立時聽到吉野桑的吼叫聲：「小心襲擊！」

一柄缺刀、一柄斷刀已經如鬼魅般襲到，翁翌皇從父親處曾習得武當派武學，知道應付這種將快、狠、毒辣發揮至極致的打法，制勝之道就是以慢打快，專攻穴道，絕不能存有與對方比快比狠之心。

他在電光石火之間連退七步，在對方的刀光中從容躲閃，七步之後他立定回擊，竟然用的也是「對刀不對人」的戰術。對方爲避免刀劍再度相擊，略爲退避。翁翌皇長嘯一聲，劍尖點出，一惠兄弟腕上「陽溪」穴險些中劍，兩人嚇了一跳，雙刀狂舞。

翌皇重鼓劍勢待要追擊，耳邊聽到吉野大叫：「翁桑快退！」

原來一惠兄弟長刀暴出之時，其實兩人心意已通，一聲不響，突然各將一個瓷瓶摔碎在地，霎時之間一股黃綠色的毒氣從地上升起，兩人同時拔腿就跑。

可是還有一個人也是「心意相通」者，就是吉野。他完全了解忍者的作風，偷襲、施毒乃是家常便飯，便也一聲不響偷偷遞出一刀，一惠兄弟其中一人後頸被劃過兩寸長的刀口，兩人藉毒氣掩護倉皇逃逸。吉野屏息後撤，到這時他才大叫一聲：「哪裡跑！」

他看翌皇沒有要追敵的動作，便停下身來，從衣袋中掏出一個小藥瓶，在傷口上灑藥，然後撕下衣服布包紮傷口，動作流利無比，口中喃喃道：「可惜啊可惜！我右手受傷只好用左手執刀，否則管教當場便砍了你的狗頭，什麼井宿雙子，什麼一惠兄弟，再厲害的搭檔被破了一個就不值個什麼屁了。八格野鹿，人渣，低等物。」

翁翌皇在平戶落戶多年，平日很少聽到日本人罵髒話，這時聽吉野罵得凶狠，脫口問道：「吉野桑罵得凶，和這兩人有仇嗎？」

吉野並不回答，只對翁翌皇深深一個鞠躬，謝道：「感謝翁桑及時趕到救命，大恩不敢言謝，只能日後圖報。雖然早知翁桑會武功，卻不料竟有如此高深的功力，鐵匠您隱藏身分之術更勝我等忍者！」

翁翌皇仍想知道吉野和一惠兄弟之間的關係，便道：「舉手之勞何足掛齒。這三人是先到船上探索，見吉野桑不在船上，便到此地來埋伏。我是『螳螂捕蟬，黃雀在後』，佔了敵明我暗的便宜而已。但我有一事不解，懇請吉野桑據實以告。」

吉野道：「翁桑是救命恩人，敝人知無不言。」

翌皇點頭問道：「我很覺奇怪，你們之間有何深仇大恨，竟然要以死相拚？難道同是忍者，不能透過各派流首領商量解決嗎？」

吉野桑方才一口說「知無不言」，此時竟沉吟了好一會兒，似乎有什麼難言之隱。過了片刻他回答道：「此乃我國內戰之事，翁桑很難理解。」

竟然和先前一惠兄弟回答的意思一樣，翌皇不禁奇怪，心中忖道：「日本人的事原不好懂，這些忍者們更是鬼鬼祟祟，每個人都有點怪異，確實也不關我事……」

但是他仍然忍不住問了一句：「吉野桑，你也是忍者吧？」

這回吉野臉上沒有一絲曖昧及猶豫，乾脆地回答：「不錯，我乃伊賀流忍者，原名渡邊雄，不過現在我已經改名吉野雄。」

翁翌皇嗯了一聲，這「伊賀流」三個字入耳，忽然給了他一個靈感……

「是啊，三個紫衣人是新潟越後國上杉謙信手下的忍者之後，這個渡邊雄既是伊賀忍者，他應該是織田信長手下忍者之後。原來所謂『國內戰爭』，指的乃是他們的主子上杉和織田之間當年的爭鬥，原來如此！」

這是明顯易知的事實，而這三個忍者呑呑吐吐，可能還有難言之隱，不願爲外人道。翌皇懶得猜測，他拾起落在地上的刀，除去護木後，只見刀莖上赫然刻著「上杉家風」四字刀銘，卻沒有刻年月。

他將這柄刀遞給吉野看，吉野點頭道：「早就懷疑他們是上杉家族人，果然如此。」

翌皇奇道：「何以見得？」

吉野道：「上杉刀乃是上杉謙信的鑄刀家臣所製造，一般會刻上長銘，包括匠人名字及住所封號等，只有傳給子孫的才只刻『上杉家風』四字。上杉刀在新潟一帶極有名，有些濫竽充數的仿造品，從這四個刻字的筆跡，該是正宗上杉刀錯不了。」

翁翌皇道：「吉野桑，您手上這把刀是什麼刀，很厲害啊。」

吉野聽了不即回答，笑了一笑才道：「這是一把正宗村正刀，百年來易手多人，都是戰場上的勇猛名將，據說刀刃上至少喝了上百人的鮮血。」

他接著問：「翁桑，您手上的這把劍是您自鑄的，也很厲害啊。」

翌皇斜眼瞅著吉野腰上的長刀，刀柄上一條血紅色的布巾，和吉野桑額上繫著的血色頭巾相互呼應，看在翁翌皇的眼中，有一種說不出的陰森之感。

他知吉野不會再談他的刀，正如他也不太願意細談他的煉劍的祕密，便指著倒在地上那高個子的屍體道：「這屍體如何處置？」

吉野接過翁桑手上的長刀，先在屍體上砍了兩刀，確保已死透，然後用死者紫色的衣衫將刀擦淨，從屍體腰間抽出刀鞘，將刀歸鞘後插在自己的腰帶上。翌皇覺得他砍屍動作殘忍，有些反感，但想到忍者最擅長的本事之一便是裝死，便不說話。

吉野冷冷地道：「屍首不須處理，這一帶武士決鬥死亡慣見不怪。這刀既是一把正宗的上杉刀，翁桑您是用劍的，這把刀我就要了。」說得理所當然之極。翌皇道：「你們就是決鬥啊，它本來就是你的戰利品。咱們回船吧。」

吉野嘆口氣道：「可惜我親挑的上好蔬菜全給毀了，咱們明天趕早市補充一批。」

翁翌皇暗忖：「這個伊賀忍者，改名換姓化身爲一個漁夫，偏巧又跑到我的隔壁作鄰居，這一切絕對不是偶然。」

第七章　國姓

鄭冬這些日子每天得閒便在河口的樹林中建造他的煉鋼爐。一開始進度甚慢，從造窯燒磚做起，等到水車和風扇建好，匆匆已過了三個半月。鄭冬眼見高爐也一天一天砌起來，心想這幾個主要設施造好，剩下來是細節的完善和水車風扇的試車，做起來就比較快，看來師父回來之前，這套新煉鋼爐當可完成。

這一日天未亮，鄭冬便趕到河口，他要驗收一項試驗的成果，半夜想的都是那個試驗，睡不著覺索性爬起來到現場看看。

白露已過，夜風漸涼，鄭冬從熱被窩中起來，只著一襲單衣，不禁迎風打了一個寒噤，腦子倒清醒了些。忽然，黑暗中他看到一個人立在河邊高爐旁一動也不動，似乎在仔細觀察什麼。

鄭冬吃了一驚，連忙伏身在草叢中，定眼再看那人的動靜。他決定暫不行動，以免打草驚蛇。

過了一會，那人轉動身體，鄭冬發現那人衣髮飄動，竟似是個女子。

這一下鄭冬心中有點嘀咕起來，這個女人在寅卯之間出現在河邊，晨霧迷濛中人影時而清晰時而模糊，不禁暗問自己：到底是人是鬼？

鄭冬雖然少年老成，畢竟只是十五歲的少年，寅夜見到河邊一個單身女子，很自然就想到女鬼。他本想走近些弄個清楚，這一來又有點猶豫了。

過了一陣，那個女人走到河邊，蹲下身來，似乎在仔細察看什麼。鄭冬心中一緊，他知道那女子在看的正也是他要去查看的地方。他在那裡裝置了三根直接從高處接引的「水管」，全管是以打通的粗竹管相接而成。

鄭冬的想法是，大扇搧風的功能取決於水車轉動的速度，而水車的轉速取決於水流的力道，因此鄭冬以為除了原來河水自然的沖激之外，如果能從高處直接引水至水車頁板前，水管中沖出的力道應該更大，加上這三股激流之合力，應該能使水車轉動加快。

此刻他要檢查的便是這三條由五枝三丈長、碗口粗的巨竹連接而成的大水管，每根竹管事先皆以利刃打通中心竹節，並經打磨使內壁光滑，接頭之處更是以陰陽削插緊扣，然後施以火烤，再予冷卻，利用熱脹冷縮使接口處確實做到滴水不漏。

鄭冬將這三條水管在高處河心固定，前端銜接木製大斗，聚流直引落到水車前。所有的接頭經一夜河水的內沖外泡，不知是否會造成漏裂，是以他大半夜不睡覺摸黑來查看。

那女子緩緩站起來，沿河邊往高處移動，鄭冬猛吸一口氣，心跳如鼓，因為他認出了那神祕女子竟然是鄰家的慶子。

「慶子！半夜來這裡幹嘛？她……最近的舉止有些奇怪，常在師父煉劍的所在翻東看西，似乎在尋找什麼。現在又出現在我尚未完工的煉劍爐邊，眞不懂她小腦袋中想什麼？」

鄭冬正要上前說話，竹林裡忽然閃出兩個身著黑色衣帽的漢子，其中一人身手疾如閃電，一縱一躍伸手已將慶子抓住，慶子還來不及呼叫，另一人拿一個大布袋將她連頭帶上身套住，抱起就走。這兩人一般高矮、一般裝束，動作配合熟練之極，便如是一個人般。

鄭冬大駭，黑暗中雖然看不清楚，但直覺告訴他來的兩人都像是東瀛武士，他們為何要綁架慶子？

他大喝一聲：「你們是什麼人？」同時他伸手抓起地上一根一丈長的竹桿，正是製水管時淘汰的材料，握在手中作為武器倒甚是稱手。他一躍而起，耳中似乎聽到慶子在布袋中哭喊：「……忍者……不要……忍者……」

鄭冬不解其意，他大叫一聲：「你們休走，把慶子留下！」

那抱著慶子的武士在慶子頭部一擊，慶子便再無聲音，想必是被擊昏過去。鄭冬怒極，衝上前去，手中竹桿施出師父教的少林棍法，直挑那抱著慶子的黑衣人。

這時近距離相接，雖在黑暗之中，鄭冬從這人露出的半截臉可見他濃眉吊眼，目光中閃出一種冷酷、凶殘的神色，令人望而生畏。

但此時鄭冬了無懼色，他手中竹桿有如一條長蛇直捲敵人下盤，旨要阻止他離開。那人果然身形一滯，雙腳連跳帶退避開鄭冬揮出的數招。他連忙將手上的慶子放在地上，拔刀回擊。

這時另一個黑衣人手持長刀迎了上來，鄭冬昂然不懼，想到曾答應師父要保兩家婦孺平安，此時怎容來人將慶子擄走？他迴身將竹桿點向來者胸腹，腿掃下盤，乃是要打亂敵人腳步，再尋破綻出重手。

三招過後，鄭冬已經人桿合一，那根竹桿在他手中如翻江游龍上下飛舞，竟將兩個敵人捲入一片呼呼桿影之中，一時之間竟然佔了上風。

那兩人的武術原本頗為高明，只是沒有想到一個十來歲的少年憑一根竹桿竟然打出一套天衣無縫的棍法，一招未老下招已到，一時之間竟然想不出如何破解。

其實這事並不稀奇，鄭冬所施出的少林棍法，乃是少林寺十八羅漢的首席苦覺大師所創，名為三十六路「霹靂杖法」，此杖法經大師數次修改加強，完成時已臻完美，其招式平實無奇，武林人士常以它為入門的棍法，殊不知如能得到其中精髓，其嚴密程度在交戰之時，一人敵和四人敵並無太大差異，實是近年來少林武術又一出類拔萃之傑作，可惜懂得其中奧妙者少之又少。

鄭冬並不自知，他此時施出的杖法雖無霹靂之威勢，卻有比「霹靂」更厲害的綿密及內勁，湊巧手上是一根竹杖，內勁中的陰柔之處，較之木杖、鋼杖更為隱蔽難防。兩個用刀高手碰上這情形，一時之間竟不知如何破解，只能隨著竹桿造成的棍勢滾動，見招拆招，無力還擊。

三十多招過後，兩人終於想到對手用竹桿而我方持利刃，豈有一直挨打之理？便是拚著挨他一竹桿也要搶回攻勢。兩人交換了一句鄭冬聽不懂的日語，竟然不閃不避直入棍陣核心……

果然劈啪兩聲，兩人分別肩上、胸前各挨了一桿，痛徹心扉，但鄭冬被逼得一個跟斗翻跳退出，手中竹桿已被武士刀劈斷，左手只剩下三尺長的半截竹棍，霹靂杖法是施不成了。

那兩人一聲不響，不約而同持刀進擊，沒有想到鄭冬雖被逼得連步後退，手中被削尖的三尺竹桿竟然演出了「太初劍法」。

同樣的，這套「太初劍法」在武林中廣爲流傳，一般多認爲乃是太極入門，甚至是強身練氣的基本功。翁翌皇傳授鄭福松及鄭冬這套劍法時便告誡，此爲練劍入門的基本動作，對強筋運氣大有助益，但其中並無破敵致勝的招式，切不可以此劍法與人相鬥。

但此時鄭冬手中只剩下三尺竹「劍」，他其實沒有學過其他的劍法，便身不由己地施出了這套入門劍。豈料在勉力擋了幾招之後，鄭冬手中竹「劍」因應敵人攻擊自然化出各種巧妙招式，或中正平和，或刁鑽辛辣，竟和兩柄倭刀戰個不休。此中道理連鄭冬自己都不明所以，因而也不覺得有何不可思議，但如被其他武林高手看見，恐怕要驚呼連連了。

但好景不常，十餘招後，那兩柄長刀配合得天衣無縫，左側快刀將鄭冬手中竹劍又削去兩尺。鄭冬情急之下，猛吸一口眞氣，將手中僅剩的一尺長竹桿當作匕首擲出，自己則向後疾退，打算逃離戰圈。

事與願違，他擲出的竹「匕」立刻被劈爲三片飛得老遠，而敵人的雙刃一在喉前一在左胸。鄭冬感到絕望，大喝一聲以雙臂併出，竟要以肉掌及胳膊抵擋倭刀，以血肉之軀拚最後一口氣。

電光石火之間，他感受到身後有一股巨大的力量，那力道大到無可抵禦卻又雍容柔和。鄭冬整個人向後飛出三丈有餘，堪堪脫離了敵人的刀圈。

他落地時極爲平穩，絲毫沒有躓踣踉蹌，原來背上有一隻手掌托著他。他略一回首，看到一個極瘦極高的道人，一張極長的臉衝著他瞇眼笑了一笑。明明是善意，不知爲何那笑容卻顯得甚是愁苦。鄭冬正要道謝，那道人已走上前來，指著兩個黑衣人道：「你們非貧道對手，快快滾吧。」

他說了一口帶有河南腔的漢語，也不管對方是否聽懂，忽然拉著鄭冬騰空而起。

鄭冬還反應不過來，已經如騰雲駕霧般離開地面，他驚叫一聲，耳邊聽那道人喃喃自語：「這小伙子乃是道爺一生所見最佳的習武奇才，豈能被這兩個渾人殺了。我操他祖宗，這小子走運跟定道爺了，我他媽的也走運，眞乃踏破鐵鞋無覓處，得來全不費功夫……我操。」

鄭冬直覺不可思議，怎會一個看來年高德劭的道長自言自語時竟如此粗痞，但就此一瞬之間，道人帶著他已在十數丈之外。他見到那兩個黑衣人抱起布袋中昏倒在地的慶子，如鬼魅般躍入竹林叢中，轉眼不見蹤影，不禁大急，放聲大叫道：「慶子！道長，他們將慶子擄走了！道長，快救慶子！」

道士拉著鄭冬的手臂，在空中一個長步落在河畔坡地上，詫異地問：「什麼慶子？」

鄭冬急忙道：「慶子，鄰家的女兒，我答應師父要保護她的，這兩個怪人竟將她擄走，不知爲何……」

老道問道：「慶子姓啥？」

「吉野慶子！」

「啊，是日本人？日本人之間的事關咱們什麼事？咱們走！」

鄭冬急道：「道長，拜託您救一救慶子……」

道長不理，反而冷冷地問道：「小伙子你叫什麼名字？從哪裡來？」

鄭冬答道：「小子姓鄭名冬，來自福建南安……道長，求你先救救慶子，要不放開我，讓我去救慶子！」

道長正色道：「鄭冬你聽眞了，老道衛州元眞，平生精於醫道、藥道和武學，另外還有一絕……暫且不說吧。先說武學，貧道的全眞武功從兩百年前完顏道長留下的一本祕笈中得到啓發而自成一家。貧道雖有如許絕學，然而人終有一死，若不趕快尋個好傳人，這一身了不起的東西豈不都要隨俺化爲塵土？咱們要談要做這正經大事，不可被不相干雜事打擾……」

鄭冬急道：「救慶子最重要，不是雜事……」

道長毫不理睬，打斷道：「我們說武學，武學才是大事。我這從『後發先至』祕笈中化出的絕學最重慧根，還有祕笈裡詳錄當年明教前輩的各種厲害武功，若是沒有那一點悟道，便苦練一百年也到不了上乘境界。我走遍大江、大河南北，竟遇不到一個有慧根的後生，眼看老道士這一身無雙絕學只好回家去再寫它一本祕笈，留待後世有緣者去領悟了，哈，卻料不到在東瀛這個天涯海角竟然遇到你這個奇才，慧根十足，最是貧道的好傳人，哈哈哈……」

說到這裡他滿心喜悅難以自抑，竟忍不住大笑起來。

鄭冬可是笑不出來，他不解地道：「道長錯認了，我鄭冬一心只想跟我翁師父學打鐵煉劍，哪有什麼慧根？道長，您還是放開我讓我去救慶子……」

元眞道長臉色一沉道：「小子你知道嗎？方才你用少林棍法和太初劍法跟那兩個賊人對打，打出的是武林中百年從未見過的一場神奇場面。一個從未與人眞正廝殺過的小子，用天下最普通的棍法劍術，居然每一招都打出前所未有的領悟和境界。貧道猜想，你有些招式的妙用變化，恐怕連創此杖法和劍法的前輩也未曾想到過呢。」

鄭冬聽得滿身雞皮疙瘩，他已聽出道人這幾句話的分量，身上突然感到千鈞之重壓體，囁嚅道：「我……我哪有什麼領悟？什麼境界？便是在兩把刀的縫隙中……想也不能想的……自然反應吧？」

「哈哈，小子說中了，你是想也不曾想，我在旁瞧見的卻是以拙馭巧的精妙武學。若是經過思考才出招，那麼你的資質最多就是貧道的水準了，可怕的正是你未曾有任何思考，一切順乎這杖法劍法創建者的創意思路，自然地行於所當行，止於所不可不止，這就超越貧道了。小子你現在的功夫比貧道差天差地，但就憑這一點，你跟著我好好學習，終能超過貧道，哈哈哈……小子，你可知否，超越貧道是個什麼境界？」

鄭冬悚然而驚，咀嚼道長語中深意，一時竟暫忘了救慶子的事。元眞道長忽然道：「老實告訴小子，貧道這回千里迢迢趕到這鬼地方，乃是爲了送藥給你師父翁鐵匠，治他腿上的陳年老傷。他腿上舊傷四周的經脈部分壞死，尋常藥物治不了，貧道用隕石粉和百種草藥搭配成數百種藥料，一一用在受傷的小動物身上試驗，終於找到一種配方似乎有效……那年貧道在隕石坑中答應他，如有幸製成藥，就來治他的腿傷……」

鄭冬插口道：「師父到蝦夷國去尋找煉鋼配料，此刻不在平戶……」

「貧道當然知道他不在家，不瞞小子，今日來此地之前，我已將配好的藥膏一大包，附上處方悄悄放在你家後院那個煉劍爐邊，另外貧道還在牆上寫了一副對聯送給翁鐵匠……」

鄭冬覺得不可理解，問道：「對聯？」

元眞道人哈哈笑道：「咱倆在隕石坑中尋到的隕星碎石，你師父說要用來煉劍，貧道要用之製藥，我寫了上聯『神農重生，百試一膏終問世』，下聯是『干莫不再，十年一劍殊難成』，哈哈哈，你師父終究遜了一籌。閒話少說，你現下便跟我走，咱們先去你師父的工作坊，在牆上加一句話，告訴他，鄭冬跟老道去練天下第一的武功了，去他媽的打鐵煉劍，我操。」他顯然樂極了，竟忘了此刻並非在自言自語，不可以口出粗話。

鄭冬急道：「不行，不行，我答應過師父照顧咱兩家婦孺直到他老人家回來，我不能走！」他突然用力掙脫，拔腿就往那兩個忍者逃走的方向奔去。

元眞呵了一聲，大步飄出，伸手已拿住鄭冬，順手點了他的啞穴，強拉著他奔回。

鄭冬身不由己，又苦於無法出聲，被這個蠻不講理的怪道士強帶著狂奔，只覺得速度愈來愈快，有如被飛仙挾著遨遊天空，不知將終於何方。

鄭森回到父親身邊，覺得一切都和在平戶時有天壤之別。媽媽的噓寒問暖變成了與二媽之間的行禮如儀，外公的諄諄善誘變成冬烘先生的死背書和打手板，情投意合的玩伴換成言語粗魯的水手和行動剽悍的軍士。鄭森變得比福松更加沉默，然而他讀書及練武變得更加勤奮，他小小心中在想什麼，周遭的人更摸不清了。

他幼受母親和外公教訓，對二媽顏氏恭敬有禮，有事服侍無事請安，從不怠惰，但是並無親愛之情。而令他最難堪的是父親的親友後輩們私下視他為「倭婦」所出，經常在人前背後指指點點。

有一天在與父親獨處時，鄭森忍不住了，終於問父親：「孩兒離開日本後，母親一定更加寂寞難過，父親打算何時接她來此全家團圓？」

鄭芝龍初見田川氏時，田川年方十七，正是女子最美麗的豆蔻年華，她的溫柔嬌豔、體貼入微曾使芝龍色授魂與，那些日子都曾銘刻在芝龍的心頭。但這些年來，他經營龐大船隊，亦商亦盜，縱橫海上的緊張生活佔據了他全部的時間和精力，他的權勢愈大，感情的生活愈趨平淡。兒子問到田川氏，他瞿然而驚，想到新婚時的兩情相悅，分離時的纏綿繾綣，一時之間不禁呆了。

但是他立刻想到日本幕府嚴峻的法規，自己的名字已在平戶藩司的追捕名單中，前回送了大把錢財行賄，好不容易將兒子帶回，要想再帶日本籍的田川氏，談何容易？

他看到兒子眼中殷切的目光，輕嘆一聲道：「森兒，我知你想念母親，但現在日本幕府扣住她不肯放人，我想……要等……等我海上的武力更為強大時，定接你母親回來。孩兒你記得，日本藩司雖然愛財，但幕府不准日本女人出境的命令可不敢違背。他們只相信一件東西，那就是武力，我若武力比他強時，教他同意啥都行。」

鄭森也知道為難之處，但想到等待父親的武力超越日本，不知要等到何年何月？他心中開始默默玄想：「如果四叔肯幫忙，命他手下偷偷把我匿藏在前往平戶的船上，待船到達後，再將母親接上船偷偷運回。有外公的助力，神不知鬼不覺就能完成任務，到時也讓父親知道我的手段。」

鄭芝龍不知鄭森胡思亂想心思已經出竅，猶以為他聽了自己的話傷心得傻了，便出言安慰道：「我鄭家在海上的實力發展甚是快速，不出兩年我當可與倭國一較高下，不過我若用兵於北，台灣的荷蘭紅毛鬼定將襲我基地於南。待我先許荷蘭人些好處，把那個傑拉德．韋特穩住了，我再親率一百條大船、五千名水軍直駛平戶島，浩浩蕩蕩地迎你母歸來。眼下你且稍安勿躁，最重要的是讀好書，寫好文章，準備生員考試。」

鄭森讀了不少兵法書，懂得父親所言，他正要回答，四叔鄭芝鳳從外快步走進來，才過門楣已忍不住叫道：「我在門外聽大哥說要寫好文章，我這裡就有一篇不得了的好文章，大哥你快看！」

他手中拿了一張毛邊紙，上面蠅頭小楷寫了大半頁。芝龍奇道：「四弟嚷些什麼？什麼不得了的好文章？」

芝鳳道：「文章題目是『小子當灑掃應對進退』。我就唸破題的幾句給大哥聽聽：『湯武之征誅，一灑掃也；堯舜之揖讓，一進退應對也；是小人行之，可保起居處世得宜；大人行之，則賢能治世澤被天下，其效大異，其理則一也。』怎麼樣，大哥？」

鄭芝龍沒有太多學問，聽了有些不明白，接過紙張仔細讀了兩遍才驚道：「好呀！拿湯武伐夏桀的事比喻掃灑除塵，用堯舜禮讓天下比喻進退應對；既有意思又有氣魄，何方高人寫出這等文章？」

芝鳳哈哈大笑，指著脹紅了臉低頭在旁的鄭森道：「這個高人就在你身邊，哈哈！是陸夫子出了這個難題考學生，森兒的這篇文章令陸夫子大爲傾倒，迫不及待拿來給我看，眞乃奇文也，森兒寫得好。」

芝龍聽了拍拍鄭森的頭道：「你四叔說得對，森兒眞是鄭家的千里馬，將來金榜題名天下知，我兒做個尙書，甚至首輔都是有份的……」

鄭森聽父親開口就是要他做大官，心中不以爲然，但也不表露出來，只謙虛地道：「孩兒習文偶有佳作，也算不得什麼，會作一篇時文離眞才實學差得遠呢，是陸夫子過獎了。」

鄭芝鳳道：「森兒能謙沖自牧是好事，但金榜題名繼而成爲一代名臣，也是天下男兒自強的抱負呀，森兒當好自爲之。」

鄭芝鳳其實知道鄭家請來的這位西席陸夫子平日對鄭森的學習態度不甚滿意，鄭森對交付精讀的經典從來都不甚感興趣，反倒是自選的幾本書籍，如《春秋》、《孫子兵法》、《墨子》等書讀得滾瓜爛熟，經常問些非屬經道的問題。夫子解說了他常感不滿意，過兩日又重提老問題，還加上一堆自己想出的「歪」理，夫子警告、處罰他，甚至打手板都沒有效果。陸夫子傷透腦筋，卻無論如何不得不承認這個學生其實極爲聰明又認眞好學，只是他有興趣的東西和科舉考試關係不大。

鄭芝龍付豐厚束脩從泉州請來陸夫子，夫子好不容易得了一個聰明好學的學生，卻無法有「得天下英才而教之」的樂趣，有時氣餒不過便找芝鳳發發牢騷。這回出個不好發揮的題目命鄭森作文，卻不料鄭森寫出一篇有創見而氣勢宏大的佳文，不禁又驚又喜，立即拿給芝鳳共賞，欣賞之餘不免嘆息：「這孩子如果肯用心多習作一些八股時文，未來鄉試時必能大放異彩，可是……唉！」

鄭森十五歲那年以最優等成績考中了南安的生員，終於被父親和老師逼著步上了科舉的第一步。

但是鄭森每天心中想的是一個更大天地裡的大學問，他知道在他父親的「王國」之外，發生了許多驚天動地的大事。兩年前，東北的愛新覺羅．皇太極在盛京稱帝，改國號大清；今年初陝北起義的農民軍攻進潼關，各地盜匪、流民紛起，旱災、蝗災相繼而來，農民無田可種，成千上萬人加入「義軍」，已經到了天下大亂的前夕。

鄭森已經厭煩了每日窮經問典八股作文的日子，他想要到南京應天府入太學，向眞正的大學問家請益，也想認識一些南京的讀書人，討論國家大事。但是父親卻希望他早早成婚生子，原因之一是鄭芝龍爲他安排了禮部尙書董颺先的侄女作爲媳婦，能攀上這樣的名門世家成爲兒女親家，芝龍覺得對鄭家的事業大有助益。

鄭森不願早婚，但爲了得到父親的支持能去南京求學，只好妥協接受和董小姐成婚。他的婚姻雖然有些勉強，但董夫人是個知書達禮、對丈夫溫柔恭順的好妻子，年頭嫁過來，年底便生了一個男孩，取名鄭經。

這一年鄭氏家族雙喜臨門，北京傳來喜訊，鄭芝鳳中了武進士，並得崇禎皇帝賞識，派爲錦衣衛指揮使；鄭芝鳳改名爲鄭鴻逵，成了朝廷官員。

鄭森自己還未及弱冠卻已爲人父，生子之喜遠不及鄭芝龍的得孫之樂，但鄭森終於可以離開安海這個堡壘一般的封鎖之地，高高興興地啓程到了南京。

他已長成一個英俊的青年，一襲青衫總是一塵不染，穿在他身上顯得十分秀逸瀟灑。他表面上彬彬有禮，加以學識淵博、出口成章，在南京太學中立刻引起大家的讚賞，也引起老師錢謙益的特別注意。他翻閱了鄭森的詩文，認爲他的詩文不沾塵氣，頗具文學之才，而爲文又有憂國憂民、以天下爲己任的抱負，很快就對他另眼看待，視爲入室弟子。這時，西北方傳來了闖王李自成擁「義軍」在西安稱帝，國號順。

太學中濟濟多士面對愈來愈嚴峻的國事，大多感到悲觀，甚至連錢謙益老夫子都有大廈將傾、一木難扶之嘆。

只除了一個人，鄭森。

鄭森對錢夫子道：「孟子說：『挾泰山以超北海，語人曰我不能，是誠不能也；爲長者折枝，語人曰我不能，是不爲也，非不能也。』重要的是有無『我必爲之』的決心。李闖王一介流寇，其軍隊乃烏合之眾流離農民而已，如得精兵一旅，以必死之心勤王衛道，大事仍有可爲。」

錢謙益雖覺鄭森年輕閱淺，不知天下鼎沸絕非一日之禍，朝廷腐敗至斯亦非一日之疾，但是他看出了這個年輕人天生有一種常人所沒有的特質。那是他巨大的內心力量，驅使著一股不畏任何艱難、知其不可爲而爲之的勇氣。

三月中旬，闖王義軍兵臨北京，守城將官或逃或降，皇帝在前殿鳴鐘召集百官，竟無一人前來。

消息傳到南京，大臣和民眾均陷入恐慌，石頭城雖暫無烽火，但一股風聲鶴唳的低氣壓使得全城市場蕭條。官員們每日接到從北方來的壞消息，就聚在各部議論空談，終日而無一言一策可以扭轉危局，百姓們則在各種謠言流傳中惶惶不可終日。

三月底，北京城朝廷生變的消息傳到了南京。

一大早，鄭森披了一件潔白如新的輕衫，在太學松柏庭中練了一會劍法，出一身汗，忽然想到秦淮河邊的小店吃一籠雞汁湯包當早餐。他沿著河邊緩緩行來，三月底的南京清晨，東風料峭，河中孤舟橫渡，一個後生撐船從桃葉渡載早起的船客過河。

鄭森走到烏衣巷的古橋邊，見到十幾個青衫士子圍在巷口議論紛紛，遠看過去發現其中有幾個太學的同學。鄭森暗忖：「是否有什麼大事發生了？」

他快步上前，幾個識得的也只略微點首，只因人人聚精會神地在聆聽一個穿著老舊紫衣的官員說話。

那官員白淨無鬚，年紀甚輕，看上去是在南京六部裡當差的小吏。只聽他一口南京官話說得又快又溜，口沫橫飛：「……皇帝見順天府事不可爲，打算遷都應天府，屢爲眾大臣阻止，月初大同失陷，旬日後闖軍圍京城，守將以及負重責的太監們一一投降。皇帝見大勢已去，無一人勤王保駕，便令周后自殺，又親手砍殺袁妃、長平公主及昭仁公主……」

一個士子插口道：「皇上好狠的心，砍殺親生女兒也下得了手？」

那官員道：「聽說長平公主未死，爲太監背負出宮，不知下落……」

說到這裡，那官員又補充解釋道：「我的消息是根據順天府來的公文及大臣收到的廷寄和私函。官員們心焦如焚，也無公事可辦，每日聚集公衙議論紛紛，我就上心記下了，不然我芝麻綠豆大的小官，哪會知道這許多大事？至於長平公主最後生死的事，並未聽說，就不敢多言了。」

另一個士子問：「皇帝後來有沒有逃出京城？」

那官員面露悲憤地答道：「我正要說這驚天消息。皇帝叫天不應叫地不靈，帶了提督太監王丞恩在煤山老歪脖子樹上自縊死了，據聞死前跑得狼狽，吊死樹上左腳光著，右腳穿隻紅鞋。」

他說到這裡，一群人鴉雀無聲。那官員從懷中掏出一張皮紙，唸道：『朕自登基十有七年，雖朕涼德藐躬，上干天咎，致逆賊直逼京師，此皆諸臣之誤也。朕死無面目見祖宗於地下，自去冠冕，以髮覆面，任賊分裂朕屍，勿傷百姓一人……』此爲崇禎帝書於藍色袍服上之遺書，有太監抄錄南寄，我又抄錄了一份。」

他說到此處停下，眾士子面色沉重，全都說不出話來。過了片刻，一個身著勾金暗花絳色長衫的富家子弟面帶不屑地道：「皇帝刻薄寡恩，濫殺忠臣良將，重用無能無德之輩，天下饑荒盜起年年，多少尋常百姓因他失政而死於野、死於途、死於盜匪刀下、死於酷吏杖下。他丟了江山，還有百官諸臣可責難，那千萬腐屍餓殍向誰去找公道？」

另一個從江北來的太學同窗恨恨地說：「到這時候說一句『任賊分裂朕屍，勿傷百姓一人』，好一個愛民如子的皇帝！天下蒼生，百代識人，有誰會相信你這亡國之君的垂死之言？」

眾人忽然全都感染了憤怒，多人大聲罵道：「亡國之君！」

「可恨啊，亡國之君！」

「你說無面目見祖宗於地下，陰世之中你又如何面對千百萬被你害死的無辜黎民？」

一時之間大夥好比著魔一般，人人破口大罵，有的人罵得狠毒，有的人罵得粗魯，還有人夾雜各方髒話。一群平時彬彬有禮的有學之士，忽然都變成村野懦鄙之夫，那個先前口若懸河的官員又驚又怕，被圍在一群狀似瘋狂的讀書人中央，嚇得面色蒼白，再也說不出一句話來。

這種因長期壓抑的恐懼一旦爆發不可收拾。過了許久，群眾的感染效應逐漸冷卻下來，眾人有如洩了氣的皮球，咒罵聲漸歇，等到完全靜下時，忽聽見一個幽幽的哭聲：「崇禎帝啊，你一死以謝天下，知恥近乎勇，學生為你同聲一哭！」

眾人向哭者望去，正是一襲白衫的鄭森。

鄭森低聲哭道：「君辱臣死，學生雖然並未為官，但我既為生員而入太學，終是以天子門生為宿志。君主為天下謝罪，吾等縱不能一掬同情之淚，何忍聚眾肆意辱罵，視亡君如寇讎？」

鄭森初聞崇禎吊死煤山，心中一股國仇家恨的情緒自然地冒了上來，然而眾士子對崇禎憤怒激烈的反應既令他不解，也令他痛心，一時之間，便如五雷轟頂，茫茫然不知所措。

他離母背鄉從平戶溫暖的安樂窩來到陌生而冰冷的環境，便小心翼翼地承受各種壓力。那些壓力有的來自父親望子仕途成龍的期待，有的來自身邊親人及父親部屬對他「倭婦所出」的鄙視，所有負面的壓力他一一放在心底，外在表現出的全是正面的努力，贏得父親及長輩極大的稱許，而那些過溢的稱許又化為更大的壓力……便在此時，乍聞一朝天子竟狼狽無助、走投無路，終至披髮吊死，卻仍然逃不過天下悠悠之口，忽然之間，他覺得他似能體會崇禎皇帝臨終前的感受，天地之大，竟無立足之處。

於是鄭森不由自主地為崇禎一哭，而且一哭不可收拾。他卻不自知，這裡面也有為他自己一哭的成分。

其實鄭森之哭與眾士子之怒罵，在心理層面上是相似的，都是反映出心底裡巨大的憂慮及恐懼，在長期壓抑下遇到突發的重大事故時便全面崩盤。但是鄭森因本身的遭遇及個性使然，其反應的方式與其他眾人迥然不同。

眾士子聽了他的話，默然沉思，有幾個人也開始流淚且哭出聲來。受此感染，許多人都跟著哭了起來，一時之間大家哭作一團，先前那兩個罵得最凶的哭得最響。

鄭森反而被這場面搞得糊塗了，有些不知所措。這時他瞥見人群後方有個年輕人對著他比手勢，似乎要他離開此地。他看那人方頭大臉，氣宇不凡，面容似曾相識，正在想是什麼地方見過此人，那人又猛打手勢同時往河邊走去，似要鄭森跟他過去。

鄭森看到那人的側身和背影，穿著一身黑，寬鬆的布衫掩不住他熊腰虎背的身材，側面顯出隆起的後腦異於常人，鄭森忽然想起一個人。

「施琅！」

施琅是鄭芝龍手下的猛將，年紀不過二十出頭，已經率領數十艘船隊參加過好幾次中、大型的海戰。他屢戰皆勝，是鄭氏集團中新冒出來的常勝小將。由於是個年輕的厲害角色，經常被鄭芝龍派在海外第一線辦事，鄭森記憶所及似乎只見過他兩次面，但沒有什麼互動。

他見眾士子激情漸退，便拱拱手悄然退出，快步跟著施琅的身影向秦淮河邊走去。走到河邊一棵大柳樹下，施琅正站在一塊石碑旁等他。鄭森走近看，石碑上刻著「南浦送別」四個字，雖然已有一些漶蝕，仍然看出是晉隸的字體，恐怕眞是出自王謝弟子之手筆。

鄭森見施琅打量自己，臉上表情似有善意又似冷漠，有點摸不清此人的心思，便主動拱手道：「是施兄吧？曾在安海見過一次，在漳州河口也見過一次，只是老兄都忙著軍艦船務，沒有機會說話。」

施琅是鄭芝龍的部屬，照說見著鄭森應該先行自報身分，他卻立在柳樹下等鄭森先發話，頗有點大剌剌的模樣。鄭森倒是毫無察覺，他對有些事極為敏感，但是對人與人之間的應對規矩有時是漠不關心，只感到這人的目光好生銳利，令人不想和他四目相對。倒是施琅聽得鄭森說起兩次見面的事，心中暗忖道：「這個少主看似一個書呆子，小地方倒也精細得緊。」

他這才略微行了一禮道：「在下施琅，奉游擊將軍之命，要請公子即刻返回安平，不得耽誤。」游擊將軍便是鄭芝龍接受招安得到的封賞。

鄭森聽他口氣嚴重，心想莫非是和崇禎皇帝殉國的事有關？他也不直接問，反而就現狀問道：「方才南京六部裡的官吏帶出來的消息，太學生全都激憤若狂，你可見到？」

施琅嘴角微撇，點頭道：「讀書人就這樣。」

鄭森不禁有些動氣，問道：「聞皇帝死國，施兄心中竟無激憤之情？」

施琅又點點頭，也不知是不是默認確無激憤之情，只聽他平淡地答道：「崇禎帝吊死煤山的事，我們接到消息時，游擊將軍正在崇明島接收一支專跑鹿兒島單幫的船隊。將軍命我到南京來傳令要公子立即回家，將軍本人也兼程趕回安平。咱們比這裡早幾日得到北京的消息。」

鄭森知道父親在北京和江北都派有細作，消息傳遞比官府更快也不是稀奇之事，何況近年官方驛站人事廢弛，缺人缺馬不補，他們得到消息先於南京，難怪施琅一副早已成竹在胸的模樣。

他點點頭道：「我這就回太學整理行李，咱們何時動身？走水路還是陸路？」

施琅答道：「咱們還是先搭江船到崇明島，那邊有一支咱們的船隊從平戶南來，估計差不多同時間正好到達上海，下上一批貨之後再去泉州，我便陪同公子在上海搭上咱們自己的船隊回家。」

鄭森道：「如此甚好，我的行李十分簡單，就是兩箱書籍比較重，太學到江邊總有十多里路，恐怕要雇一隻毛驢……」

施琅打斷道：「公子爺，您以爲是出門遊學，萬卷書萬里路？此非平時，你那些書本就別帶著了，咱們行李愈輕便愈好。銀票銀子帶好就成，哪要雇什麼毛驢？」

鄭森聽他講得有道理，便沒理會他話裡譏誚之意，但心中盤算道：「我來南京後藏書增加不少，有些珍本得之不易，還是必要帶回家的。這人是個武人，自然不懂得。」

鄭森回到太學，先向太學的學監請假，留下一封信給恩師錢謙益，將珍本的書籍打了個背包揹起，雙手提著包袱雨傘就上路。施琅看他又揹又提，卻不幫忙。鄭森試試重量還撐得住，便也不要求幫忙。

於是施琅就一個肩褡褳，兩手空空跟在身負重物的少主身後，雙雙走向江邊。

施琅一面走一面暗忖：「這個書呆子心中一定在怨我態度不佳。嘿嘿，我施琅允文允武，只因鄙夷科舉又商場失利才浪跡天涯，不得已投靠了鄭芝龍這個倭寇，人上了賊船就沒有往回頭走的道理，可我侍候老子也夠啦，要我還侍候這小子，那可不必了。」

鄭森走在前面，心中忖道：「這個施琅很有意思，他見到我絲毫不肯巴結，看我負重於行，也不肯助我提行李，料想是個有骨氣的有志之士，不屑做討好人的小事。我倒要探探他心目中的大事是什麼。」

兩人懷著不同的思維默默疾走，一路也無交談，走了十幾里路，大江在望，施琅見這個文質彬彬的少主腳步不曾慢下，一身乾淨的長衫一塵不染，神定氣閒似乎毫不吃力，不禁有些意外，暗道：「看來他倒不是個文弱書生，氣力長得很哩。」

鄭森將右手的提袋交到左手，指著江邊一艘構造精緻的三桅船，問道：「就是那艘三桅的船？」

施琅道：「公子莫看它小，這艘船通體用上好柚木所造，圓底不擱淺，在江上駛起來比咱們的福船還要快，更兼船上設備豪華，是上海一個張姓富翁的私人坐船，我特地借來接公子。」

鄭森道：「多謝施兄，其實我自幼什麼船都坐過，向來只求快速，從不講究舒適，更別說豪華了。父親曾說最適合我的船就是戰艦。」

施琅暗自點頭，心想：「今日在秦淮河邊，他們聞道崇禎吊死，別人都在怒責昏君誤國，他卻一把眼淚一把鼻涕哭得像個娘兒們，我以為他是個只想考科舉、博功名做天子門生的富家子弟，恐怕我是看錯了這個少主。」

他指著那艘船道：「這艘船從南京到上海六百里水路只需兩日，江上常有淺灘，為防擱淺，船底是平的，再說江上風浪比不上海上，我原為公子舒適便借了這條船，你坐上船就曉得差別了。」

鄭森走在前頭沒有回話，他心中也在想：「這個自視甚高的施琅其實對我還是有用心的一面，只聽父親和四叔說過他驍勇善戰，卻不知他心機城府深沉。」

他停下身道：「施兄你走前面帶路吧，你識得船老大。」

施琅走上前道：「船老大也姓張，是船主張善人的老家人。他領著四個老練的手下，其中一個是船孃，待咱們上了船再跟公子引見。」

他指了指那艘船，接著道：「公子突然辭太學回福建，這事知道的人愈少愈好，我交代船老大在下關港口停靠，船老大熟悉這附近水陸地勢，刻意選了這個冷僻的江邊淺灘讓咱們上下船。公子你瞧，這一帶看不到什麼人煙哩。」

鄭森連連點頭稱善，謝道：「難得施兄想得周到，這一路還要多蒙照顧。」

施琅道：「公子不要客氣，游擊將軍有命，此皆施琅分內之事。」

兩個個性倔強、城府縝密而志向深遠的年輕人，直到此刻，才第一次眞心交談了一句話。

那艘船雖有三桅，船體卻不大，從外貌也可看出材料紮實，製造精良。兩人走到淺灘上，只見船艄削尖，船上有篷有艙，除三桅外兩側有櫓二支，作爲無風時之備用，靠岸的這邊，沿櫓搭了一條梯板，以便上下人。

兩人走到船邊仍然不見船上水手，也不見船老大下船來迎接，施琅覺得有些不對，他低聲道：「待我先上，公子緊跟著我不要落遠，你手上的行李交給我。」

他一面對著船上叫道：「張老大，咱們到了。」一面接過鄭森的行李，從梯板爬上船舷。

待鄭森也上了船，仍然沒有看到任何人，施琅奇道：「明明說好是這個時辰的，難道船老大帶他的手下去城裡快活尚未回來？」

鄭森道：「肯定是如此，咱們動作忒快，到得早了點。」

他一面答話，一面繞過篷艙走到對面的舷邊，想要觀看一下江景。

施琅道：「公子稍安，不要單獨行走。」

不需他提醒，鄭森已經自動止步，他強忍著幾乎要出口的一聲驚叫，壓低了嗓子道：「血，好多的血！」

他在桅杆的基部船板上看到大片血跡，施琅一個箭步衝了過來，看了看船板上的血跡一眼，低聲道：「這血流出不到一個時辰，這艘船上出了凶殺之事，公子你待在此處不動，也不要出任何聲音。」

他彎腰在船板上飛快地走了一圈，回到原處對鄭森道：「甲板上沒有人，問題多半出在船艙裡。公子你就躲在這桅杆後面不要動，待我下艙去瞧瞧。」

鄭森將揹著的書囊解下，雨傘放在甲板上，低聲道：「施兄一個人下去易遭不測，咱們一起下去看看。」

施琅斜眼問道：「公子與人眞刀眞槍廝殺過？」

鄭森搖了搖頭，但同時握了握腰間的劍柄。

施琅想了一想，雙目閃過一絲殺氣道：「好，就咱們兩人下去探一探，公子你要聽我命令……嗯，聽我的信號行動。」

鄭森點頭，全沒注意到施琅先說「命令」後改爲「信號」。也許因他從小慣說日語，對漢語詞彙的某些差異不甚敏感。

施琅拔出腰間的鋼刀，輕輕敲開艙門，門裡一個向下的樓梯，他一步步走下，撲鼻而來一股血腥味，久經海上戰鬥的施琅環目一看已找到一個好地方，他回首對鄭森耳語道：「左邊大捲粗繩後面有個死角，你就躲那兒。」

兩人一步一警進入船艙，艙內一片黑暗，唯一的光線來自開啓的艙門。施琅年紀雖輕，船上廝殺的經驗卻老道，他開啓艙門時順手就將側邊撐門的曲柄卡榫打直，讓上下開閉的艙門固定在開啓位，主要就是防範初入暗艙，如有敵人埋伏艙內以暗對明發動突襲，己方由亮入暗視力大減之情況下，絕無倖理。

雖在微弱光線下，立時看到艙內的地上、桌上、床上倒了幾具屍體，血流了滿地，踩在上面鞋底立刻黏黏作響。

鄭森依言閃身到那一大捆粗繩之後，貼在壁板上望過去，他看到地上情形，已知不到一個時辰前，這艘船上發生了凶殺變故，但變數是外人侵入還是自相殘殺？他覷目細數，目光能及之地見到四具屍體，暗忖道：「方才施琅說船上連船老大一共五人，這四具屍體看上去都是男屍，除非是那唯一的船孃一人殺死四個大男人……這不大可能吧，否則應該是有殺手從外突襲，殺了船上諸人，只不知那船孃……我瞧多半也被殺死了，或許在隔壁房間裡……」

下一個問題是，凶手可能還在船上，他們會躲在船艙裡嗎？

不需思索，答案立即自動跳出來，耳邊聽到嗖、嗖、嗖，三件暗器飛過眼前，哚、哚、哚三聲，三件暗器幾乎同時打中艙門的撐竿上，其中一枚正中曲柄的卡榫，撐竿立刻斷成兩截，艙門落下，艙內一片漆黑。

在此同時，有人發動對施琅的突襲，黑暗中鄭森只聽到四聲刀劍相拚的聲音，夾著一聲驚叫及匆忙的腳步聲，然後就是一片寂靜。

鄭森努力從聲音中分辨，那驚呼之聲似非出自施琅，而腳步聲卻是奔向隔間，與自己躲藏處只一板之隔。

然後他就聽到一串低聲對話。他輕巧地爬出那一大捆粗繩，朝著黑暗中方才施琅遭襲的方向爬了兩步，以極低的聲音道：「兩個日本人，躲在隔壁間！」

沒有回響，死一般的寂靜，也不知施琅聽見沒有。鄭森再壓低嗓音道：「他們計畫假意從艙門逃走，一人引你追過去，他們要在推開艙門時，趁強光突然照射你雙目時殺死你……」

仍然沒有回響。

鄭森暗忖：「剛才那一陣刀劍相擊，不知施琅是否無恙，也不知道他現在是否還待在原來的地方？」

他悄悄爬回來處，摸到艙口的樓梯，在梯子左邊緩緩躺下，一動也不動，鼻中聞到手掌沾上的血腥味。

接著他耳中聽到輕微的唏唏之聲，感覺有人緩緩爬行到附近，接著有腳步聲從隔間那邊傳出，快步一路衝上艙門，先是一個人，然後是兩個人，似乎一人前一人後……

突然之間，有人一掌擊在艙門上，艙門大開，一道光線射入漆黑的船艙，鄭森在電光石火之間看到兩個人衝到艙門口，前面一人趁著強光射入，立時反身一刀刺向身後之人……

後面追來者面對強光，雙目必定暫時失明，這反身一刀肯定閃躲不過……

豈料後面那人在強光射入的一瞬間，雙目一閉，一個翻滾躍在空中，堪堪避過那一刀。此刻他已背對艙口，雙目怒張，手中的刀如閃電般砍在追襲者的腦門。

慘叫聲中，那先行撐開艙門者發現敵人從空中翻落在梯上，正好背對著自己，天賜良機，豈能放過。他大喝一聲：「八格野鹿！受死吧！」

左手放開艙門，右手刀直劈敵背，艙門落下，艙內再度陷入漆黑，黑暗中又聽到一聲慘叫，然後再次歸於寂靜。

當那扇沉重的艙門再次被掀起時，只見施琅以手中的刀為支柱撐開艙門。他腳邊兩個屍體倒在梯子上，一個從腦門到前胸挨了一刀，臉孔被劈成兩半，已看不出原來的長相了。施琅知道這人黑暗中想要偷襲卻反被自己騰空翻身劈死。另一個小腹上被一劍刺入，劍尖從身後穿出，也是立時斃命，卻不是死於他手。這時他看到了梯子旁跪著的鄭森，一臉不知所措的神情，睜大雙眼，盯著矗在那屍體小腹上的劍柄。

施琅覺得不可置信，他連叫了兩聲「公子」都未聞回應，於是他上前一手拉起鄭森，另一手替他將長劍從屍體上拔出，一道鮮血隨之噴出，濺滿了鄭森長衫的下半截。到這時鄭森才「喝」的大叫一聲。

施琅道：「公子你是如何殺死這人的？」

鄭森不回答，只低頭看著自己沾滿鮮血的下裳，眉頭深皺，施琅又問了一次，他喃喃道：「我要換衣衫，我要趕快換衣衫！」

施琅就在那個剎「月代頭」的日本武士衣服上將鄭森的長劍擦拭乾淨，交還給鄭森，對著他點頭道：「多虧公子及時趕到，一劍殺了此人爲我解危！」

鄭森一本正經地道：「不是及時趕到，我是先一步埋伏在這裡了。」

施琅猛然想通，鄭森的母語乃是日本語，這兩個浪人可眞倒霉，他們襲擊計畫的交談全被聽見，靠著鄭森的警告，自己才能避開第一波襲擊，反而出其不意殺了追襲他的浪人，但想不到公子竟有如此膽識伏擊前一個浪人，救了自己一命。

他用佩刀及刀鞘將艙門撐牢，望了望艙內血肉模糊的六具屍體，對還在發呆的鄭森道：「公子，咱們得先將這些死人處理處理。」

鄭森看了他一眼，總算回過神來問道：「要如何處理？」

施琅道：「抬出去丟到江裡餵王八吧！」

鄭森突然想起一事，抬頭問道：「還有一個船孃呢？你說船老大的四個手下其中一個是船孃……」

「對啊，還有一個船孃阿巧！咱們快到隔壁房間瞧瞧。」

兩人衝向隔壁房間，鄭森一馬當先，才一推開門，昏暗中看到床上躺著一個女人，下半身赤裸，生死不知。

鄭森暗叫一聲「非禮勿視」，立即往回頭跑，差點和施琅撞個滿懷。施琅叫道：「搞什麼？咱們要先看她是否還有一口氣，救人要緊！」

鄭森這才發現自己的迂腐，也叫道：「不錯，救命要緊！」立刻又跑回房間。

施琅發現那船孃阿巧氣息尚存，只是昏厥過去，趕緊先爲她覆上衣衫。鄭森細看時，只見她頭上受創，一道血跡從傷口直到腮邊，忖道：「這船孃似遭歹徒強暴，掙扎中被什麼重物擊中頭部才昏厥過去。所幸人還活著，只要她醒過來，便可問明白這是怎麼一回事……」

施琅在桌上抓起一個茶壺，估計是滿滿一壺冷茶，便毫不客氣淋在那船孃的頭上，淋了一半，那船孃嗯哼了一聲，悠悠轉醒。

施琅對她道：「阿巧，妳快穿上衣褲，我們在外面等妳。」

一面和鄭森退到房間外，等了好一會，才見阿巧畏畏縮縮雙臂抱胸走了出來。見了施琅，叫聲「施大人」便流下淚來，抬眼看到滿屋的屍體，再也忍不住放聲大哭起來。

好不容易等到她平靜下來，擦乾了眼淚，鄭森才發現她三十出頭，頗有幾分姿色。施琅示意要她坐下，鄭森倒了一杯茶遞給她，問道：「大娘妳喝口茶，告訴咱們這是怎麼回事，那兩個日本浪人又怎麼會到船上來殺人？」

那船孃看了鄭森一眼，又轉眼看施琅，施琅道：「這位公子便是我來南京要接回上海的貴人，妳不要怕，只管將實情說出來，我們替妳做主。」

阿巧喝了一杯茶，呼吸平順了許多，到底年輕體健，頭上雖挨了一下重擊，就這一會兒已經止了血。她先對兩人福了福，操著一口略帶山東腔的口音，低聲道：「船老大一早命咱們把船艙船板打掃乾淨，搞了一桌好菜，有醬鵝、油爆蝦、韭白炒雞蛋、涼拌蕨菜，還有兩條長江刀魚，一條紅燒一條清蒸，然後一大鍋稀飯，要大夥兒吃好了今日啓航……」

阿巧說到她整治的好菜便忘了原意，鉅細靡遺地報她的菜單。鄭森在太學的伙食相當清簡，聽得口中生津，覺得樣樣都好吃，施琅卻不耐煩了，打斷道：「公子爺要妳說日本人上船殺人的事，妳淨說些飯菜的事作啥？快揀要緊的講！」

阿巧連聲稱是，心中仍覺得她料理的那幾道菜也是挺要緊的事。可她不敢爭辯，便老實道：「就在吃飽了飯，船上上下下都在整理的時候，忽然有兩個人沿梯板上船來，當頭一個剃了個日本頭，一雙賊眼對俺上下打量。俺那時一個人就站在船舷邊，便問他們是何人，並告訴他這是私人的船要他們快快下去，哪曉得那個壞人一把抱住俺，拿塊臭布條塞在俺嘴裡。俺叫不出聲音，便拚命掙扎，那時在船尾整理小桅帆的小毛聽到衝了過來，另外一個壞人，留了一圈短鬍子，拔刀就砍在小毛肩上。小毛倒下血流了一地，那壞人過去要補一刀，小毛嚇得爬起來就往艙裡去找船老大，唉……」

她唉了一聲停下，施琅問道：「怎麼了？」

阿巧道：「現在想起來小毛做錯了一件事，他不該開艙門往艙裡面跑，他該跳到江裡游上岸去……求救也好、報官也好，你們不曉得小毛水裡的功夫呱呱叫，壞人肯定追他不上……有一回他在瓜州江邊……」

鄭森道：「阿巧妳又扯遠了，說小毛往艙裡跑，後來呢？」

阿巧對「公子爺」顯然更有敬意，連忙道：「是，是，對不住，我又扯遠了。那兩個壞人抓著俺也跟了進去，一進艙門，老史扶住小毛，已經發現不對，便迎出來喝道：『你們是什麼人！快……快放開阿巧！』唉唷，還沒講完就讓那個有鬍子的壞人一刀砍在咽喉上，死了。壞人將我摔在隔壁客房裡關上門，兩人便不由分說大開殺戒，俺聽到慘叫聲連連，然後就是那抓俺的壞人的聲音：『你是船老大？』然後是老大的聲音：『你們是什麼人？你們爲什麼亂殺人？』然後聽到那有鬍子的說：『上海張老闆的珠寶在哪裡？你是船老大，快交出來。』老大說他不懂什麼珠寶，接著就大叫一聲，怕是被打了。那壞人問：『張老闆藏在南京的珍寶，偷偷派你們來運回上海，對不對？從上海來的年輕客人到哪裡去了？你敢說不知道？』接著又打人，老大就說他不知道，那人就打他，他還說不知道，那人又打他，他說眞的不知道，那人又……」

施琅有些火了，喝道：「妳有完沒完？快說結果！」

「結果就是他不知道……可俺知道，他眞的不知道。後來就聽到老大的慘叫，然後兩個壞人說日本話爭吵起來，俺猜是一個壞人怪另一個沉不住氣殺死了老大，沒得問了，接著他們便在艙裡一面嘰哩咕嚕商量事情，一面遍搜遍尋，也到俺被關的隔壁房間尋找珠寶，結果啥也找不到。那先前抓俺的壞人，一雙賊眼在俺身上打轉，俺就知道他殺完人又要姦淫，果然他上來抽出塞在俺口中的臭布，便要強姦俺，俺抵死不從，他拿桌上一個玉如意猛打俺的頭，俺便昏過去了……感謝您二位即時解救了俺逃過被倭寇糟蹋，兩位就是俺的救命菩薩，後來……」

施琅打斷道：「下面的不必講了。」他陷入沉思，而鄭森面對阿巧一雙哭紅的大眼睛，也不知說什麼。

過了一會，施琅道：「公子，我認識張善人好些時候了，知道他原來出生於南京世家，以買賣古玩珍寶致富，而後轉戰上海商場，才和您老太爺芝龍將軍的船隊搭上交情，更發了大財。傳說他在南京藏有珍寶，大概是有這麼回事。前不久北京危急，你鴻逵四叔鼓動你爹擴大招兵買馬，爲大明江山保留一支精兵，進可北上勤王，退可江南自保，當時就傳出張善人願意將他價值連城的珠寶捐獻作爲軍費。這兩個日本浪人不知從哪裡得了消息，知道我乘坐張善人的私人快船悄悄來到南京，便誤認咱們是想神不知鬼不覺地來運珍寶的。我這麼猜測，公子以爲然否？」

鄭森其實並不知道父親和四叔在計畫些什麼，但今日發生的事十分古怪，施琅說的雖是猜測之詞，但聽起來似也合理，便道：「施兄機智反應令人佩服，這番猜測確有可能。我猜那兩個浪人恐怕也是倭寇餘孽，在海上及口岸聽到一些傳言便拼湊成一個故事，自作聰明來南京打劫珍寶，但兩人匪性難改，行事又粗糙，原想扣住船老大等施兄回船時制伏了好好拷問，不料那個暴躁的粗人臨時起了淫意，又失手殺了船老大，偏偏撞上咱們，便誰也拷問不成，兩個混蛋雙雙見閻王去了。」

施琅聽鄭森的話說得十分在理，聽他口氣竟似頗有些江湖氣，不禁感到相當意外，對鄭森這個人更覺得摸不清底了。他點點頭道：「我猜八九不離十。公子你歇會兒，待咱趕緊把這些屍體處理了。阿巧，妳快把船艙打整乾淨，咱們就要啓航。」

不料鄭森長劍「奪」的一聲插在柚木地板上，捲起袖子道：「我不需要歇息，咱們倆這就開始幹活吧。」

說著便動手拖了老史的雙腳就往艙外拖。施琅見狀連忙幫忙抬起屍體上身，心中對這個文質彬彬、一身書卷氣的「少主」，愈發覺得莫測高深。

處理了屍體，天色已晚，施琅怕夜長夢多，決定漏夜啓航。這條三桅帆船原本有一個船老大率四個手下侍候著，現下船上一共只三人，兩個熟手一個生手。還好鄭森自幼常在船上廝混，看船員操作也看得多了，兩個熟手一番指點，上手快得超出兩個熟手的預料。

船順利出航了，順風順水、又平又穩地向東駛去，三人總算可以歇一口氣。

經此一番驚險過程，鄭森和施琅之間的矜持盡除，不復初見時各人在肚子裡做文章的場面。兩人靠在船舷上望著一彎新月從雲層中緩緩移出來，施琅道：「沒想到公子有一身武功，頭一回眞刀眞槍幹，便毫不手軟呢。」

鄭森道：「從小我跟日本老師學了些劍道，我外公也教了我一些中國功夫，這哪裡談得上一身武功？倒是久聽人說施兄的武藝高強，今日開了眼界。」

他沒說的是，今日那場搏命之鬥，自己頭一回殺人時能夠毫無猶豫、拚命一擊的勇氣，主要是因為要救施琅，現下想起來仍然心有餘悸。

施琅點頭，對鄭森的外公頗覺得好奇，問道：「公子的外公是武林人士？不知是什麼門派的高手？」

鄭森微笑道：「我外公是個鐵匠，他打鐵，也練劍。」

這時阿巧推起艙門，伸出半個身軀叫道：「俺整治了幾個小菜，爺們要不在甲板上一邊顧著舵一邊吃個宵夜？俺這裡有一罈船老大藏的陳年竹葉青。」

鄭森還未回答，施琅已叫道：「好極，緊張了一整天正好喝兩碗鬆鬆神。公子，你沒嘗過阿巧的手藝，那可是經過張善人調教的，大大地不同凡響。」

阿巧一面將一張矮桌放置妥當，一面笑道：「施大人取笑了，俺那幾個家常菜怎入公子爺的法眼，只是想兩位爺今日驚險搏鬥，該要好好吃一頓……待俺把酒菜端上來兩位慢慢用，換俺來掌舵。」

阿巧手藝確實有一手，鄭森好久沒有吃得如此落胃，平日不大喝酒的，這一頓飯也喝了兩碗佳釀，不禁略有醉意。

施琅酒量佳，喝了五碗竹葉青面不改色，一股豪氣被半罈好酒勾引起來，他對鄭森抱拳行了一禮，站起身來朗聲道：「施琅浪跡軍旅，今日公子不以下屬待我，我心甚快。此夕趁著三分微醺壯膽，敢在公子面前舞一趟刀，求公子指教。」

說著從腰間拔刀，對阿巧道：「阿巧，妳好生把舵。」

一長身，一個箭步跳到甲板中央，才立穩腳步，手中長刀已經化爲一團刀光，在狹隘的船舨上滾動，招式愈來愈快，眞做到了潑水難入。

鄭森忍不住也站起來觀看，只見那團刀光隨著施琅舞蹈般的步法和身法進退有致，左右逢源，上下翻騰，確實已達到刀法的上乘境界。

施琅一路伏虎刀法整整一百零八招，便在鄭森及阿巧的大聲叫好中肅然收刀，單腿金雞獨立，釘立甲板上紋風不動。

「公子，獻醜了。」

鄭森讚道：「曾聞鴻逵四叔盛讚施兄武藝超群，今日有幸見到這一路刀法，確是百聞不如一見。」

施琅也不謙讓，只點首笑道：「未知和公子外公之武功相較如何？」

鄭森笑而不答，施琅也不再追問，只對阿巧道：「阿巧，妳就侍候公子爺先下艙裡歇息吧，妳也爭取時間睡一會，我上半夜掌舵，下半夜換妳來掌。」

阿巧匆匆吃了一碗飯就將酒菜收了，然後對鄭森道：「公子爺，您的床褥已整理好啦，就請下去休息吧。」

鄭森躺在床上，腦中的思緒隨著船行的搖擺起起伏伏。

這是驚濤駭浪的一天。

驚聞皇帝吊死的一天。

自己親手殺人的一天。

黑暗中一點燭光悄悄出現在房門口，有了白天的經驗，鄭森不能不警覺，他一躍而起，那一點燭光漸漸移近。

燭光閃動中，只見手持燭台的正是阿巧，她見鄭森站在床邊，便將手中燭台放在床前小茶几上，彎身時，微弱的燭光襯出她姣好的輪廓。她身穿一件薄袍，身材和姿態在朦朧中顯得婀娜曼妙。

她走向鄭森低聲道：「公子爺染血的衣衫俺已給洗了，就沒能完全洗淨哩。你今日救了阿巧，阿巧來謝謝你……」然後就投入鄭森的懷抱。

鄭森新婚不久就別妻北上南京，在南京一年多的日子潔身自愛，從來不曾去秦淮河冶遊，這時阿巧投懷送抱，溫香軟玉中感覺彷彿回到新婚時的種種綺麗，體內一股熱意直升上來，仗著幾分酒意，便將阿巧溫軟的身子緊抱，耳邊聽到如呢喃般的低語：「公子爺，公子爺抱緊我……」

阿巧徐娘未老，投入鄭森懷中的每個動作都讓鄭森覺得無比風流可人。阿巧輕輕將燭火吹熄，房間頓時陷入黑暗。

她在鄭森耳邊悄悄道：「公子爺，讓阿巧來侍候您睡個香甜的好覺……」

也不知過了多久，阿巧停止了扭動，鄭森從未曾經歷過的歡愉中清醒過來，他低聲道：「阿巧妳也累了一天，快睡一會吧。」

張善人的豪華三桅船在崇明島停靠時，一個身著錦衣的將軍帶著三十個腰配繡春刀的軍士在岸邊等候。

施琅見到立刻在船頭行禮招呼：「指揮使請了，下官施琅請安。」

鄭森搶到施琅身邊，高興地叫道：「四叔，恭喜你升官，你幾時從北京下來？」

那將軍正是改名為鄭鴻逵的四叔鄭芝鳳，他望著許久未見的侄兒，心中甚是高興，回道：「四叔我從北京來，剛到上海便聽說你和施琅從南京來此換船回南安老家。國已破、家正危，我這指揮使有什麼好恭喜的？倒是見到你和施琅，我心甚慰。」

施琅反身對站在篷艙口的阿巧道：「阿巧，泊好船妳先向張老闆報告這次船上發生的事情，晚上我會去找張善人。」

鄭森也轉頭對阿巧道：「阿巧，這一路多謝妳……妳的照料，鄭森感激不盡。」

只要想到那一夜風流的愉悅，鄭森便覺心跳如鼓。他深深看了阿巧一眼，想把這個萍水相逢俏麗女人的模樣印入自己的腦子。

阿巧一雙大眼睛中噙著汪汪淚水，像是對這兩日生死與共的兩個男人道別有所不捨，其實她心中想的是，和施大人或有再見的機會，和這個有一夜良緣的公子爺恐是無緣重見了。

夜已深，福州禮部尚書黃道周的家廳中燭火通明。黃道周坐在主位上，鄭芝龍、鄭鴻逵坐客位，廳內氣氛嚴肅，侍門童子和鄭鴻逵帶來的侍衛立於門口，那侍衛不時向外伸頸盼望，似乎還在等候什麼人。

主人黃道周是全國知名的「閩海才子」，天啓進士。崇禎十一年，清兵犯京師，因反對議和，在朝中犯顏直諫，遭皇帝當眾斥責，並謫戍廣西，遂憤而辭官在漳州開壇講學，直聲動天下。

崇禎自盡後，清兵入關將李自成的闖軍逐出北京，揮軍南下，明朝遺臣在南京擁立福王稱「弘光帝」，拜黃道周為禮部尚書。但不久弘光帝兵敗，黃道周回到福州，途中遇上鄭鴻逵，便同邀鄭芝龍共商國之大計。

鄭芝龍官位雖不高，卻是東南沿海唯一擁有重兵的實力人物，他對著黃道周拱手致意道：「黃尚書國之重臣，學貫古今名滿天下，芝龍今日得見，幸何如之。」

做了幾年官，芝龍講的幾句官樣場面話甚是得體。

黃道周謙道：「鄭將軍謬獎了，黃道周受兩朝厚恩，苦無匡復回天之力，怍愧之不及，焉可當重臣之名？將軍麾下將士數萬、戰船數千，若能提忠義之師溯江而上，則金陵可下，然後據長江而自重。以我江南之富庶，經數年的生聚當可揮師北伐，恢復大明江山絕非空談，未知朱氏帝冑之中，猶有可登高一呼，昭四方之志士恢復祖宗志業於萬一者乎？」

他這麼之乎者也一番，芝龍便有點難以招架，鴻逵趕快上場補位：「晚輩入閩路過杭州時，正遇唐王聿鍵，當時揚州、金陵陷落，清軍殺人如麻，杭州人心惶惶，市面十分混亂，唐王對何去何從頗爲躊躇，晚輩斗膽建請他舉家先到福州暫駐。唐王談及國難，泣下而襟爲之濕；談及國事，則侃侃言之有物。愚與戶部郎中蘇觀生聞之動容，以晚愚見，其氣度胸襟遠勝弘光，或可繼之監國。」

黃道周聽了不置可否，卻對鴻逵提到的蘇觀生發表評論：「鴻逵將軍提及蘇觀生，此人老夫也聽說過。其人爲官清廉，任戶部肥缺而囊金不滿百，在崇禎末年百官中可謂鳳毛麟角，寥寥無幾，未知他現在何方？」

鄭鴻逵道：「晚輩與他談得投機，便也一併請到福州來了，現住在舍下，每日讀書之餘，打探各地軍情，胸中仍有復興之志。」

黃道周擊節稱善，這才講到重點：「唐王朱聿鍵確是朱家子孫中卓然有志氣者，當年他曾發兵勤王，崇禎卻爲太監事廢他爲庶人，他也不以爲意，若能得他監國，自然勝過弘光。唯老夫聽說馬士英、阮大鋮等奸佞已立了潞王朱常淓監國，如果唐王聿鍵不願朱氏子孫自相爭奪名器，恐怕他會辭不肯就。」

鄭芝龍聽到這裡，面上露出一絲得色。黃道周人雖老，目光卻銳利，立刻問道：「芝龍將軍有何高見，何妨說來共商？」

芝龍在沿海從海上商盜起家，降明後雖奉朝廷，實則仍然做他的海上土皇帝，因此在大江南北沿運河各地皆派了細作，打探由京城及各地流傳出的各項消息。他聞言微笑道：「小弟軍中今日從杭州捎來最新消息，潞王已經開城降清，唐王沒有什麼顧忌了。」

鴻逵喜道：「有此消息，更有黃尚書鼎言相勸，唐王必可答允。」

就在此時，門口的侍童跑進來稟報：「稟告夫子，唐王駕到。」

客廳裡三人同時起立，主人黃道周整襟前迎，暗道：「這鄭氏兩兄弟一切都安排好了，只我蒙在鼓中。」

門口走進一個長身清臞的中年人，他步履穩健，目不斜視，雖只一襲平民便衫，仍然難掩華貴之氣宇。

黃道周上前稱呼唐王，便要行禮，那人一把攔住，朗聲道：「唐王已爲先帝所廢，朱聿鍵一介平民，黃老夫子不可多禮！」

黃道周福至心靈，居然開門見山，拜道：「唐王已矣，何若爲天下監國，萬民稱幸？」

一六四五年，前唐王朱聿鍵即位於福州，改元隆武。

黃道周任新朝的吏部兼兵部尚書。

鄭氏兄弟擁立有功，都封了公，芝龍爲平國公，鴻逵爲定國公，另外鄭芝豹等其他鄭氏族人也都封了官爵。若說在前朝的資歷，鄭鴻逵先中科舉復授指揮使、副總兵等職，弘光帝時更掛「鎮海將軍」印，封靖西伯，自然在鄭氏家族中居首，但隆武帝的朝廷設在福州，乃是芝龍的軍事勢力範圍之內，因而軍國大權都掌握在芝龍手中。

隆武元年，鄭芝龍帶了兒子鄭森晉見隆武帝。

此事肇因於前一日鄭鴻逵帶其公子鄭肇基晉見隆武帝，帝見肇基少年英武，對軍國大事頗有見地，一時高興，便對肇基賜姓朱。這事傳到芝龍耳中，心想侄兒肇基雖然優秀，尚不及我家森兒，豈能讓肇基專美於前。

鄭森前一年從南京太學被父親匆匆召回，爲的就是在清軍南下的變局下，召集重要家人商議如何重新布署才能保住鄭家的勢力，最後決定了擁立唐王這一步棋。鄭氏家人雖然人人受封賞好不風光，但芝龍知道眞正的憑恃仍是自己家族在海上擁有的財力和武力。兄弟們雖能幫忙處理既有勢力中的各種老問題，但是他心目中最能因應新局勢的一員，卻是年輕的鄭森。他帶鄭森見隆武帝，除了和四弟鴻逵一別苗頭，顯示「虎父無犬子」的驕傲之外，也有「內舉不避親」的用意。新君用人之際，鄭森這樣的人才不應閒置。

隆武帝本人有些學識根底，賜座後便問了鄭森自幼讀書的過程，一些聖人之道的論述，然後就轉到當前大局。

「你父必已告知汝，南京朝廷已敗，日前弘光帝遭擒。你可知道，清軍入城時，南京朝廷有哪些人開城相迎清將多鐸？」

鄭森答道：「微臣不知。」

隆武帝喟然嘆道：「開城降清者竟有魏國公徐文爵、靈璧侯湯國祚、定遠侯鄧文郁、尙書錢謙益、大學士王鐸、都御史唐世濟，嗚呼，我大明開國元勛之後，當世鴻儒良相，竟然一字排開迎接韃師俯首稱臣，實屬不可置信之悲哀！」

鄭森聞道開國第一大將徐達之後人及詩文名滿天下的恩師錢謙益皆拋棄了春秋大義，感覺像是自己心口被刺了一刀，一時說不出話，眼眶卻因過分激動而發紅，泫然欲淚。

鄭芝龍怕兒子在皇帝面前失態，便咳嗽一聲提醒鄭森不可感情衝動。鄭森很快就恢復鎮定，他平靜地回答：「啓稟聖上，微臣方才乍聞魏國公徐文爵及恩師錢謙益連袂降敵，確實無比震驚以至啞口無言，此時已恢復冷靜，尚請皇上恕罪。《禮記》有云『臨財勿苟得，臨難勿苟免』自是至理，小子今日終於徹悟，當面臨春秋大義之抉擇時，還要加一句『大義勿苟且』。我爲我恩師之失足憤恨萬千，然而此事亦足以砥礪吾輩心志，務使更加堅強，身赴國難義無反顧！」

隆武帝見這年輕人初聞恩師降敵時的悲憤，不過瞬間即化爲勵志力量，自己平生沒有見過心智如此堅強之人，不禁對眼前這個年輕人大爲欣賞，忍不住繼續問道：「壯哉此言，鄭森你願身赴國難義無反顧，心中可有定見良策？」

坐在一旁的芝龍聽兒子說得豪壯，心中喜憂參半，喜的是隆武帝顯然對鄭森極有好感，憂的是鄭森說得豪氣干雲，恨不得以天下爲己任，而自己對這個想法卻不以爲然。

鄭森經常思考國家大事，這時隆武帝問到節骨眼上，再也忍不住侃侃談道：「滿人遼東崛起不過三十載，而能以一旅之師、破竹之勢從遼原入關直取北京，然後揮軍南下再取南京，如秋風之掃落葉，明軍無以禦之。依微臣觀之，明朝之敗不在外患，實來自內亂，而內亂則不可不究士大夫之無恥，所謂物必先腐而後蟲生。若我朝內政不失修，則盜匪不起；盜匪不起，則民安於生養，闖賊等匪首又何以聚數十萬農民而成國之心腹大患？先帝之死由於闖軍陷京而非清軍入關，此理甚明。所謂內亂，臣聞大帥吳三桂引清軍入關，洪承疇等大臣為滿清運籌帷幄，各鎮總兵武將不思抵抗，反而為敵所用，甘為清軍南侵之馬前卒，有如此之文臣武將，斯有如此之內亂，然後外侮豈能免乎？」

隆武帝聽了為之擊節，連連點頭道：「淮、楊、鳳、廬四鎮總兵無一勇於抗敵，鎮江總兵蔣雲台立馬投降，揚州總兵劉良佐率軍追捕弘光帝，田雄、馬得功等總兵親自衝上御舟劫持弘光，獻予清軍賣主求榮。鄭森你年紀雖輕，能見到士大夫之無恥實為國祚危亡之首因，清兵外患乃為內政不修之惡果……」

說到這裡他轉對鄭芝龍道：「平國公，鄭家有子如此，好不令人稱羨也，可惜朕膝下無女，否則可招鄭森為婿，好與平國公親上加親。」

鄭芝龍聽得心花怒放，一股草莽氣就冒上來，他哈哈大笑道：「皇上雖不能賜他為駙馬，也可以賜些別的呀。」

鄭森聽到父親竟在朝廷上公然為他討賞，直覺極為不妥，睜大眼睛瞪住父親猛搖頭。他卻不知鄭氏兄弟擁立有功，父親又是新朝廷兵力最強大的支柱，在朝廷上有時便有些得意忘形而不顧朝儀，常常出言不循君臣之禮，隆武帝也只能強加容忍。兵部尚書黃道周屢次見到頗以為憂，曾向隆武反應，隆武只以「平國公經年爭戰於海上不諳廷儀」為由，自我安慰了事。

但這回隆武帝聽了不但沒有不悅，反而笑道：「有賞有賞。鄭森既不能爲朕之駙馬，朕卻能賜汝朱姓，並賜名成功，同時念及古來孟岳歐陶賢母出良相，鄭氏賢母生此寧馨兒，朕封她『國夫人』以彰其懿德。」

此詔一下，便是鄭芝龍也曉得是極爲厚重的恩賜，連忙跪下謝恩。

鄭森自從離開日本的母親，來到陌生的中國依靠父親，成長及學習過程中遭遇到許多不順，但縱有千百種「不以爲然」都須強抑壓在心底，因而養成了他表面冷靜理性、彬彬有禮，而內心疾憤似火、嫉惡如仇。這種內外的不平衡造成他愛潔成癖、自律如鋼的脾氣和行爲，對聖賢的教誨每日三省吾身，對別人的怯弱自私、見利忘義雖然完全不能接受，卻又礙於環境不能發作，只得藏諸心底。這時突然得到皇上的重賜，而且恩及母親，胸中一股熱血直冒上來，眼眶中湧出熱淚。他跪在地上叩首再三，口中激動不能言，而心中暗暗發誓：「隆武帝是我君父亦是我平生知己，他以國士待我，我此生必以國士報之，雖死無悔。」

賜名賜國姓，固然是莫大榮寵，對隆武帝而言，也就是對鄭森表示欣賞提拔之意。他料不到這個受到賞賜的青年，將在其一生無可如何的際遇中，爲明朝、也爲他的信念鞠躬盡瘁，死而後已。

從此刻起，中國歷史中有了「鄭成功」，西洋歷史中有了Koxinga（國姓爺）。

隆武帝轉對芝龍道：「平國公，你這個兒子朕有大用，從明日起，朕特准其列席早朝，命他十日內呈獻一份浙閩攻防策略，如有堪用佳策，朕另有賞。」

芝龍父子雙雙謝恩，鄭芝龍腦中卻在盤算另一件事。他當年常跑日本，對日本官僚習性瞭若掌指，日人最重名號，帝王冊封更視爲無上尊榮，如今田川氏得隆武帝封爲「國夫人」，就憑這個封號，便能教日本藩司一改前令，准許田川氏來中國與他父子團聚。

辭離帝殿時，他心中忖道：「森兒思母殷切，我便著人去辦這大事，先不告訴他，等田川氏來到家中給他個驚喜……唉，這麼多年未見，不知阿松變成怎樣了？我也好生思念她。」

第八章　天劍

平戶內浦街的「喜相院」，當街有四戶房子，西邊的兩戶已經打通，成爲一個大廳，連同屋後一個大庭院，都屬於鐵匠翁翌皇的居家、店家及工作坊。

天色漸暗，門楣上掛了一個長形的白燈籠，黑暗中散放出微弱蒼白的光芒，照在長巷中有些淒涼。大廳地板上鋪了一張草蓆，翁翌皇躺在蓆上，身上蓋了一塊灰布，在大廳中顯得渺小。一個身著黑色僧衣的老和尚跪坐在旁，聲音忽高忽低地唸誦「枕經」。

亡者頭枕朝北，枕邊有一個白木台，台上放了些「枕飾」，有燭台、水鉢、香爐，還有一碗壓得踏實、堆如小丘的白飯，飯上插著一雙木筷。燭台邊擺放一個八角瓶，瓶中供了一枝白花。雖只一朵花，卻散出強烈的異香，氣味甚至壓過台上的爐香。這種花常用在停屍間。亡者的右面有一個白色的矮屏風，上面寫了一首漢詩，唸上去有點像俳句，又有點像七言絕句。

黑袍老和尚身後跪著守靈的田川松，她臉色蒼白，雙頰消瘦，一身白素服一塵不染，一頭朝雲髻一絲不亂，她低首嘴唇微動，似在跟著誦經，又似在對亡父低語。

終於老和尚提高嗓子唸了一段經，然後戛然而止。老和尚站起身來對亡者行禮，田川松也起立答禮，老和尚合十道：「今夜守靈，明日入土，和尚告辭了。」

日人多習於火葬，但繼父是中國人，田川便堅持爲他土葬，這裡面還有她母女一點小私心，土葬就能讓翁翌皇的遺骸永留平戶了。

田川氏再次向和尚行禮道：「隔壁房中款待，師父請。」

隔壁房中母親準備了食物供親友享用，師父爲死者誦經祈福，母親定會爲他留一份佳饌。

室中只剩下田川守著繼父的屍體，微微跳動的燭光下，繼父栩栩如生的面容忽晴忽陰，有時看上去宛如生命猶在。白蠟燭芯偶然爆了一下，火焰暴長了一寸，繼父的臉上竟似閃過一絲微笑，田川嚇了一跳，細看時，卻還是那一張冷冰冰的臉，了無生氣。

想到自從繼父從蝦夷國回來，前後好多不尋常的事接踵發生。先是鄭冬和慶子不見了，然後隔壁吉野一家不告而別搬走了。三個月前，繼父用他帶回的新燃料和材料，在鄭冬新建造的煉鐵爐中，終於將隕鐵煉成兩柄寶劍。父親夙願得償，滿心的歡喜和安慰，身子卻無端日漸衰弱，終致一病不起。

她跪行到枕旁屏風前，望著屏上她親手寫的絕句，字跡工整，筆力卻稚嫩。她開始泣歌，這是守靈的啓動儀式。

幾回爆焰疑人歸，畢竟冷容淚滿衣；
明知返鄉須千里，何事牽掛不肯飛。

才唸一遍便已淚流滿面，她一遍接一遍地哭唱，腦中眼前都是這半生和繼父在一起的點點滴滴，繼父教她讀漢書寫漢字，教她讀詩，也教她練武……

繼父煉劍時，她跟在後面幫他遞工具、拉風箱，結果總是愈幫愈忙……反而是鄰家女兒小慶子來幫忙最得繼父中意，慶子三不五時跟著繼父進進出出，倒像是翁家的小孫女……

繼父的家鄉在千里之外的中國，幾十年來他在日本生根定居，親友盡在平戶，如今老死東瀛，或云落葉歸根，魂兮歸去，他老人家一縷英魂究竟何去何從，竟似莫衷一是了。

不知泣歌了多少遍，只知自己的聲音愈來愈沙啞，愈來愈低沉，隔壁母親臥房也是一片寂靜，和尚用饌離去後，她老人家肯定已經安睡了。她的情緒漸漸從哀傷轉爲疑惑，最後竟變爲一種莫名的恐懼，於是她的泣歌停了下來。

四周寂寂，室內燭光閃爍，氣氛陰沉，她深深地望著繼父雙目閉合的臉龐。陪伴一個屍體過夜，她心中不可能不害怕，但奇怪的是，只有在看著多桑的臉時她才不怕。

多桑的雙眼是她爲他合上的。那雙充滿血絲的眼睛原本怒睜著，其實死不瞑目。左右鄰人都以爲翁鐵匠操勞一生終於壽終正寢，甚至連母親也認爲如是，只有她知道並非如此。

她想到繼父臨死時對她說的話：「背叛之徒，死後必嚴懲之！」

他說完這話，生命便在怒目圓睜之下走到盡頭。他說那話是什麼意思？是誰死後？是誰嚴懲誰？田川此刻想來，仍然心跳如鼓，思緒如巨浪翻湧不可自已，卻有好多的不解。

她緩緩在地上爬行，幾乎是一寸一寸沿著繼父橫屍的方向，從頭頂處北移了七步之距，悄悄停下。接著她從喪服裡掏出一個打造精緻的手橇，很仔細地在地板上摸索度量，然後她摸到一個定點，用手橇輕輕試探，最後略一用力，終於撬起一方地板，伸出纖纖細手從三寸見方的孔洞中掏出一柄短劍。

她跪行到屍身前，輕叫：「多桑，這把寶劍耗盡了您半生的精力才冶煉成功，您說交給我將來帶給福松，可我與福松相隔千萬里，這輩子也不知能否重逢，我還是把它和您合葬了吧。」

她掀開罩住繼父全身的灰布一角，便要將那把短劍塞放在父親右手邊。

說時遲那時快，一個全身黑衣的蒙面人如一條黑蛇般飛快地從天花板上破板而降。來人行動如風卻身輕似燕，黑暗中完全看不清是怎麼一回事。驚叫聲中，田川手上短劍已經被奪到了來人手中。

來人以黑布蒙面，只露出一雙眼睛，他搶過短劍後，一掌將田川推出數步跌倒地上，便趨前察看死者，似乎想要確認什麼，但是昏暗中似乎看不清楚。只見他一指彈向白燭，那燭芯一抖，燭焰倏然升起，藉著這一下閃動的照亮，他見到一張略顯蠟黃的老臉，正是鐵匠翁翌皇無誤，奇的是在燭光閃爍中，灰布下的屍身似乎略微起伏。黑衣人心中閃過一絲狐疑，他左手持著剛搶到手的短劍，右手習慣性地緊抓腰間的刀柄，正待彎腰細察，那塊蓋屍布忽然被掀開，屍體一坐而起，一道微弱的劍光一閃而過，黑衣人開膛破腹立時倒斃。田川驚呼一聲「屍變」，雙手矇眼不敢正視，但她仍從手指縫中看到繼父把長劍歸鞘，並將黑衣人從她手上搶過的那柄短劍取回。

這怎麼可能？

這一切怎麼可能？田川雖然目睹了一切卻完全不能置信，她忍不住咬了咬自己手指，確定眼前所見一切都是眞實。

「多桑已死了一天，我親自爲他合上雙眼，又親自爲他穿上壽衣……他怎麼又活過來了？」

只見翁翌皇脫下身上壽衣，將黑衣人屍體攔腰包紮好，平放在草蓆上，蓋上屍布，然後把黑衣人的蒙面布扯下。

他舉燭對著黑衣人的面孔，田川看得清楚，驚叫出聲：「啊！是吉野，吉野桑！」

竟然是之前的鄰居吉野先生！田川馬上想到母親那時候的閨密吉野太太，還有他們那個可愛的女兒慶子，福松和她是青梅竹馬、兩小無猜的一對。

「怎麼會是他？」

然後她看到更爲震驚的一幕。她看到繼父翁翌皇從自己臉上扯下一張人皮面具，將那面具套在吉野先生的臉上，然後將屍體放正位置，蓋好屍布。

田川看到這情形心跳如鼓，忖道：「原來多桑一直戴著面具，難道昨天死去的多桑竟是另一個人？」

她鼓起勇氣爬前幾步，仔細看了「昨天死去的多桑」一眼，那張臉她每天看，看了二十多年，那熟悉的面孔正對著自己微笑，怎會有錯誤？

「多桑！」

她再看躺在地上的「黑衣人」，戴上面具後已變成了神色冰冷的翁翌皇，那屏風上的「畢竟冷容淚滿衣」句中的翁翌皇。田川像是看懂了，又像是更糊塗了，她怯怯地問道：「多桑，您沒有死？」

翁翌皇露出一絲神祕的微笑，他壓低聲音道：「我沒有死，但明天一早把躺在地上這個『翁翌皇』埋了，我便算是死了。」

田川對這一連串爆發的事件仍不甚了解，她睜大眼睛望著「復活」的多桑，等他解釋。

翁翌皇低聲道：「吉野覬覦我煉劍之祕久矣，他們全家搬離後，我發現我寫的一百多頁冶煉心得竟然不翼而飛。我半生苦煉日月精鐵的祕方盡在那一百多頁草箋之中，平日小心珍藏，所藏之處便妳也不得而知……」

田川聽了又搖頭又點頭。翁翌皇懂得這個女兒搖頭表示不知，點頭表示阿爸說得對；總之就是表示的確不知。

翁翌皇便接著道：「除非有一個人經常跟我接近，又別有用心，而我又全無防備……」

「您是說隔壁吉野桑？」

「不，吉野是一忍者，化名隱身住到我們家隔壁，我自從和他同去蝦夷國後便對他有戒心，何況他也不能接近我，更不能每天跟著我……」

田川聽到這裡忽然睜圓雙眼，驚呼一聲：「啊，阿爸，您不是說……說慶子吧？」

翁翌皇沒有回答，只緩緩地點了點頭。

「怎麼會？慶子那麼可愛的女孩！阿爸您有沒有搞錯？」

翁翌皇道：「我仔細回想一些細節，這些年來，自從福松去了中國，就只慶子和鄭冬兩人每天跟著我練武和煉劍。我和吉野桑一起去蝦夷國時，煉劍祕笈仍然在我藏處，回來發現慶子神祕失蹤了，吉野全家立即搬離平戶。他們一走，我的祕笈就不翼而飛，妳說是誰偷了它？」

「不過……鄭冬不也……失蹤了，對吧？」

「鄭冬沒有失蹤，是跟高人去修習上乘武功了。」

「阿爸，我還是覺得慶子是個好姑娘，怕是她爸逼她下的手……」

翁翌皇沉吟道：「或許吧。總之吉野覬覦我這份煉劍祕笈，於是處心積慮，就是爲了這才搬到我們隔壁來住。而從慶子的手段看來，她應該也身懷忍者的基本訓練。」

「阿爸，他們得手後遠走高飛，爲什麼又回來？」

「三個月前，我的兩柄『天劍』終於煉成。這兩柄劍是用天上隕石之玄鐵，在鄭冬造的新煉鋼爐中鑄煉，劍成之時連續七日夜間兩道紫色劍氣沖天，驚動遠近，吉野回來爲的是什麼還不清楚嗎？他蒙面夜間行動，鬼鬼祟祟，更在我們家後院井中下毒……」

「啊，難怪您十多天前便說後院井水有異味，要我每日到兩里外的公共井打水，原來……有人在咱井中下毒！」

「我不確定蒙面人是誰，只好冷眼旁觀不動聲色。嘿嘿，蒙面人，你在暗中弄鬼伎倆，我就裝死騙你現身，我猜是吉野，果然就是！我雖知這個化身打漁的有一身忍者功夫，只沒想到他會恩將仇報……」

田川聽得似懂非懂，問道：「阿爸您殺了吉野桑，爲什麼又要把他打扮成您的模樣？難道您……難道您……要走了？」

翁翌皇點頭，暗讚自己這個女兒畢竟冰雪聰明，他解釋道：「我殺了吉野，吉野雖覬覦我的煉劍祕笈及寶劍，但他只是奉命行事，後面還有一個眞正恩將仇報要對付我的人。我待慶子如親孫女兒，慶子卻盜了我的祕笈，但她也不是眞正背叛我的人。我說過：『背叛之徒，死後必嚴懲之。』明天，地板上的屍首入了土，翁翌皇便死了。」

田川終於明白了「死後必嚴懲之」的意思，不禁暗嘆繼父的心思深沉無人能及。

翁翌皇看著田川的眼光漸漸變得溫柔，他低聲道：「好女兒，翁翌皇既已『死』，阿爸便非走不可。這柄短劍煉成時所散發之紫氣猶在長劍之上，這一對劍乃阿爸畢生心血所凝，將是傳世之寶劍，阿爸不慣用短劍，這把短劍還是交妳好好保存，將來有機會託妳交給我那外孫；如果沒有機會，便妳自己保存，算是妳我父女一場的紀念。」

田川到此時才算明白父親設計誘殺吉野，借屍隱名，這一切都是爲了要出其不意地對付另一個人，那個躲在吉野桑後面的人。

那人是誰？多桑不會對她說。

翁翌皇將長劍懸腰，短劍交給了田川，握了握田川的手，輕聲道：「照顧妳母親，守我祕密。我要去找眞正背叛之徒了。」

他推開紙窗，一躍而出宛如一隻大鳥，田川趕到窗邊張望，就只這一會兒，多桑已在長街盡頭。他倏然轉向，消失在黑暗中。

「多桑，我還能再見到您嗎？」田川的淚流了下來。她輕輕將紙窗關上。

天亮了，守夜的田川揉了揉疲乏的眼睛。

大廳地板上濺有血跡，雖經努力擦洗，恐怕仍有氣味留下，好在八角瓶中的白花釋放出強烈而特殊的氣味遮掩了其他味道，而田川被異味熏了整夜，頗有些頭暈腦脹，但習俗上，停放死者的靈堂是不作興開窗的。

她耳中聽到母親在準備早餐的聲音，便在香爐中插上新點燃的香，向亡者行了一禮，緩緩拉開紙門走到隔壁屋。

明知躺在地上的「翁翌皇」其實是吉野桑，對他行禮時心中感覺怪怪的，她反手拉上紙門，迫不及待地深深吸了一口新鮮的空氣。母親正好從另一間房屋走進來，手中端了一個木盤，木盤上放著兩人的早餐。田川聞到一股濃郁的粥香，另有一碗味噌魚湯，她上前接過，叫了母親一聲：「歐卡桑，早安！」

老人布滿纖細皺紋的臉上露出慈愛的笑容：「阿松，辛苦妳整夜，快來喝碗熱湯。」

早餐用完時，門外傳來嘈雜的人聲，老人開了大門，只見四個葬儀社的人站在門外，一輛板車運來一口棺木，他們進來移靈，將亡者的屍體裝入棺材移上板車。屋外忽然傳來一陣鼓樂之聲，田川奇道：「我們沒有請送喪樂隊啊？歐卡桑，您有雇請喪樂嗎？」

老人說沒有。只見門外來了四個樂手，一個老者吹笙，兩個中年人一個吹蓽篥，另一人吹嗩吶，還有一個後生敲著荷鉦鼓，吹吹打打的後面跟著兩個身著官服的年輕官員。田川母女兩人面面相覷，不知是怎麼回事。

四個吹打的樂師到了門前便讓在門兩側，這時載著棺木的板車正好啓動推往墓地，田川暗忖：「難道是官府差人來爲多桑送葬？這不可能呀，多桑和官府並無這樣的交情呀……」

兩個官員走到大門口，看到棺木似乎吃了一驚，其中一人連忙問道：「是翁鐵匠家嗎？是誰出殯？」

田川氏上前行了一禮，答道：「是翁家，出殯的便是翁桑，翁翌皇先生。」

兩個官員對望一眼，連忙對棺木行了一個禮，其中一人鞠躬道：「不知翁桑出殯，失禮失禮啊。」

田川母女連忙回禮，待板車走遠了，兩個官員才回過身來。其中一個一揮手，鼓樂聲立止，他掏出一張紙來唸道：「奉藩府令，中國冊封田川氏爲『國夫人』，我等負責轉達，恭喜國夫人田川氏。」

另一個官員也掏出一張命令，朗聲宣道：「奉藩司諭，前有鄭姓中國商人一官，請求准其妻田川氏赴中國，礙於法令，本國婦女一概不得離開日本，唯今田川氏獲中國朝廷冊封爲『國夫人』，此乃田川氏無上的榮耀，特准其赴中國與夫家團聚，以示兩國交好，此令。」

他一揮手，鼓樂聲再起，田川母女不知是喜是悲，呆立在門前說不出話來。

福州的隆武朝廷暫以靖虜伯的伯爵府爲皇宮。靖虜伯乃是前朝弘光帝對鎭海將軍鄭鴻逵的封號。

這時，大殿上正在上演一場隆重的大典。

隆武帝封鄭成功爲忠孝伯，賜尙方寶劍，賜「招討大將軍」印，命他鎭守浙閩交界處的「仙霞關」。

仙霞關是仙霞古道上的重要關隘，是控制浙江、福建、江西三省的交通要衝，是從浙、贛南下入閩的必經關口，地勢十分險要，它與附近的其他五座關口合稱仙霞六關，自古以來與雁門關、函谷關、劍門關齊名，隆武帝把這個攸關存亡的關防交給了年方二十三歲的鄭成功，讓鄭氏父子都嚇了一跳。

鄭芝龍的心思是複雜的，他的感受是憂喜兼半。喜的是兒子年紀輕輕便受隆武帝器重，破格授以高爵；憂的是成功身負重責，不久之後勢將與清軍在第一線對決。

他的憂慮裡還有一層不能爲外人道的隱私，那便是他已祕密遣人和清軍私通款曲。二日之前，降清漢人大學士洪承疇的密使傳來消息，清廷向芝龍招降，許以高爵封地，功名富貴，只要芝龍帶兵投降。芝龍已然心動，只是這等生死大事，洪承疇縱然是權傾天下的清廷紅人，他密使的話仍嫌不夠分量，須得聽到另一個人的承諾。

在這樣的局勢下，鄭芝龍其實並不希望兒子在隆武帝手下被賦予重任，尤其是率精兵在第一線與清軍對戰，這將對他精心埋伏的第二步棋有負面的影響。

他在隆武朝中身兼兵部、戶部尙書，隆武帝在軍事上對他是言從計行，如果定要阻止成功去鎭守仙霞關也是做得到的，但幾經考量後，他遲遲沒有出手相阻。鄭鴻逵聽說隆武帝有意派年輕的鄭成功鎭守仙霞關，便到芝龍處賀喜，他的一句話起了關鍵性的作用：「大哥啊，眞要恭喜你，當年韓信登台拜將時年方二十三歲，想不到一千八百多年後，復有我鄭家福松也是二十三歲拜將，何其偉也！」

芝龍個性中有很大一部分是商人性格，設謀行事總要計算利益，經常腳踏兩端待機而動，這一回聽了四弟這席話，一時心花怒放，竟然作了違反預定計謀的決定，讓成功接下了「招討大將軍」的大印，挑起抗清第一線的重責大任。

鄭成功對隆武帝的破格器重感受到無與倫比的光榮和感恩。他從隆武帝的眼光中看到君主對他絕對的信任和期待，在那一刻他暗自發誓，必以性命守住仙霞關，絕不讓清軍越雷池一步。

隆武帝垂詢道：「仙霞關爲清軍入閩侵我必經之道，平國公正在籌備錢糧及訓練新軍，只要賢卿能擋下清軍第一波之攻擊，我軍後援必至，賢卿可有信心？」

成功答道：「臣受命鎭守仙霞關，必戰至一兵一卒不教胡馬渡關山……」

隆武帝欣然道：「朝廷得愛卿父子爲支柱，眞乃社稷之幸也。」

成功答道：「清軍自入山海關、陷北京後，南侵時每以投降之明軍爲先鋒，清兵清將則殿後，臣對食明朝之祿而降清之將領恨之入骨，遇上絕不留情，必爲朝廷予以重懲。不過對於大局安危之策略，則有略爲不同之愚見……」

隆武帝道：「賢卿有良策快快奏來。」

成功奏道：「固守重要關口防止清軍南下雖是當務之急，但從長遠之計觀之，朝廷若只重防守而無進取之企圖，則師老勢衰，終難持久；是以我方練兵選將布防，均須以『化守為攻』為目標，且以水陸兩軍合攻為上策。至於軍費糧草之籌措，則應擴大利用閩粵海上貿易之利以商養戰，遠勝過完全仰賴領地人民的稅捐納糧徭役。臣如得精銳之旅，願作北伐先鋒，只須積一、二戰之勝利，必能喚起天下響應，大局為之逆轉，仍有可為也。」

成功這一番有大作為的話，在隆武帝充滿消極悲觀的朝廷裡可說是發聾振聵之宏言，對隆武帝本人而言則是極少聽到的空谷足音。

隆武帝滿心歡喜，連連讚道：「卿言甚善，練兵、防禦乃至海上貿易之事，皆須賴賢卿父子之力始能竟其全功，天賜賢父子於我，大明江山復興有望也！」

成功聽了益發感動，芝龍聽了則更為憂心了。

從大殿下來，成功就聽到了天大的好消息。

四叔鴻逵來告知，田川氏已經安抵福州。芝龍感到安慰，成功則是喜出望外，平日沉著堅毅的少年大將軍，此時卻像個小孩，幾乎是雀躍著載欣載奔趕到父親寓所，和相別了十六年的母親見面。

田川氏看到一個英挺的青年將軍快步跑入內室，拜倒在她面前，她不敢相信自己的眼睛，連聲道：「福松，是你嗎？是你嗎？福松……」

說著便流下了心酸的淚水。她扶椅站起來，成功也跟著站起，田川仔細觀察眼前這個年輕的將軍，總算看出眉宇間依稀仍有小福松的模樣，但臉型變長，和記憶中圓臉的福松完全不同。她伸手拉著成功的大手掌，低聲道：「福松你長得好大了。」

「歐卡桑，我好想您，我沒有一天不想您……」

「十六年，終於再見到福松了！我很高興！你父親怎麼沒有一起來？」

「父親是朝廷裡最忙的人，他每天都要忙到深夜才回家，今日他外出去視察軍需，總要到亥時以後才見得著他。」

田川剛滿四十歲，從小到大她沒有離開過平戶島，她熟悉的人都是農漁人、小商人、小城鎮的百行百業人，但自從她登上了迎接她的明朝福船，碰上的就變成了粗獷的水手及粗魯的軍人。她百般忍耐，只爲早日見到丈夫及兒子。孩兒成功讓她感到無比的欣慰，但曾經熱愛的丈夫已經另外娶妻生子，二十年分離會不會讓他變成一個陌生人？

今夜她就知道答案。她將悉心打扮，身體和衣裳都用了最上等的「奇楠」，那是芝龍的最愛，是曾經使年輕的芝龍色授魂與的異香。她要看分離二十多年的男人是否仍然對自己保有昔日的熱情。

想到和芝龍新婚時的濃情蜜意，四十歲的田川忽然面現赧色，鄭成功並未注意到，只輕嘆一聲道：「日前平戶來的快船帶回消息，外公不幸過世了，不然他老人家陪您一道回來可有多好！」

田川吃了一驚，從綺思中回過神來，差一點脫口而出「你外公並沒有死」，但立時想到這是一個不可說的祕密，世上只有她田川松一人知道。

「啊，是啊，你外公雖然身體不比年輕時，但走得太突然，你外婆很是不能接受，加上我又要離開，她老人家眞可憐啊！只好暫時搬到她侄女家去住。」

她看鄭成功全副武裝，忽然想到一事，她輕聲對成功道：「福松，你請幾位隨從和侍女出去一下，我有話跟你說。」

鄭成功揮手命隨扈侍女暫退，田川從屋後一個塞滿衣物的黑色木箱中抽出一物件，交到成功的手上。

成功看母親交給他的是一柄綠皮鞘的短劍，正在狐疑不知母親此舉何意，田川氏低聲道：「福松，這是你外公畢生心血煉成的短劍，據他自己說是天下第一劍，他臨終前把它交給我，要我轉交給你……」

成功左手握短劍，唰的一聲拔出劍鞘，立時感到一股寒氣逼人，細看那劍身，隱隱散發出柔和的紫光，奇的是那層紫光雖然柔和，眼睛注視時卻感到一種懾人的殺氣，不禁暗中稱奇。

「外公說這劍天下第一？」

成功記憶中的外公翁翌皇是一個不說大話、更不會吹噓的人，這「天下第一」四個字有千鈞之分量，不能隨便加諸任何人或事物，外公說自己煉出的劍「天下第一」，這似乎不符合記憶中的外公形象。

田川氏道：「是他說的，但不是對我說的。」

成功聽得有些糊塗了，便問道：「他對誰說的？隔壁的吉野先生？」

「不是，吉野桑他……他搬走了，你外公經過好多年的苦煉，終於在去年煉成了兩柄會發紫光的寶劍，一長一短。那是個圓月之夜，他煉成後午夜仍未成眠，正好我那天下午熬了一鍋雞湯，用他教我的中華料理熬製，湯裡放了鯊魚翅和鹹肉，十分鮮美，便端了一碗想給他喝。走到後院他的打鐵坊外，就看到你外公跪在地上對著天上的滿月下拜，口中用漢語喃喃祝禱，看上去十分激動。我的漢語是你外公教的，大致還聽得懂，我確實聽到他說要向月亮拜謝，又說什麼用天外之鐵，煉成天下第一的無敵『天劍』……他臨終前就說，這柄短劍要送給福松。」

成功忽然問道：「還有一柄長劍呢？」

田川氏又差一點答「你外公自己帶走了」，幸好及時剎住，嚥了一口口水才回答：「不知哩，他沒有交代啊……福松，十六年了，難得你還能說日語，說得很好啊，想是你從小學習就特別專心的緣故。」

成功忽然感到一種回到孩童時母親盯他課業的氣氛，心中覺得暖洋洋的，很是溫馨。他將手中短劍交還給母親，問道：「平戶來的消息說冬哥不知去向，是怎麼回事啊？」

田川氏輕嘆一口氣道：「我也不很清楚，只知道他跟什麼……什麼高人去修習厲害的武術了。可他為你外公建造的煉劍爐很管用，你外公告訴我比他原來那個爐強多了，我瞧你外公煉成寶劍跟那新造的煉鋼爐很有關係，唉，鄭冬真是個好孩子……」

成功看母親似乎又在懷想平戶的日子了，他要告訴母親現實的情況：「歐卡桑，皇帝派我鎮守仙霞關，不久就要和清軍作戰，戰場上也用不上這柄短劍，兵荒馬亂之中帶著反而容易弄丟了，這劍是外公遺留給我們後人的珍物，還是放在您那兒比較妥當。」

田川氏聽了覺得也有道理，便將短劍接過。她原是武士之後，生父一生參與多次戰爭，最後是與敵手決鬥喪生，聽兒子說要去打仗，倒也並不驚慌，只深深地看著這個既英武又有斯文氣的大兒子，滿心的安慰歡欣，默默地在心中爲他祝福。

成功感受到母親目光中的慈愛，再也忍不住跪在母親膝前，握住她的雙手道：「母親，我回去了，今夜父親會來這裡……」

今夜將見到芝龍，田川又是一陣心跳，面對兒子孺慕的眼光她有一點心慌，便無意識地問道：「福松要去鎮守仙霞關啊，仙霞關離這裡遠嗎？」

「啊，有五百多里。」

鄭成功離開父親的住處時夜已漸深，他辭退了隨從，一個人沿著閩江的河岸踽踽而行。重見分別十六年的母親在他心中產生的衝動，到此時仍然澎湃不已。他要用獨自行走來使自己平靜下來。

母親老了一些，但在兒子的眼中仍然是美麗的，尤其是她眉目間散發出來的溫柔慈愛，讓成功一瞬間便回到了小福松的感受，那種幸福的感覺在這十六年中只有在夢中偶得。

江邊的晚風涼浸浸的，成功卻滿心熱烘烘的。他邊想邊行，不覺走出了十多里路，來到一個荒僻小山坡上。向前眺望，江上一片漆黑，回首來處，閩江口卻點點燈火有如繁星，他知道那全是鄭家艦隊船頭上掛的氣死風燈。山崗上風緊，忽然感到一絲涼意，過了片刻，竟然下起雨來。他環目四顧，只見前方山坡不遠處有個山廟，黑漆漆的全無火燭，廟中顯然無人，雖然荒涼倒是個可以避雨的地方。

成功從小素來膽大，他快步上前推開廟門便摸黑入內。門口那扇木門年久失修，經他一推，「咿呀」一聲開了一半便卡住，那聲音在寂靜的黑暗中格外令人生懼。成功卻不在乎，只慶幸天降驟雨之時，恰巧有這個避雨之處，免得淋成落湯雞。

他摸黑在廟裡一個拜榻上坐下，耳中聽到寺外雨勢漸大，從淅瀝之聲變成嘩啦之響，他不禁喃喃自語：「這雨來得怪，在這個季節尤其少見，不知要下到什麼時候？若是再過一個時辰不停，便是冒雨也要衝回營去，我身為統帥要以身作則，豈可夜不歸營？」

他靠在神壇桌邊上，心中的起伏思緒，竟然令他漸漸感到一絲倦意，不知不覺間，便在雨聲嘩啦之中昏昏睡著了。

成功從小到大很少作夢，這回在荒廢的山廟中一覺好睡，居然作了個夢。他夢見一個留著三綹長鬚的老者，低頭微笑看著自己，依稀覺得這老者有些面善，正想請教大名，老者很神祕地對他說了八個字，聽上去是北方的口音：「功至延平，壽至磚城。」

成功一怔，那老者忽然消失不見，他急叫道：「長者慢走！」就猛然醒了過來。

廟外雨聲仍緊，而且傳來隆隆雷聲，一道閃光從破損的窗戶透入，成功抬頭看到了神壇上的神像，赫然是個三綹長鬚的神仙，依稀就是方才夢中見到的老者，一時之間分不出是眞是幻，竟有些糊塗了。

於是他站起身來，借著微光看到神壇上方一塊匾額，被香煙燭火熏得漆黑，但他仍能勉強辨識三個大字：

呂祖廟

成功驚得神智全清醒了，他看廟外那雨還有得下，一時沒有要停的樣子，便決心冒雨奔回軍營。

他正要大步衝向大雨，心中仍在唸：『功至延平，壽至磚城』，呂祖這八個字作何解釋？」

這時，他忽然看見一個身著白色勁裝的漢子冒雨朝著廟門快步走來，成功心中一驚，悄悄躲在神像後面的木桌下面。

田川氏隻身來到福建，終於見到分別十六年的兒子福松，母子長談後福松離去，她在等待與丈夫鄭芝龍重逢。

她擁著甜蜜的懷舊和興奮的憧憬在臥室中等待丈夫。她有日本女人取悅丈夫的本事，更記得丈夫在閨房中喜愛的細節……終於久違的丈夫出現在眼前，她立刻投入丈夫的懷抱。

一夜春風，初時繾綣有若新婚，繼而芝龍漸趨冷淡，似有重重心事。田川氏以爲自己人老色衰，不再能吸引丈夫的熱情，不禁暗自傷心，其實芝龍此時心境之複雜，豈是枕旁單純的日本婦人所能瞭解？

就在翌晨，芝龍就要接見一個人，這件事是絕對的機密，他不能讓任何人知道。

他摸黑爬起身來，努力不要驚動身邊的田川氏，挑開窗簾看到窗外雨潺潺，他不但不愁反而高興，暗忖道：「下了大半夜雨，我約那人的地點愈發不會有人去了。」

第九章　叛國

鄭芝龍身著輕衫，戴一頂笠帽，披上簑衣，跨馬從官舍大門走出。守衛親兵見是芝龍，雖覺十分詫異，但也不敢多問，只默默持槍行禮。芝龍丟下一句「好好護著宅第不得有誤」，便縱馬向郊區馳去。

他縱馬行了十餘里，雨仍未歇。天邊傳來一陣悶雷聲，他勒住了馬，遠眺前方的閩江，一夜大雨，江水似乎漲了一些，山區匯流來的水帶著泥沙，使平時清澈的江水看上去竟有點濁浪滾滾的景象了。

凌晨大雨未歇，果然江中無船、路上無人，芝龍四面顧看了一圈，便策馬往江邊的山丘上行去。

山丘上一座小廟，看上去已經荒廢多時，不但山門破落，左邊幾棵大樹後面隱隱可看見屋角塌了半壁。芝龍將馬繫在林間一棵樟樹上。

芝龍躡足摸進小廟，只見蓄著三綹長鬚的呂仙端坐於壇上，一個白衣勁裝的漢子，立於神壇之下。

芝龍一面將竹笠及簑衣脫下，一面拱手道：「國破河山在。」

那白衣勁裝漢子也拱手回道：「城春木草生。」首句將「山河」改爲「河山」，回句將「草木」易爲「木草」，這便是關鍵口令。

兩人對過了口令，便都顯得輕鬆了一些。芝龍將笠帽及簑衣隨手放在供案上，抓了一塊破布將一張高凳抹了幾下，卻愈抹愈髒，他也沒轍，便坐了下來。白衣漢子也將頂上瓜皮帽脫下甩了甩雨水，芝龍見他薙髮盤辮，滿人打扮，點了點頭問道：「敢問閣下大名，上次和貝勒爺的漢文教習羅師爺見面時，似乎沒有見過閣下……」

那白衣漢子道：「敝人姓金，單名一個準字，準確的準，是貝勒爺入關前的馬前侍衛，如今是貝勒爺在杭州『征南大將軍』府中總管，見過平國公。」

芝龍素知貝勒爺博洛凶悍善戰，入關前曾與明朝祖大壽、洪承疇、王樸、吳三桂等名將交過手，勝多敗少；入關後，又打敗過大順軍，南下連克常州、蘇州、杭州有破竹之勢，去歲攻打江陰要塞時遭到頑強抵抗，在攻下江陰後屠城三日，全城血流成河，江南軍民聞之喪膽。

芝龍聽那金準乃是博洛貝勒「征南大將軍」府中總管，心知這確是博洛的心腹到了，便再次拱手爲禮道：「失敬失敬，金總管乃是貝勒爺的貼身心腹，對芝龍有什麼交代，想必有個信物吧。」

這是鄭芝龍在海上與人談生意協商時養成的習慣，對方自稱的身分愈高，他愈是要驗過信物。此乃由於多年來芝龍的「生意」對手，不論是日本人、荷蘭人、西班牙人，還是本國的閩人粵人，無不是既貪又狠的角色，若是說到狡詐，恐怕本國的同行還要更勝一籌。這回他談判的事體攸關他本人及鄭氏家族的存亡興衰，說不準此後是榮華富貴更上層樓，還是下海為盜重操舊業。他此刻不得不慎重一些。

那金準聽此言微微一笑，點頭稱是，右手從懷中取出一張皮紙，躬身遞給芝龍道：「平國公是見過世面的大人物，開口便是重點。主子曾叮囑在下，見著平國公大人，對過了口令，立即將此物獻上。在下人小心小，沒有立時呈給平國公過目，便是存了要測試大人的意思，實在罪過。」

這一番話才讓芝龍聽出這個金準說得一口好漢語，且帶著濃重的遼東口音，看來此人可能並非滿人，而是生在白山黑水的漢人。

鄭芝龍接過那張皮紙，只一瞥便看出紙上所載乃是前次與博洛貝勒的漢人師爺對談的筆錄。此事極為機密，若非貝勒親自交付，金準不可能持有。他至此對金準的身分再無懷疑，可以放心談「機密」事了。

他將那張皮紙遞還給金準，壓低了嗓音道：「甚好，請教金兄，貝勒爺傳來什麼章程？芝龍在聽著呢。」

金準將那張皮紙放在案桌上，指了指紙上文字道：「上回與平國公密會的羅師爺，實乃洪承疇大學士之學生，是大學士推薦給貝勒爺的漢文教習，他的話可以代表貝勒爺和洪大學士兩人對平國公的推崇器重，不過……」

他伸出手指特別在紙上最後一行點了一下，道：「不過平國公想要更加了解朝廷封賞的具體安排，咱們貝勒爺也認為是應該的，便親自奏請了順治帝，只待平國公一聲起義歸清，便敦請平國公出任『閩粵總督』，福建、廣東兩省軍政悉交大人治理。此事順治帝是准了奏，千眞萬確了，平國公不必再有猶豫。」

芝龍聽了，心中一陣狂跳，心思敏捷的他立時想到：「我若得到福建、廣東兩省，加上我海上千艘船艦，足以東進台灣、南下呂宋，將荷蘭人及西班牙人趕回南洋，只留澳門、泉州准許華洋交易。我船隊北聯長崎、平戶，這黃金般的海上財路便全在我鄭芝龍的麾下了。」

他雖一陣狂喜，面上卻是冷然不露，心中反而細膩地從金準的口氣中聽出了一些弦外之音，他忖想：「這廝先說上回的密使羅師爺代表博洛貝勒和洪承疇兩人，然後說博洛單獨奏請封我『閩粵總督』，是不是暗示洪承疇對這個安排有不同意見？我可要小心……」

他想到這裡便打個哈哈道：「金兄是博洛貝勒的心腹，博洛貝勒在順治帝前奏准了的事還能假嗎？芝龍這邊再無猶豫，倒要請問貝勒爺還有什麼要求交代？」

金準道：「貝勒爺駐節杭州，開府『征南大將軍』，平國公身居明朝要津，請為貝勒爺設想，當前最急要務為何？」

芝龍抬眼瞥見金準問這話時，臉上帶有一絲嘲弄的微哂，心中不悅，便道：「芝龍與貝勒爺素不相識，不敢擅猜他的心思。」

金準碰了一個不軟不硬的釘子，倒也不以為忤，自問自答地道：「當然是領軍由浙入閩！從杭州到福州兩千里，以我大軍南攻之速，三旬可達，卡在咽喉處的，唯仙霞關耳。」

芝龍一面聽一面動腦筋，忖道：「仙霞六關，天險之處綿延百餘里，若有重兵鎮守，清軍再強勢也難越雷池一步。博洛命此人傳話，難道是要我盡撤重兵放棄仙霞防務？」

果然聽到金準繼續說下去：「貝勒爺久仰平國公機智過人，通曉中西事務，尤為識時務之大英雄，此次命敝人前來密會，有請平國公協助之事無他，唯仙霞關之防務也……」

說到這裡，他解開外衫，從內衣的懷袋中掏出一個油布包，布包上印了一隻鼓翅欲飛的老鷹，正是愛新覺羅王朝的圖騰。

「貝勒爺拜請平國公協助的具體細節盡在此布包內之密函中，洪承疇大學士亦託貝勒爺順筆代為致意。是貝勒爺問起，才知大學士與平國公乃福建同鄉，他們言及平西王引領清軍入山海關之豐功偉業，甚盼無獨有偶哩。」

芝龍聽得雙眉微揚，暗忖道：「吳三桂引清軍入山海關，博洛要我傚仿他引清軍入仙霞關。可吳三桂封了平西王，我若棄守仙霞關，幹個『閩粵總督』好像官小了些……何況仙霞關即將由我兒成功鎮守……」

就在此時，山廟外忽然傳來急促的馬蹄聲，在荒山大雨中更顯得不尋常，芝龍和金準都為之一驚，停下對話，側耳傾聽。

馬蹄聲愈來愈近，終於停了下來，芝龍估計已在百步之內。金準緊張之中夾有強烈的恐懼，他不敢確定是否已遭到鄭芝龍出賣，正要開口質問，芝龍以指按唇示意噤聲，因為廟外傳來一個洪亮的聲音：「平國公大將軍，您在廟裡嗎？」

芝龍飛快地將油布包藏在懷裡，緊張地考慮著，一時尚未回答，廟外人又叫道：「末將看到林子裡將軍的坐騎，您在廟裡嗎？」

接著他又叫道：「大將軍，不論您在不在，末將施琅要進來了！」

芝龍臨急不亂，指著廟後方，壓低了聲音道：「廟後面有小路下山，你快走！」

金準無暇多想，低聲道：「平國公，您照油布包裡的幾條行事無誤，包您榮華富貴，言盡於此，我去也。」

說完即轉身奔向廟後，他一刻也不敢逗留，推開廢了一半的後門一望，果然有一條小路直通入一片濃密的樹林。他身手矯捷伏身疾奔，只一瞬間便隱入林中。

芝龍卻雙掌推開前門，大步迎了出去，只見施琅帶了三個部下正走到廟門台階前，四人都是全副武裝，見到芝龍走出來，便停下身，滿面的訝異之色。

芝龍雙臂一張，對著來人笑道：「當地人說這個呂仙廟曾經香火鼎盛，所供奉之呂祖最是靈驗，只因倭寇侵掠騷擾，居民退走後便荒廢了。昨日有父老說到了這一則，我思國事危艱夜來早醒，便來此向仙公許願，此番若是保得我朝廷安穩、國事有轉機，我定斥資重修，復其舊時香火……」

施琅躬身道：「末將率部巡岸，聽到山丘上傳來馬嘶之聲，上得坡來便認出林中所繫乃是大將軍之坐騎，恐怕出了什麼意外，便上山廟來查看一二……」

芝龍暗忖：「我那坐騎最是安靜聽話，拴在那兒便那兒，從不會無故嘶鳴，這施琅沒說實話。」

他口頭卻道：「施副總兵親自率部巡江，甚是負責，如果我軍人人都如副總兵，何懼清軍來侵？我已拜過呂祖，咱們這就回營去吧！」

他揮手對施琅一個手下道：「將我坐騎牽來。」

芝龍的坐騎是一匹赤色驊騮，只在見到主人才會興奮長嘶，是他年前花了七百兩銀子向一個蒙古馬販買的。牠這時見到主人立在廟門階台上，唏嘽嘽一聲快步奔過來，那個牽馬的軍士拉牠不住，倒差一點跌了一跤。

施琅道：「平國公這匹坐騎嘶聲特別雄壯，末將聽到了便懷疑是牠，是以上山坡來瞧個究竟，不想果然是牠。」

芝龍知他絕非聽到馬嘶聲才來查看，而是懷有什麼疑心，便也不點破，跨上馬背道：「咱們走！」

山廟中，鄭成功緩緩從神像背後的木桌下爬了出來，他聽到父親和那個博洛貝勒派來的密使金準之間的對話，心中又驚又怕，萬萬料不到自己父親會和敵人密使談判投降的事。他從未遭遇過如此驚嚇的變局，一時之間竟如五雷轟頂，一種大禍臨頭的莫名恐懼壓得他透不過氣來。

他慢慢轉到神像前，望著仙風道骨的呂祖，愈看愈似出現在夢中的老者。他閉上眼喃喃道：「這一切都不是眞的！呂祖在上，這一切都不是眞的吧？」

他睜開眼，看到桌案上放著一張皮紙，拿起來讀了三行便喟然長嘆，跌坐在地上。

從方才躲在神案後木桌下聽到的對話，成功知道這張紙是父親前次會見洪承疇密使的談話記錄，此次金準拿來是當作信物之用。顯然因被施琅突然闖來亂了手腳，驚慌逃離時忘了帶走，留下來倒成了父親叛國的物證。

他心中五味雜陳，自己當隆武帝面痛陳最恨食明祿而降清的叛國者，此時發現當今這個最大的叛國者，竟是自己的親生父親。

他感覺有如利刃刺心，幾乎無法呼吸，但是他不願放棄，用只有自己聽得見的聲音暗中嘶喊：「父親降清尚未付諸行動，也許還可挽回，對！一定要挽回！」

他悄悄從山廟後門離開，從另一面下了山坡再繞回江邊大路，但他沒有回營，而是直接走向四叔的公館。

四叔鄭芝鳳中了武進士後，覺得「芝鳳」有些像是婦人之名，便改名爲鴻逵，在諸位叔叔中，和成功最能談得來。這時成功遭遇到一生從未有過的困擾及疑惑，心中一時沒了主意，便走到四叔家求教。

進入院子，看到四叔正在兩株桂花樹間打拳，有一個小丫鬟在澆花。從四叔的招式上看正是少林長拳，成功見他打得興致淋漓，便示意要丫鬟不要通傳打斷，只立在太湖石山下靜候，等見到一路長拳打完，才緩緩上前行禮道：「四叔打得好一套太祖拳，盡得了北派精髓，小侄佩服。」

鴻逵一向喜愛這個侄兒，聞言哈哈笑道：「你一大早跑到我這裡，絕不是爲了來看四叔打拳的，肯定有什麼大事要告訴四叔。」

成功再次作揖道：「知侄莫如四叔，成功有事要請四叔指點迷津。」

說得輕鬆自然，鴻逵卻聽得心中一沉。他素知這個侄兒聰慧獨立，凡事自有主張，遇有問題都是自己解決，這回一大早跑來要人指點迷津，顯然有極麻煩的事情發生了。

鴻逵自幼習武，中年後略為發福，但仍能維持矯捷身手。他伸手讓客，成功堅持走在後，鴻逵知他重禮節，便不再客氣，引他走入二進的主廳。

「成功你匆匆趕來究是何事？」

「小侄無意間得了一張紙，想請四叔過目。」

成功從懷中掏出那張皮紙，放在主客之間的圓桌上，鴻逵拿起讀了一行便放下，驚道：「這是何物？你何處得來？」

成功答道：「四叔您先看完再聽小侄稟告。」

鴻逵沉住氣把皮紙上全文讀完，臉上神色一陣青一陣白，最後將那張紙重重拍在桌上，道：「成功，這件事關係重大，你要從實告訴四叔，此紙從何處得來？是你父親處？」

鄭成功搖頭道：「非從父親處得到，但是……但是千眞萬確是父親與清軍博洛貝勒密使的談話記錄！」

鄭鴻逵雙目盯著成功，搖頭道：「成功你有隱瞞，沒有講出全部的實情。這關係鄭家全家性命的東西怎會隨便落到你手中？還有誰看過？」他愈說愈激動，聲音也提高，額上青筋暴凸。

成功只得和盤托出。他嘆了一口氣道：「是父親與博洛派來之人在江邊呂祖廟談判時，我正好在廟內聽到，這一紙其實是前次談話之記錄，來人作爲信物的……」

鴻逵跳了起來，喝道：「前次？你爹和清軍談了不只一次？」

成功道：「這是第二次，博洛許了父親做『閩粵總督』，條件是要盡撤仙霞關防務，讓博洛的軍隊由浙入閩，兵不血刃……」

「你爹答應了？」

「他……他尚未明確答應，恰巧施琅從外趕來找他，便打斷了雙方對話。那個清軍密使匆匆從後門離去，卻將這張信物遺留在廟中神桌上，父親也匆匆和施琅等人離去。小侄原就躲在廟內，立即收起就直接來到四叔這裡，之間並無其他人見過這張紙。」

「荒唐！荒唐！憑這張紙就夠鄭氏滿門斬絕，這是叛逆大罪啊！你爹是中邪了……」

他愈說愈氣，聲音也愈大，成功連忙示意請他低聲。這時後堂傳來腳步聲，接著一個清亮的聲音：「誰中邪了？是成功孫兒嗎？」

只見後堂走來一位富泰的老夫人，由一個小丫鬟攙扶著，一入客廳便指著成功道：「成功，你自己說有多久沒有來給我老人家請安了？在忙些什麼呀？」

成功連忙站起身來，一把扶過老太太，就安坐在自己座位上，他則跪下行禮，連聲道：「二奶奶在上，孫兒這一陣忙於公事，疏忽了沒來請安，請二奶奶原諒。」

他口中的二奶奶乃是鄭鴻逵之母，是成功祖父鄭士表的二房夫人。她生了芝鳳（鴻逵）及芝豹兩兄弟，是個遇事明白、極有見識的老太太，又曾隨鴻逵去過北京，不僅見過世面，對許多大事都能謀能斷。鄭鴻逵在京城錦衣衛指揮使司任職時，老太太憑她直覺看出崇禎朝廷已經奄奄一息，天下即將大亂，身披天下官員仕商望之生畏的錦衣軍服，最好收起跋扈飛揚的習氣，每勸鴻逵利用職權多做些與人爲善的好事，庶幾於動亂來臨時可以全身而退。

鄭鴻逵本就性子溫和，遇有重要抉擇時常會猶豫難決，這位老夫人卻能當機立斷，每每爲做官的兒子出些主意。

她自見過成功這個孫兒幾次後，便看出成功年紀雖輕，卻是個厲害的角色，其心智志氣皆遠遠高過其叔輩，較之他父芝龍，也多了一份凜然正氣。老人家私下對鴻逵說：「你這個侄兒絕非池中物，他雖是你侄兒，有些事你多聽聽他的意見。」

今日聽丫鬟說成功一大早便來找鴻逵談事，她老人家也不避諱，大剌剌就踱到前廳來，正好聽到鴻逵在大叫「中邪了」，便問是誰中邪。

鴻逵也連忙起身，垂手道：「母親此時不在堂裡唸經參佛？」

老夫人笑瞇瞇地望著成功道：「我聞說成功孫兒來咱這，他不來給我請安，我老太太只好自己出來才見著他哩。」

說得成功十分尷尬，連忙謝罪。老太太揮手叫丫鬟離開迴避，並命緊閉廳門，看她這些動作便知，其實她已聽到一部分成功和鴻逵的對話，只是丫鬟在旁時她便故作輕鬆，彷彿沒有任何嚴重之事。

這時她正色問道：「什麼事情要鄭氏家族滿門斬絕？你叔侄二人在談什麼叛逆之事？」

鴻逵望著成功點了點頭，成功也知道這位二奶奶極有見地，於是便把事由詳細說了，就連一些末及對鴻逵說的細節也都說了。

鴻逵聽了急得額上流汗，二奶奶閉上雙眼面無表情，過了一會睜開眼來，面上帶著一絲悽然的表情道：「成功呀，我瞧你爹心意已決了。」

成功原來還存有一線希望能勸父親回頭，這時聽二奶奶這麼說，不禁大爲焦急，他連忙道：「父親雖然和清軍密使談過，但對仙霞關撤防的事並未正面承諾。二奶奶，我們必定要以大義相勸，尤其是您若出面，成功猜想仍有可能說得父親回心轉意！」

鴻逵也附和道：「賢侄說得不錯，這事就只此地咱們三人知曉，快請大哥來，我等曉以大義、動之利害，應該還有轉機！」

二奶奶搖了搖頭道：「我太了解一官，他雖非我親生，我卻看著他長大。他雖歸順了大明，其實對朝廷並無多少忠誠，主要是因爲他的實力仍在海上，這回雖然擁立了隆武帝，他的心態並無改變。他估算清軍勢大難擋，便與清廷做生意，只要交換條件談得好了，我瞧他心意已決。」

聽到二奶奶這番話，成功爲之心碎，但仍存一線希望，便輕聲道：「父親與那博洛貝勒親信金準談到仙霞關防務並無最後結論，而隆武帝現下將仙霞關交由成功來鎮守，或許父親不致於置孩兒生死於不顧吧？四叔，您說呢？」

鴻逵點了點頭道：「虎毒不食子，芝龍大哥必不致讓成功送命在仙霞關上，我瞧咱們還是要開誠布公和大哥談一下！」

成功聽聞四叔的意見和自己相同，便覺此事仍然有挽回的機會，便道：「我這就去父親住處……」

二奶奶道：「見著了你爹，你怎麼說？」

「我……我先把這張紙給他看，然後稟告今晨之事，我恰巧躲在江邊呂祖廟中，聽到他和金準的談話……」

四叔鴻逵插道：「你這般開門見山對你爹說，不妥，須得略爲婉轉一些。」

成功道：「這事已到箭在弦上的份上，只能開門見山了。侄兒我表達清楚後，便當場將這張紙燒了，跟父親報告，幸好呂祖廟中躲著的是孩兒，若是換作另一個人得了這張紙，我鄭氏家族將面臨滅門之禍。」

二奶奶看了桌上那張皮紙一眼，她識字不多，但整件事情已在腦中，便點了點頭道：「好！孫兒這麼做甚好，你是告訴你爹，這張叛國的證據已燒毀，一切可以重頭來過。芝鳳你要讓你大哥知道，清朝不比明朝，不會一面讓他做『閩粵總督』，一面允許他維持海上勢力，他只要降了清，他什麼勢力都得繳清，只能乖乖做個奴才官！」

鴻逵口中連聲稱是，心中卻嘀咕：「以我了解的芝龍大哥，他對朝廷全無忠誠之心，此時清廷給的榮華富貴是他要的，但清廷若要他繳出海上勢力，他必捨陸而就海，回到海上去做他的海大王。他算得比我等都精，我是說不動他的，全看他這個兒子能不能以國家大義加上父子之情打動他……」

成功道：「四叔，您拿個主意！」

鴻逵只好作決定道：「好的，成功你這就去請咱們這位平國公吧。」

二奶奶忽然叮囑了一句：「鴻逵，莫忘你也是朝廷的定國公！」

鄭成功趕到平國公府邸時，鄭芝龍正在與部屬會商，爲仙霞關鎮守防務籌糧籌餉的事規劃。成功在外廳等候時心想，若不是在呂祖廟中親眼所見、親耳所聞，真不敢相信父親會一面在籌備仙霞關的後勤事務，一面和清軍談撤守投降的事。他不免一廂情願地往好處想，覺得這裡面是否有什麼誤會。

過了兩炷香時間，廳內會議結束，兩個將領和一個文官魚貫走出來，走在最前面的正是副總兵施琅，他面色嚴肅地向成功行禮請安：「末將見過招討將軍。」

成功回了禮，施琅看了成功一眼，眼光從嚴肅轉爲親切。成功心知前回從南京到崇明島的一路驚險之旅，使兩人之間有了些不一樣的交情，便也微笑以對，他心中要確定的是，施琅那眼光中沒有流露任何有關呂祖廟的信息。

施琅只交換了那麼一眼，便很自然地離去。成功暗忖：「那時我是事先就在廟內，而施琅根本沒有進入廟內就被爹爹迎出帶走，應該不可能有機會看到我。我是過慮了。」

他忽然發現，自己只要碰到施琅，不自覺地就會警惕起來，爲何如此他也不解。難道這個厲害的角色在某方面讓自己感到畏懼？

他心中所思被芝龍爽朗的笑聲打斷：「哈，什麼大事咱們招討大將軍正式來訪？快進來談。」

成功躬身道：「父親說笑了。成功是奉四叔之命來請父親到他府上商量仙霞關的軍務。」

芝龍聽了暗忖道：「仙霞關原由四弟鎮守的，但他遇清軍的前遣部隊尚未接戰便猶豫不前，惹得隆武帝大爲不滿，現在換成功去鎮守，他又有什麼事要急著找我談？」

他搖搖頭道：「成功，若是你有什麼事要透過你四叔跟我講，咱們父子有什麼事不能當面談，要你四叔……」

成功連忙打斷道：「父親不要誤會，確是四叔對仙霞關的軍事有些意見，要和父親商討，此事既關係仙霞關防務，孩兒職責在身首當其衝，便一同參與。」

芝龍想了想道：「既然如此，咱們快動身去你四叔府上吧。」

鄭鴻逵府上客廳前後門緊閉，僕人皆退，未經召喚不得靠近。

客廳右邊緊鄰著一個耳房，一壁之隔，二奶奶坐在壁邊的太師椅上。一個丫鬟坐在遠處聽喚，只有老太太能隱約聽見廳內的談話。

廳內唏唏嗦嗦一陣後傳出了芝龍的怒喝聲：「成功，這東西如何到了你手中？」

然後是一陣低聲細語，接著又傳出芝龍的喝聲：「你們既已知道，我便明白告訴你們，我與博洛接頭乃是緩兵之計。老實說，以我方現下的兵力和糧草，只怕守不住仙霞關，我要以談判爲由拖它一段時間，我們這邊才有可能做到兵強糧足，然後和博洛開打才有勝算。四弟你先前防守過仙霞關，當了解我方兵力糧草的眞實情況！」

廳內安靜了一會兒，接著傳出成功的聲音：「父親與清軍接觸是緩兵之計，爲的是爭取多些時間備戰固然有理，但談判過程中清廷許以高官厚爵，這事只要一傳出，父親便跳到黃河也洗不清。我今當著父親和四叔之面，將金準帶來的這一紙記錄燒了，父親可以放心對博洛嚴辭拒絕。咱們加緊軍備，在仙霞六關途上多設幾道伏兵，未必就不能守住關隘，保我福建朝廷平安……」

然後傳出鄭鴻逵的聲音：「咱們現在能打硬仗的軍隊雖然不多，但若調動一些船艦上的部隊，他們久經實戰，戰鬥力十分旺盛，只需由我加以短時訓練，使之明白陸戰的訣要，立時就是一支有戰力的生力軍，再加上大哥你調度糧餉充足，朝廷裡咱們鄭家大權在握。只要哥哥你登高一呼，不只仙霞六關的防務士氣大振，便江南各地有志之士皆會群起響應，天下大事仍可一搏……」

二奶奶在壁後聽鴻逵一番話說得明白，心中暗暗稱許，卻聽得芝龍帶怒氣的聲音：「聽你們的話，好像是不相信我的『緩兵之計』？」

接著是成功的聲音：「孩兒豈敢不信父親的緩兵之計，但對清廷的話卻是絕不相信。博洛許諾父親的是個騙局，父親絕不能輕信……」

「笑話，我鄭芝龍白手起家，縱橫海上數十年，打過交道的對手不但有國內的各路好漢，便是東瀛、荷蘭、西班牙、葡萄牙的厲害角色也都一一擺平，豈會著了清廷這個什麼貝勒的道兒？再說，如今仙霞關的防衛之責落在成功身上，我能不顧成功的安危嗎？」

這話一出，客廳裡陷入沉靜，隔壁的老太太很仔細地品味芝龍這幾句話裡的深意，暗忖道：「芝龍當然要顧著成功的安危，但他心中的安危是指協助成功打一場勝仗轉危爲安呢？還是在勸成功不要執著，也隨著他一道降清，享受清廷承允的榮華富貴？唉，一官思慮複雜，自幼我就料他不準。」

她在密切注意成功這個孫兒如何回應。

只聽到成功慷慨陳辭道：「父親！博洛的軍隊南下勢如破竹，看似威不可當，其實一則因爲北京淪陷、崇禎帝殉國後，全國民心士氣崩壞，再則朋黨之禍處處可見，大明精英不能一致對外，敵未到我軍已準備投降，而博洛更以高官厚爵相誘，一時之間我大明的文臣武將中，能投身爲國爲民奮而一戰者十中無一。但是閩、粵一帶地勢非比北地，清軍騎兵難以馳驅，我軍只要憑險設伏鞏固要塞，便能暫阻其南下，同時間我方選將練兵，收聚民心以固根本，發展海上貿易以足糧餉，苦撐一年形勢必有大轉而利我者。父親啊，您在這一片國土上實有不可取代之龐大勢力，絕不可輕信清廷的花言巧語，所謂虎離山則不武，龍脫淵則受困；至於成功，我自蒙隆武帝授招討大將軍金印之日起，已將個人生死置之度外，願與仙霞六關共存亡。父親之動向攸關天下興亡，務求父親三思！」

隔壁的二奶奶聽到這裡，心中暗忖道：「成功一番肺腑之言恐怕難入他爹之心，只因他雖未明說，基本上仍是不信乃父所說的『緩兵之計』。一官和成功雖是父子，其實互不了解之處多矣，只我這個老奶奶瞧得最是清楚。一官基本上是個心腸狠、手段厲害的商人，他口口聲聲說什麼『緩兵之計』也許確有那麼一回事，只是依我看來，他是要一面和那個貝勒爺談判拖延，一面以養兵備戰爲由向民間徵收稅捐、搜括錢糧，至於清兵一旦入閩，一官他是降清還是帶著人馬錢糧逃到海上，我這老奶奶也料不準。」

在她心裡還有一句嘆息：「成功雖然聰明，卻是個實心眼，哪及他爹九個玲瓏心？唉！」

只聽到芝龍的聲音：「四弟、成功，此事關係到我鄭氏家族的生死榮衰，你們的考慮都不及我深。我以鄭氏當家長兄的身分要求我鄭氏子弟必須聽從我的計畫行事，才能上保隆武朝廷之平安，下保我鄭家人的身家性命，否則，若我鄭芝龍失敗，覆巢之下無完卵，福州朝廷、鄭家勢力均將化爲春夢一場，消聲滅跡……」

鴻逵抗聲道：「大哥有完備計畫，大夥應當遵奉行施，但大哥你的計畫是啥總要說清楚，也讓我等參與一些意見吧。到現在你除了『緩兵之計』四字之外，沒有任何說明，就算你要保密，這等大事難道你對我和成功都信不過？四弟我再不濟，可也是隆武帝欽封的定國公！平國公閣下，您的計畫內容小弟能聽聽嗎？」

「四弟！你……你這是要公開挑戰大哥了？要知道你那定國公乃是隆武帝爲了要拉攏我而酬庸你的，今日咱們一家在福州朝廷有那麼大的勢力，全是源自我鄭芝龍在海上的武力和財力，鄭氏家族的大事就我鄭芝龍說了算！」

話聲才落，一個清亮的聲音應聲而出：「二官，你還要問問我老太婆吧！」右手邊耳房的窄門推開，丫鬟扶著二奶奶走入客廳。芝龍一驚，連忙站起身來道：「二媽，二官給您請安。」

二奶奶指著芝龍罵道：「二官啊，不是二媽說你，你的行為愈來愈乖張，什麼人的話你都聽不進，連隆武帝的話你都當耳邊風。這樣下去，你救不了鄭家，反而要害死鄭家了……」

芝龍不滿地皺眉道：「二媽您這話從何說起？」

二奶奶板起一張大臉道：「我聽說你在朝廷上的驕橫已經引起公憤，連最支持你的黃道周黃尚書都和你當面起衝突……」

芝龍恨恨瞪了鴻逵一眼，知道必是鴻逵在他母親面前「嚼舌」，不然這二奶奶就算再能幹，她足不出戶如何知曉朝上大臣之間鬥口之事。

他對這個厲害的二媽還是有幾分顧忌，原因是父親鄭士表臨終遺言，他身後鄭氏一族當以二房夫人黃氏為尊，凡關係家族大事，皆須稟報二夫人而後行。他聽到此言，便抗辯道：「黃老夫子雖位居兵部尚書，實則並不知兵，卻要出仙霞關迎擊清軍及流寇，屢向芝龍要兵糧。芝龍以為殊不可行才和他在殿前爭議起來，大家皆為國事而爭，哪有什麼驕橫的事？二媽您莫要聽信一些無聊流言，一切有芝龍擔著哩……」

鴻逵仗著母親在場，竟然在大哥尚未說完便搶著補了一句：「人家黃尚書要不到兵也要不到糧，他便回漳州老家去募了數千人，馬僅十餘匹，糧只一月，便要出關，大哥仍不發兵糧。不僅朝中群臣不滿，便是我這個愚弟也不明白，難道要眼睜睜看著隆武朝廷的兵部尚書戰死在仙霞關外，豈不荒唐？」

芝龍大怒，喝責鴻逵道：「四弟你不明事理！此事之荒唐在於黃道周那老夫子本人。仙霞關外流寇在前，清兵在後，此閉關堅守之時也，豈可親率弱卒出關求戰？大哥我身受隆武帝之託，負有生聚教訓之重責，老夫子既不知兵又一意孤行，皇上應立即下詔制止其盲動之行爲方爲上策。四弟位居高階，享有國公之榮，莫忘你是武進士出身，熟讀兵書，豈能和老夫子一般的愚昧？」

鴻逵見大哥發怒，一時不敢再出言頂撞，二奶奶對這番攻防策略的對話便插不上嘴了，大廳中突然就靜了下來。芝龍見自己一番發作，眾人皆被鎮住，便交代一兩句場面話打算當作結論：「總而言之，國安家慶之策略盡在我胸中，你們照計遵行便錯不了！今日所談的許多事不得爲外人知曉！」

但成功卻不肯依，堅持道：「可是父親您仍未說出您的緩兵之計及國安家慶之策，究竟是什麼？我等如何遵行？」

芝龍一怔，一時答不上來，他惱怒地站起身來，一腳將身後一張椅子踢倒，哼了一聲轉身大步離去。

成功和四叔鴻逵面面相覷，二奶奶嘆氣道：「我瞧一官，降清心意已決，孫兒你要想清楚，你爹如果對你也是不發兵糧，你的仙霞關要怎麼個守法？」

成功沒有回答，反而對鴻逵說道：「四叔，請您快稟奏皇上，千萬不能讓黃老尚書出關去送死！」

已經遲了。

隆武帝得知黃尙書要率軍出關，雖然讚其壯勇，心中也覺得他這個名滿天下的老夫子親自率軍出戰，而擁有實力的鄭氏卻按兵不動，確實不甚合理。但他這個皇位是眾重臣擁立而得，他對諸臣並無絕對的約束力，此事醞釀之時明知不妥，要制止也無實力，便讓黃道周率軍出關了。隆武朝廷其實並無領導中心。

令成功略感安慰的是，黃道周不知如何說服了芝龍，讓大將施琅隨軍而行。成功知道施琅的本事，心想有他在，或許情況不致太糟。

但好景不長，不知爲何，施琅隨軍出關尙未接戰便悄然回到福州，成功急著想要找他來問個究竟，卻不見施琅蹤影，向父親打聽也不得要領。芝龍只說施琅另有任務，回泉州去了。

尙書黃道周親領的雜牌軍，在施琅離去後，命參將高萬容爲主將，在上饒又募得三個月的糧草，然後兵分三路攻打撫州、婺源及休寧，結果三路皆敗，主將高萬容棄軍逃亡。黃尙書和他四個門生全被明朝降清的將領張天祿擒獲，送到金陵下獄。

黃道周及其四個門生在南京東華門就義，消息傳到福州隆武朝廷。

定國公鄭鴻逵留在南京的舊屬捎來最新消息，他奏陳道：「兵部尙書黃道周在獄時，降清大經略洪承疇曾力勸其投降共享富貴，道周先生反贈一聯，借用史可法及洪承疇的姓名諷曰：

『史筆留芳，雖未成名終可法；洪恩浩蕩，不思報國反成仇。』洪逆羞愧無言。後臨刑時，有血書遺家屬曰：『綱常萬古，節義千秋；天地知我，家人無憂。』金陵人無不痛哭涕零。」

隆武帝垂淚道：「黃夫子慷慨殉國，有如文文山之留取丹心照汗青，可敬可惜！」

眾大臣唏嘘嘆息了一番，大家的目光都投向擁有最多軍事資源的鄭芝龍。

芝龍上前一步奏道：「黃尚書貿然出兵非臣所願見，一再勸阻無效，可惜皇上未能及時制止，黃尚書或許求仁得仁，對朝廷卻無任何益處，確實可惜！」

眾大臣皆知芝龍對黃道周率兵出擊未予一兵一卒之助，此事竟將責任推給隆武帝之不及時制止，大夥都感憤怒，但礙於朝廷上鄭氏家族獨攬大權，連皇帝都有所顧忌，便只是怒而不言，殿前鴉雀無聲，氣氛十分凝重。

此時卻聽到一人抗聲發言：「平國公此言差矣，道周先生之所以率軍出關擊敵，實因江南士子及仕紳在清軍屠城之恐懼中紛紛向道周先生求救，尤其是金陵一帶士子，因道周先生曾為金陵弘光帝禮部尚書，殊不忍見這一批我大明讀書種子在屠刀之下哀哀不可終日，斯有孤軍出擊悲壯之舉！平國公手擁我福建朝廷最大之資源及武力，不肯出一兵一卒相助，反而責之於皇上無能力制止，謬之大矣。我聞平國公以養兵備戰為名，命地方官員及富戶捐輸，凡有不從者，其家門上貼『不義』兩大字，而所得錢糧取之於民卻不用之於國，就連鎮守仙霞關之招討大將軍鄭成功都得不到補給，朝中上下多有疑慮，下官要問這些錢財究竟到了誰人手上？」

此人一席話，滿朝皆為之震驚，芝龍聽其聲音便知是大學士張肯堂發言。

張肯堂是熹宗天啓五年的進士，崇禎時的福建巡撫，現為巡撫都御史，襄佐隆武帝處理朝廷內政及福建地方政事。他和黃道周交好，兩人都是飽讀詩書、學養豐富的文人，看鄭芝龍的草莽作風早有微詞，此次道周死難而芝龍袖手，終於忍不住在廷上暴發出來。

芝龍是個外表粗獷、內心仔細的人，他聽都御史張肯堂一席話說得鏗鏘有力，眾臣聽得讚聲連連，不待隆武帝垂詢，他主動上前拜道：「啓奏皇上，張都御史說得極是，臣這段時間戮力備兵備糧，從民間富家也的確徵收了一些錢糧，但每一筆皆有詳實記錄，只待成功在仙霞關練兵布防告一段落，立時便可提供最大支援。臣受皇上宏恩，交付以備戰重責，無時不以任務為重，既不輕忽也不暴衝，務必達成聖上所託，請皇上放心……」

他天生聰明機靈，本性雖粗鄙，廟堂上的應對卻學得快，該斯文時也能出口得體。他說到這裡，見隆武帝臉色轉霽，本來下面還有一句「那管得一幫不明事理之輩在旁指指點點」，也就忍下不說了。

隆武帝是個君子，但也不愚蠢，他聽了芝龍這一番話，雖略覺放心，但仍要芝龍提出一些細目，便道：「平國公所奏，朕心稍安，迄今所備軍需糧草約有多少？」

芝龍回道：「臣所備軍需，可供仙霞關及其他各路防務兩年所需。」

隆武帝再問：「若是出兵討賊呢？」

芝龍怔了一下，故作在腦中計算了一番，然後答道：「若是出兵伐清，估計也能支撐我軍一年。」

隆武帝點了點頭道：「就請平國公將各種細目計算清楚，章奏上來。」

芝龍毫不猶豫地道：「本該如此，實應每兩月便呈報一次，臣花太多時間在實務上，是臣疏忽了……」說完再拜而退。

廷上眾臣見平日跋扈囂張的鄭芝龍今日忽然變得循規蹈矩而言語得體，質疑他斂財營私的張肯堂也未見以疾言追問，不禁都感到意外。

張肯堂本人則忖道：「這人忽然變得斯文有禮，但愈是如此，愈表示他的一本爛帳完全拿不出手，想要以溫顏好語來唬弄過關。我要抓住不放，十日之內必然再提此事，定要讓皇上看清楚此人的底細。」

事實上，鄭芝龍是不會呈報什麼帳目了，他和身在五百里外鎮守仙霞關的兒子成功已經正式攤牌了。

他在兩日前已用六百里快馬送了一封信給成功，告訴他所要的兵、糧、餉一概不給，不僅如此，還命他立即撤兵回福州，聽從父親的勸導。

算算時間，成功的回信應該今日可達。芝龍心中記掛著這事，便不願花力氣在隆武帝面前和張肯堂爭辯，反而採取無論朝廷要求什麼一律滿口承諾，反正他已不想再玩下去了。

張肯堂見芝龍不再發言，便換了另一件大事奏報：「啓奏聖上，廣東傳來消息，桂王朱由榔在肇慶監國，其部屬擬擁其稱帝，據說明年將改元永曆。此國事亦家事，皇上如何定奪處理？」

隆武帝面色凝重，滿朝寂靜無聲，他思考片刻，然後正色道：「此為國事，我大明帝統之大事，豈能以家事視之？桂王擬稱帝之事，宜派人赴廣東肇慶打探確實，去時先過廣州番禺，可帶一封朕致唐王之親筆信。」

張肯堂暗中欽佩隆武帝的智慧。其時大明政權已是強弩之末，崇禎死後，南明之帝統已是混亂局面，朱氏諸王誰有擁立的實力便先稱監國，然後俟機稱帝。隆武原為唐王，其頭銜已為崇禎所廢，全仗黃道周、張肯堂、鄭氏兄弟等擁立而稱帝，稱帝之後即封其弟為唐王，並派駐於廣州番禺。新唐王號稱廣東監國，也建立了一些自身的力量，桂王若擬在肇慶稱帝，唐王駐地近在咫尺，不可能毫無動作。隆武帝可以利用其弟唐王為第一線，自己在後方俟時機觀變化而動，攻守兩端皆有緩衝。

退朝後，芝龍快馬回到府邸，果然收到成功從仙霞關送來的回信。他急於等候此信的最大原因，乃是他已明令成功追隨自己降清，成功的回應關係到他後面的布局。

他辭退所有從僕，緊閉房門，從一個皮紙包中拿出一封書簡。是成功的筆跡，數行字言簡意賅：「……從來父教子以忠，未聞教子以貳，且北朝何信之有？今大人不聽兒言，倘有不測，惟有縞素復仇而已。」

芝龍讀了便陷入沉思，他想到為此事曾和成功辯論過多次。他雖願降清換取高官顯爵，但也知道保留實力的重要，只是在清軍勢不可擋的形勢下，與其螳臂擋車，不如傚仿洪承疇、吳三桂等降清大臣之例，既能續享富貴，又能保持自己海上實力，而執行的關鍵便是仙霞關的防務，也就是鄭成功的態度。

這封來自五百里外仙霞關的短函說明了成功不投降的決心，但精明的芝龍並不因此而放棄，他一計不成又生一計，暗忖道：「成功是不肯降清的了，但是不降清並不表示一定要與清軍爲敵，我們父子正好演一場黑白臉，父降清、子保海上勢力，將來我在陸上做官，他在海上賺錢，豈不勝過拿老命來保朱家的殘局？」

想到這裡他劍及履及，立刻寫了一封簡信：「信悉。汝不聽父言也罷，即歸安平老家，過福州時父即授汝海上兵符，汝代爲父掌鄭氏海上船隊，並就近照顧汝母及家人，朝廷上父設辭爲汝解釋。至囑，父字。」

他寫完又看了一遍，自覺如此安排兼顧對博洛的交代及鄭氏勢力的保持，也避免父子反目，至於對自己一手擁立的隆武朝廷，那就顧不得了。看到大局崩壞，朱氏諸王仍在各處劃地自主，甚至稱帝，心想這種朝廷實不値得爲它賣命。想到這裡，又不得不痛罵成功迂腐不化，頭殼壞去。

信簡密封了，立時交代以最急軍令、六百里快馬送仙霞關招討大將軍親啓。

隔兩日後，成功的回信送到府邸，信中明言絕不棄守仙霞關，再次苦勸父親不要降清。「父示敬悉。鎭守仙霞關乃隆武帝親授兒之使命，此命絕不可辱，兒必誓死守之。清兵勢大，兒可戰敗而死，不可不戰而降。兒再跪求大人勿降清兵，只須供兒所需兵糧，兒必可令來犯清軍鎩羽而歸。父欲保海上實力，或可請四叔先回安平。兒叩。」

芝龍讀完此函，忖道：「成功雖然誓保隆武帝，但他至少還曉得海上力量是我鄭氏自保之根本，總算還沒有糊塗到連老本都不要的程度。好，你堅要守仙霞關，我不發一卒一糧，看你如何個守法？等你實在守不住了才會照我的指示，乖乖回師守住老家。」

然而事與願違，儘管芝龍扣住兵糧，成功仍不放棄，一面不斷向朝廷求救，一面將手下有限的兵力嚴加整訓。他妻小的家私均變賣爲軍餉，雖然杯水車薪，實質的效益接近於零，但求可以鼓舞士氣。

可就在這時，成功接到手下親兵的報告，一個自稱同鄉的義軍壯士求見招討大將軍。

成功正愁兵力單薄，聽說有民間義軍領袖來求見，自然表示歡迎。待親兵引入，只見營門口走來一個青衣壯士，上身披著一副鎖鍊甲，腰間繫著一條白布帶，個兒不高，卻是氣宇軒昂，見了成功，抱拳行了個江湖禮，口稱「鄉長請了」。

成功見此人五官端正，濃眉大眼，雙目精光懾人，年約三十出頭，布衫中隱約可見到他一身肌肉虯結、孔武有力，確是一條好漢。成功看了便喜，上前拱手道：「鄭成功便是在下，壯士要見我有何說法？」

那人道：「小人姓甘名輝，海澄人氏，與將軍府上南安石井鎮隔海相望，中間便隔著金門、廈門兩島，算是鄰縣同鄉了。」

成功這幾年曾乘船在家鄉附近水域巡視，對海澄有些印象，便道：「原來是海澄的壯士，海澄物產富饒，魚米之鄉，我尤愛你們出產的荔枝和楊梅，啊，還有民間養的水仙花眞是好看哩。」

甘輝聽了喜道：「原來招討大將軍曾到過敝鄉。小人手下有壯士百多人，聞說大將軍奉隆武帝欽命鎮守仙霞關。我等見清兵入關南下後，四處殺人如麻，我大明子民在留髮不留頭之暴行下被殺戮有如芻狗，想到顧炎武先生在投筆從戎加入江南義軍時，屢對民眾曉以『天下興亡匹夫有責』之大義，便商量前來投效將軍，為抵抗清兵入閩盡一匹夫之力，望將軍收留。」

成功聽了既高興又感動，一把抓住甘輝雙膀，大聲道：「我守仙霞關正感兵力不足，今得甘兄義軍加入乃是大大喜事。我軍錢糧有限，朝廷補給杯水車薪，不過甘兄義軍既來仙霞關，便是自己人，咱有一升一斗米糧必與義軍弟兄同享……」

甘輝聽了甚為不解，忍不住打斷問道：「聞道朝廷錢糧大事全在平國公芝龍將軍手上，將軍您怎會缺少糧餉？小人不解。」

成功聽了心中感到酸苦，暗想：「何止你不解，便我這個做兒子的也是不解啊。」但他見甘輝率義軍來投，絕不能一見面便澆熄他的一番熱忱，便強作平靜道：「咱們缺糧的緊急公文已經用六百里快馬送至福州，相信很快必有回應，甘兄寬心。」

他見甘輝是個好漢，便讓座細問他百多名義軍的組成及訓練情形。甘輝對答如流，不僅對自己的義軍情形全面掌握，還掏出一張手繪的地圖，成功一瞥便知乃是仙霞六關前後迤邐百里的山岳地勢圖。

甘輝指著圖中用朱砂紅筆勾畫的各處道：「敝人來此之前，曾混在商旅之中，在仙霞各關險之間走了好幾趟，暗中記下各用兵之處，然後繪製此圖，紅筆各處乃布置伏兵之最佳地點，若得數千精兵埋伏妥當，可阻十萬清兵入侵。」

成功仔細看了，心中暗忖：「這個甘輝所標示伏兵之地甚合我意，看來此人不僅是個勇士，還是一個將才，我且再試他一下。」

他指著地圖上用石青色勾畫的線條及圓圈問道：「這些線和圈代表何意？」

甘輝道：「青色的代表第二個計畫，此計畫是引敵深入，在適當之地聚而殲之。線條爲誘敵進入之路線，畫圓圈之處乃是我方實施包圍殲敵之最佳地點。是以紅色計畫以防守爲主，青色計畫則以誘殲敵軍爲主，小人野人獻曝，供大將軍裁奪。」

成功聞之大喜，將几上地圖捲起收妥，對甘輝一揖到地道：「甘兄大才，成功即日拜兄爲游擊，兩日後我將赴福州協商兵糧事，屆時在此處召集重要將領商討防務，便請甘兄一起參加討論。」說完便傳令軍需官，不管糧草如何欠缺，務必先讓甘輝帶來的百多名漳州義軍飽餐一頓。

成功得了甘輝，心中極感振奮，他和甘輝日夜討論兵法、考察士卒戰技演練，快意過了兩日，然而兵糧仍然沒到。兩天下來，甘輝對成功的窘情也猜到一些，成功身爲平國公鄭芝龍長子，奉欽命親守仙霞關，卻陷在缺兵缺糧的困境之中，他對此實感不解，但是對成功不懼萬難、一心一意報效國家的精神深感欽佩，也慶幸自己率義軍投奔成功沒有投錯。

成功決心親自跑一趟福州，竭盡一切力量求援。

他快馬趕到福州，在覲見隆武帝之前先直奔父親府邸。他這次回來事先並未告知，到達時剛好是申時，本疑父親尚未下朝，便打算先入廂房中休歇一刻。他放慢了馬，繞到後門正要下馬，卻看見後門忽然打開，一個身著灰衫、頭戴布帽的漢子匆匆從後院出來，一個黑衣老家人送他到門口低聲交談了一兩句，便關上門。

成功吃了一驚，連忙勒馬走到樹蔭下，避免和那灰衣人對眼。灰衣漢肩上掛了一個褡褳，看上去倒像是個走街郎中，但是成功已經認出了這漢子正是博洛貝勒的親信金準，他曾在荒山呂祖廟裡見過此人的面貌。而那個黑衣老家人則是平國公身邊的親信阿臣。

他心中一陣狂跳：「這姓金的好大膽子，竟然潛到福州來，他既從府中出來，想來父親正在府內，我該從前門入府，以免阿臣懷疑我撞見到金某出府的一幕。」

他索性騎馬到附近蹓躂了一圈，然後回到平國公府前門，敲門開處，果然引起府內執事一驚，立刻迎上來寒暄，一面命童僕進去稟報。

那執事是個生面孔，但迎客十分殷勤，攔住這位少主嘘寒問暖。成功知他是在拖延時間，讓童僕通報主人有所準備，便也有的沒的閒搭了幾句，心中卻蒙上一層陰影。

剛才還吃驚這金準好大的膽，現在卻感到眞正該驚駭的是父親的大膽，光天化日之下，竟公然在王府裡接見敵人的密使！

終於那面生的執事帶引成功到了客廳，只見芝龍穿著朝服，顯然下朝回家未及換衣便接見了金準。現在他站在廳中央，面向壁上的畫像。

成功知道那是祖父鄭士表的畫像，自己從未見過祖父，只知他曾在縣衙爲吏，是一位滿腹經綸的讀書人。父親已知自己來見，也知道自己來見所爲何事，而此時面對祖父的畫像，不知父親心中在想什麼？

他立在廳前不敢打擾，那執事也不敢再次通報，悄悄退出，將廳門掩上。

芝龍背對成功，成功雖看不見他面上表情，只隱隱覺得父親此刻心情甚是嚴肅，甚至十分激動，因爲成功看到芝龍的肩背不停地微微顫抖。

父親方才與博洛的密使金準談過，是作了什麼決定使他心情起伏？又是怎樣的決定使他對著亡父畫像激動不能自已？

成功忽然感到這一刻正是最好、也是最後的一次機會向父親進言，希望能打動他的良知，懸崖勒馬。

想到這裡，他胸中忽然升起一股久違的孺慕之情，這種情愫在他七歲從日本平戶來歸初見父親時沛乎塞胸，但是很快便消失了，取而代之的是對母親的思念，以及對強迫他母子分離的憤怒。

但是深沉的成功全都悄悄藏在心底裡，日子久了也似乎都淡忘了。

這時見到父親正陷入前所未見的矛盾之中，爲人子的先天孺慕之情終於回到他的心中。他不由自主地上前數步，叫一聲「父親」，雙膝落地跪在地上。

芝龍轉過身來，臉上猶有淚痕，他正在向亡父告白自己維護鄭氏家族富貴昌盛的苦心，默念到國之將亡如大廈將傾，一木難支，而畢生建立的鄭氏海外勢力必不可隨之而亡，這其中的艱辛和不足爲外人道的屈辱，只能向亡父告白，說著說著就被自己感動得淚流滿面。

成功自幼從未見過父親的眼淚，他看在眼裡，心中分外感動，便也流下了熱淚，泣道：「父親爲國爲家謀求周全的艱辛努力，孩兒全知曉，只是國家將亡雖然一木難扶，然崑山義軍顧亭林先生說：『保天下者，匹夫之賤與有責焉。』我鄭氏有兵有糧，身負君恩，焉能不於此時爲保天下一盡匹夫之責？父親此時下定決心，事猶可爲！」

感動芝龍的原本是他自己所思，卻不是兒子心中所思，聽了成功這番話，思慮及情緒慢慢回到現實。他拉起成功，示意坐下好好說。

待成功坐定了，芝龍嘆了一口氣道：「成功你這一趟回來事先沒有報准，如有心的言官參你一個擅離職守，就麻煩大了。」

成功沒想到方才一番感性告白，換來的頭一句竟是這樣一句話，不禁爲之一怔。

芝龍接著道：「你回來府中，外面沒有人看到吧？……」

成功聽他猶在關心這事，一腔熱血降到冰點，他一時激動，便忍不住打斷道：「父親放心，皇上將『招討大將軍』印交給孩兒時，曾私下准許孩兒在備戰期間往來仙霞關與福州不須報備。這回緊急趕回，尙未晉見皇上便先來到父親這裡，實因仙霞關守軍糧草補給已近乾涸，數日前又有海澄義軍來投效。而探子來報，清軍蠢蠢欲動，事態已急，如若再得不到兵糧，孩兒只好如實向皇上稟報，然後趕回仙霞關去與弟兄們一塊戰死，以報君恩……」

芝龍聽他語氣帶有一點威脅的味道，不禁也動怒，但他表面上沒有流露，反而一面聽一面飛快地另作盤算。

他沉吟了一會，心中已有定見，便打斷成功的話，十分冷靜地道：「你來此的種種爲父皆了解，原來隆武帝要我盡量抓緊時間練兵積糧，作爲緊急關頭之用。聽汝所言，緊急關頭已至，明天一早咱們就將部隊糧草一一移交，你也乘便將軍隊的戰力作一巡視，然後咱們奏請皇上派一支親軍護送兵糧出發，直奔仙霞關，以壯招討大將軍之軍威聲勢。」

成功不敢相信自己的耳朵，他望了一眼牆上祖父鄭士表的畫像，暗中禱道：「爺爺保佑，爹爹終於改變主意了！」

芝龍見他沒有回答，便又加了一句：「而且從後日起，我泊在閩江口外的大型船隊聚集了一百二十艘，有一個重要的海上操演。皇上之前曾表示有興趣前往參觀，你也可以去瞧瞧你五叔和肇基堂弟各率領二十艘船艦的海上操作，場面可大著哩。四叔已保護你二奶奶及你母回南安，肇基要代他爹指揮船隊參加演練。」

成功暗中計議：移交兵糧，到各部隊巡視戰技，參觀海上操演，沒有三日跑不完行程，心中焦急恨不得立刻啓程返回仙霞關，也知不可能，想到原本遙遙無期，甚至不抱希望的事，能在三日內圓滿解決，其實已經應該喜出望外，便滿口答允了。

「是，四叔、五叔訓練的水軍是我鄭家根本，孩兒適逢盛典，定是要去觀察學習一番。再說，和五叔及肇基也有好久不見了。」

成功的五叔是鄭芝豹，在隆武帝朝中搏得一個右都督的軍職，並封「澄濟伯」。他和成功相處時間雖不多，但很欣賞成功的忠勇氣概。至於鄭氏家族另一位獲得賜姓殊榮的子弟肇基，則曾與成功一同修文習武，在諸堂兄弟中以「大小國姓」相稱。

成功忖道：「三日後兵發仙霞關，自己此後命運爲何殊難逆料，行前能見五叔和肇基一面也是好事，算是出征前的話別吧！」

母親田川氏已去了南安老家，成功便憩在父親府中，僕人引他去廂房梳洗。芝龍望著兒子雄健的背影，心中感情忽然變得複雜，沉思良久，似乎終於下了決心，他拍手三下，那個成功見著面生的執事悄悄進廳，芝龍在他耳邊低聲道：「剛才那個『賣藥郎中』應該還在福來客棧，速去傳我話：『要辦的事愈快愈好，三天內就辦，一舉成功。』你試說一遍！」

那執事複誦道：「要辦的事愈快愈好，三天內就辦，一舉成功。」果然記性不錯，一字不差，芝龍點頭道：「好！快去。」

他望著執事匆匆離去，良久不語不動，終於長嘆一聲，轉身對著牆上亡父鄭士表的畫像，低聲道：「成功不告而來，正好推動這樁大事。數日後清軍攻克仙霞關時，成功猶在回關途中，也免了一場要命的拚殺，如此，我一面踐了博洛之約，一面救了成功這小子幹殉國的傻事，也算是周全了吧！唉，成功要救國，我只懂保家，當前形勢救國是送死，保家還有實力。我少讀聖賢書，只懂得這些！這番苦心，求列祖列宗鑑諒吧。」

第十章　孤臣

五日後，清軍突然對仙霞關發動攻擊，守軍僅數百名，寡眾懸殊之下終不能敵，仙霞關立被清軍攻克。清軍克關時，鄭成功率領增援及押糧部隊仍在趕回仙霞關的路上。

尚未接近仙霞關，路上就碰上一群結伴南逃的難民，從他們口中得知，前線已陷，清兵長驅直入仙霞關，成功聽了如雷轟頂，急忙催促所率的五百押糧軍加速前進，糧草大隊隨後趕上。

這時他們遇到了零星退下的敗軍，然後見到了渾身浴血的甘輝。他被十多騎義軍所擁，十分狼狽地衝到了軍前，成功大喊其名，甘輝在十步之外力竭跌下馬來。

成功的隨軍侍從立刻上前扶起甘輝，餵喝了兩口水，甘輝回過氣來，第一句便是：「大將軍，你帶有多少軍馬？」

成功道：「先行五百押糧軍，後面還有六千援軍和大批糧草……」

「遲了，清軍已攻克仙霞關，他們後面有更多部隊如潮水般湧入福建，沒了關隘可守之險，平地上咱們難敵博洛的騎兵和大軍，可恨啊……」

他一口氣接不上來，連作了幾次深呼吸才繼續道：「可恨敵人前方部隊多是明朝的降兵降將，其後則是清軍的精銳部隊。大將軍您的兩位副將臨危不退，均已戰死關上，唉，援軍早來三日，仙霞關不會失守……可恨啊……」甘輝有一句話忍住沒說：「若是您在關指揮，以您對朝廷之忠必然殉國了……幸好您人不在！」

成功心亂如麻，便命部隊就近在林子裡造飯歇一口氣。

他命親兵火速往來路上打探，看六千援軍落後多少里，需要多少時間才能跟上？手上有多少兵力，將決定他接下來要採取何種戰略。

過了一會，又有幾位倖存的守軍敗退到了此處。成功命親兵爲他們裹傷送飯，然後就在林子裡思考下一步的行動。

甘輝頗有謀略，他雖敗落且身上帶傷，仍能冷靜地分析眼前情勢。

「大將軍，仙霞關已失，此間無險可守，博洛軍勢大，咱們後有精兵數千或可一戰，也許能阻其銳氣於一時，但關隘既已破，清軍將分數路南取福州，咱數千之旅不可能力阻多路敵軍，當此緊要時刻，我軍是在此地布陣準備迎戰清兵，抑或班師回福州保衛朝廷？大將軍須儘速做一決定。」

炊事兵送上熱飯，成功親手盛了一碗遞與甘輝道：「甘游擊快飽餐一頓再作道理，我後方雖有六千精兵尾隨而來，但到底需要多少時間才能趕到，須待我派出的親兵回報才知。咱們稍安勿躁，你且先將仙霞關之戰的詳情說一說。」

甘輝見成功年紀輕輕，遇大變故只片刻間便恢復鎮定而神色自若，心中暗道：「這個少年將軍雖無實戰經驗，卻有大將之風，且看他接下去做何決定。」便將仙霞關的戰情詳述一遍。成功聽到親信副將一一戰死，心中難過，暗中傷心已極，面上卻不垂淚。

過了一個時辰，人馬皆恢復精神，這時派出去的斥候已快馬奔回。

成功滿心期待，卻聽到了不敢置信的消息：「先行押糧隊伍的後面一片寂靜，二十里內根本沒有那六千援軍的影子！」

成功對那三個親兵詰問再三，確信後面沒有援軍，唯一的解釋是自己率押糧先行部隊出發後，有人臨時下令教六千大軍按兵不發。

誰有這樣大的權力？只有鄭芝龍！

成功的心在滴血，他臉上僵無表情，但暗地裡在狂呼：「父親啊！你為什麼出賣你的親生兒子？為什麼？」

他腦中從一片空白恢復思考，只是想不通，父親要降清也就罷了，可為什麼在最緊要的時刻抽自己後腿？

他只是一時的急怒攻心而糊塗了，但很快他就明白，鄭芝龍連朝廷都可背叛，還有什麼人是不能背叛的？

其實，這個想當然耳的答案並不絕對正確，成功認為的「背叛」，在芝龍認知中是保全鄭氏富貴及兒子性命唯一的辦法。

成功真的不了解自己的父親。

甘輝投入成功陣營才數日，但是對這位少主的謀國忠心及待人誠懇已有深刻感受。他見成功雖然面無表情，但垂著的眼睛偶一翻起，就能看到一道憤怒燃燒的光芒。他三筷兩扒就吃下一大碗飯，對成功說：「將軍此時須一個忍字。以屬下看，清軍既有明朝降軍爲前鋒，降將必會指引近路直襲福州，咱們在這條官道上駐守恐非上策。」

經過一番考量，成功心中已有了計較，下令急行軍折返福州保衛朝廷。

然而此時後方傳來喧譁之聲，兩名軍士飛奔過來報告，糧隊生亂，有流寇襲擊搶糧。成功親率百騎前往處理，命甘輝率步兵隨後趕到。甘輝擔心成功並無實戰經驗，不宜自作先鋒，正要勸阻，心急如焚的成功已策馬奔去。

成功胸中充滿悶氣，暗罵：「就是有這班叛賊，才把國事鬧到不可收拾！」從仙霞關失守、六千援軍遭扣、流寇搶糧，這一連串事件對他的衝擊已達到飽和點，一肚子怒氣就要爆炸。

這一百騎兵都是精銳之師，人人騎術精湛，武藝嫻熟，這時聽說流寇搶糧，個個憤怒塡膺，催馬奮勇前奔，不一會便瞧見前方塵頭起處。部分流寇與押糧兵士正在激戰，其餘的如狼似虎搶了糧車便往西而去。

成功見狀立即衝入戰場，鏖戰中的流寇見騎兵殺到，一番吆喝便閃人，也匆忙往西而去。成功率軍疾追，衝入林子中，流寇不堪一擊，拋了糧車自顧逃命，成功下令先追殺流寇，暫時不顧糧車。

追到林深處，前面出現一個陡坡，雖然不過兩丈高，但其陡如壁，流寇急切間爬不上去，一時四分五散，各自逃竄。成功的百騎如追風一般殺到，眼看流寇已經走投無路，卻聽到其中一人大叫一聲：「反擊！」

所有流寇突然全體反身回擊，顯得訓練有素，而林子各方不知從何處竄出大批流寇的生力軍，配合著箭矢橫飛，反將成功的一百騎兵包圍了。

林子深處縱馬避箭不便，立刻便有多人中箭倒地，但也虧得林木密集，有利於徒步者尋掩蔽處，於是騎兵們紛紛下馬準備步戰。

成功不敢相信一群流寇有如此高明的戰法，身邊隨軍是個有經驗的老兵，他低聲對成功道：「將軍，這批流寇絕非土匪，我看應是被打散了的大明殘軍！」

成功也覺得他猜得有理，他本人被這陣仗嚇了一跳，但想到對方是軍人而非流匪，便打振精神，指揮部下集聚布陣一致對外。他雖然有些驚慌，但很快就鎮定下來，因爲他知道只要堅守一陣，甘輝率領的數百後援軍便將趕到，於是他要周邊親兵將命令傳出去：「堅守不攻，不濫射！」

騎兵身上攜帶箭矢有限，須得愼選發射時機。

流寇狂射了一陣，無法確知效果如何，便停止射箭，開始向林子中央步步逼進，於是成功的部隊開始放冷箭，一箭一人，幾乎箭不虛發。

流寇被放倒十餘人後，忽然大喊「衝」、「殺」，亮出兵器開始衝鋒陷陣，在林中與成功的部將短兵相接廝殺起來。成功見流寇身手個個都受過訓練，更信這些人原是明朝軍人。他懋了一肚子的憤怒，這時再也忍耐不住，拔劍親自殺進戰場。

衝出十步就遇到兩個流寇，一前一後持刀對成功砍過來。成功腦中一片空白，手腳卻是靈敏無比，他只是順著敵人來勢，不加思考地揮劍相應，自幼勤練的花房氏刀法和外公傳授的劍法施展得凌厲無比，兩個「流寇」雖然仗著身輕力大，哪裡會是對手，只兩招交手，便被刺殺於劍下。

身邊掩護主將的親兵見了大叫道：「將軍好劍法！」

成功卻是瞬間呆在原地。

「我殺了人，我殺了人！」

而且還是一連殺了兩人。其實在從金陵回崇明島的船上，為救施琅，成功曾偷襲殺了一個浪人，但此時的感覺全然不同。

這一次是一種奇特的感覺，有一些恐懼、一些緊張，也有極大的興奮，還有一股憤怒宣洩後的快感，全都隨著長劍從一個活人身上拔出時狂噴的鮮血傾瀉而出。

他似無意識，全反射動作地又衝向另一個「流寇」，再次一招破敵。這一回是長劍橫切過那人喉管，那人狂吼一聲，頭頸半斷，身軀上半掛著一顆頭顱倒斃在腳前。

成功嘶啞地低喝，只他自己聽得見：「叛徒，叛徒！全是叛國之徒！」

這喝聲中含著多少是國仇？多少是家恨？成功自己也分不清。

耳中聽到林子外如雷鳴般的喝「殺」聲，林中的敵人開始潰散。成功知道，甘輝帶領的援軍到了，於是他發出往外衝殺的命令，要內外夾攻殲滅這批「流寇」。

半個時辰後清點戰場，成功指揮的第一仗，殺敵三百零九人，傷敵一百一十人，己方陣亡四十九人，受傷八十四人。

等到清理包紮完畢，林外埋鍋造飯暫時休憩，一輪明月已經升起，成功召集眾將及資深什長，懇切地宣告：「吾等在此殲滅叛軍流寇之時，清軍有可能在降將帶路之下抄捷徑襲擊福州朝廷。我軍人數雖不多，經此一戰，顯示咱們乃是一支精銳善戰之旅，咱們不辭辛苦，漏夜行軍，班師福州勤王，眾將士意下如何？」

眾將士本來是為增援仙霞關抵禦清軍而來，一路上士氣高昂，此時得知仙霞關已失，對未來何去何從不免心慌意亂，一時之間難有共識，不少人便面面相覷不知如何。

這時有一個滿身血跡的什長發言道：「小的曾德，是守仙霞關的什長，這裡原無小人說話的份兒，只是關破之時，小人力戰殺了三個敵人，終於力竭倒在死人堆中。小人索性裝死逃了一命，卻因此聽到兩個明軍降將的談話，他們之中一個是福州口音，便是此人說待清理仙霞關戰場後，他的部隊就要負責帶路直下福州。這事小的親耳聽到，絕假不了！」

鄭成功大聲喝道：「這位曾德什長之言不差，便在咱們此刻商議大計之時，清兵已經奔向福州了。咱們不能再遲疑，眾將士，請隨我立即班師勤王如何？」

眾將士齊聲答道：「班師勤王！班師勤王！」

聲震松林，甘輝見鄭成功身為統帥，要率軍勤王只須一聲令下即可，而他卻集合什長以上的基層幹部徵求大家意見，此舉在目前風雨飄搖之際，甚有鼓勵士氣、團結力量之效，甘輝不禁暗暗點頭。

夜幕已垂，甫經一場激戰的部隊重整士氣，充滿鬥志地開步朝福州進軍。

成功騎在馬上，回首對什長曾德道：「曾德，你就待在我身邊，當我的親兵吧！」曾德大聲應命。

得得蹄聲中，成功細細回味這一日發生的事，不由暗嘆道：「原來實地戰鬥和紙上談兵竟是如此天壤之別。」

他眼前又浮現那個被他橫劍切斷一半頸項的屍體，半掛在身軀上的人頭，怒睜雙目仰瞪著自己。他不禁打了一個寒噤，暗忖道：「我若留在仙霞關，絕不會棄關而退，或許橫死在關上的就是我自己吧！」

他鼓舞了軍隊的士氣，自己卻有點感到前途茫茫，到了福州，不知將面臨何種局面。

身後甘輝夾馬追上來與他並肩而行，黑暗中他聽到甘輝道：「大將軍是天生的將才，今日這一戰是上天所賜的磨練良機，有此一戰的經驗後，屬下可預見一代良將出世，行將威震大江南北，甘某能跟隨將軍立大功業，是三生之幸也。」

成功聽了悚然而驚，那「天降大任於斯人」的雄心壯志油然恢復，他在鞍上坐直了腰身，對甘輝道：「此去福州是禍是福殊不可料，此家國危急存亡之秋也，成功蒙隆武帝賜姓賜名，此生必不負君恩。甘游擊武略雙全，未來為我股肱，成功必不相負。」

他在馬上伸出右掌，甘輝勒馬與他擊掌。只這一擊，兩人便結下了肝膽相照、生死與共的一生之緣。

成功率部及糧草趕回福州時，清軍尚未圍城，不過一支快速騎軍已達福州城外數十里處。成功入城後卻發現皇宮已空，隆武帝由近臣及宦官帶領兩千御林軍往西逃向江西了。

他急忙趕到平國公府尋找父親，卻不見芝龍蹤跡。府中一片寂靜，童僕個個面無表情，問事一臉茫然。成功匆匆在府中花園遇到了五叔芝豹。

鄭芝豹見到成功，大喜叫道：「成功你來了正好，太好了！五叔正在擔心你去仙霞關的生死安危，你能安返福州不但安我之心，正好來助我一臂之力。」

成功急問道：「五叔，我父去了哪裡？怎麼不見蹤影？」

芝豹面色轉嚴肅，久久沒有回答，成功心中更急，正要再問，芝豹嘆一口氣道：「失蹤了！從昨晚起，我找他商量大事卻遍尋不著，他府中管事的人都不見蹤影，只剩下一群僕人使女，一問三不知……」

「老家人阿臣呢？」

「阿臣倒是在，問他只說老爺自從引入新的執事陳先生，便凡事都只透過陳先生。他這幾日的行程阿臣完全蒙在鼓裡，只知他透過陳先生發號施令，收拾了貴重東西匆匆離府，不知去向。」

「陳先生？……」成功不禁想起那個面生的執事。
芝豹想說什麼又忍住未說，成功問道：「何處跑出來一個陳先生，成了父親的心腹？」
芝豹搖了搖頭道：「成功，你聽過你父有個側室陳氏？」
成功搖頭道：「只見過李氏和黃氏，沒有聽過什麼陳氏？」
「陳氏是你父下堂的側室，聽說這個陳先生是陳氏的阿兄，也算是大哥的妻舅吧……」
成功對父親的妾室不感興趣，便打斷問道：「五叔，皇上逃往江西是好主意嗎？」
芝豹道：「絕對錯誤。我等力勸皇上退到廈門，必要時還可退到海上，如此我鄭家勢力方能保其安全，但一班文官及宦官們力主皇上西走，想來隆武帝本人對退往天涯海角心存恐懼，便決定去江西了……唉，帝命將不保矣！」
成功聽到這裡，急道：「五叔，咱們趕快率軍去江西救駕……」
芝豹搖頭道：「大哥帶著兵符失蹤了，沒有他的虎頭符，你我調不動大軍啊……」
成功想了一會道：「麻煩五叔召集幾位軍頭，讓小侄來個狐假虎威，就以『國姓爺』的身分調動大軍勤王如何？」
芝豹聽了不答話，成功知他在思考此舉是否可行，便靜待他想透徹了再議，哪曉得芝豹想了一陣之後，只長嘆一聲仍不發言。成功忍不住了便再問：「五叔可有什麼爲難之處？」
芝豹道：「那些軍頭是絕不會聽你的。我在軍中聽到的是，大家對你年紀輕輕便任招討大將軍，又欽賜尚方寶劍的事大多不服，你不提『國姓爺』還好，提了只怕更加火上加油……彼等心中若是不情願，只要一句『只認兵符不認人』就將你打回，我瞧這事行不通。」

成功聽了啞然無語。他自從領了軍職，自以爲可以率師禦敵，和清兵眞刀眞槍幹上一場，卻發現還沒有和眞正敵人相搏，便先得克服重重疊疊的障礙，這些障礙全是來自內部，而其中最大的「內患」竟是自己的父親。

於是他也長嘆一聲。

芝豹在花園裡就一塊巨石坐下，揀一段樹技在地上勾劃了一個簡單的地圖，然後道：「擺在咱們面前有三條路：第一條是盡快尋到你爹的下落，發兵勤王；第二條咱們率領能夠調動的有限兵力追向江西去勤王；第三條是你帶著手下四百精兵，五叔我帶著忠於我的八百子弟兵，火速趕回南平找你四叔，盡快與咱們在廈門、金門的船艦水師會合，保住咱們的根據地及實力，以圖後續發展。」

成功自忖第一條路行不通，父親既然刻意「失蹤」了，豈是一時能尋到他？第二條路，以如此有限兵力勤王，多半是杯水車薪、徒勞無功，看來只好走第三條路了。

成功最重諾，他曾在隆武帝面前誓言保衛君國，這時要他放棄援救隆武，心中其實極爲不願。他想了一想道：「五叔所析極是，只是小侄自受賜名接君命之日，此身已許朝廷，何如五叔率軍南返保家，小侄則火速趕往江西援救皇上，不計成敗，死而後已！」

芝豹和成功相處時間雖然不多，但深知這個侄兒有一股寧折不屈的拗勁，對隆武帝的知遇之恩更是生死以之，此刻要率四百壯士赴江西勤王，便如螳臂擋車、以卵擊石。

但他知勸說無效，不如緩之，便回道：「賢侄之志吾甚明瞭，然最實際而能發揮力量者，仍以取得兵符調動大軍赴援爲上，何妨我等以三日爲限尋找你爹下落，三日不得，則賢侄你報國，我保家，咱們叔侄分道揚鑣。」

說到這份上，成功也覺不得不如此，便點頭道：「好！三日尋父不得，咱叔侄忠孝兩端各得其一。」

成功發動全軍城內城外搜尋打探芝龍的消息，然而芝龍蹤跡杳如黃鶴，尋找的努力如石沉大海。

就在第三日戌亥相交之時，一陣馬蹄疾奔之聲打破夜之沉寂，一匹六百里驛馬氣嘘嘘地奔到平國公府，驛卒憑著手中緊急令牌，也不須通報便直奔大廳。廳中澄濟伯鄭芝豹和招討大將軍鄭成功正在就各方打探的訊息做最後確認。

驛卒單膝跪地，面色蒼白地報道：「汀州急報，隆武帝已於二日前殉國！」

芝豹、成功大驚而起，連忙扶起驛卒賜坐，命人送上熱茶。驛卒牛飲而盡，以手揮拭滿面汗水，又累又激動，一時難以開口說話。

芝豹道：「你歇口氣再說，皇帝如何死在汀州……」

驛卒回過氣來，大聲道：「皇帝一行到了汀州閩贛邊界上，歇下來暫以官署爲行宮。當時汀州城外並無敵軍，不料只一日，守城奸賊大開麗春門引清軍及叛軍的騎兵長驅直入，騎兵在汀州城中燒殺搶掠，福清伯及王總兵戰死，皇上中箭而亡。小人在兵慌馬亂之間，牽了驛站最後一匹馬，日夜不停趕來向平國公報信……」

這驛卒的忠誠盡責讓芝豹深為感動，他點頭道：「平國公失蹤有日，我乃澄濟伯鄭芝豹，你冒死趕來送信，忠義可感，請教貴姓大名？」

驛卒道：「小人何飛，閩侯人，原在平國公麾下佔個什長的缺，後因小人騎術佳，便被派在閩贛一路的驛站幹活。小人雖不願離家，奈何家人生計不易，幹驛卒每月多得幾分銀子，也就幹下來了。」

成功道：「何飛你盡忠職守，羞死那些降敵叛國的大官。我這裡一條金帶，總也能換十幾兩白銀，你拿去買它三畝水田，不誤農時，夠你一家人生計了。」

說著便從身上解下一條金帶，看上去總有一、二兩重。驛卒何飛不敢相信有這等好運，他接過金帶時雙手顫抖，感謝的話都說不出口，只是跪下磕頭。

成功滿心感觸，他是看朝廷已散，福州城即將陷入暴力殺戮，這個忠心耿耿的驛卒很快便要失去差事，甚至失去性命，不如帶這條金帶回到農村去過日子。想到朝廷裡的大官國難當頭依然朱門酒肉、夜夜笙簫，不知亡國之將至，他也不願多說，只揮手教何飛收下暫退。何飛卻跪下磕頭道：「我別無去處，將軍若肯收留我，我便跟隨將軍作個馬前卒。」

成功聽他自言騎術佳，便點頭道：「你就在我身邊當個親兵吧。」

芝豹道：「皇上已殉國，芝龍大哥八成已經降清，咱們留在福州已無意義。明日一早便拔營南歸，你四叔正在廈門與金門集合戰船，咱們如果陸上待不住了，便回到海上去吧……」

成功心中對隆武帝之生死總存有一線希望，他打斷芝豹問道：「這何飛忠誠固然可敬，卻不知道他的消息是否絕對可靠？有什麼最快辦法就隆武帝的生死作一確認就好了。」

芝豹不答。他拿出一張地圖來，開始規劃南下的路線，先行部隊沿途設聯絡地點，後行糧草如何接駁，押陣部隊如何交班……成功陪他一同定策，不覺已到深夜。

忽然又是一陣疾蹄聲打破寂靜，守夜兵帶著一人進來稟報：「鄭都督要見澄濟伯及招討大將軍。」

成功抬眼看時，只見來人高大英俊，正是四叔的愛子鄭肇基，也曾得隆武帝賜姓朱的「小國姓爺」。

鄭肇基面色凝重，行禮畢對兩人報告：「我父料到大伯父早存異心，他護送奶奶等女眷南返之夕，曾要我祕密與吏部蘇侍郎聯繫。父親說，六部文官中唯蘇侍郎與他交好且特有忠義之心，於是隆武帝率諸臣出走時，蘇侍郎與我私下約定，皇帝一路上如有重大事故，必遣快馬遞密件與我。適才收到蘇侍郎的親筆草函，隆武帝殉國了！」

他說到這裡流下淚來，同時從懷中掏出一塊白布，鋪在桌上，只見布上一行字：

辛丑五更賊侵官舍，帝中箭身亡，周福清王總兵力戰捐軀。

字跡潦草，筆走龍蛇。

成功默吟兩遍道：「辛丑五更，那是兩日前……」

芝豹道：「周福清乃福清伯周之藩，王總兵乃王涼武，皆忠義之士也。」

他倆對望一眼，侍郎蘇觀生的密函和三個時辰前驛卒何飛送到的消息完全吻合。到此時隆武帝之死恐無疑念了。

成功見肇基流淚，想到堂兄弟倆前後蒙隆武帝賜姓，其間只隔一日，實爲罕見之聖眷，不過一年多時間，隆武帝竟在出亡中爲賊所襲，驟然崩殂，思之傷心。但他不願與肇基作楚囚相對，便強忍住熱淚，握住肇基的手道：「可恨啊，滿朝文武竟無人能勸阻皇上西行，皇上若是聽了五叔的話，南下依我水師，焉至於此？」

芝豹聽了暗忖道：「成功說這話便是一廂情願，不懂朝廷諸公的心思了。試想隆武朝廷首輔何吾騶、戶部蔣德璟、禮部朱繼祚諸人個個一時俊彥，哪會不知西行的危險？但這些人畏懼大哥及鄭家勢力之心尤勝西行之危，這才寧願西行也不肯南下！」

鄭肇基拭乾淚水，衝著成功道：「若論可恨，成功哥，我更覺不解的是大伯去了哪裡？如有他出面相勸，隆武帝身邊那些文人也不敢相違，皇上必不至被誤導向西出走！」

肇基一語直指成功的痛處，他搖頭無語。芝豹代爲回答道：「咱們尋他尋了整整三日，迄今沒有消息。沒有他的虎頭兵符，調不動大軍。」

鄭肇基忽然拍腿道：「如今隆武帝既已殉國，情形就不同了。明日五叔和我們三人召集各軍頭，宣布皇帝死訊，隆武朝廷已亡，他們願隨咱們南下的就即日啓程移師廈門，若是不願的就各奔前程，五叔您說可好？」

芝豹尚在考慮，成功忖道：「五叔自有其人望，肇基代表四叔，我代表父親，咱們三人一同出面，在隆武朝廷已散的情形下，各軍頭中多半會有人願意加入咱們，肇基此言大有道理……」

正要表示贊成，芝豹已回道：「有理。先帝既已駕崩，平國公行蹤不明，福州城裡六軍無主，各軍未必願意留在此地等待清軍來圍城。我三人如能說動三千精兵相隨，加上大批糧草，確實可以爲我閩南基地大大增加實力，明日一早就幹，成功你以爲如何？」

成功道：「一切唯五叔馬首是瞻。」

一張面孔忽然閃過他的腦海，他問道：「五叔、肇基，那個施琅去了哪裡？」

兩人對望一眼搖頭表示不知，芝豹道：「他曾隨黃尚書道周率軍出關，後又折回，此後我就未曾見到他。」

施琅哪裡也沒去，他就待在平國公鄭芝龍的祕密藏身處，一個典型閩南式的三合院，建在閩江北鼓嶺山下的大杉林深處的山坡上，從正廳後院能看到所有森林的小道，有人走近時必先被發現。

施琅在右廂房中據桌飲酒。他對面坐著一個披髮漢子，那人神情略見滄桑，但仍看得出面容俊美。他穿著打扮奇特，前額薙髮，但和滿人不同，倒像是個東洋浪人。

施琅喝了三杯悶酒，不邀飲也不敬酒，那漢子卻陪了三杯，二人之間並無交談。過了一會施琅又喝了三杯，那漢子又默默陪了三杯，仍然無語。

又過了一會，正廳中傳來高囂的歡笑聲，接著便是猜拳拚酒的呼喝聲，然後有人道：「酒壺見底了，快燙一壺女兒紅來！」施琅一聽便知是鄭芝龍的聲音，另一個聲音也在喝叫：「女兒紅喝夠了，平國公要不試試大興安嶺白酒？一壺不夠，來一罈！」

施琅嘴角露出一絲微笑，開口打破沉默：「兩位大人喝得痛快，哪耐煩喝那溫吞吞的女兒紅，一罈大興安白酒就夠味了。」

他對面的漢子見到一個小廝從正廳推門匆匆走出，顯然是到右側尾間的廚房去拿白酒，便站起身來走到門口，對那小廝叫道：「咱們這邊也要一罈！」

施琅笑道：「三壺紹興酒加一罈大興安白酒，兩位大人今夜可以睡這裡了，可憐林子裡五十位弟兄就得躺樹下過夜啦。」

那漢子聽了似乎覺得很有趣，呵呵笑了起來道：「咱倆也好不到哪裡去，兩位大人若是睡這裡，施將軍以爲咱們還能睡嗎？」

施琅道：「老兄官話講得有模有樣，但我總覺你是個日本人，怎麼從日本跟來做了大清貝勒爺的保鑣？」

那漢子笑道：「哈，我從不隱瞞來自日本，我名叫梅之助，貝勒爺曾於我有恩。大丈夫恩怨分明，我答應保護貝勒，貝勒爺的命便是我的命，誰敢動博洛貝勒，便得先問我這兩把刀答應不答應。」

他說著摸了摸腰上的短刀，施琅的目光卻落在他背上的長刀上。那把刀的刀柄特長，柄尾上有一個雕刻精緻的人頭，銅鈴般的雙目怒睜，張嘴露齒，面目猙獰。

施琅愛兵器，忍不住道：「你背上這把刀的刀柄居然有殺氣，這倒少見，卻不知刀刃如何？能不能拔出來讓我瞧瞧？」

梅之助也不推辭，淡淡笑道：「我這刀尋常不易見著，只因見著的人都見閻王去了。今日咱們同在此地保護兩位大人，算是有緣，我瞧你也覺得特順眼的，便破例讓你瞧瞧也無妨。」

說到這裡，也不見他有何動作，施琅只覺眼前一花，這人手中已多了一柄長刀，竟沒有看出他是如何拔刀。施琅心中一沉，不由得暗起戒心。

梅之助大方地將長刀遞給施琅，要讓施琅瞧個清楚。施琅接過手只看了一眼，便覺那刀上一層冷綠色寒光令他全身熱血爲之一涼，無端便生了一絲懼意。

他勉力叫了一聲：「好刀！」卻不自覺聲音已經有些嘶啞。

他鼓起勇氣握刀上下橫直各舞了半圈，那柄刀竟散發出一種莫名的氣場，對他心理產生說不出的壓力。

他暗忖這是爲啥？忍不住啊了一聲道：「梅之助你這刀有些古怪……」他又舞了半圈，這回忍不住叫了起來：「嘿！你這刀十分地古怪！」他瞪著刀身，不知是不是已有幾分酒意，竟然感到心移魂飛，甚至有些暈眩。

梅之助一伸手，長刀已回到他手中，他面無表情地道：「我這把刀當然古怪了，它在日本有個名字，叫『妖刀』。見著它還能活著的，施將軍你是少數中的少數！」

施琅素來喜歡兵器，卻從沒見過這種一出鞘就令他心生懼意的刀劍，但是他卻聽過東瀛妖刀的傳說，於是脫口叫道：「村正妖刀！」

梅之助望了他一眼，淡定地道：「村正乃是敝人家族之名！」

「酒來了！」

那個小廝先送酒到正廳，回路才送酒到廂房來。梅之助接過來拍開泥封，一股純正的酒香立刻充滿房間。他遞給施琅道：「要喝這麼好的高粱酒須得到中國東北，日本是沒有這麼好的烈酒。」

施琅擁罈喝了一大口，喉中就如一道火燒下去，叫聲好，心中暗道難怪叫作「燒刀子」，口中道：「咱家鄉泉州也沒有這等好酒，梅之助你多喝些！」

桌上還有一大盤鹹花生，施琅將就著一把花生一口酒，喝了三口，施琅忽然覺得眼花頭暈，幾乎就要醉倒在地。他吃了一驚，暗道：「這酒厲害得有些古怪，通常喝高粱酒我也有半罈的量，怎麼才三大口便有點撐不住了……」

耳邊卻聽到正廳中還在鬧酒，不時傳出「折箭爲盟……」、「閩粵總督……」、「永不相負……」的豪語，尤其最後「永不相負」一句聲震屋瓦。

這時從三合院正門忽然湧進二十來個清軍官兵，直向著右廂房跑來。施琅迅速跳起，站在門口大喝一聲：「平國公和貝勒爺在裡面談大事，嚴命不准任何人前來打擾，汝等快快退下！」

那批清軍爲首的是個赤面矮子，他完全不理會施琅，卻對梅之助行禮道：「大人，樹林裡的鄭軍都癱下了，貝勒爺已經發出『永不相負』的信號，咱們就要進去帶人上路了！」

施琅聽了大驚，唰的一下拔出腰刀，厲聲喝道：「帶什麼人上路？爾等立刻退出，休要惹得我……」

那矮子人雖矮，聲音卻極爲洪亮，他衝著施琅吼道：「惹你又怎的？」唰的也拔出腰刀，對著施琅空揮一式示威。

施琅自恃手中是柄削鐵如泥的寶刀，他舉刀猛然一撩，噹的一聲，竟將清兵矮將手上腰刀削成兩截。

然而就在這時，梅之助出手了，他長刀一揮，施琅的刀被架起，刀身竟然崩了一個小缺口。他大叫一聲，持刀猛攻，其速如風，威勢驚人。

梅之助連揮三刀，噹噹噹一連三聲，施琅手中寶刀又崩了一個缺口。

這把刀是施琅傳家之寶，想不到竟在梅之助三刀之下崩壞連連。雙刀相交時，施琅只覺對方長刀上發出淡綠色的光芒，還有一種說不出的神祕刀氣伴同而生，不知是不是受了這股神祕刀氣所影響，還是方才喝的大興安嶺白酒有問題，他忽然感到強烈的暈眩，喃喃叫了兩聲：「妖刀，妖刀……」

接著他兩腳發軟，委頓倒地不省人事。

施琅清醒過來時，發現自己躺臥在一輛馬車上。由於馬行極快，雖是驛道上仍然顛簸得厲害，施琅挑開兩邊窗簾布向外看，只見馬車被大隊騎兵兩側夾著往前疾奔。

他回想暈過去之前發生的事。他的責任是率五十名衛士護衛平國公。平國公在那個隱祕的三合院正廳中和大清博洛貝勒密會，他和那個東瀛來的武士在右廂房裡擔任兩位大人的近身侍衛，他帶來的五十名弟兄就駐紮在外邊杉林裡……

頭腦漸漸清明，他終於啊了一聲道：「那大興安嶺白酒有鬼……」

他肯定自己著了清軍的道兒。「平國公呢？這馬車奔往哪裡去呢？」

於是他再次掀開右邊窗遮布向外察看。

除騎兵外，他看到一棵接一棵的柳樹，感覺似乎是植種在一條長堤上，而這條驛道是沿著長堤左側而築。

什麼河堤？大運河！

「難道已經過了杭州？離福州有一千多里啊！我至少昏睡了兩天！平國公呢？他們將他怎麼了？」

這時馬車忽然漸慢，車夫一聲吆喝，終於停了下來。

車門前簾掀起，一個清軍探頭進來瞧了一會，然後退出大聲喊道：「施將軍還沒醒過來呢，他媽個巴子，也不知還有氣沒氣！」

另一人接口道：「都說這個南蠻子十分了得，哪曉得三口大興安燒刀子就醒不過來了，眞他媽了個巴子銀樣蠟槍頭。」

「您甭說嘴，他喝的那罈被廚子老孫加了雙份迷魂散，一時哪醒得了？不信你試試，說不準三大口便見祖宗了。」

「也不曉得那個平國公醒了沒有？」

「他那罈大興安白酒只加了半份迷魂散，此刻肯定醒了，不然咱貝勒爺還陪他乘船睡到北京啊？」

「那也是，這個施將軍是豫親王爺要的人，咱們送他到前頭杭州將軍府，就算繳差了。將軍府自有人護送他去金陵。」

「豫親王多鐸率軍南下破揚州、金陵，所向無敵，不懂要這個破南蠻有啥用途？一路上讓咱們捧在手心中似的！」

「您這就不懂了，這個施將軍最善水戰，咱們遼東下來的部隊只善馬步戰，卻不懂得水戰。我猜豫親王多半要賞這施琅一官半職，讓他幫咱們練水師。」

「是啊，你他媽個巴子懂得還眞不少，服了您。」

「前頭林子裡歇一把，讓伙事兵弄點熱食來充飢，另外也試試看能不能把這姓施的給弄醒。咱們總不好把個死屍似的施將軍交給杭州將軍府吧？」

馬車裡佯裝昏睡的施琅把兩人的對話聽眞了，暗忖道：「這回平國公著了博洛的道兒，他已被押著走水路送北京了，我想要跟他也辦不到。要是眞如外頭那個軍官所言，我將被送到金陵去幫清軍練水師，多鐸的目的肯定是要用我訓練的水師來對付咱們的海上兵力，我豈能做這叛逆的傻事？」

他開始在腦中思量這「背叛」兩字該是如何解釋。

「平國公降清是背叛了明朝，也背叛了他一手擁立的隆武帝。他的目的除了自己高官厚祿，也許也有保全鄭氏家族勢力的想法。我自己跟著平國公降清，除了高官厚祿，也是報答他的知遇提攜之恩。鄭芝龍，叛國家又叛君恩；我施琅叛國家卻不叛主恩，算起來，施琅比鄭芝龍還高一著棋……但我若真去金陵替多鐸練水軍攻打鄭氏船隊，那我施琅便和鄭芝龍沒兩樣了。」

想到這裡，施琅已經有了計較，他暗忖道：「只要到了杭州將軍府，趁他們交接時，我逮個機會便逃跑。我要回閩南去找鄭成功，這人肯定不會降清，他此刻多半已回到南安老家。」

他想到和成功在一起的一段「革命感情」，心中有些熱烘烘。他又想到：「清軍不善水戰，沒有我施琅，多鐸在海上甭想打得過咱們鄭氏船隊。」但對大清多鐸王爺如此看重自己，又覺得有些得意。

鄭芝龍談降清的條件之一，便是封他為閩粵兩省總督，清軍在這兩省不繼續南攻。結果他大意失荊州，竟讓博洛灌醉了擄上北京，清軍自然也不會守信而停止南攻。

事實上，鄭芝豹和兩個國姓侄兒，成功及肇基，率領了四千大軍返回家鄉時，家鄉已經生了大變。

清軍攻入福州城前，五叔芝豹召集各軍頭，他和成功及肇基對六千明軍的將領宣布了隆武帝身亡、平國公鄭芝龍失蹤的消息，痛陳國破家亡之恨，最後說到鄭氏家族在閩南的基地以及海上堅強的實力，要求有志之士加入這一支最後的抗清勁旅。

六千大軍中願意加入的約佔一半，加上鄭氏三位首領原有的親兵，共得四千人及大批糧草，浩浩蕩蕩向泉漳出發。殊不知此時清軍早已背信，先一步攻到泉州，博洛的大軍更已掃過南安。

博洛本人曾答應芝龍，即使兵荒馬亂，清軍對鄭氏家人一定保其安全。但是隨著博洛背信擄芝龍北上，他的部下哪裡還會管誰是鄭氏家族的族人？所到之處，燒殺姦淫，殘暴之極。

成功率軍趕到晉江時，沿途所見都是清兵燒殺過的村落。他心急如焚，親率數十親兵快馬奔向家人居住的安平鎮，在鎮外碰見一群逃離安平的難民。其中有人認出成功，便上前哭訴：清軍經過安平，燒毀房舍過半，鎮上錢財被一劫而空，大夥活不下去只好流亡他鄉求生。

問起成功家人，得知已經早一日離鎮，鄭家派有船艦駛進石井河，將老太太及一家老小數十人接上船出海而去，不知所蹤。

成功聽了心中稍安，但縱馬入鎮一看，一股熱血直湧胸口，只見四處都是燒剩下的半屋殘壁，路有死屍，樹上還掛著上吊的婦女。

他急忙找到故居，一幢前後三進的宅子被燒得只剩最裡面一進尚有完瓦。他下馬直奔母親居處，一進門，見那景象便如五雷轟頂。成功慘叫一聲，跌跪在地上。

只見矮榻之上母親田川氏盤膝而坐，垂首長髮覆面，榻榻米上一個劍鞘及一大灘血跡，望之心驚。

成功膝行上前細看，只見母親白衣上緊繫黑色的寬帶，腹部開膛破肚，雙手緊握的一柄短劍猶自插在腹中，鮮血和肚腸從傷口流出，看上去死了已有一些時間。

成功傷心至極，心中一片空白。他淚流滿面卻哭不出聲音，只默默跪在母親遺體之前一動也不動，像是也成了一具殭屍。

親兵們隨後趕到，從窗外瞧到這情況，沒有人敢進屋驚擾，大夥不約而同退到迴廊外守護著，一聲不響。

成功跪在地上宛如一座石雕跪像，他心中從一片空白漸漸出現千百種往事舊情，洶湧如濤，萬般思緒圍繞著一個核心問題：「四叔派船艦來接走了所有的家屬親人，為何只母親一人留下坐榻切腹自殺？為什麼？除非是她自己不肯走！為什麼？」

慢慢地想，一點一點抽絲剝繭，他終於自覺了解母親為什麼不走，為什麼要用切腹來了結自己的生命……

田川氏新婚後不久芝龍逃亡，她就成了單親媽媽。好不容易撫養兒子到七歲，兒子又被帶到千萬里外的異國，而後蓬飛隨風萬里，尋郎中國卻受到冷落。這期間思鄉、念子、憶昔，使她的日子過得十分寂寞少歡。丈夫和兒子雖然顯達，但聰明的她，即使足不出戶也已了解到他們父子對國事的不同看法，在她一塵不染的心中，清楚知道丈夫芝龍必降敵而兒子成功將一死報國。就是最後這一點，使她在別無依靠的異國感到沒有任何希望和幻想，即將到來的是兵荒馬亂和燒殺淫擄，她再無求生的欲望。

她是武士之女，就用武士的方式結束了自己的生命……

思及此，成功滿胸椎心刻骨的痛，已經欲哭無淚。他輕爬上前，撥開母親覆面的長髮，蒼白全無血色的面孔上黛眉紅唇，顯然死前刻意畫了妝，在兒子的眼中仍是那麼美麗。令他吃驚的是，母親的臉上竟然是出奇地平和，絲毫看不出切腹待死時的劇烈痛苦！母親的勇敢，更勝男子武士十倍！

成功心中升起一種對神明崇拜般的情愫，他雙手合十，默默祝道：「母親大人在上：愛世無欺，天地不仁。心無可企，唯死得眞。菩薩東去，歸武士魂。」

他一連唸了十遍，心情漸漸平靜下來。這才發現，插在田川氏腹部的那柄短劍，露在外面的半截竟然泛出淡淡的紫光。他上前輕輕將短劍拔出，傷口已乾涸並無大量鮮血冒出，他低頭看那劍尖，紫光似乎更盛，正是母親從平戶帶來、外公聚畢生功力鑄成的那柄號稱天下第一的短劍，想不到母親就用它來結束了自己的生命。

「母親用外公傳給她的寶劍，用她生父傳給她的武士道，了結了自己！切腹待死時，她心中想的是他們吧。充滿她整個身軀和靈魂的該是他們之間的愛，還有生命的尊嚴，竟然全然忘了世上的苦和身上的痛。母親啊，您有情有悟，自在死生，已成菩薩。」

成功卻不知道，母親臨死前全心全意想的只有一個人，便是她的愛兒福松。她的靈魂已經出竅，短劍插在腹中，卻感覺不到劇痛，因爲她已回到了平戶的老家，在那美麗的沙灘上，她看到了一顆漂亮的貝殼……

她的生命回到了西元一六二四年七月。

她大腹便便，步履有點蹣跚，想到去年就在這片沙灘上答應了丈夫的求婚，婚後兩人鶼鰈情深、如膠似漆的日子不知羨煞多少人。他們整日膩在一起，很快她就有了身孕。

她習慣性地一面散步，一面低首尋找漂亮的螺貝。忽然她腳尖踢起一個紫色大貝殼，顏色極爲奪目。她停步蹲下身去拾撿，這一蹲，忽然感到肚痛，她吃了一驚，暗叫一聲不妙，難道就要分娩？

她趕緊站起身來，也顧不得紫貝殼了，拔腿就要往家裡走，不料走了沒幾步，天邊傳來雷聲，烏雲四合，竟突然下起雨來。

「糟了，這裡無處可避雨，沙岸前後也不見人影，若是此刻就要分娩，那便如何是好？」

她環顧四方無援，也無遮風避雨之處，腹痛陣陣，愈來愈劇烈，她心中琢磨：「此時趕回家是來不及了，總要找個有掩蔽的地方……」

轉目一看，大雨中有一塊巨石底下似有半席乾地。她再無選擇，便踉蹌躲到這塊巨石下，肚痛難忍，周遭無人，她終於放肆喊痛，大叫出聲來。

阿松用盡了全身的力氣，巨大的疼痛到了頂點，接著便聽到發自裳下的嬰兒啼聲，那劇痛瞬間化爲了一種幸福，她知道自己已是一個驕傲的母親了。不知道從何處生出一股新的力氣，掙扎著抱起滿身是血的嬰兒，用上衣緊緊地包裹著，一時也顧不了臍帶猶在，只盡可能讓小嬰兒不要淋到雨。慌亂之中她也看到了，是個男嬰。

她緊緊抱著嬰兒，斜躺在巨石下，嬰兒在哭叫，此刻最奇怪的是，她竟沒有在想如何趕快脫離這個困境，腦海中反而盡是孩子的爸，他們一同倘佯在沙灘上，耳邊是芝龍的甜言蜜語……還有他必須暫回中國時，與懷了孩子的妻子殷殷話別的情景……

「芝龍，我們的孩兒是個男孩呢。」

這時沙灘上不遠處傳來繼父的呼喊聲：「阿松！阿松，妳在哪裡？」

漸漸地，她什麼都聽不見了……

成功無法眞正理解，母親在彌留時身體的疼痛已昇華爲產子時的幸福。這時他看到母親寶相莊嚴，身後榻榻米上放有三物：一件雪白的絲袍、一籃絲巾絲帶、一桶清水。

成功忽有所悟，便跪在矮榻上，用絲布和清水將母親肚腸洗淨放回腹中，再用絲帶緊緊纏綁，最後，爲母親換上潔白的長袍。

抱著母親的身軀時，他感念到母親切腹前心智的清明。她似乎預知愛兒將趕來爲她的遺體做最後的處理，事先備下了必需的清水和用具，這一切著實顯得不可思議。想到這裡，成功終於崩潰，他放聲大哭在地，哭得有如一個孩子。

隨行而來的親兵在迴廊聽到哭聲，從窗外見到遺體已經處理乾淨，這才敢進入室內，一面扶起成功，一面對著田川氏的遺體行禮。

那個騎術佳的親兵何飛跟了成功，頗得信任，他初爲將軍的親兵，有些規矩也不太懂，見將軍有些神不守舍，便大膽上前悄聲道：「來這裡時見到林子後面有間廟，兩個和尙在井邊打水洗衣，咱們是不是將老夫人的遺體送去那廟裡，央那廟祝和尙誦一場經，就在您故里安葬了吧？」

成功點了點頭，暗中對自己說：「母親不願爲清軍所辱，用最剛烈的方式保全了清白，孩兒永記母親的節烈，絕不做背叛國家、有辱家門的事！」

葬了母親，成功率親兵到了十五里外的晉江，策馬直奔城東的孔廟。他披戴著青衫儒巾，恭敬地祭拜了至聖先師，然後換下儒服儒巾，放在一個銅盒中點火焚燒起來。想到父叛母死，他眼淚長流，口中祝道：「昔爲孺子，今爲孤臣，向背去留，各有所用，謹謝儒服，惟先師昭鑒。」

望著盆中青衫儒巾俱化爲灰燼，他再拜別孔子牌位，換上軍裝，上馬揚鞭而去。

他的親兵何飛發現將軍腰上的配劍換了，不再是隆武帝所賜的尙方寶劍，而是那柄從他母親腹中拔出的短劍。

第十一章 毒術

村正梅之助辭別貝勒爺時良宵未央，他策馬來到海濱這個小島時已經日上三竿。

梅之助這一次依約帶了兩個受過軍事訓練的伊賀忍者，來到博洛貝勒的大本營供其驅使，主要是基於他為伊賀流忍者開拓前途的實際需求。

貝勒爺賜了這兩位忍者每人二百兩銀子，忍者們興高采烈，至於貝勒爺賜給梅之助本人的金子，他原封未動退回。他對貝勒爺說：「替貝勒爺辦事乃是報答救命之恩，兩位忍者來此地是為賺打工錢，不可混為一談。」

說得很漂亮，其實他雖是忍者領袖人物，卻過於注重現實利益交換，少了一諾千金的游俠風範。

貝勒爺大為激賞，親自陪他喝上等遼東白酒，吃燒野豬、扒熊掌、烤仔鹿、漬菜白肉火鍋。他答應貝勒，這兩個忍者如果好用，下次會送個高手來專為貝勒訓練一支隊伍。他心中真正的打算是：「忍者」的軍事價值在東瀛日漸沒落之際，他要為忍者在中國的戰場中找到新的出路。為此，他央求貝勒爺給他打了一張字條，給了一個玉雕的老鷹作為信物。

這條路線走過兩次，他策馬來到海邊的小島上待船。有一艘運藥材的大船來往於中國、朝鮮、日本之間，他識得船主，對他特別優待，准許他連人帶馬一道上船。

小島上原甚荒涼，只有船來的時節，會有一些小生意人賣些現成的酒食供船工吃喝。近年來，中、朝、日三邊的貿易逐漸興旺，來往的船隻多了，不久前小島上竟然出現了一間小小茶館兼營客棧，可供來往商客泡茶、吃果子，也有幾間小房間，候船的客人可以過夜。

茶館的老闆是個日本人，會說漢語，朝鮮語也能應付幾句，很適合打外場，而眞正幹活的是一個身材矮小的中年漢子，這人泡得一手好茶，看上去雖有些瘦弱，但幹起活來十分得力，客人的行李百十來斤的，他隻手就能搞定，眞不知一身氣力從哪裡來。

梅之助牽馬來到茶館前，他將愛馬綁在木欄上，聽到老闆與客人在閒聊，便衝著店老闆抱拳道：「聽老闆日本話說得道地，敢情是來自京都一帶？」

那老闆鞠躬行禮道：「客官好耳力，小人伊賀國人。客官也是來自日本？」

梅之助哈哈笑道：「我乃伊勢人氏，想不到今日在他國遇到同鄉人了，幸會幸會。」

那老闆也高興地笑道：「有緣有緣，客官請上座，待小人奉茶。」

梅之助啜了一口綠茶，忍不住對著櫃檯後面沏茶的師傅叫好：「師傅，你這是正宗京都茶道沏出的好茶，想不到在這天涯海角得賞故鄉茶道，實乃人世之樂事也。」

他出口文雅，老闆居然也對答如流，回道：「小人店裡這位師傅的茶道，乃是跟伊勢神宮外的天照寺和尙學來的，雖是學藝未臻上乘，客官卻一啜而知，眞是知茶達人也。」

這時茶館布簾掀開處，一個滿面風霜的客人走了進來，這人看上去六旬出頭，但他一跨入屋裡，就像是帶了一身的肅殺寒氣進來。梅之助臉上的笑容立刻僵凍，就連茶館老闆都立時感受到一股冷峻的氣氛，小小一個茶室中，竟有山雨欲來風滿樓的勢頭。

那人自顧自地拉一張木椅，金刀大馬地坐了下來。他一言不發，不慌不忙地打量了四周一眼，將背上的背包解下放在茶桌上，清了清喉嚨道：「店家，上茶。」說的是漢語。

老闆十分機靈地也以漢語應道：「來了。」

他從櫃檯後面端出一壺茶，巴結地道：「這是師傅先前沏好的中華熟茶，茶客如不嫌棄就先試一碗，若是不喜，小人請師傅再沏新茶。」

來人倒了一碗，一口牛飲而盡，讚道：「就這茶，好解渴。」看來不像是個懂得品茶的人，他接著連喝兩碗，這才冷冷地道：「梅之助，我終於找到你了。」

梅之助淡定地應道：「翁翌皇，我等你來尋已等了好久，還以為你死了，原來故人無恙，可喜可喜。」只是他的聲音中聽不出一絲的喜意。

茶老闆回到櫃檯，櫃檯後的師傅聽了梅之助的話，眼睛抬起多看了那滿臉風塵的中年客人一眼，然後提起一個瓦壺，揭蓋試了試壺中水溫，將壺放回小火爐上，好整以暇地拿把蒲扇搧火加熱，只一會兒，瓦壺就冒出蒸汽，他從斗櫃上拿了一隻茶罐，小心翼翼地沏新茶。

翁翌皇冷冷地道：「你可以到平戶官府去打聽，翁翌皇確是死了，我乃是翁翌皇的鬼魂。你忘恩負義偷了翁鐵匠的煉劍祕笈，他便是作鬼也要來向你討回，你乖乖交出來吧。」

茶屋內的氣氛立時緊張起來，兩個喝茶的閒客悄悄離去，屋裡客人就剩下翁、梅二人。

梅之助聞言了無恐慌之色，鎮定地道：「翁桑老糊塗了，你自丟了東西，爲何問我要？我可沒有去過平戶，怎麼可能偷你的什麼祕笈？笑死人了！」

他話鋒一轉，繼續道：「我雖未去平戶，也知道翁翌皇殺死了鄰居吉野雄，你偷天換日拿吉野的屍體冒充，想要我相信翁翌皇已死，疏了防範好方便你來偷襲於我。哈哈，這等鬼伎倆如何瞞得過我？你也不想想我梅之助是什麼人？伊賀流忍者的宗主又是誰？」

正在忙著沏茶的茶師傅聽了這番對話，仔細又看了梅之助一眼，眼中流露出異樣的神色，臉上卻沒有絲毫表情。只見他手法靈活地把新茶泡好，兩個小壺放在一個茶盤上，老闆端出來對兩位客人行禮道：「客官，請試喝小店用神宮御茶道泡出來的香茶，這是本茶館專爲長時在海上討生活的朋友所調製的，喝了可以去除海上受到的風濕。」

翁翌皇啜了一口，果然滿口異香，他並不懂茶，只覺喝得順口便讚道：「老闆這茶好香。」

梅之助也對老闆稱謝道：「眞想不到這個小島上竟有這樣的茶道高手，這種茶賣給討海人恐怕很受歡迎。」

老闆道：「不瞞客官說，這茶解渴生津又去海風濕氣，跑船的朋友都喜愛，好多船上的老闆想要我賣些焙製好的茶葉給他們帶上船，我說這茶要用師傅的祕方烹製得法才有效用，便只賣茶水不賣茶葉。」

說罷又回到櫃檯後，幫忙燒水，看來師傅又在烹煮第三種新茶。

翁翌皇喝了兩小碗，轉過身來對著梅之助道：「當年和你兩次對決，都敵不過你祖傳的妖刀，前年我終於參破天機，將中土與東瀛煉劍的至高祕技融合爲一，煉成了兩柄寶劍，劍成之時，午夜兩道紫光直衝斗牛。你派吉野的女兒來盜我煉劍祕笈，我那祕笈上雖記有大要，但眞正精微之處全用我翁家獨有之暗語記載，你偷去看不懂亦無大用。我瞧你今日還是歸還於我吧……」

梅之助怒目橫視，冷笑道：「你中土那一點煉劍祕技不値分文，前後兩次對決，你號稱中土第一煉劍師搞出來的寶貝，碰上我的村正刀就如摧枯拉朽一般不堪一擊，我又何必偷你的祕笈？可笑……」

翁翌皇打斷道：「我與你在山東海濱決鬥之時，尚不知你已做了伊賀流忍者的宗主，你派吉野雄作我鄰居我原也不知內情，不料在佐渡島上，吉野桑遭遇新潟上杉流忍者堵擊，是我施以援手救了他，卻因此識破吉野的身分，原來他也是伊賀流忍者。你躲在背後對我偷雞摸狗，沒有一點宗主的模樣，我呸！」

「你說此廢話沒有用的，姓翁的你且直說，今日待要如何？」

翁翌皇冷笑道：「我待要放你走路，無奈手中天劍不答應！」

「哈哈哈，天劍？翁桑你的破銅爛鐵還要再次出醜弄怪嗎？天劍？我也呸！」

翁翌皇並不在意，淡定地道：「上次決鬥後你我雙雙受傷，有一顆紫色赤尾的流星飛過天空，剎時日星隱曜，天昏地暗。那顆流星落在平戶島上，我就取那隕石中的玄鐵，二十多年的功夫終於煉成長短兩把寶劍。鐵從天上來，這兩柄劍我就名之曰『天劍』，正要試試你的『妖刀』！」

這回梅之助收起了嘲弄不屑之言，緩緩站起身來，臉色嚴肅地道：「好、好，『天劍』就來鬥『妖刀』！咱們外邊請。」

翁翌皇也站起身道：「梅之助，當年咱們決鬥後你重傷垂死，是我將全部的療傷聖藥傾囊給了你，那時你說『大恩不言謝』，不料你見利忘義，恩將仇報，今天我要和你算算這筆老帳，一了百了！」

梅之助正要回應，兩人都沒注意到茶老闆已端著茶盤站在屋中央，盤中放了兩碗熱茶，他鞠了一躬道：「兩位客官有什麼過不去的要到小店來解決，何如先飲用了咱們師傅特備的消氣定神花茶，興許就心平氣和，化干戈為玉帛了哩。」

兩人上前，各自拿了一碗茶在手上，互相對望一眼，再看手中的熱茶，淡青色有如雨過天青，聞起來又如雨灑草原，隨著蒸汽飄出淡淡的青草香。梅之助不怕茶燙，吹了兩下，三口將一碗茶喝了。

翁翌皇飲了兩小口，就將茶碗放回盤中，蓋上碗蓋，冷冷地道：「謝謝老闆好意，這半碗花茶你給我留著，待我打敗了這個伊賀忍者，再回來飲用。」

梅之助也不多言，指著門口道：「茶館出門右轉，島東北角是個高地，那裡有一座小山，咱們小山頂上見。」

他在茶盤中丟下一小錠銀子，豪氣地道：「兩人的茶資都在這了。」

他轉身大步走出茶館，解開馬韁，上馬朝右邊東北角的小山馳去。他人在馬上，心中卻在想一件事，方才付茶資時和櫃檯後的茶師傅對了一下目光，發現茶師傅雙目中精光一閃而過，迅即恢復尋常……

「茶師傅的目光亮得出奇啊……」

翁翌皇也大步出門，轉向右方，施展輕功追了上去。他一面疾奔，心中也想著一件事：「那個茶師傅從頭到尾沒見他笑過，也沒見他有其他表情，難道……難道他戴了面具？」

小島東北角的山丘高不過五十仞，但走勢相當險峻，臨大海一邊是峭壁懸崖，策馬上山反而不及施展輕功得力，梅之助和翁翌皇幾乎同時到了山頂。

山頂雖不高，但立於其巔，山風清涼，海空遼闊，立時便覺爽氣，快意油然而生。

梅之助立足山頂的制高石坪上，見到翁翌皇逐步走近，「唰」的一下，那柄名滿東瀛的村正妖刀已握在手。

翁翌皇停下步來。他緩緩從腰間拔出長劍，淡淡紫光乍現。

梅之助雙目牢盯，仔細打量那柄長劍。紫光閃爍裡，劍刃的邊鋒似乎包藏在一片螢光之中而顯得有一些模糊，整個劍身的鋒線都顯得飄忽而不確定。他暗忖：「啊！這就是他所謂的『天劍』！看上去不同凡響啊。」

兩人之前已經對決過兩次，對方的武功及刀法劍法各自都很熟悉。他們凝神貫注對方的每一個小動作，甚至呼吸吐納都不放過，但是兩人都沒有發動攻擊。

兩人聚精會神於對手，都沒有注意到，茶館的沏茶師傅不知何時也到了山頂上。他一聲不響地立在幾棵老松後面。

場中兩人都沒有看見他，否則一定會吃驚，他一個沏茶師傅怎能神不知鬼不覺地如此之快就來到山頂？難道他竟有上乘輕功？

這時手持「天劍」的翁翌皇發動了攻擊的第一招，梅之助躍身避開後，也揮動村正「妖刀」展開搶攻。雙方遞出數招虛實各半，都被對方閃過。

只因兩人對對手的招式太過熟悉，對方才一發動，這邊已經預測到攻擊點而搶先避開，以致刀光劍影之中，實招提前落空，虛招也騙不了敵人。

翁翌皇使到了第三十七招，才從對方招式中看到一個破綻。他逮住機會豈能放過，揮劍由下而上猛攻梅之助的下腹，梅之助急忙易攻為守，手中刀以極快的速度橫斬而下。

梅之助進攻時巧賣隱密性極高的破綻，誘敵攻他預設之處，然後突然急速回刀，在梅之助的實戰經驗中，十之八九的情況是敵人兵器被折毀在他妖刀的砍擊之下，緊接著他便反守為攻，下殺手取敵性命。

但這一回刀劍相擊，相碰點突然冒出一道極為耀眼的白色弧光，兩人都吃了一驚，不約而同倒躍五步之遙，又不約而同地檢視手中兵器。

「妖刀」與「天劍」第一次硬碰硬地交鋒較量，妖刀依舊，天劍無恙。

在刀劍相擊的一瞬間，翁翌皇已經感到手中劍傳回一股紮實而穩定的震動。他心中的忐忑立時安了，那道弧光其實給了天劍更大的威勢，使持劍人多了幾分劍氣如虹的信心。這許多年來，自己手中劍始終不敵村正妖刀，與梅之助對決時，隱隱中總有幾分畏意，如今皇天不負苦心人，手中劍再也不畏懼妖刀之威，他感到無比振奮，同時想到爲此劍所付出的心血，不禁紅了眼眶。

同時間，梅之助卻感受到手中妖刀如同砍到了堅不可摧的金剛岩，手心感受到的衝擊餘波久久不絕，那一道弧光著實嚇了他一跳。

他不由自主地感到一種莫名的戒懼之情，暗忖道：「這回妖刀遇到眞正的敵手了。」他下意識地摸了摸腰上的脇差，這短刀雖無妖刀神奇，鋒利卻不輸妖刀，曾在上次決鬥時以二刀流傷了翁翌皇。方才聽翁翌皇說他有兩柄天劍，一長一短，卻看不出他的短劍帶在身上什麼地方？梅之助默默拔出了腰上脇差。

翁翌皇天劍在手，頭一次不再畏懼妖刀的厲害。他長嘯一聲，攻勢施展開來，只見紫色劍光上下閃爍，宛如一條遊龍點點不離敵人要穴，劍氣縱橫，聲威大振。

梅之助也施展他獨門的飄流風加上二刀流的刀法，毫不閃避地迎戰。一輪互攻下來，天劍與妖刀連續相碰擊了十次，每一次都激出白色弧光，那弧光較之一般刀劍相撞所濺出的火花，強度高出何止十倍，一時之間，在這不知名的山頭上，白色亮光不斷劃過長空，出現了武林中從未見過的奇觀。

這場惡鬥堪稱前無古人，其聲勢之震撼遠非二人前兩次決鬥可相比擬，主要的原因不是二人的武功前無古人，而是武林中從來沒有出現過這一刀一劍之威！

然則天劍與妖刀究竟何者勝出？

震驚的事情發生了，就在兩人交手了五十回合，惡鬥正酣之際，兩人同時慢了下來。梅之助的身形一陣搖晃，忽然大喝一聲：「翁翌皇，你下毒！好不要臉！」

翁翌皇也喝道：「梅之助，你胡說八道！啊……我也中毒……」

然後兩人同時醒悟，梅之助叫道：「是那茶……」

翁翌皇叫道：「茶中有毒……」

兩人同時收兵倒退數步，翁翌皇感覺到胸腹之間疼痛如絞，呼吸開始不順暢，接著眼花耳鳴，意識開始混亂。這毒一旦發作，速度之快、勢頭之猛都十分駭人。

就在他感到搖搖欲墜之際，那梅之助已經倒下，依稀聽到他憤怒地罵了一句「八格野鹿」便無聲息，似已不省人事，只手中妖刀兀自緊握。

這時那茶館的沏茶師傅緩步從松林中走了出來，他先蹲下身來察看梅之助的情況，只見他雙目緊閉，臉上肌肉扭曲，嘴角流出黑血，以手探其鼻息，已經沒有呼吸。堂堂「村正妖刀」的嫡系傳人、伊賀流忍者的宗主，竟然「不明不白」地死在這海天一角的無名小島上。

翁翌皇勉強撐著身體不倒，他努力運氣護住心脈，堅持自己不可放棄，以畢生之修爲與劇毒抗衡，片刻之後他的氣息暫趨穩定，心中暗數一、二、三，猛然鼓起餘力疾奔，飛身躍上梅之助的愛馬，一夾雙腿驅馬向山崗下疾奔。

那茶師傅見狀，拾起地上一個拳大的石頭，向翁翌皇猛擲過去。那石塊疾如流星，挾著破空之聲擊中馬臀，那馬吃痛受驚，蹄下一個打滑踏空，一聲長嘶，竟然連人一齊摔下山崖。

茶師傅一個箭步衝到崖邊，向下看時，只見湛藍的海水在岸邊激起一堆堆白浪，看不到人也看不到馬，一人一馬不知落於何方。

他極目搜索了一會，又默默走回，盯著梅之助的屍體，忽然感到心亂如麻，日頭當頂陽光強烈，他走到松樹蔭中緩緩盤膝坐下。

過了一會，他伸出雙手從臉上扯下一張皮面具，茶師傅的眞面目竟然是個美貌女子。只見她黛眉櫻唇，皮膚白皙，雙目靈光流動、黑白分明，竟然是在平戶島失蹤了多年的吉野慶子。

慶子坐在松下柳眉顰蹙，雙目緊閉，她心中有太多的疑問，這時全都湧了上來，層層衝擊有如崖下的波濤洶湧……

她已不知道自己是誰，連記憶中最早的一件事也是憑藉猜想而來：是兩個男人給自己喝下一碗極辛辣而帶異臭的綠色「青果汁」。之前的記憶一片空白，從此也無法發聲說話。

她的猜測來自醒過來時的第一眼，看到其中一個男人手中拿著的碗，碗中猶有殘留的辛辣綠汁，散發出的刺激異臭和自己口中殘留的餘味完全一樣。

她雖然失去了記憶，卻沒有失掉她的聰明智慧，因爲她仍然能夠推測猜想。

那兩個男人告訴她，她的名字是「櫻子」，他們兩人是她的師父，也是她的主人。她中了壞人的劇毒，靠兩位師父用「青果汁」解毒救了她。

兩個師父是孿生兄弟，生得一模一樣，只知道弟弟的臉上多了一粒紅痣。他們對櫻子百般呵護，白天傳授她各種忍術，晚上便輪流和她同床，教她學習馭男之術帶來的歡悅。她錦衣玉食，唯一必須遵守的天條便是師命絕不可違，使命不可不達。

曾經有一次小小的違失，兩位師父翻臉處罰令她終生難忘。她被鞭笞、罰飢餓、關黑牢，直至奄奄一息，從此櫻子知道這世上絕不能犯的事，便是違背師父。

櫻子雖然忘了她是慶子時的事，但從師父二人之間一些不經意的話語中，她也漸漸摸索到一些事情的輪廓，一些曾經發生過、跟她的生命息息相關的線索。

她偶然會聽到一些人名，像是翁翌皇、村正梅之助、吉野雄、慶子……

師父提到這些名字時，有時會不經意地透出似乎和她有關，但她不敢問……她漸漸從這些人名和有關的隻言片語中拼湊出一些曾經發生過的事件端倪。她開始懷疑……

慶子是誰？吉野的女兒？還是自己之前的名字就叫慶子？

吉野被翁翌皇殺了？

梅之助是翁翌皇敵對的忍者？是伊賀流的宗主？翁翌皇又是什麼流？

師父和自己是屬於上杉流的忍者？師父和伊賀流是世仇？

……

是耶？非耶？有些疑問的答案她永遠不能確知。但是有一件事她漸漸地隱約自知，天資聰明的她，身懷的忍術功夫已經超越她的兩個師父，尤其是幻術和毒術兩門絕學已達極高境界，全東瀛恐怕無出其右者。

即便如此，她仍然唯師父之命是從，因爲師父告訴她，她家人遭壞人所害，全部喪生，是師父救了她的性命，她的命是師父所賜，師父就是她的天。

這一回，師父的密令是跟蹤村正梅之助，弄清楚他在日本及中國遼東之間頻頻往來究竟是在搞什麼？然後找機會設局毒殺他。

她四方打探，終於探出這兩三年梅之助都是以這個小島爲中繼，搭乘運藥材的船往返日本和中國，同時想到師父告訴她梅之助嗜好品茶，於是她就在這小島上開了這間茶館，自己扮作沏茶師傅，耐心等候梅之助上門。

她也從二位師父的對談中體會到，師父要毒殺梅之助還有一個不太光明磊落的原因：他倆覬覦梅之助的妖刀。對這一點，慶子倒也不覺有何不妥。其實她跟著兩個師父，長期受他們的洗腦，耳濡目染之下早已沒有什麼道德觀念，加以幻術、毒術、暴力的訓練，她已不折不扣成爲一個冷酷無情的殺手了。

梅之助本人也是忍者中的高手，慶子布下這個局其實仍有漏洞，他若細加觀察便絕不會著了道兒，卻不料他才一進屋，緊跟著進來一個翁翌皇，場面立刻變得緊繃，他的注意力全落在翁翌皇身上，就沒有注意到這個茶館以及茶師傅的異狀。也許是天意如此，這一筆糾纏不清的陳年老帳，竟要以這樣的方式在這個荒僻的小島上做一了斷。

慶子壓下心中的起伏，長久以來的一些猜測，直到今天所發生的事件中似乎得到了一些證實；其他猜不到的，她永遠不會知道了，除非有解藥能讓她恢復記憶。

她走回梅之助陳屍之處，第一件事便是將妖刀從他手中拿下，歸了鞘，插在自己腰上。然後扯開梅之助的衣襟，搜他身上的什物。她看到梅之助的胸口已經發黑，狀甚可怕。

她暗忖道：「我那三道茶，單獨飲下都是上好茗茶，但如混合下肚，便變成了毒藥，此乃我櫻子獨門毒術中的高招。這梅之助連飲了三種茶，毒發自是難擋；那翁翌皇只喝了兩種，中毒略輕，本想騎馬逃走，可還是逃不出我櫻子之手。」

她從梅之助身上搜出了一封信箋，一個玉雕老鷹頭，還有一些銀兩。另外，梅之助手上還有一柄脇差短刀，慶子雖不慣用短刀，但都收下了。

她展開那信箋，是漢字寫的，慶子勉強讀懂了，臉上第一次露出喜色。

她暗忖道：「原來這是清軍博洛貝勒打的信用書，梅之助要派一位高手去遼東為博洛貝勒訓練一隊懂忍術的軍人，事成後答應付給梅之助一萬兩白銀，這可是一筆好買賣！這塊玉雕老鷹便是派遣者的信物，我且拿著它去博洛貝勒的大營報到，冒充是梅之助派來訓練忍術的高手，到時候賺他一萬兩銀子送給師父，他們可要高興了。」

她想到這裡嘴角流露出一絲微笑，臉上冷酷的煞氣忽然消失無痕，這一瞬間，她恢復了慶子可愛的面容。

她暗笑忖道：「梅之助辛苦做餅，櫻子現成吃餅，我冒充梅之助的人，那個貝勒爺哪裡分得出什麼伊賀流、上杉流的差別？」

山下一片安靜平和，那一代鑄劍高人翁翌皇，當世唯一精通中土和東瀛冶鋼製刀絕學的大師，墜落其間從此消失，再無人見過他，以及那柄紫光沖霄的長劍。

第十二章　叛逃

公元一六四六至一六五〇這四年間，鄭成功率軍轉戰於同安、泉州、漳州、海澄等地，與清軍及降清明將們周旋。清廷屢次命鄭芝龍向他勸降，成功均不爲所動，惟征戰多時，有勝有敗，始終沒有一個堅固的基地，讓鄭成功暗懷憂心。

當年鄭芝龍中了博洛貝勒之計被擄北送，隨從的施琅則被送到杭州，在等候多鐸王爺的召見時，足智多謀的施琅逮住一個機會逃回鄭成功陣營。成功見他大是大非看得明白，十分欣慰。

施琅看出鄭成功的隱憂，於是他趁成功巡視部隊時進言：「金門、廈門隔海相望，最近之處相隔數里耳，原來曾是平國公的海上基地，現爲鄭彩、鄭聯兄弟強佔，彼等在地方上施行暴政，將軍何不發兵將廈門、金門收回，作爲我方海陸之基地？」

成功暗忖這施琅果然有謀略，選擇金廈爲基地正合他的計畫。

於是在施琅的規劃下，那年中秋節的晚上突發奇兵取得了廈門，金門駐軍潰散，也兵不血刃拿了下來。

施琅轉戰各地，立了不少功勞，他個性中高傲而喜衝撞的毛病漸漸顯露，軍方同僚對他頗有怨言，鄭成功都看在眼裡。

這些年來鄭成功爲了建軍抗清，使他逐漸走向治軍嚴厲的路子，在經常必須以寡敵眾、以弱擊強的態勢之下，他的軍隊極爲強調紀律，賞罰分明絕不含糊。而施琅自恃文武雙全，把同僚甚至長官都不怎麼放在眼中，對軍紀也不甚在意，有些事被嫉恨他的人輾轉傳到成功耳裡，雖然還不至於祭出重罰，但負面印象逐漸累積，在兵權上，成功對他便不復當年之信任了。

但是施琅的感受卻又是另一番心情。他反而覺得鄭成功自從獨當一面治軍以來，似乎愈來愈高高在上、自以爲是，也不復當年患難與共、慷慨義氣的味道了。

這一年清軍攻下廣州，桂王永曆帝派人求救，成功決心率軍南下勤王。隨行的施琅對南下頗有微詞，認爲在此危急存亡之時，大軍只要向南開動，虎視眈眈的清軍立刻就會發動對金廈的進攻，我方兵力不夠，顧此則失彼，到時候勤王不成，恐怕連金廈都會失去。

鄭成功也看到潛在的危機，但他的回答很堅定：「吾受先帝隆恩，決意爲國效命。永曆有難須共赴，金廈留有精兵，有芝莞族叔率領固守，萬一眞要有難，也只得到時再說了。」

成功的船隊一路順利南下，沿岸有清軍駐守的城池被他的部隊登岸襲擊，奪得大批糧食，全軍士氣大振。

但就在此時，明朝降將馬得功率領清兵攻打廈門，鄭芝莞竟然不堪一擊，自顧逃命，城破後，鄭成功囤積的大量糧草和金銀被掠奪一空。

已在廣東的成功聞訊，急派鄭鴻逵率一支精兵趕回廈門，要在半途襲擊滿載金銀準備西運的馬得功部眾。鄭軍經過線民打探蒐集得到機密情報，鴻逵依據情報準備趕去的地點十分險扼，馬得功的部隊輜重多、走得慢，被鴻逵先一步趕到，立時利用地勢將馬得功團團包圍。

鴻逵指著馬得功罵道：「馬得功，你昔為我朝總兵，今為清兵鷹犬，你破城掠奪形同匪盜，今日中我之圍，還不快快投降！」

馬得功並不答話，命左右推出一個老婦及兩個年輕婦人，揚鞭道：「鄭鴻逵你看看，你老母及妻妾皆在我手中，你還要不要她們的性命？」

鄭鴻逵一見嚇得魂飛天外，他最敬愛的母親竟然也落在對方手中，這位見事極明、頗有機智的老母親一向是他的精神支柱。這時見她老人家口塞有物苦不能言，不禁慌了手腳，一時不知該如何是好。

馬得功不願多耗時間，唯恐情勢有變，立馬開出條件：「鄭鴻逵，你快收兵讓我等人馬車隊安全通過，我便放了你的老母和妻妾！是否同意，立刻決定！」

鄭鴻逵仍在猶豫，馬得功怒吼道：「大丈夫一言而定，哪耐煩你磨磨蹭蹭的沒出息。你再猶豫不決，我先斬了你老母再與你決一死戰！」

明知馬得功是在詐唬，但他絕不能不顧母親的性命，無可奈何地揮手下令要部眾讓出一個開口。馬得功見機不可失，快馬加鞭率兵士押運輜重突圍，鄭鴻逵快馬上前護住老母妻妾，部眾只能眼睜睜望著敵人揚長而去。

留在廈門城內的清軍在主將擁財離去後，無心戀戰，半日之內就被鄭軍擊敗。鄭軍收復了廈門，但損失大量的糧草及金銀財寶。鄭成功勤王受阻，回城後心痛不已，盛怒之下，引刀自斷頭髮，將未戰而走的族叔鄭芝莞交付軍法，問罪判了斬刑。

至於放走馬得功的四叔，礙於二奶奶的面子沒有問罪，但是不滿之情無從遮掩。施琅對此都看在眼裡。

鄭鴻逵心中難過，一肚子窩囊氣無處發洩，晚餐後便到後院去探望母親。

老太太受了這一番驚嚇，吃了三副安魂定神的湯藥，正在內堂唸心經。鴻逵耐著性子等老人家唸完經，這才上前請安。

二奶奶的眼神帶著憂傷，她深深地望著鴻逵，母子都沒說話。過了好一會，二奶奶道：「鴻逵，我知你受委屈了，你要體諒成功他身為主帥，軍前無父子，芝莞失城犯了天條，那也是沒法挽救的……」

「娘，成功沒對我說什麼。」

「我知道，但大家心裡都不舒服，唉，都是我老太婆害的，要是那日死在石井老家，便如芝龍那剛烈的日本媳婦，也省得活著忍受這兵荒馬亂、刀尖子上過的日子。」

鴻逵終於發作：「成功雖說有主帥的重責在身，有些決定不得不狠下心，我身為武進士焉有不知之理？但他近來愈來愈孤傲，言語行事常不近情理，他斬芝莞我不怪他，但馬得功這個賣國求榮的降將，你以為我不想將他拿下？放走他實在是逼不得已啊，為這事他已兩天不和我說話，見了面就擺臉色給我看。他……他還是鄭森小兒時，我這四叔待他如同己出，他憑什麼這般六親不認？當時若是換了他，他難道會堅持不放行讓馬得功殺了二奶奶？」

二奶奶低聲道：「莫料啊。」

她讓鴻逵發洩過了，淡定地道：「鴻逵我知你的辛苦，我已想好了一個計較，原是要和你商量的，今日你來得正好，爲娘的就跟你說說。」

「什麼計較？」

「福建這邊戰爭如此頻繁，成功身負我大明最後一股力量，自是要不斷爭戰找尋出路。我老婆子留在福建實在是大家的累贅，不如帶著婦孺一干人逃離此處，找個安全的所在躲起來，你們沒了後顧之憂，好好輔佐成功幹大事。」

鴻逵聽了雖覺不捨母親離去，但想到婦孺去到安全之地以避戰火也有道理，便道：「也要有個放心的去處才行啊。」

二奶奶不慌不忙地道：「咱們可以先去我娘家江西吉安，去依我的幼弟，他在吉安做樟木箱的生意做到發達。他自幼和我這長姐最是親近，咱們一大家子去他那裡，有三樣最是合適……」

鴻逵向來最服母親的智慧及想法，問道：「哪三樣？」

老太太娓娓道來：「第一，從泉州到吉安，一路上大半可以走水路，咱們攜兒帶眷走水路比較不辛苦；第二，雖然咱們會帶些盤纏，但我幼弟家大財大，咱們這一大夥人要吃要睡，小戶人家哪裡照料得起？第三，這一樣說得有點遠了，不過人無遠慮，必有近憂，遠的事也得上心些。我幼弟的媳婦家是衡陽大族，萬一吉安待不住，還可以逃到衡陽去，你們兵法不是說什麼……嬌兔三洞什麼的？」

「是狡兔三窟，也算不得是什麼兵法，就是個計策吧。」

「我老婆子哪曉得那麼多。」

「您要再曉得多一些，宰相位子該您坐的。娘，您說得都有理，但這許多婦孺長途跋涉我不放心。」

「兒啊，我想讓肇基帶些族中男丁護著咱們去，你就放心了。」

「成功會同意讓肇基離開？」

老太太微笑道：「肇基又不是不回來了？護送咱們到了吉安，他自趕回來幫成功的大事。」

「好是好，還得請母親跟成功提這事，他最近不理我這個四叔。」

「這事是我的主意，自然是由我去提。再說，成功家的婦孺，如果他願意的話，也可以和咱們一道走。」

鄭成功對廈門之役的結局深感挫折，他覺得自己在抗清策略上定有很大的盲點，要如何調整補救，著實頗費思量。這時候二奶奶提出將部分婦孺帶到戰火之外的鄉間避亂，讓男人們專心國事，倒也不失爲是個好主意，再加上他對二奶奶一向尊崇敬佩，便答應了。

他心中有事，在屋裡窩了半日，便思到城外放馬奔馳一番，於是帶了身邊親信曾德出城。成功一馬當先，曾德緊跟在後。到了山丘的高處，成功在幾株老樟樹間停下來。山上輕風徐來，一身燠熱頓解，成功深吸一口清涼空氣，跳下馬來。隨從曾德跟了上來。

「曾德，你跟我多少年了？」

「報告將軍，曾德自從仙霞關兵敗成了散兵游勇，蒙將軍不棄帶在身邊，也快五年了。」

「我瞧你忠心實在，也通一些文墨，想不想換個差事幹？」

「我跟了將軍，將軍要我去哪裡我便去哪裡。」

鄭成功輕搖馬鞭道：「施琅將軍那邊缺人，我想讓你去他那邊幫他管理軍需事務，順便也可做施將軍和我這邊的聯絡人。」

曾德聽了心中一喜一憂，喜的是成功這話可真把自己當親信了，憂的是他話中之意是要自己隨時有什麼事便要通報，這事可不好辦。

但他想到鄭成功為國之忠，對自己照顧之義，一時熱血上湧顧不得許多，當下就半跪抱拳道：「將軍待曾德恩重如山，您教我去，赴湯蹈火絕無二話，不過……」

「不過什麼？」

「小人如離將軍而去，將軍身邊要有得力之人接替，小人才能放心去施將軍那邊。」

成功見他忠心耿耿，感動地點了點頭道：「不妨，我瞧何飛忠誠實在，可以接替你的位置……哈，說到曹操，曹操就到，你看何飛來了……」

山丘下一人一馬飛奔而上，那人策馬從陡峭處直奔上來，完全不繞彎道，只片刻間便到了眼前。只見他一勒韁繩，那馬前蹄揚起，嘶聲中已倏然立在兩人眼前。

曾德忍不住讚道：「何飛，好騎術！」

何飛從馬背上跳下，躬身道：「永曆帝使臣到了營裡，恭請將軍即刻回營。」

「使臣怎麼說？」

「甘輝將軍說，使臣帶有永曆帝口諭要親告將軍。」

成功趕回城裡，在大營中接下桂王永曆帝的詔書和口諭，永曆封成功為「延平郡王」。

鄭成功悚然而驚，想起那一夜在福州城外呂祖廟中作的怪夢，夢中的呂祖神祕兮兮地對他說：「功至延平，壽至磚城。」這「功至延平」難道是預言我受封為「延平郡王」？那麼「壽至磚城」又是什麼預言？

鄭成功派親隨曾德到施琅營中不到兩個月，已經和施琅發生兩次衝突。

第一次是發生在施琅夜宴眾部屬的酒席上，施琅喝了不少，說到廈門之役，說鄭芝莞死得冤枉，他侃侃而談自己事前如何勸阻成功南下勤王。

「我至少跟國姓爺提了兩次，每次我都提醒他馬得功、王邦俊、張學聖等人都對廈門的糧草及金銀財寶垂涎三尺。南下勤王？那個什麼王不過是另一個投機自立的朱家亡國子孫，咱們為這個丟了後門的家當毫無道理。國姓爺就是不聽，結果一切如我所料，糧草金銀肥了馬得功那個混球，鄭芝莞糊里糊塗被砍了頭。唉，不聽老人言，不可救啊。」

眾將官聽得面面相覷不敢接口，施琅見大家噤聲，便指著曾德道：「曾德，我勸國姓爺時你是他的親隨，你也在場，你說說，我講的有沒有錯？」

曾德被點名吃了一驚，但他沉著機智，打個哈哈道：「施將軍您前幾日才滿三十歲，又是什麼老人了？末將敬您一杯。」

眾人一片嘻笑，紛紛舉杯敬施將軍，豈料他仍不放過，衝著曾德道：「芝莞怯戰棄城而走，固然是犯了大忌，但國姓爺大義滅親斬了自己的族叔，這裡面多少有遮掩自己戰略錯誤的成分。若是聽了我的話，這一切都不會發生，幾十萬兩黃金不會失，芝莞的頭也還好端端長在他的頸項上。自古以來有人說統帥無能，累死三軍，好像也不是亂說的。曾德你同意否？」

曾德到這時不能不爲鄭成功說兩句話了，他清了清嗓子，努力維持平和的聲音道：「那時曾德只是國姓爺身邊的隨從，哪裡懂得什麼軍國大事，倒是聽到國姓爺說他身受先帝隆恩，決心捨身報國，永曆帝有難，他是必須全力勤王的，廈門的安危交給芝莞將軍，如果遇險也只好到時再看。可見他不是不知率軍南下後方潛在的危機，只是忠於明朝的責任優先於一切，他只好有所取捨而已，倒也沒有如施將軍說的什麼累死三軍的話……」

他當眾頂了施琅，施琅怒極而笑，說了兩次：「好，好。」卻沒有再說什麼。

大家嚷著敬酒，把一席尷尬打混過去。熟悉施琅個性的同僚都爲曾德暗捏一把冷汗。

第二次就更嚴重了。

曾德的軍需調度室與軍械倉庫只一板之隔，在施琅的軍營中算是比較偏僻的地點。曾德習慣夜間工作到很晚，有時就在工作室裡一張簡便木板床上過夜；一方面他並無妻小，另一方面是從軍多年養成隨地而安的習慣。

有一晚，曾德半夜聽到隔板傳來的低聲對話令他毛骨悚然。隔板後的兩人之一有北方人的口音，另一人竟然是施琅。

他斷續聽到對話中涉及鄭芝龍……被軟禁在北京的鄭芝龍奉清廷王爺之命，著人來勸施琅降清，又說王爺十分看重施琅，如能爲清軍練一支水軍，必有重賞云云。

事後曾德不敢不密報，成功得報後十分沉得住氣，並未採取任何動作，但曾德自己的行動卻被施琅發覺，施琅立時將曾德逮捕嚴訊。

曾德豁了出去，在應訊時戟指大罵：「國姓爺待你不薄，你竟私通敵人，論及投降求官之事，我若不報告國姓爺，大夥遲早死於你這叛逆之手！」

施琅毫不隱飾，反罵道：「平國公鄭芝龍是國姓爺之父，也是我的老長官，他人在敵營不得不派人來勸降，我施琅可曾答應他？要你這小子去國姓爺那裡通風報信？平國公難道沒有派人去勸降他兒子國姓爺？許他的高官厚爵難道還少得了？也沒見國姓爺答應降清。國姓爺的情形就和施琅的情形一模一樣，難道你也要罵國姓爺是叛逆？你他媽的混帳之極，國姓爺也沒教你監視我施琅，你憑什麼在中間挑撥國姓爺和我之間的互信？」

施琅這一番話倒把曾德徹底鎭住了，他一時答不出話來，施琅可不客氣，立刻下令將他押下候斬。

消息立刻傳到鄭成功的大營，成功立即傳令制止施琅動斬刑，沒有想到第二天傳回來的消息是，施琅接到命令，仍然違命將曾德殺了。

鄭成功聽到消息怒不可遏，立即喝令左右游擊率軍士前往逮捕施琅問罪，怒喝之聲沉重銳利有如刀鋒。

施琅斬了曾德，雖然出了一口氣，但也知道禍事大了，他不顧左右阻止，上馬狂奔而去，成功派去捕拿他的官兵撲了一個空。施琅軍中立時有些平日怨恨他高傲慢人的部下出面首告：「施琅和他老父最是親近，此刻定是逃到父宅去躲藏了。」

成功聞訊，立刻派軍包圍了施琅父親的家宅。據鄰人密告，施琅和父親施大宣及弟弟施顯三人均在宅內。

然而當軍隊衝入施宅，卻只逮捕了施父及施弟，施琅則已逃之夭夭。

其實施琅此時並未遠離，他得到一位忠心的親信蘇茂及密友的協助，藏匿在廈門西面的小島上。他對老父及胞弟落入鄭成功之手，感到萬分憂心，但心中還存有一線希望，也許成功會念及當年兩人在長江上合力消滅倭匪的舊情，放過父親及弟弟。

追捕施琅一整日，整個廈門島幾乎搜遍，卻不見施琅的蹤跡。成功判斷他多半是北上投清軍去了，這令他感到又憤怒又難堪，還有幾分被羞辱的感覺。

他胸中怒火有如火山爆發，一股從未有過的狂野、暴戾的憤恨讓他失去所有的理智，一向冷靜如一池靜水的他，臉上竟然出現青色的恐怖神情，站在身邊的何飛嚇得魄散魂飛，不敢正視也不敢出聲。還好只一片刻，鄭成功的臉色就恢復了正常。

此時他心中湧起的是和施琅這個桀驁不馴的大將從相識、相交到相得的過程。施琅高傲的心中對平國公鄭芝龍或許還有幾分感知之情，至於自己這個「少主」則根本沒有放在眼內……從相交的第一時間起，這人便處處要展現傲慢的氣勢，對自己的決策、命令動輒表示不以爲然，在人前人後更是指點批評，並無顧忌。自己一直以來只能以「有容乃大」自狀，但忍耐原來仍有限度……

於是他想起隆武帝在朝時，首輔大臣黃道周自籌兵糧出仙霞關抗敵，施琅原隨軍出征，原以爲是父親派一個知兵的大將襄助，但他未幾時即捨黃道周而南回，失蹤了幾個月才重現福州。他又想到父親芝龍降清北上時，施琅也曾跟隨，據聞歸來後曾自詡在杭州時，清軍中盛傳豫親王多鐸看重他，想要得到他替清軍訓練水師……點滴往事均可見他追隨鄭芝龍屢有叛意……

想到這裡，自己親生父親背叛隆武帝的痛心事又回到思想的核心，這事在他心中所造成的矛盾，已成爲他無解的「心魔」，也使他對所謂「背叛」絕無容忍的空間……

於是他暴怒之下，下令殺了施父及施弟。

藏身在廈門西面小島上的施琅得知這個惡耗，椎心泣血的他，這回死心塌地北上投降了清軍，也爲爾後鄭氏在台灣的王朝埋下了覆亡的種子。

協助施琅逃亡的蘇茂向成功自首，自承從不做賣友求榮的人，違了軍令甘願受罰。成功最欣賞有義氣之士，心中雖然對蘇茂不悅，但還是赦免了蘇茂。

此後的六年，鄭成功整軍經武，轉戰沿海各地，也曾南下廣東，希望能與永曆帝的勢力聯手夾擊清軍，但是和永曆帝的大將李定國會師西南的計畫終於無功而還。他的主力海陸軍則在海澄、長泰、金廈、漳州、閩安、潮州等地力戰清軍，其間有勝有敗，惟鄭成功的海軍優於陸軍，這六年中戰事失利時，他總可退守金廈，清軍幾次乘勝追擊，都大敗於水戰，然後鄭軍乘勢反撲，終能轉危爲安。

海澄是鄭成功規劃中想要取得的重要基地之一，降清明將王邦俊一直想在這個地點立下奇功向清廷討賞，卻不是鄭將甘輝的對手，屢次敗於甘軍，僅以身免。最後成功的海軍趁潮水大漲之時，一直攻到城下，海澄守將赫文興就開城投降了。

但是他們進攻長泰便不順利。甘輝在血戰中身中兩箭，最後還是靠著水戰取勝，攻到了長泰的城下，與清朝的閩浙總督陳錦率來的援軍接戰。成功用計埋伏，將清軍團團包圍，最後殺得陳錦落敗逃走。

成功攻打漳州時又與降將王邦俊狹路相逢。這一次，王邦俊索性閉城死守不敢應戰。圍城進行了三個月，城內糧食早盡，百姓把蛇、鼠、樹根、果皮等吃淨，已達殺人而食的地步。圍城將要得勝之際，清將金礪率一萬多精兵來援，擊敗了師老人乏的鄭軍，成功只好退守海澄。

金礪希望一舉攻下海澄滅了鄭家軍，結果他重蹈陳錦等人的覆轍，在海澄的護城壕中被預先埋下的火藥炸得屍滿壕渠。鄭軍此時全軍而出，終獲大勝，清軍倖免逃脫者十中無一。

海澄戰役後，雙方出現了一段比較和平的時期，原因一方面是清廷展開懷柔議和的政策，遣特使到廈門來封鄭成功爲「海澄公」，又封鄭鴻逵爲「奉化伯」。但成功不爲所動，在他寫給父親的信中再次聲明，他曾受隆武帝厚恩賜姓名朱成功，此恩典終生不敢忘；至於功名利祿則如天上浮雲，他不會爲了虛浮之物惹來一生的禍患，對反清復明的大業，惟報樂觀奮鬥的看法。

另一方面，海澄一役後，成功軍力損失巨大，極需休養生息。永曆帝派大員來廈門封成功爲「漳國公」，成功辭謝不敢受，但希望能封賞有功的將士。大將甘輝受封爲「崇明伯」，萬禮爲「建安伯」。

施琅叛逃後，又發生兩件與「背叛」有關的事。其一，清廷大員陳錦兵敗後遭家丁刺殺，家丁獻其首級於鄭成功營下，成功衷心痛恨「背叛」者，於是他獎賞了家丁的家人，卻將背叛主人的家丁處死。此事固然顯示成功心目中對「背叛」兩字所劃下的不可踰越的紅線，但畢竟只關陳錦和其家丁之間的私事。

另一件事的衝擊就巨大了，影響所及不在施琅叛逃事件之下。

施琅逃走那年，成功得到一位「饒智勇、喜任俠」的青年才俊來歸。此人姓黃名梧，漳州平和縣人，投鄭營後因機智勇敢、通曉兵法而深爲成功重用，成功以爲得到了另一位甘輝，立刻委以中權鎮左營副將。

一六五五年，大戰再起。清朝定遠大將軍濟度率三萬水陸大軍攻打廈門，鄭成功放棄陸上城池撤回到海島，迫使清軍海上作戰。戰術上他決心以攻爲守，兵分兩路，北攻舟山，南下揭陽。攻北海軍在福州之北的梅溪登陸，甘輝在護國嶺設伏，將數千八旗軍全軍殲滅，清軍三個「梅勒章京」大將均遭擊斃，逃脫百數騎而已。

攻南的鄭軍攻下揭陽後，命黃梧、蘇茂諸將鎮守。清兵援軍趕到，揭陽失陷，鄭軍喪失數千人。成功究責，將蘇茂殺了，黃梧則戴罪立功，命他鎮守重建後的海澄。

清定遠將軍濟度和鄭成功兩方的水軍終於在圍頭海上爆發了決戰。海上交戰時忽然狂風大作，霧氣瀰漫，清軍的水兵支撐不住，被打得潰不成軍。

「圍頭海戰」是成功的背水一戰，大勝清軍後，鄭家軍聲威大振，清軍戰前曾經揚言血洗金廈的大話，就此噤若寒蟬。

可是這時鄭成功的陣營中再次發生了背叛的事件。

前次蘇茂義助施琅逃走後自首，成功敬他是個有義氣的漢子而赦了他，這回兵敗揭陽罪不至死卻遭殺，很多部將都有不平之聲。成功心中也很難過，親撰一篇祭文有云：「王恢非不忠於漢，而武帝不能爲之赦；馬謖非無功於蜀，而武侯不能爲之解，國法無私也。」

部將們讀了這篇祭文，多有感動者，也有人覺得成功矯情作態，兵敗同遭責難的黃梧對這件事深感不滿，而且覺得心寒。

成功要他戴罪立功，將最重要的基地海澄交給他鎮守，確有不計前過的意思，但黃梧卻對成功產生了極度的畏懼及不信任，於是他決定降清，並將整個海澄獻給了清朝。

黃梧叛降所造成的損失前所未有，米糧和兵器不計其數，尤其防禦工事最堅強的基地海澄城落入敵手，對鄭軍作戰的全面規劃，造成了無可彌補的打擊。鄭成功對黃梧的怨恨及憤怒遠超過對施琅。

黃梧是個心計深沉的人，既已叛鄭，他爲自己的安全計，便要置鄭成功於死地。於是他向清廷獻上了狠毒的「平海五策」。

這五策全是針對鄭成功的弱點而設，包括了「海禁」，將山東、江蘇、浙江、福建、廣東五省沿海居民全面強制內遷，讓沿海空無一人，讓鄭成功徵不到兵也得不到任何資源。沿海所有的民船全都燒毀，木材全部內運，要讓鄭軍不但不能造新船，甚至連維修舊船都做不到。

五策中也建議要肅清鄭軍在內地建立的情報網，搗毀鄭家祖墳，讓鄭成功既得不到內地情報，也得不到祖宗的保佑。最後建議滅鄭之後，要將殘餘兵士分別移往內地各省去開墾荒地，讓他們無法聚集，永絕後患。

清廷對黃梧的歸降及獻策大表歡迎，給了他賞賜和厚爵，最諷刺的是封了他一等「海澄公」，這原是封給鄭成功而被他拒絕的爵位。

黃梧的降清幾乎搖動了鄭成功鋼鐵般的意志及信心，他對自己的識人之明起了懷疑。夜闌人靜時捫心自問，爲什麼半生以來，自己總是陷在遭人背叛的漩渦之中？幾個有才能、有見地、能寄以厚望的部屬最後皆背叛了自己，是他們的錯還是自己的錯？

他把一個個事件仔細分析，似乎有所得，又似乎更不解。在他內心最深處，那個背叛了家族、朝廷、國家的人，是他不願去碰觸的心魔禁地，偏偏又是他親生的父親。

第二天一早，曾任兵部侍郎的王忠孝向鄭成功推薦了一個年輕人，成功和他見面後，心中的鬱悶竟然一掃而空。

這人名叫陳永華，字復甫，號近南，時年二十二歲。他的父親陳鼎在清軍攻打同安縣時殉難，那時陳永華才十五歲，當時其人品學識已深得王侍郎賞識，此時見鄭成功求才心急，便帶著永華來見。

陳永華比成功年輕十歲，但是他論政論時、剖析未來，在在令成功傾倒之極，送別時對王侍郎讚道：「復甫乃吾之臥龍也。」

於是立即授予「諮議參軍」之職，請他參與大政。

數日後，有一個名叫何斌的人從台灣來，他在台灣和荷蘭人做生意鬧了不愉快，便偷偷繪製了一幅台灣地圖，凡山川道路、荷人重要基地等皆一一入圖，鉅細靡遺。他獻圖給成功，遊說成功攻打台灣。

成功賞了何斌，雖然留上了心，暫時沒有採取行動的意思。因為他此時最重要的心思是要在陸上建立一個鞏固的基地。

他此時並未預料到，他得到的這一位奇才及這張地圖，為他日後在山窮水盡之際終能在台灣建立一隅王國，埋下了種子。

永曆十二年，佔據舟山的張煌言，在浙東組織了一支抗清的力量，與廈門的鄭成功取得聯繫，希望合力對清軍展開反攻，不幸船隊遇上風暴，損失慘重，只好折回。翌年重議伐清，鄭成功召集文武要員，商議是否利用時機反守爲攻，是北征？南下？還是西進？

商討的結果是西進長江，一路打到南京。如果能拿下南京，在明太祖的故宮登高一呼，當能對天下仁人志士發出極大的號召，如果各地紛紛響應，天下大勢將大有可爲。

這個計畫也深得張煌言的贊同，於是兩軍同時誓師，船隊浩浩蕩蕩地從海路北上開入長江口。

清軍畏懼鄭家水軍，早就利用鎮江和瓜州之間寬僅數里的水面，以巨木建壩，上可騎馬通過，必要時可截斷江水，封鎖長江。這就是號稱爲「滾江龍」的防禦工程，耗資百萬以上的金錢，堪稱浩大。

「滾江龍」之後，兩岸建有木城，木城由杉木圍柵，內有四十門大砲，兵士五百名，兩岸齊發，轟擊通過的船隻。

成功事先早有情報，將清軍這些防禦工事摸得一清二楚。鄭家軍中水裡功夫特佳的敢死隊，在發動進攻之前便先泅入江中。水軍先鋒張亮身先士卒，率領一批水下好手將「滾江龍」徹底破壞。障礙一除，船隊浩浩蕩蕩衝入長江，一時之間舳艫蔽江，戰鼓振天，清軍趕來援救，爲時已遲。

在此同時前方北岸傳來捷報，張煌言的抗清軍隊奪下了三座「木城」，於是鄭軍士氣大振，成功親自投入戰鬥，部將士兵更是氣勢如虹，瓜州一役大獲全勝。

瓜州對岸是鎮江，兩鎮互爲犄角。失了瓜州後鎮江告急，清軍從各方調來援軍，以優勢的兵力化守爲攻。鄭軍幾次被反撲而退，鄭成功的猛將周全斌命部下拉起一條繩子，兵士如退後超越此繩界線，一律格殺勿論，然後跟著將士的前撲，將繩線一步一趨地向前推進。

鎮江之役的關鍵戰場是在鎮中心以東的銀山，鄭成功拿下銀山後就開始圍城，大批清軍在城外遭到擊潰，守城官員就開城投降了。

下一站就是南京。鄭成功年輕時曾在南京太學進修，如今國破家亡、孤臣孽子的鄭家軍浴血廝殺到這裡，想到大明開國建都之地只在一日路程之外，只要一股作氣就能收復故宮了。他對江遙望，有滿腹的辛酸，也有滿腔的豪情，兩股激烈的情緒交織之下，他在江邊的焦山集合三軍，祭告天地，痛哭太祖、崇禎及隆武皇帝。三軍痛哭誓師，聲聞數里。

這時儒生出身的鄭成功，揮筆寫下這首詩：

縞素臨江誓滅胡，
雄師十萬氣吞吳，
試看天塹投鞭渡，
不信中原不姓朱。

第十三章　垂成

南京之戰開打，在城外圍的零星接觸可見到清軍對鄭軍的聲勢感到畏懼，一接戰即落荒而走，捉到的俘虜均表現出畏戰的情緒。

此時南京城內外的局勢使鄭軍感到一種垂手可得的氣氛，身為主帥的鄭成功也覺得最好不必強攻，以此形勢，最多只要圍一個月，城內必定支撐不住，到時可以兵不血刃得到南京。

於是成功命部下將招降書射入城內，要求守將管效忠開城投降，免得城中生靈塗炭。

管效忠派了他的親信來見鄭成功，叩首再拜道：「管將軍雖是南京提督，其祖籍原是遼寧撫順，他對國姓爺十分尊崇，原打算開城投降。無奈清軍有律，凡敵人攻城，如能堅守一月，即使城破，罪只及守將，如不能堅守一月，則守將之妻孥家屬一併處斬。如今管將軍一家婦孺老幼全在王爺親兵手中，是以管將軍乞求國姓爺寬賜一月之時限，到時必定開城門投降，自裁謝罪。如有違約，天誅地滅！」

鄭成功聽了疑忖：「此緩兵之計否？」

他尚未回話，來使從背囊中掏出一個包袱，高舉過頭，朗聲道：「管將軍呈上此物，望國姓爺垂憐。」

說著便站起身來想要上前呈遞，左右親兵待要阻止，成功揮手表示無妨，那使者畢恭畢敬地將手中物放在成功案上，壓低了嗓子以極小聲道：「是管將軍的如夫人命小的將這個送還給國姓爺。」

說完便退下跪在原處。

鄭成功甚感詫異，忖道：「管將軍的如夫人是誰？為什麼要把這東西『送還』給我？」

他緩緩將包袱打開，呈現在眼前的是一件潔白如新的輕衫，輕衫的下襬折疊在外面，只見有一片褪了色的暗紅漬跡，成功不禁一怔，暗道這是什麼？

「難道……是血跡？」

血跡！他心中靈光乍現，一瞬之間，整個人似乎回到了十五年前，長江之上，張善人的三桅小艇的船艙中……

「是阿巧！肯定是她，是她為我洗這件濺了倭寇血跡的衫子……她說洗不淨了，原來她暗自將它留下了！」

他再看那件輕衫一眼，除了下襬有洗不掉的淡淡血跡，輕衫其實保存如新……他眼前不禁浮出那面貌姣好、體態曼妙的阿巧，奇的是事隔已有十五年之久，那形象竟如此清晰而活生，他似乎聞到她的體香，感覺到她的動作……就在眼前，伸手觸摸可及……他似又回到了那一夜，船艙中那個成熟風流的女人給了自己未曾有過的愉悅及滿足，之前沒有，之後也無……

「國姓爺，請賜小人一句金言回話！」

南京使者跪地求覆的一句話打斷了成功的遐想，他從恍惚中驀然驚起，意識到「原來阿巧成了這管效忠的妾，她用這件帶血跡的衣衫來求我不要立即攻城，若不到一個月城破阿巧就會被連累處死……」

他心中原來就有「圍取爲上，強攻次之」的想法，此時沒有更深層考量，便脫口而出道：「好，我就給管效忠一個月，一個月後他如不開城投降，我大軍破城之時清軍雞犬不留！」

帳下站著的甘輝及萬里齊聲叫道：「大將軍，您……」

那使者已一躍而起，三揖朗聲道：「小人爲南京滿城軍民謝國姓爺菩薩仁心！」

沒有等到一個月，清兵的援軍陸續悄悄到達南京。六月二十二日晚上，管效忠率軍出城決戰，援軍從各方冒出，成功的大軍反而遭到包圍，結果是大敗於南京外城郭的觀音門外。觀音門位於城北燕子磯觀音山谷之間，形勢險要，但如三面高地爲敵所制，則有利敵人形成合圍之勢。鄭軍集於此地原爲便於攻城，既然暫不攻城便應撤離險地，以後發動攻城時再捲土重來。甘輝、林勝多次勸成功不要顧什麼承諾及早攻城，如不攻則速退，可惜成功都未聽從，終至中計大敗，只好率敗軍向北衝向長江，乘船逃離。

清軍雖然得勝，卻不敢追擊，因爲自知水上作戰絕非鄭軍之敵，只能眼睜睜看著鄭軍順流而下，望波興嘆。

大將甘輝、萬里在突圍時爲清軍俘虜，後來慷慨就義；林勝和陳魁則戰死於觀音山下。

鄭成功獨坐主帥艦的艙房內，望著窗外滔滔江水，間或有戰士死屍流過船邊。他不能想像南京之戰竟會這樣結束，內心的悲痛使他欲哭無淚，想到這些跟隨自己南征北戰的好漢子，心中悔恨更是無以復加。侍從知他個性，此時沒有人敢打擾他，親隨何飛留下一壺濃茶便關上艙門。

戰艦順流而東，成功坐在窗邊，雙目盯著江水呆若木雞。這時忽然「碰」的一聲，艙門被人從外撞開，成功怒吼道：「不准進來，滾出去！」

回首處，哪裡是他的隨從？只見一個全身深紫色衣帽的人已站在他面前，那人身材矮小，面上也戴著紫色面罩無從辨認，只能見到一雙精光閃閃的眼睛。

「你是誰？爲何來我船上？」

鄭成功從愁雲慘霧中悚然驚起，他從那蒙面布巾上露出的一雙眼中看到凌厲的殺氣。那紫衣人並不回答，忽然伸出一指點向成功額頭。成功這些年來，外公傳授的武功並未荒廢，他上身猛然後縮，伸手疾如閃電地去拿來人手腕，那人也後退半步。成功眼前一道慘綠色的寒光一閃，紫衣人手上已多了一把長刀。

「啊！倭刀！」

成功一入眼便認出，他童年在日本平戶島上度過，曾隨花房氏學習東洋劍術，小小年紀便得到「小劍客」之稱。

倭刀勾起他的回憶，他下意識地換用日語問道：「你是誰？想要什麼？」

那人仍是一言不發，只是揮刀向成功攻擊，招式極為狠毒，招招皆要致鄭成功於死地。

成功跳起身來圍著一張木桌閃躲，同時趁機將掛在牆上的短劍拔出，待要迎向刺客，卻被刺客一連三刀逼得左右跳躍。對方出手太快，自己完全遞不出招，待敵人連環三式的第三招到臨時，他再也閃躲不過，急切中只好揮起短劍猛砍出手。

他這一招完全放棄防禦，實是絕望中的最後奮力一擊，存的心是「就算我死，也要砍你一劍」的搏命打法。刺客果然不願跟他拚命，揮刀一擋，刀劍相撞發出清脆的一聲，同時艙內出現了奇蹟……

只見刀劍相擊的一瞬間，一道耀目的弧形白光隨之發生，持刀劍的兩人都嚇了一跳。而成功被一股強大的力道罩體，大叫一聲倒在地上，那刺客停了一瞬，然後揮刀來割成功首級。成功和那紫衣人四目相對，紫衣人忽然停止了動作。成功感覺到刺客的雙目中閃過一種奇怪的眼神，似乎有些迷惘，有些猶豫，但瞬間又恢復了凶狠殺氣。

成功閉目待斃，這時他聽到一個人衝了進來，大聲叫道：「你這矮子好狠毒，殺我六個弟兄，我與你拚了！」正是忠心耿耿的何飛。

何飛見成功遇危，縱身撲倒在他身上，準備以身擋刀。

然而就在此時，室內如鬼魅般又多了一個白衣人。這人一出現便揮劍攻向刺客背上的督脈要穴，刺客只得回刀應付，鄭成功從桌子下滾過逃了一命。

來人劍法太過迅速，如狂風暴雨又似長空電擊。那紫衣刺客見刺殺不成，立即不肯戀戰，忽然拔身脫離戰場，飛快衝出船艙。

白衣人也不追趕，卻搶到窗口，大叫一聲：「忍者好輕功啊！」

成功連忙爬起來也擠向窗口外望，只見那紫衣人足踏兩片木板，在江面波濤上交互飛縱，每一躍數丈之遙，竟憑著兩塊木板渡江而去。

這時白衣人回過頭來面對成功，成功只覺他嘴角含著一絲微笑，雙目望著自己透出溫暖友愛的眼神。他覺此人似曾相識，卻不敢相認，直到白衣人笑著道：「福松，還認得我嗎？」

成功終於確認了，他是鄭冬。童年在日本平戶時處處護著自己的鄭冬。

「鄭冬，是你！冬哥，是你！這麼多年你去哪裡了？聽人說你跟高人去學上乘武功，是不是這樣？」

成功仔細打量鄭冬，自己離開平戶和冬哥話別的情景又回到眼前。那時的冬哥不過十多歲的少年，面前的鄭冬雖然依稀可以看出當年面貌的特徵，但已是一個成熟穩重的中年人，細算來已有近三十年了。

「冬哥，你變了好多，剛才我都認不出你了。」

「福松，比起你來，我沒有變多少，倒是你，從那個少年老成的娃兒，搖身一變成了統率三軍的大將軍，成了天下反清復明的希望所寄。我這做哥哥的雖然老早就知你絕非池中之物，卻仍然無法想像你的變化……」

「唉，這其間一言難盡。我先問你，怎麼會出現在這船上救我一命？那個『忍者』……你剛才說的，又是怎麼一回事？」

成功適才聽到艙外好幾位親兵侍衛都被那紫衣忍者殺戮，便示意何飛出去處理，他有太多話要問鄭冬。

鄭冬長劍歸鞘，坐下來輕嘆一口氣道：「二十多年的時間，唉，說實話，人事都全變了。福松你離開平戶後，過了幾年，你外公和隔壁的吉野桑去北方尋找更好的煉鋼材料，我在附近溪邊建造了一個新的煉鋼爐，比翁師父後院那個強多了，就等翁師父回來用新爐新料一鼓作氣煉成他的寶劍……豈料忽然來了一個老道人，說我是練武奇才，便將我帶到嶗山頂去練武，從此我進入了一個無法想像的武學境界。初時是道長傳授於我，兩年後就變成相互切磋，共參絕頂武學。那段時間我完全不知世上驚濤駭浪的變化。數年前道長曾帶我回過平戶一次，你外公的鐵匠舖已換成了一家賣農具、漁具的店舖，隔壁吉野桑一家也早已搬走。我向當地人打聽，聽到不少有關你外公的傳說，有的說他煉成了煞氣干天的寶劍，紫色劍氣沖天激怒了天兵天將，翁桑就突然死在家裡。」

成功嘆道：「我也曾去函日本藩府查問外公和你的下落，得到的回答是外公已死而你不知去向。」

鄭冬道：「當地人的傳說雖有荒誕的部分，但道長和我至少知道了一事，你外公，我翁師父用隕石之鐵煉劍的心願終於達成了……」

成功將手中短劍歸鞘，他點頭長嘆道：「外公將這把劍給了我母親，在清軍攻到咱老家時，母親竟用這柄劍了結她自己的生命……」

鄭冬想到在平戶時田川氏對他的親切照顧，哀嘆不已，過了一會才道：「眞是異數啊！這柄泛出紫光的短劍必定是翁師父畢生煉劍的傑作，傳給你這國姓大將軍作爲隨身佩劍，實乃相得益彰之事……」

「冬哥，你還沒有說怎麼會出現在這船上救我一命。」

「幾年前我下山行走江湖，發現中土已經面目全非，然後聽到你在福建擁兵抗清的事。原打算去劍溪看看翁師父當年與日人梅之助第一次決鬥的地點，然後到廈門來找你，不料在江西碰到一批我們南安鄭氏的族人，正遭到日本浪人襲擊。咱們那批族人帶頭的是你二奶奶，還見到你堂弟鄭肇基，也算是我遠房的族弟。我打敗那些浪人，但隨即發現這群浪人背後的首領是一個心狠手辣的忍者，被我打敗的浪人回去向他報告，凡是沒有掛傷的，便被認爲是作戰不力，竟全被他在贛江邊上處決了。我趕去時他們已走得不知去向，屍體拋在江中，岸邊江水染成紅色……」

成功關心族人安危，緊張地打斷道：「肇基弟和二奶奶他們安好？」

「肇基的奶奶說：『此地如不安全，我們就去衡陽。』這位奶奶我之前沒見過，只覺得她聰明冷靜極有見地。他們目前應該安好。但可怕的是，我發現東瀛忍者乃是聽命於清軍，我跟蹤那忍者，在杭州看到他和博洛貝勒的親信交換信物，博洛貝勒似乎給了他新的命令……」

「新的命令？便是來刺殺我？」

「應該是，但當時我猜不出，便遠遠跟著他。這忍者晝伏夜行，總是全身紫衣，戴了面罩，不但看不到他的面貌，也從沒聽到過他的聲音……」

「於是你跟蹤他到了南京？」

「不，他在揚州瘦西湖一帶流連徘徊了十多天，並無動靜，我以為他是在等什麼人。直到三天前的夜裡，他住在湖東的關帝廟裡，卻不知我打扮成道士就住在後殿。夜半有人從廟外梨樹林裡射了一箭，穿過前殿的楹柱，直射在忍者的門上；這是有人送信來。我立刻從後門飛身落入梨樹林，看到一個黑衣人飛快地逃走。我施展輕功將他拿住，只見也是一個蒙面人，才問了一句：『何人指使你來送信？』那人忽然全身癱軟，倒斃在地上。我扯下他的黑巾，只見是個濃眉漢子，眼、鼻、嘴角都流出黑色的血，顯是預先將劇毒蠟丸藏於口腔內，一旦落入人手，立時咬破蠟丸服毒自殺。」

成功聽得大為驚訝，忍不住問道：「是什麼機密值得如此以性命相護？」

鄭冬道：「你聽下去便知。我從那人身上搜到了一個上好玉石扳指，便懷疑此人是個滿人，細看那玉石上刻有『郎督』兩個漢字……」

成功一聽就叫道：「郎督？兩江總督郎廷佐！這人是郎廷佐的家將！」

「郎廷佐怎的？」

成功恨恨地道：「據我軍混入南京城的細作打探，這回定計騙我的主謀者便是這個郎某。

管效忠只是個傀儡，聽計行事。」

鄭冬想了一想道：「不錯，當時我看了那兩個字，便四處打聽，碰上一個測字先生告訴我，這個上好玉扳指是兩江總督郎廷佐拿來賞賜親信屬下的。當下我便上了心，暗中一步一趨盯著那忍者，看看到底得到了什麼極機密的命令……」

鄭成功道：「現在很清楚了！三日前南京城及四周援兵已集結，清軍已有勝算，便下令忍者要在交戰中或兵敗後刺殺我，取我首級……哪曉得老天爺不答應，刺客螳螂在前，冬哥黃雀在後，他還是不能得逞。」

鄭冬道：「我剛才瞧見你閃躲刺客那兩下子，好像翁師父教你的幾招也沒有放下哩……對了，還有你那柄劍！你的短劍與刺客倭刀相擊之時，我正從艙外進來，看到一道白色弧光，聲勢十分驚人，那是怎麼一回事？……」

這時艙門開處，何飛走進來抱拳道：「那紫衣人砍殺衛士六人，砍傷一人，受傷的是江大勇。聽他講發生的經過，嚇人得厲害。他說紫衣人突然從江面飛上船，有如江龍現身，只一照面便連殺兩個衛士，大夥兒一擁而上，至少五件傢伙往那人身上遞。江大勇只記得喀嚓一聲，他的鬼頭刀只剩下一個刀柄，腕上被狠狠劃了一刀，疼得倒在地上打滾，這才發現，其他四個侍衛四件兵器全被廢了。人呢，全倒斃在甲板上，三個割了喉，一個剩半邊腦袋，而那刺客已經衝入主艙。」

何飛平日說話有點夾纏不清，這一段描述倒是一清二楚，而且相當生動引人，想是因爲那江大勇是個口齒清晰的人，何飛照著他的話轉述，便與平時有天壤之別。

鄭冬聽了點頭道：「這個忍者刀法好，手上的刀更好，能和翁師父用隕鐵煉成的寶劍一拚，卻不知為何會聽命於博洛貝勒？他是個極為危險的人，我要追下去，一則弄清楚他的來歷，再則尋個機會除掉他！」

成功有些擔心地道：「對方武功高強之外又人多勢大，冬哥你一人一劍，孤身追去，可要……小心。」

鄭冬微笑道：「福松，你放心，他雖厲害，不是我的對手。」

成功忽然把手中的短劍連鞘遞到鄭冬手上，道：「這柄短劍是外公畢生的心血傑作，隕石之鐵天上來，煉成之劍亦非人間之物，只有你才配擁有此劍。而且，外公煉劍過程中，冬哥建的煉鋼爐肯定有貢獻，寶劍能在人間鑄成，冬哥你也有一份功勞啊！」

「福松，這劍是你外公親自交代田川夫人要送給你的，我怎能要？」

成功苦笑一聲道：「寶劍贈烈士，紅粉贈佳人，此劍留在我手上又有何用？剛才如不是冬哥來救，不但我身首異處，這柄劍也落入那刺客之手了。再說，天下第一寶劍，定須藉天下第一劍客之手，才能盡除宇內妖孽。冬哥，我堅持送你這柄劍，你切不可再推辭。」

鄭冬便不再推辭，他豪氣地道：「福松說得有理，那個紫衣刺客手上兵器厲害，我去追殺他恐怕就得用上這把劍。待我殺盡妖孽，再來歸還於你……」

他說著說著，唰的一下將短劍抽出，剎時紫光乍現。只見那劍一寸六七分寬、不足二尺長，一股殺氣竟令站在最近的何飛別開頭不敢正視。

鄭冬收了劍，轉向何飛問道：「敢問這位校衛大名？」

「小人何飛。」

成功道：「何飛是我親隨，騎術最佳。」

鄭冬正色對何飛道：「好樣的，你捨身救主，眞義士也。你騎術好，我有一匹駿馬寄養在鎮江妙一觀王道士處，我寫張字條給你，你去那兒牽了，算我送你的。」

他要了筆墨，寫字條給何飛，何飛滿心歡喜跪下謝了。他轉身對成功道：「你說寶劍贈烈士，紅粉贈佳人，冬哥要再加一句，駿馬贈義士。福松你身負天下之重任，凡事多聞愼思，善自保重，我去了。」

他忽地横躍而起，破木窗而去，衝破窗戶時手中已多了一片窗木，人在空中有如一隻大鳥。木片先飛，在數丈外的江面落下，他右腳在木片上一點，左腳將木片帶起，連人帶木又飛出數丈，幾個起落已到岸上，消失在黑暗中。

成功從破窗框處往外看，凝視著船行划劃而起的白浪不言無語。何飛不知大將軍在想什麼，只垂手在一邊待著，腦海中仍然充滿方才兔起鶻落的驚險情景，還有，就是鄭冬稱他好樣，說他是義士，還送他駿馬，他心中很是歡喜。

也不知過了多久，成功忽然回身道：「何飛，早先那個從台灣來的何斌送我的地圖，你去把它拿來。」

何飛在案上展開了那幅地圖。成功道：「掌燈！」

何飛撐起燈籠，成功仔細地研究布上畫的那個島，島上的山脈、河川、聚落、港口，還有荷蘭人的城堡……

成功此時尚不知道，那座城堡乃是一座「磚城」！

第十四章　追殺

鄭冬在鎮江的北固山追蹤到那神祕的忍者。

他再次打扮成邋遢道士，這一套衣帽是元眞道長的遺物。道長羽化後，鄭冬捨不得將這套從道長身上換下的舊衣帽火化，洗淨後珍藏隨身帶在身邊。每次他扮成道士時，就散髮穿戴起來，似乎能感覺到道長的體溫，心中便流過一股溫暖。唯一的缺憾是他身材沒有道長高，道袍幾乎碰地，下襬邊緣易沾泥土，須得常洗。

元眞道長和自己二十年來一同浸淫在絕頂武學之中，相得復相敬，兩人之間的感情像父子又像益友，就是不太像師徒。元眞不讓鄭冬稱他師父，他總是說：「鄭冬你對武學的直覺領悟力前所未有，猶在貧道之上，故你不可稱我師父。你的師父是翁鐵匠，咱們是道友。」

是以鄭冬心中尊元眞爲師父，口頭稱他道長。

北固樓建在北固山上，從這裡觀江景能見到大江東去的氣勢，也能看到三國時孫劉聯姻的甘露寺。山不在高，有英雄豪情、紅粉佳人的故事，文人騷客就會留下流傳千古的篇章。

鄭冬在樓頭觀景懷古的同時，注意到樓下一行進香客，兩頂小轎，一群從人，緩緩走向甘露寺。他的目光落在香客的最後一人，那人的身材讓鄭冬覺得眼熟。

鄭冬移步欄邊，想要看個仔細，進香客們已走到轉彎處，消失在視線之外，於是他連忙匆匆下樓。

那香客隊伍的最後一人身著白色長袍，頭紮布巾復蓋斗笠，個頭矮小，走起路來輕鬆飄逸，彷彿凌波瑤步，一塵不沾。

鄭冬懷疑那人會不會是換了裝的忍者？卻不知那人一面低頭隨著香客前行，一面心中正在嘀咕：「上次在杭州瘦西湖，這回在鎮江北固樓，同樣一個道士連碰了兩次，哪有那麼巧的事？感覺上他有些像是那天在船上阻我取鄭成功首級的人哩……如果是他，他的劍法實在太厲害，那可就麻煩了。」

香客隊伍走到甘露寺前，只見寺裡寺外擠滿了其他香客和遊人，其中以中年婦女居多，不少是爲親人在此亂世中的平安前來祈福許願。香煙裊繞中可以看到一張張虔誠而惶恐的臉，他們的心願以及在人世間的無奈，只有祈求上天能聽到。

白衣斗笠人隨著香客走到一棵古老銀杏樹蔭下，兩頂小轎中扶出兩位官太太，由丫鬟攙著走進寺門，白衣人忽然消失在人群中。

白衣人快步繞過欄柵和熱鬧的人叢，閃到寺廟後院，看見一個石塔旁立著一個蒙面的紫衣婦人。

兩人一同走到塔後，紫衣人飛快地將手中一個小錦囊交到白衣人手中，低聲道：「新命令。人：鄭肇基；地：衡陽。」

白衣人沒有答話，跟蹤而至的道士從牆角只隱約看到一個大斗笠上下點了點。白衣人卻已看見了道士。

白衣人凌厲的目光從斗笠下沿瞥了一眼，暗忖道：「果然是他，他雖扮得邋遢，仔細看還是看得出是那個劍法厲害的人。」

想到那人的劍法，如長河瀉地又如長空電擊，思之令人心寒。多年訓練靜如止水的心居然一陣亂跳，不全是畏懼，而是一種難以解釋的心悸。

「爲什麼我看這人和看那鄭成功，都像有些熟悉？不知是在什麼時候、什麼地方見過？奇怪，眞是好奇怪的感覺……他爲什麼千里迢迢跟蹤我？上次阻止我取鄭成功的首級，現在又跟著我，難道又想要破壞我的任務？」

她再望向牆角，那個道士已不見蹤影。她的目光漸漸收攏，凝聚成一道肅殺的凶光。

鄭冬坐在江邊草地上，回想初次聽到這個凶殘的忍者，是因爲他在江西吉安巧遇逃難到此的南安鄭氏族人而引起……

鄭二奶奶是南明定國公鄭鴻逵的生母，是小國姓爺鄭肇基的祖母。這一支鄭氏家族的婦孺爲了避戰火，也爲了讓她們的父兄夫婿能安心征戰而無後顧之憂，八年前從福建出發到江西吉安投奔二奶奶的娘家。八年來生活平安無事。此次鄭肇基帶著二十幾個族中壯丁及親兵來此探望母親及祖母，不知爲何，才趕到便被人盯住，夜間受到十多個蒙面人襲擊，肇基帶來的家丁完全不是對手，一戰死傷多人。萬分危急之時，從天而降來了一個救星，隻身一劍竟將十多位來襲的高手擊退。

二奶奶親自向來人道謝救命之恩，豈料來人卻向二奶奶跪下行禮道：「二奶奶不可多禮，我鄭冬原是您遠房侄孫，自幼離家去了東瀛，曾和福松弟一同在他外公家習藝。這次碰上您等遇難，能爲奶奶及諸位族長盡一份力，實在心喜不已。由於我曾久居東瀛，交手時就知道這批蒙面刺客大多使的是東瀛刀法，只不知您們怎麼會和日本刺客結了怨仇，竟至追殺到江西吉安來？」

二奶奶連連點頭，喃喃道：「原來如此，原來如此，你就是成功小時候在日本的同伴，太好了……」

鄭肇基接口道：「以咱們的身分來想，唯一的死仇只有清廷，說不定這批刺客是清廷雇用的傭兵……我這只是猜測的……」

鄭冬站起身來道：「合理的猜測，交手的刺客中，的確有兩人不是東瀛武士……其中一個像是帶頭的，說不定就是清廷的人。」

二奶奶喔了一聲，接道：「你是說有兩人使劍不使刀，我老眼不昏花……」

鄭冬大爲驚訝，這老太太在驚慌躲避之中竟然注意到如此細節，著實少見，正要說句讚佩的話，又聽到二奶奶道：「肇基啊，你猜想的怕是八九不離十，清廷既已盯上咱們，咱們就不留這裡了，好在我老太婆不顧老臉，早已央我弟媳去信衡陽打點好了。我們明日就啓程去衡陽避難，這叫什麼……沒下雨什麼綢什麼的……」

肇基道：「祖母您是說未雨綢繆吧。就聽祖母的。」

二奶奶又加一句：「你帶來的族裡子弟兵傷亡了好幾個，傷的先留下治傷，留些銀子給他們，傷好了再來衡陽會合。死的是哪一族哪一家的都要弄清楚，我們安頓妥當後你就回福建去，這些人家裡都要好好撫卹，他們可是爲咱們的安全而送了命。」

肇基連聲稱是，鄭冬聽了這一番話，對這位老太太更加欽佩。他再拜道：「老奶奶智計過人，此去衡陽避難最是好計較，湖南那邊尚無戰事，衡陽如有熟人照應當可保安全。晚輩還要去尋找福松老弟，就此拜別。」

鄭肇基送鄭冬離去，分手時，肇基道：「只盼早日將祖母、母親及諸親人送到衡陽，我就要趕回去襄助成功哥那邊的軍務。再說，只要我一回去，祖母這邊便安全了。」

鄭冬奇道：「你回福建，老奶奶他們反而安全，這是何故？」

肇基道：「清廷爲何要緊緊追殺這些婦孺？過去八年她們在此不都相安無事嗎？我現在覺得他們的目標是我鄭肇基。鄭肇基也就罷了，小國姓爺肇基，清廷怎能留他在世？」

鄭冬原不知道肇基也是國姓爺，這時恍然大悟。那麼說來，刺殺大國姓爺鄭成功也是相同的理由了！

此時鄭冬坐在江邊回想前事，他已認知這個忍者殺手刺殺鄭成功失敗，新接的任務極可能就是要親自去追殺鄭肇基。

「為了二奶奶和這個小國姓爺的安全，我只好將那個殺手除去才能一勞永逸！待我追蹤他一程，看他究竟要去哪裡？」他思及此，緩緩站起身來，向城外走去。

鄭冬扮作道士，沿著一條不知名的小溪穿過濃密的林子。他追蹤的忍者就在前面約一里路，仍是白衣斗笠裝束，以一種詭奇的身法在密林穿行，速度愈來愈快。鄭冬雖有一身絕頂輕功，但是在如此密林中卻無法全力施展，他估計這林子綿延十數里，這忍者有此特技，在密林中奔走竟如在寬廣草地上疾行，照此速度追下去，約莫穿出林子時，那忍者已失去蹤跡了。

他當機立斷，一躍而上了樹梢，竟然展開輕功在樹尖上飛躍前進，不但速度大增，而且居高臨下視野更廣，看得更遠。

從林頂上他終於追近，在較疏的林木枝幹之間看到了快速前行的忍者。感覺上他有如一條大魚游在擁擠的池塘中，無論多「擠」總能迅速優雅地避開碰撞而且不影響速度。鄭冬從上俯視，對那一襲白衣在密林中優遊快行，身形常帶有詭異卻曼妙的姿勢，著實感到吃驚。精研武學的鄭冬對此大感興趣，可惜密林中忽隱忽現，難窺其全貌。

前方的白衣人忽然停下來，那人選了一個樹木極為密集的地點停下不知為了何事。鄭冬連忙也停下身來，伏身在樹頂靜靜觀察。

出乎意料的是，林下並不見有任何動靜。鄭冬等了一會兒悄悄落下，從林中潛行到前方，只見白衣人倒在地上，身軀蜷臥一動也不動，似乎已遭毒手。

鄭冬大吃一驚，適才在樹頂居高觀察，並未見到任何打鬥和有人偷襲的情狀，這一會兒此人怎麼就倒地不起？

他小心翼翼地上前查看，到了離白衣人三步之遙，才看清倒在地上的不過是一件白衣袍，袍底下是就地取材的樹枝樹葉和幾塊石頭，罩上白衣後，竟然和一個臥倒在地的眞人有七八分相像。

鄭冬見了哭笑不得，忖道：「久聞東瀛忍者善用障眼法脫身，這一招『白衣脫殼』今日開眼界了！」

他連忙在林子中四處搜查，哪裡還有那個忍者的影子？他再躍身樹頂四面眺望，只見翠林如海，一片莽蒼不見半個人影。身懷絕世武功的他竟把那麼大一個人給活生生追丟了。

鄭冬不禁發出無奈的苦笑，就在這時他忽然想起鄭肇基的話，立時便下了決定。

「二奶奶他們要去衡陽，如果這個刺客的目標是小國姓爺鄭肇基，我便到衡陽去等他！」

衡山下遠離商旅行路的竹林深處，隱藏著一座荒廢了的古廟。從廟宇的布局看來，當年有香火時頗具規模。十多年前流寇四處橫行時，這廟裡的和尚全都逃難去了，此後竟無人重新修建，就荒廢至今。

這一天，廟外的竹林中竟停放著七、八輛騾車，幾個男丁牽著騾子在林子裡餵水餵料，幾個婦人在廟後的伙房中清理灶爐，一面生火一面洗米做飯。

鄭二奶奶坐在大殿裡一張木椅上，對忙著清洗供案的三位婦人道：「媳婦們，咱們總算到衡山了，明日肇基就要去衡陽尋找接頭之人。老天爺眷顧，居然在這深山裡替我們留著這麼一處庇佑所在，咱們可能要在這裡待上幾天哩。」

一個中年婦人接口道：「奶奶說的是。媳婦適才穿過林子時，見到許多竹筍、菌菇、野菜之類的野鮮，明日天亮前咱們摸黑去採擷一些，也強過連日吃乾肉乾魚。」

這時鄭肇基跨進大殿，對二奶奶道：「外面車馬都安頓了，奶奶您們在這裡好好憩幾天，這一路趕過來每天早發晚停，幾乎完全沒有休息，奶奶您辛苦了。」

草草用過晚飯，媳婦燒水泡了一壺福建帶來的好茶侍奉二奶奶飲了，大夥就熄燭休息。

肇基帶著兩個身材高大的年輕人在廢廟的四周巡視一番，兩個年輕人都是他在福建帶兵時的貼身親兵，十分精明能幹，這一路逃難大大小小諸多外場之事，都是他們在打點。

肇基見諸事安妥，便回到廢廟的側邊僧房去睡覺。豈料他才推開門，一個頭戴斗笠的白衣人從門後閃了出來。肇基久經行伍，也有不少對敵經驗，只一照面便猛抽腿向外退，但是那白衣刺客動作更快，只見一道刀光閃過，一柄利刃已遞到肇基頸前，他聽到自己身後傳來一聲輕喝：「快退！」

同時肩上被一股溫和但強大的力道一帶，整個身軀不由自主地向後飛出兩丈，堪堪避過喉頭那一刀。而飛出的身體不須用力便穩穩站在地上，沒有絲毫躓踣，那股力道施力巧妙，神奇之極。

他定神一看，來者正是鄭冬。

鄭冬對那白衣刺客道：「想殺人嗎？有我在你就死了這條心吧。」

那刺客一言不發，自知不是鄭冬對手，拔身就走，也不見他施力，身形猛然垂直拔起，輕巧地落在廟屋頂上，破損不堪的瓦當居然沒有一片鬆動落地，眞可用「飛花落葉」來形容。

刺客一上屋頂，仍然不發一言，躍起翻了一個跟斗便向廟後的山坡奔去。

肇基叫道：「冬兄……」

鄭冬丟下一句：「顧好二奶奶及家人，刺客交給我！」便施展輕功朝刺客逃逸的方向追去，兩個起落已消失在黑暗中。

鄭冬上了一個山坡，舉目四顧，雖在黑暗中仍能看到一點白影在前方另一個山坡上往上疾升。鄭冬經過和元眞道長多年共修絕頂武學，此時的武功已臻化境，輕身功夫也達到輕似飄絮、疾如閃電的地步，但是他看到白衣人在山坡上一路爬升的速度，仍然嚇了一跳。

只因前方那個山坡十分陡峭，而且坡上岩石植被相當複雜，上攀之路十分曲折，而白衣刺客不知用的是什麼身法，竟然能在坡上一波一波向上衝，遠看去似乎完全不受地形及樹林阻礙，只不過幾瞬之間，人已消失在坡頂。

鄭冬施展絕頂輕功追上坡頂時，看到白衣已在遠方另一座山坡向上疾衝，他不禁有些狐疑起來，暗忖道：「原來東瀛忍術中竟有這種專攻攀山越嶺的絕學？我倒要好好看一看訣竅在哪裡！」

鄭冬對天下千百種武學並無偏見，見著高明的便想弄清楚，甚至學習。這時他見白衣人攀山爬坡特別得力，亟欲上前近距離觀察他如何超越坡度、克服障礙，於是他長吸一口氣，施出當年元眞道長祕傳的輕功「鬼蝠虛步」，用全眞派混元罡氣駕馭著，整個人在坡緣上節節高升。那坡緣沒有樹木擋路，但也無容易落腳借力之處，鄭冬全憑著高深的武功克服物理障礙，硬生生一口氣上到了坡頂。

這回變成那白衣忍者吃驚了。這個假道士怎麼可能在不生草、光溜溜的陡坡上疾如奔馬般一口氣衝了上來？這種情況，單憑高明的輕身功夫絕難辦到，要配合極強的氣功及巧妙的步伐，缺一不可。他震驚之下，竟然忘了繼續向上翻越，直到鄭冬大步向他追過來，他才轉身往前方一座峭壁奔去。

這回鄭冬看清楚了，忍者除了身輕如燕且彈力絕佳之外，原來雙手都戴著鋼爪，雙腳上也套著釘靴。那鋼爪狀如豹子的前爪，攀爬十分給力，只要一著上力，上升縱躍便如虎添翼，整個輕巧的身子有如上了彈簧般直躍而上。

鄭冬連施出「梯雲縱」的輕功在峭壁盤游而上，而忍者先一步到達壁頂後忽然飛身從另一邊跳下。鄭冬趕到壁邊一看，忍者又從腰上解下一條細索，索端似乎也裝有飛爪，竟然藉著鉤爪抓在一棵懸壁老松上，一盪飛到山崖另一邊，幾個起落，降在對山的樹林中，不見了蹤跡。

鄭冬倒抽一口涼氣，今日算是見識到頂級忍者的本事。他武功雖然高明，但是攀山越谷卻沒有這種獨門技巧，只好仗著輕功卓絕，順原路滑降而下，然後認明方向，飛快地奔向對面山腳，追了下去。

忍者進入樹林擺脫了鄭冬，他脫去白色外衫後，裡面穿的是一身深紫色的緊身衣褲。急降入林時，頂上斗笠繩帶被扯斷，連同蒙巾都不知飛到何處去了。他將紫色套頭帽繫牢，終於露出了原來的女性面目。

她心中忖道：「這一路逃脫追蹤，我幾乎已用盡看家本領，只除了幻術還沒有用上。這個假道士雖然厲害，還是讓我暫時擺脫了……」她很滿意自己的表現，繼續忖道：「我這一手脫身的絕活很多是我自己發明的，全日本只怕再也找不出第二個忍者能比得上，就我兩個師父也不會……」

她在一棵古樹下坐了下來，方才的連續激奔畢竟令她略感疲乏，盤膝深長呼吸十幾次，漸漸恢復。但一想到那個假道士的武功，不由自主地感到極端沮喪。

「師父啊，這個假道士武功實在太高，我不是對手，我要取國姓爺的首級時被他擋下了，新指令要我殺小國姓爺鄭肇基，又被他阻止。咱們忍門的規矩，一擊不中便要脫身，再尋第二次機會，可是有這人盯住我，我實在無能爲力。你們傳授給我的本事，除了幻術和毒術，其他全用上了，僅以身免而已。告訴我，我要怎麼辦？」

她想了一會不得要領，心中感到氣餒。然後她想到身爲忍者，任務必達，絕無喪氣喪志的權利，於是將佩刀拔了出來，一道慘綠色的微光一閃而過。她低頭盯著刀刃，又看了看刀柄上那一顆鬼臉雕刻，努力在胸中燃起一點希望和信心的火苗。

她閉目施展忍者十八套幻術中最高級的「自我催眠」之術，那一小朵火苗逐漸壯大，在她胸中愈燒愈旺，終於使她熱血沸騰。她又恢復成爲一個視死如歸的忍者。

於是她跳起身來，在林中一面布些疑局，一直迂迴地走出密林，心中再次充滿了鬥志和殺氣。她不停地告訴自己：「殺鄭肇基，殺鄭成功，必先殺死假道士！」

她在複雜的衡山山系中轉進轉出，尋覓最佳匿藏及施展突襲的地點。只要找到最佳地點，布置好了之後，就要現身引誘那個假道士到她的陷阱裡，一舉殺了他。

她有十足的信心，假道士仍然在衡山某處追尋她的蹤跡，因爲忍者的直覺告訴她，假道士這回不只是要阻止她行刺，而是決心要取她的性命。

鄭冬在樹林中東繞西轉，卻總是轉回原地。他在林中拾到了一個破損的斗笠，確是那忍者頭上之物，但是踏遍整個林子不見忍者蹤影。鄭冬停下身來思考，從林中留下的痕跡來看，忍者應是從北面穿林而去了。他想了想，決定反向而行，從南邊出林攀上一座高峰。

他將達峰頂時，在一塊光禿禿的巨岩上發現了兩個爪印，一上一下隔了一丈多。鄭冬一喜一驚，喜的是自己反向思考看穿了忍者故布的疑陣，終於追對了方向；驚的是這個忍者身輕如燕，雙臂卻力大如豹。這兩個爪印證明在光溜的石壁上藉一爪之力，竟然垂直上升一丈有餘，這種本事真可比擬飛禽走獸之能。難怪常聽到東瀛忍者時而化爲豹人，時而狼人，甚至化爲蛇人的傳說，其神奇荒誕之處固然是江湖上以訛傳訛的結果，但今天親睹這個忍者的本事，與中土武學大相逕庭，而其功效確實令人咋舌。

但是鄭冬所不知道的是，忍者的心意已經改變，此刻她不再躲避鄭冬的追蹤，兩個爪印是她故意留下，指引鄭冬追蹤的方向，而她則在前方某處布置埋伏，準備伏擊，要一舉殺死鄭冬。

鄭冬施展輕功登上巨岩，才發現四方都是鬱鬱蔥蔥的森林，奇怪的是這一大片森林讓人不僅不分東西南北，而且立即產生一種茫茫然的幻覺。他吃了一驚，定目仔細觀察周遭，不料愈看得仔細，心頭卻像是愈來愈糊塗，一種無由來的惶恐情緒從心底升起，他對自己的每一個想法都開始產生懷疑，對自己下一步要怎麼走竟產生莫衷一是的猶豫。

鄭冬從來沒有過這種經驗，他極目前看，樹林中開始冒出縷縷清霧，但升起的霧氣並不飄散，只一圈一圈地圍繞著自己所立的石崖翻滾，使他更看不清該如何下步，心中也更生慌亂之意，一時之間不知所措。

忽然在滾滾白霧之中，他瞥到一條人影飛快地掠過前方。那人身著紫色勁裝，鄭冬立即反應，朝著那人消失的方向追去。

他一躍出石崖的邊緣，馬上快速下墜，奇的是在跳出之前，他竟爲幻景所惑，不曾意識到崖下深不可測，但是他以絕頂輕功在即將撞及樹林頂蓋的一瞬間提氣向上，同時雙掌對著下方的樹林拍出一股柔和渾厚的掌力，他的身形終於輕盈而穩定地落在一棵古松枝頂上。抬眼處，前方濃霧中那紫衣人影又如驚鴻一瞥閃出了一下，他提氣向那方向疾縱，在樹頂上如履平地飛馳，踏枝有如登梯，一路向前，感覺一路在升高。他知道這時因爲腳下的樹林所栽之地勢愈來愈高，換言之，自己等於是在森林的頂尖上攀登山坡！

他的「鬼蝠虛步」施展到極致，全眞派混元罡氣鼓足十成，一口氣在樹林頂上飛奔了八、九里。紫色的人影不再出現，他也不知道自己這一陣狂奔將之於何處，心中那種奇異的惶恐之感又油然而起，慢慢地化爲一種焦慮。

正要把腳步慢下來，忽然發現紫影再現，這回在左前方的霧氣中若隱若現，他連忙朝左前急縱，奔了約半里路，紫影又出現在右前方，這回形影清晰多了，似乎終於追近了距離。鄭冬急切間加速前行，那紫影竟突然消失，霧氣也開始散去，延綿的森林也到了盡頭。

鄭冬看到迎面而來的是陡峭山壁，他趕快把向前的衝勢瞬間化爲向上，兩三次縱躍，終於穩穩站在一塊平坦的坪頂上。四周霧氣散退殆盡，視線逐漸清晰，他看到三十多丈外盤膝坐在一塊平滑的大青石上的紫衣忍者。

他沒有想到，一直在逃躲自己追蹤的忍者，這時竟然好整以暇地坐在那裡等候自己。

這時坪頂清風徐來，有桂花飄香。鄭冬迎風深吸幾口，感覺有說不出的受用，精神也爲之一振，但忽然之間他想到一事，暗忖道：「這時令怎有如此上品桂花？許是山上山下氣候有異所致？」

聞到那桂花香，小心翼翼的鄭冬終不免暗中起疑。他緩緩停下身，運氣在體內運行一周天，眞氣及內力都十分旺盛而順暢，於是他放心地緩緩走向忍者。

那忍者端坐原地，看著鄭冬走來並無動靜。鄭冬走到相距三丈之外，停下腳步，這時霧氣已經散盡，他發現忍者沒戴斗笠，面上亦無蒙巾，於是他終於看到了忍者的廬山眞面目。

只見那忍者面色白皙而晶瑩剔透，黛眉鳳眼，嘴如櫻桃，竟是一個端正俏麗的美女。面龐略胖，估計年紀約三十多。

鄭冬第一眼覺得此女甚美，再看一眼，忽覺她眉目之間，模樣和神情都像是一個認識的人；待他第三眼仔細打量時，一張自幼熟悉的臉孔出現，和眼前忍者的臉相重疊。

他忍不住叫道：「慶子，妳是慶子！」

那女忍者雙目揚起，似乎流露出一種迷惘的神色，但那只是一瞬間，很快地，她雙目中就恢復成冷酷的凶光。

鄭冬見她不答話，不自覺地走近三步，再次叫道：「慶子，是妳！妳不認得我了？那日妳被兩個壞人擄走，難道是他們把妳變成一個忍者……我是妳冬哥啊！還記得我們一起讀書練武，還有妳最親近的福松弟弟，妳都忘記了？」

這時他聞到了濃郁的檀香，原來忍者身旁有一個鎏金的博山爐中正在焚燒最上等的檀香。那味道甘甜醇厚又不失清純，令人心神沉靜，遍體舒暢，看那忍者就近深吸著香氣，坐姿舒泰，面對鄭冬走近，一副輕鬆泰然的模樣。只是她仍然無言，在聽到「福松弟弟」四字時，眼中又一次流露出迷惘，只這一次的迷惘中，竟然帶著一些溫柔之色。但仍只是一瞬之間，她的神色又恢復原狀，鄭冬卻感覺到那目光除了冷酷外，漸漸多了凶狠、殘暴的成分。

鄭冬仍不放棄，他柔聲呼叫，這回他改用日語道：「吉野慶子，這些年妳去了哪裡？怎麼會變成女忍者？我知道妳遭受了好多折磨，心中有好沉重的苦楚。妳對冬哥說出來，冬哥為妳作主……」

女忍者好似沒有聽見一般，她面無表情，不發一言。過了一會她微瞇雙眼，目中似乎泛出一線淚光。鄭冬覺得她受到了一些感動，正待繼續相勸，豈料就在這一瞬間，她一揮手，一道慘綠刀光橫空而起，她藉站起之勢如閃電般撲向鄭冬，手中長刀已砍向鄭冬胸前。

鄭冬的心情仍浸淫在昔日往事的溫情中，女忍者的利刃已如閃電般遞到胸前。偷襲者比正常快了半分，懷舊者反應緩了半分，一來一往間，兩人的互動差異造成和正常情況下的結果大相逕庭；武功絕頂的鄭冬竟然被迫處於絕對劣勢，換作任何其他人已難翻轉，但鄭冬卻在此刻不假思索地施出全眞派後發先至的絕學，他拔劍出劍合而為一，劍尖竟然先一步點到了女忍者的下身。

然而就在他的劍尖點到對手丹田之際，他自己突然感到一陣劇痛，從丹田一直痛到心口，他遞出的一劍立刻走位，而忍者的長刀已在他胸上劃過，深及胸肋，鮮血長流……

鄭冬知道自己已中劇毒，但他瞬間感到的驚駭竟然超過疼痛。他驚駭自己如此小心謹愼，不知為何仍然中了劇毒？如果劇毒來自檀香，女忍者吸入的遠超過自己反而沒事；如果毒氣來自下風的桂花香，適才經過全身運氣測試確認無礙，那麼自己是如何被下毒的？

他不知這正是忍者毒術的高明之處，混在桂花香和檀香內的兩種毒氣，單獨吸入皆無大礙，但如兩種都吸入，在體內混合後便成劇毒。慶子對梅之助和翁翌皇下毒時用的是茶，此時用的是花香，其方式則毫無二致。鄭冬武功蓋世，對東瀛忍者的毒術卻懵然無知，以致他在對手處心積慮而己方出乎意料的情況下，一下子被女忍者下毒、偷襲，雙雙得手。

但是女忍者絲毫不敢大意，也絲毫不敢放鬆，因爲鄭冬還沒有死！她領教過鄭冬的武功，知道只要他還有一口氣在，自己就未必能活著離開，在此緊要關頭豈敢有絲毫怠慢。只見她揮刀緊攻而上，鄭冬強忍胸口刀傷之疼痛，速點數穴減緩血流，並用一口眞氣勉強壓住毒發，一連退了十步，手中短劍一連防了十招，最後不得不和忍者手上的妖刀硬碰硬的一拚！

兩人都運足了內勁，一刀一劍相擊。長空閃過一道白色弧光，忍者手中妖刀被盪起，在空中劃了大半個圈，她知道鄭冬若是未受重傷，自己這把刀早已被震飛脫手。此時鄭冬既受傷又中毒，抵抗之力肯定愈來愈弱，她絕不能鬆手，於是鼓起全力再向鄭冬猛攻。

沒想到手上這把無堅不摧的妖刀，竟然完全不能損及鄭冬手中的短劍。她心中有數，短劍的堅硬及銳利，絕不在妖刀之下，顯然就是鄭成功將那把短劍送給了這假道士。幸好自己偷襲、下毒均已見效，否則這個假道士的武功，加上這柄不輸妖刀的短劍，就算兩位師父加上自己三人齊上，恐怕也不是對手。但這時鄭冬已受重創，正在作垂死掙扎，這一次如不能殺死他，恐怕永遠再無機會。

妖刀在手的她施出新潟流刀法中最厲害的「蝴蝶刀」，那把妖刀忽前忽後、忽右忽左，飄忽不定攻向鄭冬。鄭冬已經快要支撐不住，他已管不了對方什麼蝴蝶刀法，只能凝聚內力，不顧對方攻勢，在胸中運氣作了三次無聲的大吼，一吼一拳，對準對方的身體連發三拳。他左肩一痛，又被妖刀連皮帶肉削去一片，然而女忍者被他三記「金丹神拳」擊中，身上多處骨折，身軀也被打得飛在半空中。她一面竭全身之力向後翻退，同時左手擲出一個拳大的瓷瓶，直射鄭冬。鄭冬揮劍擋開，瓷瓶破碎，一片暗紅色的粉塵噴出籠罩鄭冬頭頂，十步之內滿是玉蘭沉香。

這是女忍者最高毒術「沉香三弄」的第三香，敵人若是同時吸入了這三種香氣，混合之後所產生的毒就比兩者混合更強數倍！

鄭冬心知此乃生死關頭。他屏住呼吸，將全身眞氣集於右臂，在心中、從丹田大喝一聲：

「乾坤一擲！」

手中短劍化爲一道紫色矯龍直飛向女忍者。女忍者魂飛魄散，擋無可擋，被那柄天劍貫穿胸口，而她的身軀也被這股神力帶著向後飛起，竟然跌落到坪外的崖下。

鄭冬聽到崖下傳來一聲漫長、悲淒、摧人心肝的嘶叫，便再無聲息。這是他自從遇到這個女忍者以來，第一次聽到她發出的聲音。鄭冬聞之大爲震撼，但他永遠不會知道，女忍者在生命的最後一刹那，記憶突然恢復，腦海中瞬間一片清明：福松、鄭冬、慶子……幼年的往事，一一化爲電光閃過眼前，她要用盡全身之力狂呼，但悲哀的是，生命最後的吶喊只能化爲長長的一聲哀嚎！

鄭冬強抑住呼吸，一步數丈跨到崖邊的上風處，迎著坪外吹進來的山風猛吸一口新鮮空氣。低頭下看時，只看到一片翻滾的雲霧，誠不知深有幾許。他緩緩盤坐下來，服了三粒救命傷藥，運起這些年來和元眞道長共同參悟的神功，要將身體中的毒素一點一滴逼出體外。

他不知能不能成功，但是想到元眞道長的話：「這混元罡氣乃是天下至大至強之力，它既無形也有形，尋之無跡又無所不在，若能眞正體悟，金剛不壞之身庶幾近矣。」

漸漸地，他感到那股眞氣開始在體內鼓動，體內的毒似乎也開始鬆動。

運行一周天後，必須散氣休息一盞茶時光，這時鄭冬才得暇想到存在自己心中最大的疑問：「她究竟是不是慶子？爲什麼她總是無言？」

混元罡氣運行十二個周天後，鄭冬感覺到所中之毒已有九成被逼出體外，他幾乎可以確信自己能在兩個時辰後完全解毒復原。他喃喃自語道：「解毒後我要趕快下山去衡陽，難保清廷不會再派高手追殺鄭肇基及鄭家族人。」

第十五章　怨懟

施玉坐在她新買的 Lexus GS 350 駕駛座上，安靜無聲的引擎及空調會令不熟悉的乘坐者以爲已經熄火。她的座椅調整到最舒適的位置和角度，四環立體音響送出的是王羽佳演奏的普羅科菲夫第三鋼琴協奏曲，由過世的大師阿巴多指揮瑞士國家管弦樂團伴奏。

她的新車是寶藍色的油電混合車，此刻她在機場接人的等候線上排隊，以龜速朝航站大廈的大門向前移動。

她要接的人搭乘從東京來的日航班機落地已經三十分鐘，她知道他的行李輕且少，便相約直接在航站門前等候。

在離機場門口四十公尺處，她看到了要接的客人，於是搖下了深色玻璃窗，對著來人揮手，確定來人能看見她。他快步走到車旁，打開後門將一個手拉小行李箱及一件風衣放在後座，然後自己到前座坐下。

施玉滿心歡喜，立刻側身送上一個擁抱。她關上車窗，兩人熱情纏綿地接了一個長吻，直到後面的車輕按一聲催促的喇叭。

「學賢，一路順利？」

「還算準時，只快降落前有一小段顛簸，落地時側風有點大。施玉，想死我了，來……」

「別鬧，我開車哪。」

車過航站大廈，上面「秋田空港」四個字。

車行出了機場區域，不遠處就能看到漂亮的樹林，在藍天白雲下無際無垠地延展，胡學賢驚嘆道：「好美的樹林……」

施玉解釋道：「你已開始見識到名聞日本的秋田美杉；這裡有四樣東西享有大名氣。」

「哪四樣？」

「除了美杉，還有美酒、美女，以及美稻米。」

「啊，厲害，我只知道秋田狗，對秋田其他的一概無知。但美酒、美女和美稻米都是我所愛。」

「是啊，吃好喝好，把個美妹，玩過了還牽條秋田狗回家，眞美咧。」

「哈哈，咱們此去的目的地？」

「我們要去十和田湖，那個深水湖在秋田縣和青森縣交界處，風景十分好，我訂了一間面對湖景的和式房間，供和式早餐。」

「哇，面對美景還管飯，施玉，妳眞可愛……」

「把手拿開，你弄我癢我要出車禍了。」

車駛離美麗的奥羽本線，轉上了七號公路，在五城目町接上二八五號公路，一路向東北馳去。

施玉在香港就自己開車，習慣左邊行車，到日本來開車沒有任何調適問題。事實上她駕駛技術十分棒，胡學賢一面欣賞窗外的風景，一面欣賞車內的佳人，還有她熟練流利的駕車技術，優雅流暢，每個小動作都散發出成熟自信的美感。

「學賢，總經理位置出缺，爭取的人一定個個卯足了勁，這節骨眼上你不守在總公司，卻休假溜到日本來幽會女友，我都替你捏一把汗呢。」

「施玉啊，妳雖聰明絕頂，觀察入微，但是這種事，男人世界有他們的遊戲規則和攻守策略，有些地方女孩子是稍微『隔』了一點……」

「說笑話！你是說你這時候跑這裡來和我鬼混是策略？我看十成是你管不住另一面的慾望……」

「想妳想得厲害雖是事實，可是我的確有攻略。我的策略是讓其他兩人以爲我自覺威望不足而無野心，他們兩人先廝殺一番，讓董事長看見他們的惡劣手法和缺點，然後我才班師回朝，回去也不以競爭者自居，反而老老實實繼續做董事長的幕僚，然後……」

「學賢呀，我的看法可不同。這回最具競爭力的是紐約的全光亭和巴黎的林洋，這兩位資歷和經歷都強，尤其都有至少五年以上獨當一面的歷練，這一方面你就明顯遜了一些……」

「哈，妳說對了，我如果以這方面或是國際經驗來主打，那就死定了。我要避開自己的弱項，讓全光亭和林洋這兩個強棒先鬥一番。妳放心，他們從兩個月前已經開打了……」

「他們一個在紐約、一個在巴黎，各有各的計畫和領域，怎麼開打？」

「兩個月前，鍾董要他們各自提交一份詳盡紮實的企劃書及檢討報告送到總公司來。董事長照例交給我先消化了給他作內部簡報，這回我的重點放在突顯他們的企劃中衝突的地方，特別標示出他們之間的矛盾，無論是規劃的業務、所需的經費，我都強調他們重疊競合之處，然後不著痕跡地製造這兩人的不滿……」

「你要如何製造他們之間的不滿？」

「這兩年論業績是紐約好，但是論長期發展的扎根計畫，巴黎及整個歐洲，尤其東歐的計畫更具前瞻。我花了整整一個星期，努力查閱相關資料及文獻，終於寫出九條初步評析意見供鍾董參考。施玉啊，這九條意見可是我施出畢生功力的力作，絕非尋常公事公辦的作業……」

「你這是在別人的規劃基礎上擷取精華，心機重！」

「但也要有眞功夫。換言之，我沒有參加競賽，卻把我最好的一面用『公事公辦』的方式送進了老闆的眼睛，我不相信老闆會不爲所動。」

施玉的車在公路上瀟灑平順地劃過一條向東彎曲的大弧線，兩邊的景色已從綿綿不斷的杉林轉變爲一望無際的稻田。成熟待收割的水稻在秋陽下綻放出幸福感的金黃色，胡學賢不禁爲之心動，暗忖道：「我的計策是否也到了成熟等待收割的時候？」

這時施玉的聲音在耳邊響起，出奇地溫柔：「即便他們兩人各曝其短了，親愛的，你怎麼出手？」

學賢從沉吟中回神，喔了一聲道：「我便回去擷取兩家之長，加上我的聰明才智，作一個大策略和執行計畫，在董事會中提出，讓老闆及董事們刮目相看，我便有七八分把握了……」

施玉點頭道：「嗯，有幾分道理。」

不料胡學賢接著道：「這是我原來訂好的計畫，但現在有了改變。」

「啊？改變？」

「對，我打算回去後啥也不做，繼續做老闆的得力幕僚，低調地爲他作簡報，董事會上不做什麼，就如往常一樣，盡忠職守做好特別助理的本分。」

施玉轉頭問道：「爲啥？這不像你？難道你改變心意不想加入競逐了？」

學賢臉上現出一絲自得的笑意，他盡量淡定地道：「我當然想。是施玉妳的事讓我有了不同想法。妳想想看，我跟鍾董這麼多年，做幕僚的能力強他會不知道嗎？反過來說，我欠缺獨當一面的歷練他當然也知道。在這節骨眼上，我努力作一篇雄才大略的好文章，但再好也就是一次性的表演，倒不如規規矩矩把老闆要的幕僚意見整理好，協助老闆最後拍板決定……」

施玉道：「還說想要呢，這樣你不就退出了……」

「不，剛好相反。施玉妳從鍾董的貼身祕書轉戰東京獨當一面，頭一回表現卓越，已讓老闆留下極深刻的印象，也一定程度改變了他用人的刻板思維：一個從未有任何實戰經驗的機要祕書，頭一次外放竟然就能獲得巨大的成功。想來董事長一定會體認到，貼身機要外放更能體會老闆的想法，只要人聰明，肯努力學，沒有經驗並非絕對的致命傷。想我這些年來做他的幕僚長，若說要琢磨鍾董的心意，我肯定比他老婆更能取悅他。我只要盡量讓兩位競爭者各有長短、難於取捨的情況充分突顯，讓老闆自動想到我，複製一個施玉模式，我就直接達陣了。」

施玉沒有回答。學賢有些訝異，不知她在想什麼，便加問了一句：「施玉，妳覺得有沒有道理？」

施玉答道：「嗯，有道理。」

她心中在想的是，她之所以外放東京乃是照著精心設計的劇本演出的結果。向老闆表白感情，「愛上老闆」的劇情雖然老套，但總是會令老闆既尷尬又有些得意，尤其是女主角漂亮可人，再加上以辭職表達無奈之捨，便又加了幾分感動。這時，好戲的張力已經具備，只要演員不要搞砸氛圍，大勢已定。

胡學賢是寫劇本的參與者，這一切他完全了然於胸，但他不了解的是，施玉的表演其實是有眞情成分，「愛上老闆」也不完全是照劇本的要求。事業有成加上英俊外貌的高富帥，每天早九晚六近距離相處，施玉自己也搞不清楚她對鍾正華的感覺中有多少是尊敬，幾分是愛慕。她只記得道別時倒在他懷中，感受到他的溫暖，聞到他的氣息，自己心理和生理上的感動……胡學賢及時敲門而入又打斷了多少她所享受的纏綿，那些感動至今仍不時偷偷從感覺的記憶中爬上心頭。不知鍾正華是否也有相同的感覺？在相擁的當時，她確定老闆是有的。

沒有這份特殊的感覺，胡學賢能複製施玉的模式嗎？施玉有疑慮，但她不出聲。

胡學賢享受了一個充滿美景、美食和綺香溫柔的假期，滿懷信心及活力地回到香港，進入辦公室第一件事便是找董事長辦公室的祕書吳小珊。

小珊私下告訴學賢，鍾老闆在昨日已約見了從巴黎回來述職的林洋，另外紐約的全光亭也訂在今晚抵達香港，約了明天上午十點和董事長面談。

這件事的發展大出胡學賢的意料，他原以為一切徵詢作業會在他銷假回公司後才開始，卻不料董事長突然啓動這件大事，自己完全蒙在鼓裡。鍾董既不等自己回來，小珊也不捎個信給自己。

想得更糟一點，鍾正華是不是故意支開自己，小珊是不是被交代不准與自己聯絡？難道老闆從自己那一篇分析評論的力作裡看出了自己的企圖？難道自己這一回完全自作聰明，甚至是作法自斃？

胡學賢不停地口心相商，問自己這一連串的問題，但是沒有任何答案是確定的，他只能設想最壞的情境，重新布置下一步怎麼走。

第一步，他急於知道鍾正華對自己那篇分析報告的看法。從這件事就能嗅出一些端倪，對自己不在的幾天所發生的一切，探出一些玄機，於是他去敲了董事長辦公室的門。

「董事長好！」

「啊，學賢，你回來了，度假愉快？」

「很好，謝謝董事長。日本確實是旅遊的好地方，尤其是秋天……」

他正想提到自己寫的那篇評析報告，不想鍾正華主動說了：「學賢，我讀了你那篇有關紐約和巴黎的報告，寫得很好啊，不僅是對全光亭和林洋他們兩人送來的企劃書做了中肯的分析及點評，更對公司未來幾年在美國及整個歐洲地區的業務發展，勾勒了一個具有前瞻眼光的藍圖。我看了後更覺得公司下一任的總經理責任重大，人選宜及早決定，便請林洋和全光亭兩位盡快回來述職，我要好好跟他們談談。昨天已和林洋談過，明天上午和全光亭談，你明天一道來聽聽，順便幫我記個討論要點吧。昨日小珊做的記要，有些地方不是十分到位，到底經驗弱一些。」

胡學賢聽了一則以喜一則以憂，喜的是自己那篇力作受到重視，但更憂的是老闆即使欣賞自己的能力，恐怕也只是做爲幕僚的能力，至於「總經理」這位置的候選人，自己完全不在他考慮之內。

他口中稱是，心中卻如打翻了鹽糖醬醋罐，五味雜陳。鍾正華又接著道：「待我與他們兩人談過了，我找個時間也與你談一談。你那篇報告裡有一兩點很有些意思，我想和你討論一下，將來在董事會中可以提一提。」

胡學賢感到熱血上湧，心中又燃起無限的希望，他連忙答道：「是，是。我是從您的高度來看公司的未來發展，便有了幾點看法，正好要就教於老闆……」

他心中暗叫「好險」，自己幸好採取了低調的方式暗中「參與」總經理大位競爭戰，而且也幸而在送上了評析報告後就去度假幾天，顯示自己寫那篇東西全是爲老闆建言，而非爲自己競選，絲毫沒有露出野心勃勃的狐狸尾巴。他暗忖：「現在老闆有意思和我深談，我總算又回到進可攻退可守的情況。」

他很快地從失落慌亂之中重新拾回自己，思慮也恢復了敏捷，腦中又思及：「董事長趁我度假時召回林洋及全光亭，這事固然超出我的預料，但是只要有機會和鍾董作一次高層次的對話，我自信絕不會輸給全、林兩人，而且鍾董大膽重用施玉獲得成功之事，不可能不在老闆心中留下深意，此事多少會改變他的用人哲學。這一點觀察我仍然認爲是獨到的，再耐心拭目以待吧。」

他見董事長似在忙著看資料，小珊進來遞上幾份國際古物市場的最新資訊，便告辭退出。

鍾正華這時忽然問了一句：「見到施玉了吧？」

「是……見到她。」

「她，情況都好？」

「她很好，業務推展的也順利……她忙得很，對了，她託我問候董事長。」

不知爲何，他覺得鍾正華問得有點弦外之音，所以也不自覺回答得有些心虛。

回到自己的辦公室，他開始翻看桌上的公文，心中卻總不踏實，直到中午仍不能完全平靜下來，正站起身來打算去吃午餐，手機「叮」響了一聲，是施玉送來的簡訊。

「見過老闆了？怎麼說？」

顯然施玉對他的計畫進行情況十分關注，急於知道董事長對他那一份評析力作的反應。

情況很複雜，也充滿不定性，他不知道如何簡要地回答，便索性坐回辦公桌默默思考一番。

他瞪著桌上放著的相框，雖只是一個相框，其設計及雕工俱佳，堪稱是個漂亮的木雕藝術品。他記得是多年前隨鍾正華到巴黎開拓業務時，老闆在羅浮宮外的遊客紀念品店裡看中，親手挑了兩個，其中一個送給了自己。

相框中放了一幀多張相片拼湊成的集錦，其中有一張黑白舊照，看起來像是一個高中生和一個國中生站在路旁公車站候車。高中生只見其背面，仍能看出他制服整齊、身材挺拔，身高有一百八十公分左右。國中生其實剛考上高職，矮了半個頭，穿得有點邋遢，歪戴的一頂船型帽略顯流裡流氣，從半側面可認出正是年輕時的胡學賢。候車站豎立的公車牌上面寫著「大直站」，他們在等候從大直到台北車站的公車。

他凝視著路牌，那照片應該是一九九〇年左右拍攝的吧。那年頭住在大直的學生「進城」的最佳路線，是先搭公車到台北車站再轉車。沒有人知道那個只見背影的高中生是誰，除了胡學賢。學賢每天和他同車，到了台北車站，那人轉車去建國中學，自己轉車去上商職。兩人從陌生到點頭打招呼，一直到學賢耐不住對這個又帥又優的高中生的仰慕，終於主動攀談，成了公車路友。

胡學賢從小是寡母帶大，心目中對這個老大哥有超乎尋常的崇拜。由於每天見面，兩人成了無話不談的朋友，有時他們會談到未來、談到前途，胡學賢年輕的心裡充斥著「有福同享，有禍同當」的憧憬，他總覺得這個老哥會罩他。

一年後，高中生進了台大，學賢之後商職畢業打混了一年，也進了中興法商。他們之前每天同車上學，各自進了大學後雖然不再同車，但見面機會仍不少，只是胡學賢漸漸發現他的公車路友愈來愈力爭上游，無論是學識、見解、談吐都有不凡的內涵和風範。他們之間雖然仍是很好的朋友，學賢卻自覺處處比不上人家，暗中竟有高攀不上的感覺，還好對方似乎不在意，每次見著學賢，還是把他當作從小交好的小老弟。

畢業後，胡學賢到馬祖服預官役，他的老大哥那麼棒的體格竟然因爲先天性心臟病，可免服兵役，一畢業就出國了。學賢再見到他時，他已經在香港成立了「東西文華貿易公司」。在台北召募職員的說明會中，學賢才知道從小的公車路友鍾正華已經發達，貴爲董事長了。

胡學賢進了東西文華貿易公司，他和昔日好友的董事長重逢，一開始還存著董事長「布衣故人」的浪漫思維，兩三次接觸後，卻發覺鍾正華和他之間少了曾經的親暱，多了正經的客氣。他立刻瞭解，大家都不是「布衣」了。從此他絕口不談往事，絕不逾越絲毫分寸，和鍾正華之間就維持純屬董事長和部屬的關係，而鍾正華顯然樂意如此。

胡學賢憑著自己的聰明努力在公司裡漸受重用，直到他展現了傑出的規劃能力才成爲董事長的特別助理。意外的是，鍾正華還讓他兼一個不管事的董事，他才隱約意識到，鍾正華在暗中似乎還是有念著故人的情分。

他自己也不清楚是什麼心理會把那張黑白舊照拼在集錦照片中，放在辦公桌上和它日日相對。也許因爲那是一張老闆年輕時的背影，自己半生追隨他最常看到的背影；也可能是因爲公司中沒有人能認出那背影是誰，而自己內心深處存著某種對昔日友情的不捨和緬懷吧。每當他想要揣摩鍾正華的心思時，就習慣性地面對這張老照片，似乎能給他一絲靈感。

其實當他看著照片中鍾正華的背影時，更多的情形是腦海中出現周潤發扮演的「賭神」高進的背影，這每每令他莞爾苦笑，也令他感到無奈。

此刻鍾正華心中在想什麼？胡學賢面臨了前所未有的大疑惑。這回到日本度假，聽施玉講了日本傳說中戰國三傑織田、豐臣和德川讓夜鶯唱歌的故事：夜鶯不肯唱歌，織田的辦法是要殺掉牠看牠唱不唱，豐臣的辦法是百般哄騙逗牠唱，德川的辦法只有一個字：「等」。最後，織田的夜鶯死了，豐臣的夜鶯飛了，只有德川等到了他的夜鶯，爲他高歌。

學賢在手機上輸入八個字，回覆了施玉：「夜鶯還在，我在等待。」

紐約的全光亭是個講究儀表衣著的紳士，香港大學畢業，在牛津大學得了碩士，說英語時帶著英國腔，不過香港人的特殊口音仍然無法完全免除。這口音也存在他說的普通話裡，儘管他十分小心，能夠正確地發出捲舌音，但香港人獨特的口音自然夾在努力經營的北京話中，聽上去就有舊時殖民政府中高級華人官員的味道。

全光亭很優雅地作完他的述職報告，鍾老闆很客氣地和他一問一答地聊著。坐在一旁的胡學賢絕不插嘴，靜靜聆聽，偶而在一個卷宗上記一兩筆。他很快就發現老闆的提問不少是從自己呈上的那篇評析報告中擷取的疑點及有待釐清的問題，心中暗覺安慰，老闆的確十分認眞地讀了那份報告。

鍾正華最後問了一個大問題：「光亭兄，從你在紐約這些年經營的經驗來看，『東西文華』在未來五年十年內，應該把重點放在哪裡？」

胡學賢暗道：「來了！最重要的問題來了。」

他曾在報告中明點暗指全光亭的規劃缺乏前瞻的眼光，老闆在全光亭述職報告時提這個問題，除了暗示這次述職報告其實是總經理位子的面試，更證實了胡學賢的評析深植入鍾正華的心中。

全光亭說話斯文輕柔，卻是有備而來，他聽到鍾董最後這個問題，也是精神一振，說話的聲調似乎也變得鏗鏘有力了一些。

『東西文華』布局全球，在文化古物的貿易方面應該可以列入全球前五名，以我個人的資訊及同仁資料的估計，我們應該可以排第三名……」說到這裡他抬眼望了鍾正華一眼，見鍾董微微點頭，便繼續道：「不過這個市場如果以古物買賣或舉辦拍賣而言，其實不論美國、歐洲甚至亞洲，都有漸趨飽和的情勢，『東西文華』雖然做得不差，但要在業務上有較大的成長，恐怕不能單靠這一塊。至於另一塊，則是新出土的古物。」

他停了一停，略為製造聽者急欲聽下去的氛圍，但對鍾胡二人似乎效果不佳，便趕快接著道：「這一塊過去不為大家重視，原因很簡單：貨源受限，市場不大。世界各國，即使是落後的國家，大多立法保護新出土的文化古物。不過，根據我私下檢索的資料，近年來新出土的文物在拍賣市場中出現的數量與日俱增，如果加上黑市的交易，恐怕眞實的數量總在數倍之上。換句話說，各國立法保護歸保護，總有人有辦法將寶物弄出來，或在黑市中買賣，或者等個幾年就堂而皇之出現在拍賣會上……」

鍾正華笑了起來道：「上有政策，下有對策，你不是在說最近出土的村正妖刀吧？」

全光亭也笑了笑道：「倒不是專指村正妖刀的事，而是泛指這個市場值得投入更多的關注。我要陳述的是，隨著『一帶一路』政策的推動，從中國西北到中亞諸國，全都是古文明遺址連綿的地帶，而出土古物最強而有力的推手就是基礎建設的興建，無論是修建鐵路、公路和鋪設各種管線，都是古物出土的好機會。如果我們在西安設立一個分公司，專門蒐集這一路的古物資訊，再在廣州也設立一個分公司，負責南洋海上絲路的古物資訊，比別的集團早一步布局一帶一路古文物業務，一定可以把這一塊經營起來，爲『東西文華』創造新的成長……」

鍾正華微笑點頭道：「這個想法有些意思，咱們有優勢。」

全光亭得了鼓勵，更加賣力地補充道：「是！無論是地利及人和上我們都佔有優勢。再來就是天時，這事的時效是關鍵問題，我們動手布局愈快愈好，站穩腳步後就到非洲甚至中東去複製經營模式。我們跟著一帶一路的腳步走，一帶一路通到哪裡，我們的布建就跟到哪裡……」

正講得興高采烈，冷不防一直無言的胡學賢冒出一句：「太招搖了吧！別忘了這買賣是要走法律邊緣哩！」

全光亭好像吃喝一半就噎了一下，瞪了胡學賢一眼，學賢很乖巧地道歉：「抱歉，全Sir，我插嘴了，不好意思。」

鍾正華卻點頭道：「不，學賢提醒的對，這想法是好的，但是作法上恐怕不能這樣敲鑼打鼓地幹。」

全光亭腦筋轉得又快又順，對著胡學賢又點頭又微笑，展現十分善意地道：「學賢兄說得太對了，這事情我只是說個大致的意思，執行起來，當然要講究細膩隱蔽……推動新的工作時，尤其人才的需求定要列為重點，我們應該對公司同仁做全面的再訓練，除了新工作所需要的專業，尤重員工對公司的忠誠，對領導使命必達的信心。」

就這麼一會兒，鍾正華已經胸有成竹了，他對全光亭能注意到人才培訓的重要很有感，便對胡學賢道：「我看成立分公司的事是不是先等一等，還是先採取咱們聘用在地研究員顧問的模式，在西安也好，廣州也好，多聘兩位專業的高手。顧問費可以高一點，但工作的內容要下達得具體而針對性，就像上回湖南大學的羅邁斗教授那樣的安排。我瞧這樣既不惹眼，又可立即展開工作，學賢，你覺得怎麼樣？」

胡學賢只一句話就讓自己進入討論的中心，不禁暗自得意，聞言連忙答道：「董事長這個想法好極了，在華人圈裡各相關專業的人才檔，咱們公司恐怕是收集得最完整而全面的。我兩天內就能搜尋出合適這工作的專家名單，提供董事長裁奪。恕我多插一句嘴，新出土文物貿易的利潤極高，但它的取得方式一絲也疏忽不得，否則雖然是一本萬利的生意，卻做不長久，而且有法律責任的問題，一個搞不好，後果不堪設想……」

他還待補充一、兩句話，鍾正華深深看了他一眼，插口道：「這事値得一試，怎麼做的細節當然要愼重再商量。」

胡學賢聽出這句話裡似有不想再聽自己說下去的味道，不禁爲之一怔，暗中有點後悔自己表態得太急了一點。這個精明的老闆，加上他對自己個性的了解，多半已經看穿自己「德川家康」式的圖謀。

正在患得患失，耳中聽到老闆接著說：「這回村正妖刀案是個經典範例，咱們一方面在西安和廣州設法聘請專案顧問，一面由學賢找施玉和羅邁斗教授把村正妖刀案從頭到尾每個環節好好記錄評析，詳細做成教案。」

胡學賢頓覺心情大好，暗忖道：「老闆終於從妖刀案想到了施玉，他若已經看破我的企圖心，那就一切盡在不言中，我再說任何話都是多餘了。」

然後他又忍不住想道：「如此說來，方才我雖表態得急了點，可能被老闆看破了心思，現在想來反倒是好事，就讓老闆自己去作決定，我耐心等待。不信夜鶯終不爲我歌唱。」

心思複雜的胡學賢不再插嘴，卻不斷在心裡嘀咕，一會東一會西，老闆和全光亭後面說的他都沒有仔細聽，談話已經結束。

午餐後，胡學賢坐在辦公桌後，面對著那一幀集錦相片，年輕時鍾正華的背影漸漸地在眼前放大，他凝視了良久，終於用手機送出了一條 Line：

「施玉，老闆想到妳，我的夜鶯快要唱了。」

天亮時，夜鶯沒有爲胡學賢歌唱，卻飛到全光亭的肩上唱了起來。

鍾董事長通知胡特助，準備提董事會的人事任命案：聘請全光亭先生擔任「東西文華」的新任總經理。

連帶牽動的人事案：紐約的出缺由原駐上海的朱遠繼任。上海的缺則由副手梁文革暫代。

胡學賢從董事長辦公室走出來，臉色凝重，顯得心事重重，祕書吳小珊跟他打招呼他都沒看見，逕自走回自己的辦公室。小珊瞅著他的背影，微微搖頭。

學賢把自己摔在沙發上，心中還在琢磨那個紐約來的全光亭究竟是憑什麼得到鍾正華的青睞，自己下一步該怎麼走。

「我若能爭取到上海去也不錯。」

這個念頭閃過腦海。總經理寶座既然已經夢碎，上海是整個中國地區的「本店」，未來無論是西安或是廣州的新業務肯定都歸上海管。

還有，上海離東京近。

他想通了這一點，情緒稍穩。然而下一個問題是，要採取什麼步驟去爭取上海的位子？

「上海的缺未定，而是由梁文革暫代，這就證明鍾董心中尙未有確定人選，他也許會想到循施玉的模式派我去……但也許他不會……他會不會讓梁文革扶正玩眞的？」

心中思想交戰了一回，他只得到一個結論：「是向鍾正華挑明爭取的時候了，就算他不念咱們小時候的情分，我胡學賢忠心耿耿侍候了他那麼多年，就不相信在他心中還比不上梁文革那個紅衛兵！」

於是他發了一條 Line 給施玉：

「夜鶯飛去了紐約客肩上，上海人去了紐約，我想去上海，妳說？」

不到十分鐘，他收到回 Line：

「上海的位置未來發展大，應該直接爭取無懸念。」

胡學賢從鍾董事長辦公室出來，面部表情凝重，這回他看到吳小珊向他打招呼，他揮手回應：「小珊，謝謝妳安排會見時間。」

「胡特助您太客氣。」在她心目中，胡要見董事長，是可以自己約時間的，她不知道的是胡學賢刻意地低調，尤其是這種細節，他從來都會給鍾董留下絕不逾矩的印象。

他回到自己的辦公室。

方才他和董事長談了半個鐘頭，覺得自己表達得十分得體，希望能外派上海的意願也表示得十分清楚，尤其當他談到鍾董對他的照顧提攜時，稍微提到少年時期對同路公車的路友大哥的仰慕之情，不禁被自己的話感動得略為哽咽。他看到鍾正華臉上閃過動容的神色。

鍾正華對胡學賢也說了多年不曾說過的話，他感謝學賢多年來對公司的貢獻，還特別強調了學賢對董事長及公司的忠誠，令胡學賢感受到安慰。

但是對胡學賢想要去上海的事情，鍾正華並沒有當面同意，只說了「施玉調東京，證明幕僚和區域主管互換也可能是好的move」這麼一句話，便沒有再說下去。胡學賢強忍著沒有再多「推」。這個董事長太聰明，任何事講到分寸上就要停住，多一句話就會太多。

此刻，胡學賢坐在自己的辦公室裡，冷靜下來後，把前半個鐘頭和鍾董的交手過程複習一遍，心中漸漸充滿信心。他對自己說的還是那句話：「就不相信在老闆的心裡，我還比不上梁文革那個紅衛兵！」

於是他再發了一條Line給施玉：

「老闆說妳去東京是成功例子！上海在望。」

三天後，鍾正華主動找胡學賢到辦公室談話。他要胡學賢在提報董事會的人事案中加上一條，將梁文革調升主管上海及大中國區域的業務。

胡學賢聽了只覺得不可置信，刹那間一陣熱血上湧，頭腦發熱，心卻涼了。

「他竟這樣對我！爲什麼？爲什麼要這樣對我？」

鍾正華顯然預料到他的失望，便主動說明沒有派他去上海反而重用梁文革的原因。

「學賢，全光亭即將就任總經理，昨天他給了我一個建議，便是要讓區域的主管有更大的權責，這樣主管才會主動關注推動區域內全方位的業務。像是上一回日本妖刀的案子，你和施玉雖然幹得漂亮，但照全光亭的想法，根本就應該由上海的主管負責發掘資訊、規劃執行方案，而不是由我們這邊直接領導羅教授等人去幹活。我覺得他講的有道理，尤其是以後要跟著一帶一路的基礎建設走，出土文物的第一手資訊定要區域主管全權掌握及運用，這一塊新市場才能全面開拓發展。哪能每次都靠機緣湊合，就像羅教授偶遊衡山剛好遇上劉家父子、聽到那一刀一劍的事兒？這種做法也太不靠譜了吧？」

他說到這裡停了一下，瞟了胡學賢一眼。學賢聽了雖覺得還算有點邏輯，但心中不爽至極，尤其聽到鍾董昨日又和全光亨商談大計，自己身爲特助竟未被通知列席，看來鍾正華是刻意要把自己晾在一邊。問題是，他爲何要如此做？只是爲了看穿了自己也在覬覦總座的算盤就對自己如同防賊一般？這實在太過分了。

鍾正華見胡學賢有些心不在焉，便加強說明：「這會兒中國和中亞諸國的多線合作辦得正熱，這一帶一路上的基礎建設也將進行得如火如荼，我考慮這時候上海那邊極需要一個對內地商務政情有實質經驗和了解，而且和當地領導能說得上話的人來打基礎，以後才能順利開展新業務。梁文革雖然嫩一點，倒是具有這些條件和能力，全光亨和我都贊成讓他試一試……」

胡學賢聽到這裡，一口氣直衝上來，全身有要爆炸的感覺。他幾乎忍不住要吼叫出來：「原來老闆不肯派我去上海，是因爲我能力不足，我胡學賢竟然不如朱遠的副手！」

但他忍住了。多年來面對這個少年好友的老闆時，他已養成了萬般忍耐的習慣，但強行憋住這口怒氣使他全身冒冷汗，臉色由脹紅變爲蒼白。鍾正華顯然察覺到了，裝作沒看見繼續道：「三天前你表示有意去上海，本來也是可以的，但是目前這情形，我看你還是等一等吧，再說，這邊剛換了新總經理，我一時也少不了你……」

胡學賢努力恢復自己的心理和生理狀態，對老闆的說明已不在意，只胡亂點了兩次頭，一言不發。

鍾正華說到這裡也停住了，兩人之間陷入一陣靜默，氣氛有些尷尬。胡學賢漸漸恢復了平靜，臉色和心跳都漸復正常，他身爲董事長特助的職業習慣也回到身上，他立刻輕咳一聲，打破尷尬的沉默，然後微笑道：「董事長這麼決定自有您的考量，只要是爲公司大局好，我的事無所謂，倒要感謝董事長的器重。」

他說得流暢，絲毫不帶情緒，就如這些年來，每一次鍾董需要一個人圓場面時，總是他輕咳一聲出來化解尷尬。這一回他照樣挺身而出化解涉及自己的尷尬，他冷靜一如平常，連他自己都感到驚訝。

更令他自覺訝異的是，他忽然不再在意老闆說什麼，也不再在意自己該說什麼或不該說什麼，似乎在這一瞬間，胡學賢徹底回到了他自己，不再是鍾正華的跟班，不再是那個只能盯著鍾正華的背影自慚形穢的胡特助。

就在此時，他聽到鍾正華的指示，他的語氣也恢復了老闆味：「還有一件事，上次董事會討論組織章程修正案時，作了決議要求我們提出有關公司運作方面的修正條文，我們趁這個機會增加一條，明定董事長任期未滿而從缺時，應由董事長特派的董事擔任董事會臨時主席主持會議，並須於一星期內選出新董事長。學賢，你把這些須增補或修正的條文文字修飾妥當，明天下班前給我過目。」

胡學賢知道東西文華貿易公司董事會的結構特殊，萬一董事長出缺，董事會中的其他兩派立刻就有可能合縱連橫演出奪權，因而新董事長出線之前的董事會臨時主席至關重要，必須由對公司情況有深入了解、議事技巧嫻熟、忠於公司及董事長的人來執行這關鍵一星期的任務。

鍾正華突然把這個任務交給自己？胡學賢本已心如止水，聽到這句話不禁為之一震，鍾正華顯然是要趁他在公司中權力及聲望達到巔峰、對公司運作一言九鼎的時候，將這一個保險的操作訂在章程中，以確保鍾系勢力能持續掌控「東西文華」。

胡學賢雖然心中一動，但是沒有任何鼓舞的感覺，或許是受到一連串來自老闆的打擊，他暗忖道：「那麼重要的任務指名要交給我，可那是你『死』了之後的事。既然我那麼重要，你『活』著時為什麼不讓我做總經理？為什麼不派我去紐約？我低聲下氣要求去上海你也不准，我胡學賢就連上海那個紅衛兵都不如？鍾正華，你算了吧。」

他同時忖道：「你比我只大兩歲多，要等你老兄先走一步我才變得重要起來。嘿嘿，瞧咱倆一個高高在上，一個天天受氣，我老胡先走一步的機會也是有的。鍾正華，這種口惠實不至的空中大餅，您就少畫些吧。」

心中雖如此想，表面上他仍習慣性恭謹地回答道：「是，立刻辦，明天下班前都會整理好送到董事長辦公桌上。」

鍾正華很滿意自己對這些人事前前後後的處理，對胡學賢理性態度的反應也很欣慰。學賢辭出辦公室時，鍾董輕鬆地噓了一口氣。他在心裡盤算：「學賢能識大體，下回人事調整該給他一個好機會了。」

胡學賢回到自己辦公室，立即發了一條 Line：

「施玉，又被擺了一道，上海去不成了，他們相中了那個紅衛兵，氣人不？還要說是這邊少不了我。」

才發出去沒半分鐘，「叮」一聲，施玉已回訊：

「別氣，親愛的，我月底就要出差香港一趟。」

學賢閃過一絲微笑，他運指如飛回 Line：

「好極，渴望妳的身體和頭腦！我有大計畫，真正的大計畫！等不及想和妳分享。」

「等不及想聽你的大計畫。」

他正要起身去吃中餐，又有新的微信進來，這回卻是長沙羅教授發來的訊息。

「胡特助：請報告董事長，那柄短劍的來歷有些突破性的發展，恐怕要請董事長親自跑一趟大陸。詳情涉機密須面報，弟打算月底到香港。羅邁斗。」

學賢沉吟片刻，立刻回訊：「教授好，所提之事立即報告董事長，您到香港請先與弟聯絡，中間勿經第三者。又，兄此行所需旅費實報實銷，請先墊付。學賢。」顯然他還不知道羅邁斗搞的計畫直接掛在上海辦公室，一切費用都是實報實銷。這個賣好是白搭了。

他想到鍾正華要他召集施玉和羅教授把村正妖刀的全部過程和關鍵要點作成教案，而這兩人不約而同月底都要來香港，正好一起商議一下大綱及如何分工的事。

鍾正華的會客室裡飄著濃郁的咖啡香，吳小珊煮得一手好咖啡，印尼的頂級麝香貓屎咖啡豆加上小珊專業級的身手，從長沙來的羅邁斗教授啜了一口，便連讚從來沒有喝過這麼美味的咖啡。

「我平時是喝茶的，對喝咖啡的優劣就像豬八戒吃人蔘果，吃完了還要問別人是啥滋味，哈哈！董事長您這咖啡可讓我開了洋葷，好！名不虛傳！」

鍾董道：「羅教授喜歡的話，我請小珊拿一包咖啡豆送給您，不過煮咖啡還是要有點本事，待會也請小珊傳授一兩招吧。」

胡學賢笑道：「我每天侍候董事長，也很少喝到這種咖啡呢，可見董事長對羅教授有多偏心。」

羅邁斗緩緩將一小杯咖啡品嘗完，這才心滿意足地開始報告他的新發現。

「我先報告一個發現，可以解諸位心中一個疑惑。各位一定想過，反清擁明的國姓爺鄭成功，在康熙帝的心目中蓋棺論定是個前朝忠臣而非本朝叛逆。那麼爲什麼逃到湖南衡陽的鄭鴻逵後人還要被追殺？最後終於被迫改姓鍾……」

鍾正華點頭道：「不錯，上次羅老師告訴我衡陽鍾氏是福建鄭氏改姓而來，我雖然接受了，但一直不能百分之百確定的原因就是在此。羅教授您這回有了答案？」

羅邁斗道：「不錯，我們研究小組遍查各方資料，都找不到合理的理由，更遑論可靠的證據了，後來我忽然想到一樁事，腦子豁然開朗了，原來我們忽略了一件事……」

「什麼事？」

「據史料顯示，明末崇禎皇帝吊死於煤山後，南明第二個稱帝的是福州的隆武帝，鄭成功就是被隆武帝賞識而賜姓名的，是為大家熟知的國姓爺。可是大家或許不知道，除了鄭成功，那時還有另一個小國姓爺……」

「另一個小國姓爺？是誰？」

「這個小國姓爺還比鄭成功早一日被賜姓，他便是鄭芝龍的四弟鄭鴻逵的兒子，鄭肇基。上次在東京曾向董事長報告過，我們發現鄭鴻逵在一六五一年左右將一家老幼婦孺從老家福建南安遷到江西衡陽，後來經查得知，當時便是由鄭肇基護著祖母、母親及子女搬遷到衡陽。我們一直都忽略了鄭肇基的身分，試想鄭成功英年早逝之後，如果鄭肇基還在，就成了世上唯一僅存的『國姓爺』，他若以國姓『朱肇基』之名號召天下反清復明的力量，必將成為清朝的大患……」

胡學賢啊了一聲恍然大悟，忍不住叫道：「不錯，不錯！我看電視連續劇《康熙大帝》裡有個朱三太子，是個山寨版的朱家子弟，居然也讓朝廷如臨大敵，何況這可是貨真價實的小國姓爺？」

羅教授聽了有點哭笑不得，只得敷衍兩句：「很有道理，胡特助聞一知三。」

鍾正華自從上次聽羅教授說衡陽鍾家本姓鄭之後，私下也曾查了鍾氏家譜，這時略一思索已知答案：「照羅教授的說法，衡陽鍾氏第二代鍾國用，便是小國姓爺鄭肇基，其父鍾守光為第一代，便應該是鄭鴻逵了。」

羅邁斗拍掌道：「董事長也熟讀了家譜所載。不錯，不過定國公鄭鴻逵本人並未遷來衡陽，他仍留在福建帶兵抗清，史書記載他於一六五七年死在金門。他遷到衡陽的兒子小國姓爺鄭肇基改姓為鍾，仍尊鴻逵為衡陽鍾氏之祖，為他改名為鍾守光，建祠於四畝塘。」

鍾正華心中這一疑惑得到合理的解釋，此時再回憶幼時聽到老人家曾說過「我祖本姓鄭」，心中再無懸念了。他再次用衡陽話唸道：「盡忠（鄭鍾）守國，盡忠守國……」

他向羅教授拱手謝道：「真要感謝羅教授費心解了這個謎，為我家祖傳家譜的可信度增加了有力的支撐，我這鍾氏的後人實該大大地謝您！」

羅邁斗謙道：「董事長不要客氣，我既接下了這個研究案，理應竭盡全力追查到水落石出，此乃分內該做之事。下面要報告的是我的學生查到的另一條線索：我們從福建南安石井的地方誌、民間抄本、宗族譜，甚至墓葬群的誌銘中仔細清查，我那學生查到一個孤立於鄭氏族譜的子弟，名叫鄭夂，其出生時期應該是一六一五到一六二〇年左右。換言之，應該比鄭成功大個幾歲，屬同年代的族兄弟。鄭夂本人是單傳男丁，似乎未娶未生，他這一支孤系自鄭夂而絕。我們找不到他的生平及終結資料，只找到一句：『夂聰明尚武，未及弱冠即渡海遠赴東瀛平戶島。』其他便沒有了。」

羅教授見鍾正華及胡學賢兩人臉上都流露出一頭霧水的表情，便解釋道：「其時南安石井鄭氏族人中最有勢力的便是鄭芝龍，而鄭芝龍在日本的根據地便是九州的平戶。這個鄭夂少年時便遠渡重洋去了日本，我們設想他多半是隨著大家長鄭芝龍的船隊去了平戶，如果再深想一步，一六二四年出生在平戶的鄭成功應該和這位族兄鄭夂認識，說不定同在異國平戶成為玩伴或好友……」

鍾正華聽到這裡覺得好像有些扯太遠，胡學賢卻大感興趣。他腦子轉得快，一陣猛點頭後道：「有道理，有道理欸，搞不好從鄭成功的延平郡王朝中去找，就能找到這個鄭夂！」

羅教授搖頭道：「胡兄和我那個研究生想到一塊兒去了，他遍查了延平郡王王朝的大小人物，查不到鄭夂這號人物……」

鍾正華忍不住打斷他的話頭：「為什麼要追查這個鄭夂？他和我們要搞清楚那柄短劍的來歷沒有關係啊！」

羅教授微笑道：「好問題！我們的策略是從衡山現場情形發展出來的，一個是那把發紫光的短劍，另一個是紫光劍的主人是誰。鄭夂在鄭氏家譜中斷了線，他是否到了衡陽改姓鍾？在鍾氏族譜中查不到，我們便用大數據試著海搜『鄭夂』、『平戶』、『鄭成功』、『紫光寶劍』……等，居然查到了一個關係人，閩侯的何飛。我們去福州當地的文史網站上貼訊息，就有一位姓何的老人，他聽說我們在打探有關鄭夂的資料，便主動找上我們，表示他的祖先曾看過鄭夂。我們當然大感興趣，正要細問詳情，老人忽然問了我們一句話：『你們找鄭夂是不是為了一把寶劍？』這一下我們全跳起來，我老羅暗暗叫道：『挖到寶了！』」

鍾正華和胡學賢也聽得精神大振，幾乎是齊聲問道：「這是怎麼一回事呢？」

羅邁斗解釋道：「何老先生名叫何念祖，大學讀中文當過中學教師，世居福州閩侯。據他說，他十一世前的祖先名叫何飛，是國姓爺鄭成功的貼身親兵校衛，國姓爺在世時，他先祖何飛負責為國姓爺牽馬，國姓爺征戰時，何飛因騎術特佳，不是躍馬在國姓爺左右護衛，便是作為前驅。一六五九年，鄭成功率軍北伐攻到南京城下，清廷大為震動，結果功敗垂成，兵敗之際有一位神祕刀客意欲刺殺國姓爺，那刺客武藝高強，無人可敵。何飛以身護主，危急之際，幸賴俠士鄭冬趕來相救，國姓爺為感謝而將身佩的紫光寶劍相贈。鄭冬稱讚何飛為義士，將自己駿駒相贈，成了一段寶劍贈俠客、駿駒歸義士的佳話。何念祖老師講到他先祖何飛的掌故，出口成章，不愧是中文系的高材生。他還提到何飛對這一段護主而得駿馬的事視為畢生光榮之作。他去世之前便將此事經過記錄下來，傳諸子孫，是以鄭冬救國姓爺獲贈紫光寶劍的事，竟也因此在何家世代相傳了下來。」

胡學賢一聽到「紫光寶劍」更加興奮起來，疾聲問道：「他確實是說『紫光寶劍』？」

羅教授點頭道：「千眞萬確，何老先生說『紫光寶劍』！」

鍾正華滿心疑惑，問道：「國姓爺北伐兵敗，在史書上是如何記載的？」

羅教授道：「正史書上寥寥數語語焉不詳，各種其他記載則頗多出入，但都沒有提到鄭冬這個人，更遑論他救國姓爺而獲贈寶劍的事……」

胡學賢問道：「倘若這位何老先生說的是眞的，那個鄭冬得了國姓爺的寶劍，後來不知怎麼了？是不是他拿了這柄紫光寶劍，到衡山深谷裡和那個東洋女武士決鬥？」

羅教授苦笑一下道：「以目前所得資訊，不可能回答學賢兄這個問題的。我們請教何老先生，他先祖目睹國姓爺遇刺獲救的現場記錄現在何處？何老先生告訴我們，這份收藏了近四百年的記錄就在他手中。我們告訴何老先生，咱們董事長手上有一柄古劍，劍身會發出紫色劍光，想要追查這柄劍的來歷，不知能否一讀老先生先祖留下的記錄？他說可以給我一觀，但有一個條件……」

「什麼條件？」

「何老先生要親自看一眼那柄『紫光寶劍』。我想知道董事長對此事的看法。」

鍾正華思考了一會兒，緩緩道：「這整件事玄得很。不瞞各位，我第一次見到這把劍便有一種奇異的感覺，總覺得它似乎與我的家族有些什麼牽連，但究竟是什麼，一點譜也沒有。羅教授這回去調查它的來歷，竟扯出它和國姓爺之間的連結。如果我鍾家之祖原姓鄭，開宗於鄭鴻逵和其子小國姓爺鄭肇基，那麼這個發現就眞可能和我家族有關了。究竟鄭冬是什麼人？他似乎就是解開謎團的核心關鍵！」

胡學賢湊趣地加上一句：「咱們雖不確知鄭冬是誰，但總算找到了見過鄭冬者的後代。羅教授，您這可算是一大突破啊！」

羅邁斗對學賢的稱讚點點頭表示感謝，然後對鍾董道：「這件事目前是追到這裡了，下面要不要追下去，要請董事長指示一下……」

鍾正華道：「查到這些實在不容易，再說，要不要繼續追下去，也可以先看看何老先生的祖先……那個……那個何……是不是叫何飛？……」

「對，是叫何飛。」

「……先看看何飛留下來什麼記錄，如果確屬眞品，那麼這個故事前半段便靠譜了。咱們再卯足勁追下半段就十分値得。」

「董事長是願意帶那柄短劍跑一趟福州？」

鍾正華又考慮了一下，轉頭對胡學賢道：「咱們帶劍去福州！要梁文革立刻做一個計畫報告，我要求這把劍進出大陸百分之百不得有閃失。」

「是，董事長，我立刻通知梁文革。」

施玉出差香港，在旺角帝京酒店訂了房。

晚餐是和羅邁斗教授及胡學賢在荔枝角道上海鮮店好好享用了一頓順德廚師的拿手好菜，回到房間洗梳完畢，披上寬鬆的浴袍，一面看電視，一面等人。

門鈴聲輕響，胡學賢閃了進來。門一帶上，他們立刻熱情地吻在一起，用動作抒發了相思的情愫，然後在沙發上坐了下來。

胡學賢還想要再進一步，施玉按住他的雙手，悄聲道：「不急，只要你不回家，今晚都是你的。我要先聽你的『大計畫』。」

胡學賢當然分得出輕重緩急，他抓起施玉的右手在她拇指上輕咬一口，便放開她，盯著她看了半分鐘。施玉忽然被他看得一陣莫名的心跳。

「看什麼？你怪怪的……」

「看妳！聽說事業有成的女人最美麗。」

「你少來……嗯……你別那麼急嘛！」

胡學賢放開了施玉，有點漫不經心地道：「施玉，上次妳提到妳的電腦裡還保存有去年和前年的公司財報，我是說對內的機密財報，包括稅前稅後？」

「是啊，怎麼了？」

「我想要看一眼。」

「你要看這些資料幹嘛？」

「沒……沒什麼。只是覺得身爲老闆的特別助理，卻從來沒看過這份資料，妳不覺得很過分嗎？」

「不行，我私留這文件已經違背了公司的規定，更不能給人看。」

「哦，那就算了。」

胡學賢已知施玉不肯配合了，他在心中另作打算，表面上故作不在意地聳聳肩道：「妳在Line上要我全力爭取上海一職，除了我們見面比較方便，還有啥好處？」

「我在東京得到個訊息，我們西疆鄰國及中亞諸地未來有非常多的基礎建設計畫，這些古文明地帶因基建帶動出土的古文物一定可以預期。想想一把妖刀替公司賺了多少錢？未來這一塊帶來的利潤可能是天文數字，這些業務都將歸屬上海主管，上海分公司前景大大看好啊……」

胡學賢哈哈笑道：「妳倒好，跟全光亭想到一塊兒了！可惜……唉，我沒爭取到！」

說完時已轉黯然，施玉連忙道：「你說你有大計畫，我等著聽呢。」

「好，先跟妳講我的大計畫……」

胡學賢心中在滴血，他暗中狠狠地忖道：「鍾正華，我要總經理你不給，紐約也不給，連上海都不給，媽的，我就要個最大的，哼！」

鍾正華帶著胡學賢飛到福州，羅邁斗教授和東西文華上海分公司的梁文革在長樂機場接機。老闆親自給的第一道命令，梁文革辦得格外巴結。他在三天前已用一個西洋劍及軍刀體育競技商品進口商的名義，進了一個空運貨櫃，將老闆的短劍配了個鉛合金的劍匣，藏在這一貨櫃中運到上海，然後他親自開了十小時車從上海帶到福州。

羅教授約了何老先生在鍾正華下榻的旅館見面，大家寒暄交換名片。看名片得知何念祖老先生是福州長樂高中的退休老師，鍾正華先提了問題：「何老師稱令祖曾為國姓爺貼身親兵校，不知有沒有什麼證物？」

事隔三百多年，滄海桑田物換星移，鍾正華雖然提問，原不指望對方能拿出什麼具體證據，卻不料何老師不慌不忙，從皮包中拿出一條金帶，看打造形狀像是一條腰帶。

「這條金帶是國姓爺親手從自己身上解下來賞賜先祖何飛的。您們仔細看，帶子上還有『安南鄭森』四個字。鄭森就是國姓爺原來的名字。」

鍾正華和胡學賢仔細檢查那條金帶，約有一兩多重，內面果然打了「安南鄭森」四個字。

何念祖補充道：「一六四六年，隆武帝在汀州遇害，是我祖何飛冒死飛馬傳送軍情到福州。國姓爺感念何飛忠勇，便賜了他這條金帶。我是何飛第十一代嫡傳，一直保存這條傳家之寶，文革時紅衛兵抓我這中文老師戴高帽遊街，盡燒了我家藏古版書籍，就這條金帶我藏得好沒被搜去。」

鍾正華和胡學賢對望一眼，都覺得何念祖所言似乎可信。

羅教授道：「何老師這條金帶有三百多年歷史了，固然是您何家傳家之寶，我們卻更想拜讀一下您手上同樣三百多年的紙本文獻，就是令先祖何飛公所記錄的國姓爺南京兵敗遇刺的實況……」

他一面說，一面從一個長型布包中拿出一個長匣，遞給了胡學賢。

何念祖心知長匣中應該就是那柄國姓爺身上的佩劍，於是他也從皮包中摸出一個講義夾，其中透明套中有兩頁發黃的毛邊紙，上面歪歪斜斜地寫滿了蠅頭小字。

胡學賢啓開長匣子，從匣中取出那柄短劍，他看了鍾老闆一眼，老闆點了點頭。「唰」的一聲，一道紫光橫空劃過，他手上已多了一把寒光閃閃的短劍，劍身長約一尺八寸，寬約一寸

六、七分，兩刃及劍尖泛出紫光，定眼看它便覺得有股殺氣凜然而生，使人不願再多看它一眼。

何念祖驚嘆一聲，然後對著手上的講義夾唸道：「……那劍拔出來長不足二尺，寬只一寸六、七分，劍刃射出紫光，殺氣太重，我不敢正視……」

再看了看胡學賢手上短劍，又興奮又感慨地嘆道：「與先祖所記一模一樣呢，不可思議啊……」

鍾正華則起身走到何念祖身旁，一同閱讀那兩頁三百多年的文件。只見兩頁毛邊紙已呈黃黑之色，所幸墨色尚未全褪，勉強可讀。其文理尚通，書法則劣，讀來頗覺吃力。記事題目爲「紫光寶劍」，文字通篇所述主要是記錄國姓爺兵敗當晚正值何飛當班在旁守護，深夜有個紫衣人從天而降，意欲刺殺國姓爺的經過。

在那兩頁紙上，何飛寫的最關緊要的一段是：

……紫衣人矮子，刀法厲殺六侍衛無人能擋，他揮刀直取國姓爺，我心急便撲在國姓爺身上要擋他一刀。這時有白衣人從天而來，和紫衣人鬥在一起，兩人刀劍亂飛看不清，只知紫衣人鬥了一半突然離走，白衣人對國姓爺說福松還認識我嗎，國姓爺大叫鄭冬，又叫冬哥，原來認識的。他們談了許久，最後國姓爺把紫光佩劍送冬哥，那劍拔出來長不足二尺，寬只一寸六、七分，劍刃射出紫光，殺氣太重，我不敢正視。鄭冬問我姓名讚許我好樣，還說何飛是義士，送我好馬……

鍾正華等人讀完兩頁何飛的記錄，對於這把短劍曾為鄭成功佩劍的說法，心中再無疑念。只是對這把短劍在贈送給鄭冬後，又如何成為殺死一個東瀛女武士的最後結局，則完全不能理解，甚至難以想像。

羅教授看雙方都甚滿意，就對何老師道：「何老師，你在令先祖之後近四百年，終於見到了何飛老人家曾看過的那柄短劍，應該滿足了吧。」

何念祖點頭道：「確實震撼，確實感動！謝謝你們願意將這珍貴寶物讓我瞻仰，與我先祖所記一一對證，證明先祖所見到的紫光寶劍原來仍在人間，眞乃可遇而不可求的奇緣……敢問各位是從何處得到此劍？」

羅教授笑道：「有人在深山野外撿到這把劍，劍身鏽死在爛劍鞘裡拔不出來，就當破爛賣了。我們鍾董事長公司裡有識貨的人花五十元買了下來，打整乾淨後發現竟是一把寶劍。這回從何老師這裡得到證實，原來是國姓爺鄭成功的佩劍，對鍾先生而言，也是可遇不可求的奇緣哩。你們彼此彼此，都可喜可賀……」

胡學賢在一旁聽了暗笑，忖道：「這個羅邁斗實在有一手，編故事不打草稿。我且問問這何老師。」

他接著問：「何老師，您先祖何飛老先生這兩頁筆記，別人看了不怎麼樣，對咱們鍾先生來說，便特有價值，不知咱們能不能向您買一份拷貝作為紀念？」

他們事先就商量好，如果記錄是眞品，便準備出價買下。這時學賢故意說得輕鬆，其實心中有對方索取高價的心裡準備。

卻不料何老師將手中講義夾雙手遞給鍾正華，很客氣地道：「這講義夾中的便是我用手機拍照電子版放大的拷貝，原本就打算今天如能看到眞正的紫光寶劍，這拷貝就送給鍾董事長作個紀念。」

想不到何念祖如此大方，鍾正華有些意外也有些感動，忖道：「這年頭讀書人還保留這份書生氣，實在不容易。」

於是他向何念祖鞠躬道：「何老師義贈此劍的來歷記錄，我們感激不盡。正如羅教授所言，這柄國姓爺的佩劍從此正名重出人間，對大家都是可喜可賀之事，我們表達一點謝意是該之又該的。不瞞何老師，敝公司做的是古文物貿易生意，日後如果公司能成功拍賣此劍，獲利中一定少不了何老師的一份……」

說到這裡他對站在身邊的胡學賢看了一眼，學賢從皮包中掏出一個信封，雙手交給何念祖道：「這裡是人民幣三萬元，是我們鍾董事長對何老師提供給我們珍貴訊息，一點不成敬意的表示，希望何老師不要見外。」

何念祖堅辭不收，鍾正華見情況有點尷尬，便示意胡學賢適可而止，只再次道謝並囑保持聯繫，就讓何老師回家去了。

胡學賢感嘆道：「這位何老師提供的資訊，對我們這柄『紫光寶劍』的來歷極具關鍵性，難得他是如此君子風範，竟然一文不收，令人欽佩。」

鍾正華覺得此行的收穫實屬不可思議，也感嘆道：「本來無根無由地調查這把短劍的來歷，便如大海撈針，想不到羅教授的研究團隊還眞有辦法，居然眞給你們撈到了……不過，就算咱們自己都相信這把劍的來歷，就憑目前手上這兩頁記錄，要想在市場上號稱它是國姓爺的佩劍，恐怕仍嫌薄弱。如果還要再追下去，下一步該怎麼走？」

一直沒有說話的梁文革這時開口道：「恐怕還得再追查那個鄭冬，畢竟是鄭冬從國姓爺的手上得到了這柄短劍。」

鍾正華覺得有理，便詢問羅邁斗的意見：「羅教授，您說呢？」

羅邁斗道：「看來我們得去一趟南安石井鎭，那邊有一個鄭成功史蹟館，除官方人員外，還有一群民間的文史工作者，他們對鄭氏海上霸權及延平郡王的文獻史蹟有相當豐富的調研經驗及成果。我剛好認識其中一位資深工作者，是我湖南大學的同學，名叫鍾啓芳……咱們可以去找他。董事長您有空跑一趟嗎？」

鍾正華不置可否，似在考慮之中，胡學賢忽然想到一事便問道：「啊？也姓鍾，是不是衡陽人？」

「對啊，啓芳兄是湖南大學國文系高我一屆的同學，你一提醒，記起來他好像是衡陽人哩。」

鍾正華忽問道：「是哪個芳字？有草頭嗎？」

羅教授答道：「有草頭，芬芳的芳。」

鍾正華睁大了眼道：「這可巧了，說不定是我祖父輩的族人呢。衡陽柘溪鍾氏班輩按『守國鳳朝儀，傳家仰祖芳，文華開景運，世德有餘光』排行。如果鍾啓芳眞和我同族，他『芳』字是我『華』字的祖輩。」

羅教授笑道：「董事長，你爲公司命名『東西文華』時，並不知道『文華』兩字也在鍾氏族譜之中，這眞是天意了。」

鍾正華笑著點頭，然後道：「既是天意，我們就一同跑一趟南安石井鎭吧。」

胡學賢提醒道：「去南安我們不需要帶著這柄短劍了，我看梁經理及早安排將它安全運回香港公司吧。董事長，您說呢？」

梁文革看了鍾正華一眼，鍾董點頭道：「不錯，你先帶劍回上海吧，將它安全運回香港。」

第十六章 扣押

鍾正華一行人住進石井鎮設備較好的酒店。鍾董的房間不小，但家具陳設十分「鄉土」，比較吃不消的是，每間房裡都有一股陳年菸臭味，對不吸菸的香港客人來說很不習慣。

羅邁斗教授帶他的大學同學鍾啓芳來到鍾董的房間。鍾董見那鍾啓芳年紀只比羅教授略大，但看上去老了許多，尤其是一臉皺紋特別多，襯出他龍鍾的神態。

「鍾董，這位就是鍾啓芳先生，剛才我們確認了一下，啓芳兄的確是鍾董事長的同族……」

鍾正華用衡陽話接道：「是我的祖輩前輩啊，我是『法』（華）字輩，比您佬『芳』字輩足足矮了兩輩，我要喊您老一興（聲）老爺子。」

那鍾啓芳連稱不敢當，便用衡陽話答道：「您佬闍莫客氣，我鍾啓芳何德何能可擔當不起，聽羅邁斗雪（說）你在打聽盡（鄭）冬的事，我可以把我曉得的事瓦喊（告訴）你，可惜我啞（也）曉得不多。」

他說得快，少用家鄉話的鍾董就有點跟不上，但他聽到盡（鄭）冬兩字，便化繁為簡用普通話問：「不錯不錯，我們想要多了解一下鄭冬這個前輩的事……」

鍾啓芳見鍾董的家鄉話是個半調子，便也用普通話道：「我是衡陽鍾氏開譜第十代，據我爺爺告知，我們是小國姓爺鄭肇基，也就是鍾國用的嫡傳後人。祖先曾留下文字，記錄當年他護著他祖母、母親、家人華路藍縷從福建遷湖南的經過，還有被朝廷鷹爪追殺時得族兄鄭冬援救的事，所以我從幼童時，心中就憧憬一個英勇的同族前輩鄭冬的形象。可惜那些文字資料在文革時都毀了，只有我的記憶中還有鄭冬這位先祖英雄的名字。」

他見鍾正華陷入沉思，便解釋道：「我一直想要了解鄭冬這個人，鍾氏家族的資料既失，也許鄭氏家族的資料中還留下一些什麼，於是我藉著到南安來工作的機會遍查資料、遍訪鄭氏後人，希望從中找到任何與鄭冬有關的蛛絲馬跡……」說到這裡，鍾啓芳停了下來，似乎在考慮下面的措辭。

鍾正華耐性地等他說下去，胡學賢忍不住問：「鍾兄有沒有找到鄭冬的資料？」

鍾啓芳回答：「這些年來，我得到三筆看似與鄭冬有關聯的資料，其中兩筆後來證明似是實非，只有一筆資料有些意思，乃是國姓爺鄭成功遺留下來的一封書信。這封信是日本平戶藩司回覆國姓爺的公函，國姓爺詢問他在平戶的外公翁翌皇及幼時好友鄭冬的下落，藩司查明翁翌皇已於正保二年死於平戶打鐵舖，而其學徒鄭冬則神祕失蹤，下落不明……」

鍾啓芳見鍾正華等人聽得入神，便繼續解釋道：「日本正保二年便是南明隆武元年，也就是西元一六四五年，那一年鄭成功二十二歲，蒙隆武帝賜姓名。這封信應該是一六四六年平戶藩司回覆國姓爺的……此後我便再沒有查到任何其他與鄭冬相關的訊息了。」

羅教授道：「所以我們到今天爲止，只知道鄭冬於一六四五年之前在平戶失蹤，此人再一次出現在文獻上便是一六五九年，他忽然現身南京城外，在鄭成功兵敗遇刺時出手救了國姓爺，並因而得到國姓爺身佩的『紫光寶劍』？」

鍾啓芳點頭道：「正是。從他在平戶失蹤到現身南京，其間沒有人知道鄭多在做些什麼；他得到了『紫光寶劍』之後也無人知曉他去了何處，但他確曾出面保護逃亡湖南的鄭氏婦孺免遭清廷爪牙所害。除此之外，沒有任何資料顯示他曾返回故鄉南安，對這位神祕的鄭氏族人的一生，我就只能查到這些了。」

胡學賢道：「我們還知道他最後用紫光寶劍殺死了一個東洋女武士。」

羅教授補充道：「我們並無具體證據確定那個女武士是死於鄭多之手……」

胡學賢緊接著道：「但至少殺死東洋女武士的劍確實是這一柄『紫光寶劍』！」

鍾正華點頭道：「我們確實沒有直接證據說殺死東洋女武士的人是鄭多，但根據已知的線索來看，學賢的猜測應該是比較合理的推論。」

鍾啓芳拱手道：「不錯，目前所得資訊，只能作如是猜測了。我多年來遍查各種資訊來源，對鄭多這位神祕的先祖所知也就這麼多，對鍾董事長想要搞清楚的歷史，能貢獻的有限，慚愧得很。」

鍾正華連忙起身謝道：「前輩這話言重了，您老爲我鄭鍾氏族譜的完備鍥而不捨地苦幹多年，我這鍾氏子孫面對您才該感到慚愧。再說，您提出的資料對咱們拼湊鄭多的生平故事有很大的幫助，謝您都來不及，您何慚愧之有？」

羅教授道：「衡陽的鄉村長大的人，還是十分地古行古意。鍾老師待人樂爲善，責己重以周，眞乃現代版的古君子，數十年來我一向欽佩這位學長。我爲鍾董事長邀約啓芳兄，無以爲報，特備了好酒好菜，請鍾老師盡一夕之歡。」

鍾啓芳聽說有好酒好菜，倒是並不排斥，對羅邁斗拱手道：「邁斗學弟對我這個老哥最會謬讚，但是另一方面，對我貪杯好加餐的嗜好卻又最是知己……」

羅教授打斷道：「是我多嘴私下對董事長透露了啓芳兄乃是魚鮮的美食家，而且他本人也是魚鮮的烹飪好手，酒店爲董事長今晚備了一條斤半的野生大黃魚。這眞是可遇不可求的好機緣啊。」

鍾啓芳老態畢露的臉上展現出幸福的笑容。

廈門市高崎國際機場的出境檢查站。

鍾正華、胡學賢和羅教授在排隊出關，對此行的收穫，三人各有不盡相同的感覺。

羅教授道：「檢查過了，我就要趕飛長沙的班機。我的班機比二位的早三十分鐘起飛……」

胡學賢似乎最感興奮，他搶著道：「這次來福建，多虧羅教授的準備工作做得充分，不論是『紫光寶劍』還是『鄭冬』的來歷，都得到出乎預料的結果……這柄寶劍的來歷及故事已經呼之欲出，董事長，如果每一位在地研究員都如羅教授一樣傑出，咱們公司在新出土文物這一塊的業務，前途眞不可限量。」

鍾正華也道：「羅教授，真要再謝謝您一次。學賢說得好，東西文華未來將投入更多資源，開發新出土文物這一塊園地，如何掌先機、拔頭籌，還要靠羅教授及其他在地研究專家多加指教及協助……至於這個所謂紫光寶劍的計畫，爾後您如有任何新發現，或需要新的資源投入，就直接向梁文華那邊提出。不要忘記同時給我們一份副本，吳小珊會幫我盯進度。」

然而他的心中卻忖道：「咱們得到的資訊固然寶貴，但是如果想將這柄紫光寶劍炒作成……像村正妖刀那樣轟轟烈烈，然後在拍賣場上大撈一筆，以目前的證據和故事仍有相當距離。可惜以我來看，這裡面許多關鍵資訊恐怕永遠不易水落石出了。學賢這個草包，聽到風就是雨，跟在我身邊這麼多年，這方面仍是沒有長進，永遠粗枝大葉、不求精確，和小時候沒兩樣，唉，難當大任啊……」

輪到他過關了，他掏出機票和身分證件走向邊防官。

邊防人員仔細看了他的香港居留證，在電腦上反覆查看，時間上似乎比平時要長了許多。鍾正華不禁有些不耐煩，正想開口問，那邊防人員在手邊一個按鈕上按了一下，立刻有兩個航警走過來。鍾正華忽然警覺情形不對，才想開口，那邊防人員已先說道：「鍾先生，麻煩你跟這位同志到後頭那間辦公室去問話。」

「什麼？幹什麼？……」

「鍾先生，我們有幾個問題要問你，請你快跟這位同志走，不要耽擱下一位旅客的時間！」

兩位警察人員其中的一人上前，有禮貌但堅定地請鍾正華跟他走。鍾正華別無選擇只好跟上，心中飛快地盤算這突如其來的到底是什麼事？自己該聯絡什麼人？誰能在這時提供協助？

排在他後面的胡學賢及羅邁斗也驚慌失措，同是香港居民的胡學賢向大陸人羅邁斗問道：

「羅教授，怎麼回事？他們要幹什麼？……」

「不知道……」

邊防官提高了聲音：「下一位！」

胡學賢心中慌亂，羅教授輕推了他一下，低聲道：「他們把董事長帶到右邊的辦公室……輪到您了，特助。」

胡學賢懷著忐忑不安走向前，邊防人員看了他的身分證件，在電腦上查了一會，抬頭道：「你與前面那位是一道的？」

胡學賢答是，那邊防官道：「請隨這位同志去偵詢室問話。」同時對身後的警察招了一下手，警察同志立刻上來請學賢跟他走。

「請問，我們有什麼事……」

那邊防官頭也不抬，不甚耐煩地道：「有話要請問你，下一位！」

羅教授已閃人退出，他後面一人補上。

鍾正華到福建來是爲了追查那柄所謂「紫光寶劍」的來歷，也是爲了尋求那衡山祕谷之中四百年前發生的一場決鬥之祕，萬萬想不到落爲階下之囚。

他被指控竊盜國家古文物，扣押在廈門市臨時看守所中，等候進一步調查。他不知道胡學賢和羅教授遭遇如何，也無人可問。

他被剃了頭髮，穿上藍色的大掛，背上一行紅字「廈門市看守所」下有1662四個數字。和他扣押在一起的有兩個看上去像是黑道大哥的人物，口操閩南語，鍾正華聽得出台灣南部口音。他不想節外生枝，便沒有理會他們的搭訕。

他需要冷靜，這事發生得太過突然，一時打亂了他的思緒。在機場邊防的辦公室接受詢問時，他的回答都很直接，有沒有說錯什麼話會讓自己落入法律上的陷阱，一時也難以深思。

看守所的環境條件雖糟，但至少給了鍾正華時間好好反思：到底什麼環節出了問題？下一步會怎麼發展？自己該怎麼處理？

東西文華公司從衡山深谷得到一刀一劍，這事做得神不知鬼不覺，也從未在媒體上曝光，而村正妖刀在日本拍賣時，也無一字透露妖刀得自中國大陸，怎麼突然之間自己會因這把刀被大陸政府盯上，並以「竊盜國家古文物」的罪名遭扣押？此時自己絕不能透露這把刀的來路，因爲這樣就將坐實了「竊盜」的罪名而被起訴；但是他如果不能把這柄刀的來路交代清楚，官方絕不會讓自己走出這個看守所。

核心問題是，這把刀得自於國內的事究竟是如何被政府知道的？

難道有人告密？

知道這事內幕的人除了他自己、胡學賢、施玉，便只有羅教授、薛博士，另外就是眞正發現古物的劉姓老漢父子了。劉老漢父子那邊已經塞紅包打點了，諒他們不會說出去，因爲從法律上看，他們私賣出土的文化古物也是犯法的……那麼，會是誰去告密的呢？

想到這裡，他便懷念起施玉了，如果施玉在身邊，一些法律上「該」及「不該」說或做的事就有一個親信可以商量。對，最重要是「親信」，懂法律的親信，而在這個陌生的看守所中，面對不熟悉的司法操作，如果施玉就在身邊該有多好。

現在一切得靠自己了。

那兩個關在一起的「大哥」見鍾正華一個斯文人被扣押在看守所，一天一夜都沒有人來探望，料想他是個外地人。他們幾次想問問鍾正華的情況，鍾正華都默默閃避。不過他從交談中得知這兩人來自台灣屏東，是從事養殖漁業的大哥級人物，在福建和大陸人合作，與人有了商業利害衝突而被一狀告到人民法院，全靠他們背後的大咖人物透過台辦單位的協助，官司大約已經庭外和解，不日即可出所回台。

這一晚鍾正華想了許多，自他被扣押，胡學賢和羅邁斗的情況如何他完全沒有訊息。他們如果也被扣押，恐怕也會被分開關押，個別問詢。公司方面完全得不到這邊的消息，不知會如何應變？

還有，那柄紫光寶劍希望已經順利運回香港了！

許多問題都沒有答案，鍾正華不知該如何規劃下一步。

然後，他想到了一個自己的盲點！

「大陸政府對我們控訴的罪名是『竊盜國家古文物』，可是他們指的是村正妖刀，而不是紫光寶劍。我猜這柄短劍的事他們肯定還不知情，那麼我能不能申辯村正妖刀乃是日本的古文物而非中華古文物？如果這個申辯成立，廈門市人民政府根本沒有理由扣押我啊！」

想到這裡他大感振奮，同時慶幸那日要上海的梁文革先一步將紫光寶劍運回香港，否則現在劍還在身邊就人贓俱獲、百口莫辯了。

像是在黑暗中透出了一線光，但是最根本的問題是：究竟是不是有人告密？如果是，告密者是誰？一思及此，他就只能廢然長嘆了。

這時他忽然想到那兩位屏東出身的養殖達人。他們不是說過幾天就能獲釋了嗎？這可能是個機會。

第二天上午又經過了一陣疲勞審問，鍾正華已經把自己的出身家世、東西文華貿易公司的業務概況鉅細靡遺交代清楚，審問官員也沒有什麼新問題可問，但是對那把刀的來路，鍾正華的回答始終得不到審問官的認可。鍾正華仍一口咬定那刀得自商業行爲，收購時與對方訂有合同，對買賣內容一律保密，東西文華乃是知名的國際公司，商業操作必須遵照國際商場規矩行事，否則今後將無任何商業信用可言，等於宣布公司關門。

這樣的回答不可能讓審問者滿意，昨夜想到妖刀乃東瀛古物非中華文物的辯證，鍾正華沒有用上，因爲他暗忖這說法可能是一張可用的王牌，他要設法得到法律方面的支持才敢使用。

但是對方在扣押詢問期間，只同意當事人的律師參與，而與公司有合約的法律事務所對本案全無了解，再說其中還有一些祕密，鍾正華寧願不對任何外人揭露。此刻他最需要的就是施玉，一定要設法讓施玉來一趟。重點是，她雖不是開業律師，卻有律師執照，可以用公司法律顧問的身分來「探監」。

這安排或許可行？

於是他假借恭喜那兩位大哥鄉親出押，悄悄拜託了一事：請他們出看守所就撥一個電話給吳小珊，告訴她老闆出了事，要她通知在東京的施玉速到廈門看守所申請探望。他私下提供了吳小珊的電話號碼，也透露了自己的身分，並許以三萬元人民幣爲酬，絕不食言。

施玉趕到廈門看守所已是五天之後。她以董事長特聘法律顧問身分申請探望鍾董事長，得到了准許。

他們隔著玻璃用電話筒對話。雖然明知所有談話都在監控中，但鍾正華不能不利用這寶貴的幾分鐘，冷靜、精準、充分利用和施玉長時間培養出的默契，半加「密碼」地傳達他精心規劃的作戰計畫。

「董事長，你在裡面還行嗎？……」

「一切好，施玉，我們談正事。問題出在那把村正刀，請問，法律上它屬於誰？」

「董事長，嗯，嗯……它，它當然屬於東西文華公司。」

「我是說，就文物屬國的問題，妳的法律意見……」

「嗯，嗯，我懂，我知道……它，不，任何一個古文物，在屬國的問題上可能有兩種身分：一個是，作為一個產品，它是哪個國家的產品；另一個是它出土的地點，作為一個出土文物，出土地點屬哪一國。」

「就像一個人的出生地和國藉的問題？」

「不完全一樣。更大的差異是，看你說的是商場上的商品還是出土的文物，前者屬於擁有者的私人財產，後者要看出土地點的國家是否有立法，如果有立法，則所有出土文物依法屬於國家所有。近世大多國家都立有保護古文物的專法。」

「中國也有立法？」

「是的。董事長，我們擁有的這把村正刀來自商場，而脫手是在拍賣場上的商品，是公司花了鉅額金錢從私人擁有者手上買來的，既非新出土的文物，也不屬於任何國家博物館或政府單位所有，它當然屬於私人財產……」

「我們在東京拍賣時，前後在媒體上公開宣傳了兩三個月，從來沒有任何人或機構出面來挑戰文物的所有權，如今這柄村正妖刀已經由某不願透露姓名者購得，是屬於日本國民的財產，如果此時突然跳出來說此刀不屬於我們公司，將我扣押要我交代來路，我要怎麼做才能夠脫離羈押？」

施玉談法律意見時對答如流，這時問到鍾董個人要如何脫困，她忽然有些情緒化，眼眶也紅了。她放低聲音，對著話筒道：「老闆，您受苦了……老闆，我們一定要盡快讓你出來！」

鍾正華強忍住心中激動，冷靜地道：「妳說我們現下該怎麼做？胡學賢和羅教授他們現在在哪裡？」

施玉停了一下才回道：「他們都沒事，羅教授還在廈門待命，胡特助趕回香港公司總部尋求法律事務所的支援，我……我是接到從……接到電話就立刻趕來。老闆，您最好能偵詢完了就不起訴釋放，如果走到起訴上法庭的路，就不知要拖多久了。所以我覺得，您要針對看守所審問您的問題以及……以及什麼……要求讓他們滿意，早了早好。」

鍾正華接過道：「妳說得不錯，我原對這裡文物歸屬的法律認定沒有把握，所以便把問題拖在這裡，現在聽妳說明白了，我決心在對方同意保密的條件下把村正刀的來路交代清楚。雖然有違當時和賣主之間的約定，但我想我們面對的是國家司法機器，如果只對公家交代，應該還能守住內容不外洩，希望一次講清楚結束扣押！不過我想看守所方面一定還要對我提出的事物作些查證，譬如說人證、物證……等，我們要盡快準備好必要的……資料、證人……還有所需的資源，不要到時要什麼沒什麼，一件件臨時找人、找資源、補資料……曠日費時。我在這裡面可不想多待了，希望出去愈快愈好，不過天下也沒有白吃的午餐。」

施玉隔玻璃盯著鍾正華，手上緊握著話筒，認眞注意老闆每一句交代及眉目間每一個表情，全面接收老闆所發出的全部訊息，無論是表面上的或是加了密的，都心領神會。不很有把握的地方，她也不厭其煩地反覆高來高去打啞謎，直到確信得到答案。

這時探監通話的時間已到，紅燈亮起，話筒被切斷。施玉見老闆臉上露出一絲茫然的表情，她忽然感到一陣強烈的不捨。跟老闆這許多年，從來沒有見過這個聰明、自信、堅強、樂觀的老闆居然也有茫然不知所措的時刻。

於是她給了老闆一個堅定有力的點頭和微笑，像在告訴他：「一切都記在心中、一切會照著老闆的意思辦、一切會沒事的。」

她轉身離開看守所，心中在思考老闆交代的事項。眼前立刻要辦的是準備好各種可能被要求呈閱的資料，包括村正妖刀全套拍賣的資料及文件；更重要的是立刻請羅邁斗教授趕回衡山找劉老父子，要教他們一套新的說辭：那把刀絕非新出土，而是他們父子在深山河谷裡撿到的「廢鐵」，原來的刀鞘刀柄已鏽得連刀都拔不出來，後來羅教授看上它便買去作清理和研究，這才發現此刀特別，便賣給東西文華公司賺了一筆，沒想到公司得了它後幾經研究，竟發現它乃是大名鼎鼎的村正妖刀。

這套說法還得盡快跟羅教授推敲定版，立刻執行，劉老漢父子要有被傳作證人的心理準備。另外，通話中沒挑明而施玉聽到的弦外之音是，要準備「充足的資源」，一筆「足夠的經費」。老闆最後一句話說得好，「天下沒有白吃的午餐」。即便如此，施玉心中仍是忐忑不安，羅教授告訴她，事情可能不太樂觀。

鍾正華目送施玉離開，收起了心中的惆悵。他相信施玉完全了解自己的計畫，並且會很快付諸行動。至於看守所這邊，從前後三次閉門審詢的情況判斷，官方似乎對他個人和東西文華這樣一個國際知名的貿易公司，也沒有必整垮而後快的意思。他估計把這事的來龍去脈交代清楚，再好好打點打點，大概就可以過關。他沒有不強作樂觀的權利。

倒是有一件事忘了問施玉：他被扣押時，胡學賢和羅邁斗到底有沒有被收押？如果有，他們是如何脫身的？

在香港東西文華貿易公司的總部，胡學賢正在開臨時董事會。

緊急召開臨時董事會的緣由是，鍾董事長因突發情況，可能有段時間不能執行董事長的職權，而公司高層人事調動尚未滿月，董事們應緊急開會對此情況商議對策。

根據東西文華公司的章程，這種情形之下，就由董事長特派的董事暫理董事會主席，於是胡學賢便挑起了主持臨時董事會的責任。

董事會由五人組成，除董事長鍾正華、董事長指定董事胡學賢外，一位陳董代表香港方面的金主集團，一位湯普生先生代表紐約方面的投資人，另一位熊田先生則是代表東京方面的投資人。新接任總經理的全光亭也列席與會。

胡學賢董事首先說明了開會事由：鍾正華從廈門回港時在機場遭扣押，然後就以盜竊國家古文物的罪嫌送廈門市看守所偵詢，偵詢完結後會釋放或起訴殊難逆料，目前有東京負責人施玉及公司在大陸的在地研究員羅邁斗教授留在廈門應變，上海負責人梁文革就近支援，胡學賢則先趕回總公司主持董事會，商討如何援救鍾董事長及處理公司大局的事宜。

三位董事輪流發言，都集中在詢問整個事件的細節，尤其是香港的陳董，他對董事長親自到第一線蒐購文物的作法壓根兒反對，一面詰問一面抱怨，甚至忍不住在英語發言中冒出廣東話的國罵。胡學賢耐著性子好好解說，但是他對鍾董事長個人行事作風則顯出一副愛莫能助、很是無奈的樣子。

日本人熊田先生則發言表態支持，他對鍾董事長在日理公司大政之餘，以其本身對東方古文物的專業及超人的敏銳「嗅覺」，親率團隊出獵，每每能斬獲輝煌的戰果讚不絕口。

湯普生聽了微笑不答。陳董哼了一聲暗忖道：「還不是上回東京拍賣大成功，著名的村正妖刀在日本找到了歸宿，日本人怎麼會不稱讚？只不過就是這把妖刀惹了大禍，千不該萬不該，這把失蹤幾百年的妖刀不該出現在中國境內！」

會議冗長地在重覆相同的質詢、回覆、解釋，原因是臨時主席似乎無法明確掌握這場會議究竟希望談出什麼樣的結論，而且主席似乎心中另有盤算。

全總經理有話想說，但考慮到自己是列席的身分，因此忍住沒有發言。

香港的陳董終於忍不住，他發言要求結束討論，直接問主席這個會議要作什麼決議？這時胡學賢才宣布，他有一個具體的議題希望由董事會決定。

這議題是：公司立刻組成專案小組，由全總經理領軍前往廈門展開救援，董事會授權小組有權動用「特別資源」，不借代價盡早將鍾董事長安全帶回香港。

此案立即得到無異議通過。這時香港的陳董起立道：「由於法律事務所的意見認為鍾董事長短期內不大可能脫離羈押，為讓公司持續穩定運作，我臨時提案，建議董事會推舉一人為代理董事長，從熟悉公司運作及必需處理目前困難情形的角度來看，我提名由身兼董事長特別助理的胡董事代理董事長。」

胡學賢正要謙讓兩句，忽然發覺席間一片沉默，竟然沒有人附議！

他把目光射向熊田董事，熊田低頭不語，面上表情木然。胡學賢不得不收回殷切的目光，看來尷尬萬分，能言善道的他一時竟說不出話來。

這時湯普生董事發言打圓場：「鍾董事長何時能脫困回來誰也料不準，要等全總經理的小組去過廈門後才有比較清楚的全貌。我看我們這邊不急著選代理董事長，有大事就召開臨時董事會，由我們幾個人共同負起決策責任就好，各位認為如何？」

胡學賢以手勢和目光詢問各董事的意見，熊田這時抬起頭來發言：「湯普生董事說得十分好，我附議。」

陳董遲疑了一下，瞟了胡學賢一眼道：「這樣也好，我贊成……」

胡學賢回過神來，緊接著大聲宣布：「大家都同意，我們就照湯普生董事的建議通過！」

陳董補充一句：「既如此，剛才我建議選代理董事長的動議便不必列入記錄了。」

胡學賢回應道：「當然，當然不列入記錄。」其實他心中卻在嘀咕熊田，說好會附議陳董的提案，怎麼突然變卦了？

折騰了近兩個月，廈門市看守所釋放了鍾正華。

這段期間，全總經理率領的救援小組在廈門市低調地做足了公共關係。施玉透過上海的梁文革，利用關係在上級為本案活動澄清，鍾正華主動將村正妖刀的「來路」交代清楚，官方偵詢了湖南大學的羅邁斗教授，也取了衡山居民劉氏父子的供詞。上面終於覺得案內案外面面俱到，可以放這條大魚回香港了。

鍾正華步出看守所時盡量低調，香港來的救援小組成員一個也沒到看守所接人，只有羅教授一人叫了一輛計程車在所門外等候。

鍾正華一言不發，低頭上了車。羅教授對司機說：「高崎國際機場，師傅請快一點！我們趕飛機。」

全光亭總經理率領的救援小組、施玉、梁文革全部在高崎機場的貴賓室等候。公司包下了一個小隔間，鍾正華出現時，小隔間傳出了熱烈的掌聲，讓鍾正華十分感動。劫後歸來，看到共同打拚的公司同仁，鍾正華雖然個性極為冷靜，這時也壓抑不住滿心的激動，主動上前和同仁們一一擁抱。

當他走近施玉，那熟悉的玫瑰加茉莉花香又進入他的嗅覺。他略為遲疑才趨前輕輕擁抱一下。施玉穿了一件白色大翻領連裙裝，腰上繫一條極細的綠色腰帶，在左腰處打一個飄逸的蝴蝶結，顯得格外年輕灑脫。他對著施玉給她一個感謝的眼神，施玉嘴角含著溫柔的微笑，眼睛卻躲開了。

鍾正華向所有的同仁一一致謝後，簡要不繁地說：「這次我的無妄之災，有勞公司同仁，特別是在場的諸位在廈門、上海、湖南各地奔波救援，總算能在兩個月內結案釋放，個人感到無比感激與溫暖。這件事雖說是個意外，但也反應出我們在各地爭取貨源時，對在地的法令及政府治理文化掌握得不夠精準，必須加以改進。這件事不會影響咱們東西文華既定的經營方針，反而提醒我們哪些是亟需改善的事項，對我個人而言是吃了些苦頭，但是對公司而言，我倒希望是因禍得福，讓我們今後的營運能夠更順暢、更安全。」

大家見他半小時前才從看守所出來，立刻就能對大夥說出這一番有遠見、有魄力的看法，無不感到欽佩，全總經理代表大家道：「聽到鍾董這一番話，讓這段時間心中風雨飄搖的同仁們立刻吃了一顆定心丸。鍾董雖然辛苦了兩個月，但您一出來就令同仁們看到公司清楚的目標和堅定的走向，這就是董事長的領導力，相信我們每個人心中都有同感。經過此番風雨，相信公司在董事長帶領下，很快就會修訂各類事務、各地域因地制宜的新ＳＯＰ，業務肯定更爲流暢順利。身爲新上任的總經理，我要代表同仁恭喜董事長否極泰來，我們對未來充滿信心。」

施玉聽得傻眼，暗忖道：「之前全光亭給我的印象有些木訥，升了官之後卻舌綻蓮花，這馬屁拍得精準而誠懇；眞人不露，原來是如此厲害的一個角色。這馬屁學方面比學賢高出不只一個段數。」

貴賓室的播音系統播出：「廈門航空 MF380 從廈門飛香港的班機即將登機，乘客請到九號門準備登機……」

梁文革道：「董事長，你們要登機了，待會施玉和我也要回上海，施玉還要轉東京。我們就送到這裡了，一路順風……」

廈門航空 MF380 準時在香港赤鱲角機場降落。

胡學賢找了陳董和湯普生董事一同至機場接機。熊田董事那邊胡學賢也親自打了電話相約，聽到的是答錄語音：「熊田先生暫時不方便接電話，請留下大名，以便回話。」留了話，但熊田沒有回。

大家恭喜鍾正華平安歸來，鍾正華一一道謝，對胡學賢表示特別的感謝：「學賢啊，這兩個月多虧了你緊急應變，在廈門時當機立斷先回來，以最快速度派出了高層的救援小組……」

胡學賢連忙謙虛地回道：「都是董事會作的決定。咱們公司王牌盡出，總經理親自出馬，那可是要董事會決定才成啊，對，我是說臨時董事會……」

陳董接上補充說明：「我們依章程由學賢兄召開了臨時董事會。」

鍾正華對陳董及湯普生握手致意，改用英語道：「你們的決定是及時雨，沒有你們所作的決定，這事拖得久了可能變得更複雜。」

學賢連忙道：「董事長，咱們回公司再講吧，小珊已來兩次電話探問這邊的情形。」

鍾正華回到公司，辦公室的同仁免不了又是一番恭喜，他也一一道謝。

他進了自己的辦公室，吳小珊遞上一杯咖啡，桌上光溜溜的，公文籃中只有兩個信封袋，小珊道：「兩個月來的公文我都交給胡特助處理了，沒有什麼特別，胡特助稍後會親自向您報告。只有這封公文，來自稅務局的，好像有點……有點奇怪，我便留下給您過目。另一封是醫院寄來要您親啓的健康檢查報告，您離開沒幾天就寄到，擱桌上一陣子了。」

「稅務局的公文？我們的稅務都經過國際會計事務所認證過的，會有什麼奇怪？」

他一面用眼睛問小珊，一面從那信封袋中掏出一紙公文。吳小珊沒說話。他很快將那封公文讀了一遍，臉色慢慢沉了下來，順手將醫院寄來的健檢報告收進西裝口袋裡。

「小珊，這公文是哪一天收到的？有沒有給……別人看過？」

「兩天前。我拆開看了，覺得事情有些古怪，正在反覆考慮該如何處理。那時我們還不知道董事長何時回來，原本打算交給胡特助，但後來改變了想法，就先留下來。感謝老天，今天您就回來了。所以到今天爲止，除了我之外，沒有別人看過這件公文……」

「小珊，妳處理得很好……但是妳爲何改變主意沒有將它交給胡特助？」

吳小珊臉上顯現一種不自在的神情，答道：「因爲我接到一通電話，很奇怪的電話……」

「什麼電話，誰打過來的電話？」

「是律政司檢控官打來的，詢問我們收到這封公文沒有，我回答收到，並告訴他老闆此刻不在香港，等您回來就會處理，他就掛了電話。啊，對了，他自稱是律政司的莫檢控官，我查了政府資訊，律政司的確有這一位邁可莫檢控官，主管稅務司法……」

「Michael Mok？我識得他，他的中文名字是莫銘，妳曾見過他的，之前我們幫他買了一幅抽象畫……他……有沒有說別的什麼？」

吳小珊側首想了一會答道：「啊，原來是他！他沒有說什麼其他的。但公文是稅務局發出的，就算給了律政司副本，檢控官親自立即來追問這份公文是否收到，這事超乎尋常，我就大膽先留您桌上不處理，心中一直七上八下的，怕做錯壞了大事……」

「妳放心，這樣做沒有錯……嗯，我猜想邁可莫是要給我什麼警告，應該是善意的吧，不過也不一定。公文上不是說要來查資料嗎？妳就回知稅務局我已返港，我們主動約時間。就明天上午吧，顯得咱們絕不心虛，同時請ＰＷＣ普華永道的程會計師下午一點半來這裡商談，妳準備必要的資料……」

「老闆，你還沒有吃中飯呢，要不要約晚一點？」

「不用，麻煩妳叫樓下送一個起士堡和一杯奶昔就好。」

「下午要不請胡特助和王財務經理一道談？」

「王經理一道來，胡學賢暫不通知他。妳剛才說，他還不知道這事對吧？」

「是，老闆。」

小珊退出，鍾正華倒坐在辦公椅上，猛喝了一口咖啡，忖道：「這事來得有蹊蹺，通常這個時候稅務不會來查帳的，除非是接到告訴，或是我們企業的內部機密文件外洩。這一次和律政司一同行動，感覺上似乎他們掌握了我們公司有違法作爲，那會是什麼呢？」

他啜了一口苦咖啡，繼續想到：「我們的帳務不會有問題的，程會計師是ＰＷＣ普華永道香港最搶手的會計師，他經手的帳目絕不出差錯，問題會是我們內部的暗帳，這裡面難免會有些國際富豪收藏家甚至洗錢集團利用我們大宗古文物的買賣逃稅、洗錢的疑點，如果仔細對比徹查，我們不見得每一筆帳都清白無瑕疵，何況……何況裡面還有一些個人的私帳……不過，哪一家大公司的帳目經得起上窮碧落下黃泉式的徹查，瑕疵在所難免呀……」

他左思右想，各種可能出現的不利情況都想過了一遍，終於舒了一口氣，因爲他想到其實每年報稅後，稅務局也不時有些疑問及糾正的意見，每次遇到這種情形時，公司都當作第一等大事，由王財務經理會同程會計師一一逐條處理，直到稅務局稽查人員滿意爲止。

「稅的事我們一向謹愼，不信會出什麼事的。」

他把咖啡喝乾了，腦海中想到：「吳小珊的表現超出預期，這件事發生之後，她的作爲既成熟得體，且有智慧、有膽識。中國古人說『疾風知勁草』確是至理，沒有這番折騰，我是不會發現小珊的潛力似乎不在施玉之下呢。」

他一面暗地讚賞，一面按鈴叫小珊進來。

「小珊，麻煩妳將我的密檔叫出來，我的密碼是……」

「老闆您的密碼！這……妥當嗎？」

「不妨，這個密碼只能調件，打開密件還須另一個密碼。」說著便遞給小珊一張字條。

小珊按照密碼調出了密封的「祕帳」，輕身退出辦公室，順手帶上門。鍾正華正襟危坐在辦公椅上，從西裝口袋中掏出健檢報告。他拆開看了頭一頁，臉色突然變得蒼白，雙目瞪著手中的報告，眼珠似乎要掉出來……

第十七章　告密

十時整，香港稅務局來了三個人，爲首的稽查員叫安德魯姚，他帶了兩個稅務士準時出現在東西文華貿易公司的董事長會議室。

鍾正華及公司財務王經理、ＰＷＣ的程會計師和法律顧問黃律師都已在會議室等著了。大夥兒才交換完名片，香港律政司的莫檢控官也出現在會議室門口。鍾正華抬頭一看，來人身材挺拔，有一副英國紳士派頭，果然是和自己曾有數面之緣的邁可莫。

「邁可，好久不見了，你風采如昔啊？」

莫檢控官面帶禮貌的微笑，對大家點頭致意：「律政司檢控官邁可莫，抱歉，遲到了兩分鐘。」

語調低沉而有磁性，像是電台廣播員的聲音，不知爲何聽在鍾正華的耳中，總覺得有些冷颼颼的。

稅務局和律政司官員聆聽公司王財務經理詳盡的報告後，ＰＷＣ的會計師作了十分專業的補充，稅務局的安德魯姚微笑點頭表示感謝公司的簡報，對大家說：「完美，看來東西文華公司的財稅紀錄已臻完美。」

然後他直指著鍾正華道：「鍾董，我們今天來，特別想要看看您的祕帳，請您將去年度到今年的帳目調出來給我們過目。」

鍾正華倒抽一口涼氣，回道：「祕帳？什麼祕帳？本公司所有的帳目在剛才的簡報中已經完全透明地給各位看過，這些就是本公司的帳目，公司沒有其他什麼祕帳……」

安德魯姚稽核官打斷道：「我不是說公司，我是說您的私帳，您個人的祕帳。怎麼？我們的訊息不對嗎？」

鍾正華心中震動，目光落向法律顧問班潔明黃，示意黃律師先擋一回合。

黃律師道：「按照公司法第一百四十條第七項第二款，公司財稅帳目必然透明可供稽查，但以稅務法明文規定之項目為範圍，而其中並無所謂公司負責人之祕帳的項目，又，以本條文的法律意義而言，姚稽核官您所謂『鍾董個人之祕帳』應該解釋為鍾董私人帳目，其內涵之私密性，如果確有其本的話，應受法律保護。換言之，鍾董這邊即便有這麼一本所謂的私人帳目，並無對查稅人員公開之義務，因此……」

黃律師還要侃侃而談地說下去，卻被一個低沉磁性的聲音打斷：「黃大律師，您說的都對，但是如果您的雇主已經被公署列為違反稅務法的嫌犯，您的那套說法還有立場嗎？」

發言的正是那個「遲到兩分鐘」的律政司莫檢控官。他一面說，一面將手中一頁資料推送到鍾正華的面前。

鍾正華看了頭一兩行，神色為之一變，因為那頁文件顯然就是他的祕帳中有關上個年度

「修補」公開帳缺口及應付稅務局糾正的部分，如果拿這頁資料的原始帳目和正式報稅的版本對照，立刻就曝露了公司在財稅上動過的各種手腳。雖然都不是大事，但小違法還是違法。

雖然全香港的公司或多或少都會有類似的作法，但大家都在做的事不表示你可以做，重點是不要被抓包。

鍾正華立刻就知道，這裡面最嚴重的是，這一頁資料落入官方手中，稅務官和檢控官兩路齊出，就顯示官方可以根據這頁資料先成立調查案，然後就有權調閱任何與案情相關的資訊，不論是公開的還是私人的，到時再從調查案變成起訴案，自己就垮了。

通常這種機密資料只有董事長和最親信的手下看得到，一年後便銷毀檔案，不可能流到官方手中，除非有人告密！

這件事的告密人是誰？

鍾正華一時之間無法斷定，但他完全體認到情況的嚴重性。有人要毀掉鍾正華，這人是誰？

這種時候就看出鍾董過人的心智和冷靜，他讀完那一頁文件，將它轉給黃律師，然後立刻朗聲道：「既然律政司提到涉及所謂違法的『事證』，我們休會十分鐘，我要和黃大律師私下商量討論。」

他竟突然宣布「比賽暫停」，大出官方代表意料。姚稽查官面露不悅之色，正要發作，但驀然想到這不是在調查庭上，此時此地仍是東西文華的場子，鍾正華主持這個會議，他叫「暫停」

顯然是利用他的主場優勢，便忍下了。

鍾正華起身，黃律師跟著他走出會議室，進入董事長辦公室。小珊見老闆面色難看，連忙起身將辦公室門緊緊關上。她知道這會兒室內兩位不需要咖啡，最需要的是不被打擾。

鍾董請律師坐下後，開門見山道：「班潔明，你看了那頁文件，這事怎麼處理？」

黃律師皺了皺眉頭，沉吟了片刻才回道：「文件是真的？」

鍾正華道：「是，也不是。公司的祕帳中沒有那一頁文件，但文件上的數字大概是正確的。有人拿到了我們的資料，至少是一部分的資訊，摘要寫成的。」

黃律師又想了想，輕嘆一口氣道：「難，原始資料落到官方手中，恐怕只有認了。」

鍾正華一面聽一面點頭，但黃律師已說完了好一陣子，他還在不停點頭，班潔明知道鍾董心中另有盤算。

於是他不再說話，靜待鍾董想通了聽他怎麼說。

半分鐘後，鍾正華只低聲說了一句：「我判斷官署手中並沒有帳目的原始資料，原始資料仍在告密者手中。」

黃律師素知他這位顧客縝密的思慮，既如此說必有一定的把握，便採信他的想法，點了點頭道：「告密者留了一手，以備後用？」

鍾董道：「十分可能，假如官方手上的確沒有原始帳目，我們先否認這一頁資料，法律上怎麼講？」

黃律師想了一想道：「那要看我們怎麼否認，怎麼措辭。」

「你教一個說法。」

「你就說『遍查本公司所有檔案並未發現有這一頁文件』，然後據此認定這一頁文件是偽造的。」

「那麼關於所謂『祕帳』呢？我們怎麼說？」

「現階段定要堅持公司沒有祕帳，至於私人有沒有，先避而不談。」

「他們會接受這樣的說辭？」

「當然不會，但現階段他們不能對公司或你個人怎樣，這只是第一回合，他們回去會研究能不能根據手上那頁紙就成立調查案。如果手上沒有後續的資料，就目前情形，一般而言調查案未必能成立。」

他們回到會議室，鍾正華清楚地表明了立場後，會議五分鐘就結束了。安德魯姚稽核官首先站起離席，只撂下一句話：「我們會再回來。」

檢控官邁可莫跟著起立，走過鍾正華面前時，鍾正華伸出手微笑道：「邁可，不送了。」

莫檢控官面無表情，也不伸手昂然而過。

客人走了後，鍾正華並未留下公司同仁及黃律師續談，也未找胡特助上來諮商，反而關上辦公室門。

吳小珊先前已依照老闆給的密碼替老闆調出了祕檔，她猜想鍾董正在辦公室內打開祕檔點閱文件，此時絕對不能去打擾他。

這時她的桌上電話鈴響，閃燈處標示是胡學賢。

「胡特助，您好。」

「董事長有空嗎？我想上來有事報告。」

「他此刻不方便，這樣吧，待會我找機會報告他您要過來……好，不謝。」

「告密者是誰？……和妖刀事件的告密者是同一人？……這人想要置我於死地。多半是公司裡的人，他是誰？」

鍾正華把自己鎖在辦公室內，不斷自問這些問題。桌上的電腦螢幕顯示的正是他的祕帳。他面對著祕帳，只看了三頁已經確定，稅務局及律政司官方手上那頁資料，確是從上個年度的祕帳中抽取數據出來拼湊而得的。

這個告密者顯然清楚知道東西文華在衡山深谷中得到村正妖刀的事。知道這事的共有十人，其中鍾董、施玉、胡學賢、全總、梁文革、吳小珊六人爲公司成員，羅教授、薛博士、劉老頭、劉兵四人爲外圍。

而看過公司祕帳檔案的共有三人：鍾董、全總、林前總經理。

如果妖刀事件及祕帳事件的告密者是同一人，這份名單中唯一對兩案皆有「了解」的只有一個人，就是新上任的總經理全光亭。

望著桌上自己手寫的這份名單，鍾正華更加疑惑了。

「全光亭！這怎麼可能？他的動機是什麼？三個月前才升他爲總經理，他有什麼理由要想置我於死地？」

他起身將名單用碎紙機絞碎了，心中忖道：「如果以動機而言，這張名單中眞找不出誰會那麼樣對我恨之入骨，但如仔細分析起來，學賢的可能性還比較大。不過我們從十幾歲就在一起，怎麼說都難以相信他對我必除之而後快，再說，他不可能看過我這個祕檔……」

想到「他不可能看過我這個祕檔」這句話，原本是減低胡學賢嫌疑的說法，這時突然在鍾正華的腦海中產生了一種反思。

「他是我少年時期的夥伴，跟了我這麼多年，又是我的特別助理，可是爲什麼他從來不可能看過這個祕檔？是我一直在提防著他？難道我從來沒有眞正信任過他？」

他開始捫心自問：「是不是這麼多年來，我對學賢的不信任已經在他的心中累積成怨、成仇，促使他對我發動一次總算帳、總報復？要我這個老大哥死得難看？」

但他立刻覺得這個想法太瘋狂，畢竟胡學賢不可能看過他的祕檔。既不能肯定，便暫時放在一邊，開始想應付官方調查的策略，想了一會已有一個計畫。

這時辦公室門外傳來輕敲之聲，原來是吳小珊見老闆把自己關在裡面長時間不聞任何聲響，不禁有些擔心，便輕輕敲門試試。

門是鎖上的，鍾正華一面問：「是小珊嗎？」一面走去開門。

「老闆，是我。」吳小珊站在門口，手捧一杯咖啡，面帶擔憂之色。她見到老闆了無疲憊頹廢的樣子，不禁有些訝異。

「老闆，要不要喝杯咖啡提提神？」

說著便往辦公室裡走，鍾正華忽然覺得的確需要來杯咖啡，連聲稱謝。

小珊瞅著老闆一口喝了小半杯，面帶相當放鬆的表情，忍不住問了憋在心裡的問題：「老闆，那個律政司的檢控官當眞翻臉如翻書，完全不顧老交情，一點面子都不給，看樣子他會狠狠追辦這個案子……經您提醒，我記得他喜歡抽象油畫，那回他搬新家時託朋友找到老闆，您還透過紐約藝術仲介商朋友，靠交情講關係爲他以平價買到一幅高檔貨，這事是胡特助和我在中間聯繫，我記得一清二楚。他今天的態度實在太……太惡劣了。」

鍾正華放下手中的咖啡杯，微笑地對吳小珊道：「小珊，妳看錯了邁可莫，他這回事先打電話，又陪同稅務稽查官一同來我這裡，基本上是好意。來電話是警告我這案子的嚴重性，怕我們掉以輕心把它當一般查稅處理，在開會時他搶著亮出那一頁文件，又暗示官方可能要以正式調查案來逼我們交出所有私密檔案，那些話妳聽來是撂狠話，在我聽來是把稅務局後面可能的作法先透露給我，要我們快作準備……」

小珊瞪大了一雙黑白分明的眼睛，一臉不信地說：「他有那麼好啊？我看不見得……」

鍾董笑道：「他的用意究竟如何我起初還摸不清楚，等到我伸手和他道別，他故意不跟我握手，連看都不看我一眼，還擺著一張臭臉從我面前走過去，我反而懂了。」

小珊見鍾董說得有譜，臉上終於恢復了一絲笑容，她衝著老闆問：「老闆，我們要如何準備？您有什麼交代，我們這就去做……」

鍾正華微笑道：「第一步，我們先把所謂祕帳藏穩妥一點。我的電腦裡有一個價値兩萬美金的瑞士軟件，啓動之後能將我們的祕帳鎖到瑞士的 Q-safe 裡，瑞士銀行的電子保險箱的保密程度，不是香港官方稅務局的專家能夠輕易解破的，這樣我們就可以爭取時間，好好調查這兩件事件是誰在背後搞鬼……」

「董事長您認爲有人告密？」

「那還有懷疑嗎？那一頁文件上的數據，完全是從我這本祕帳中抽出去的。」他手指著辦公桌上的電腦道：「小珊，我給妳一個密碼，妳把那個瑞士銀行電子保險箱的軟件叫出來，然後替我按上面的指示，按部就班把這份祕帳存放進去。我弄電腦常會按錯鍵，這複雜的指令還是你們來操作我比較放心。」

他說著坐回辦公桌，先將祕帳關了，然後站起來讓座給小珊。

「Q-safe 軟件的密碼是『LUCABRING4169241301』。」

難爲鍾董竟然能記得住十九碼的密碼。吳小珊輸入十九個字母及數字後，電腦上出現了一個十分精緻可愛的保險箱圖案，點開後出現一行一行操作指令。她小心翼翼按步操作，指令竟然長達四整頁。最後一個「完成」鍵按下，螢幕全黑，只有正中央有一個白色小箭頭每秒鐘閃一次，閃了十九次後，箭頭消失，出現了法文字 AU REVOIR（再見）。

螢光幕恢復正常，祕帳已經從鍾董的電腦中消失。

「小珊眞厲害，那麼麻煩的程序，一次就搞定。」

小珊站起身來微笑道：「緊張得出了一身汗哩。」

她鼻尖上果眞有些汗珠，鍾正華笑道：「謝謝，等一會我就要將密碼重新設定，這些機密就封藏了，只妳一人曉得 Q-safe 這回事。」

他說到後半段，臉色漸變嚴肅，小珊爲之一驚，連忙往外走，口中道：「董事長，您快設定新密碼吧，我在外邊待著……」一面隨手將門帶上。鍾正華看了爲之莞然。

過了十分鐘，董事長辦公室仍靜悄悄的，小珊暗笑老闆一時搞不定設定新密碼，正在想要不要用電話問一下，這時她桌上的緊急叫人鈴響起，紅燈也開始「啪啪」的跳閃，小珊嚇了一跳，連忙答了一聲：「來了！」

她快步上前開門一看，只見鍾董倒在辦公桌上，一隻手還按著桌上的緊急按鈕。

吳小珊驚嚇得面無人色，她看到鍾董臉色泛青，雙眼翻白，額上全是冷汗。鍾正華見到小珊走近，喘息的聲音努力喊道：「硝酸甘油……急救箱……硝酸甘油……」

小珊一聽硝酸甘油四字，立刻意識到鍾董可能是心肌梗塞了。她快步衝到牆邊掛著的急救箱開箱檢視，第一層是外傷急救用品，第二層是多種急救藥物，第三層是氧氣瓶。第二層的內服急救藥一排有二十多種，小珊眼明手快，很快找到一個醬色小瓶子，瓶上貼紙印著「耐絞寧舌下片」、「NITROSTAT」的藥名。

小珊暗叫：「對了，就是它！」她扭開瓶蓋，倒出一錠藥片，飛快奔向辦公桌，大聲叫道：「老闆張嘴，張開嘴！」

她巧手巧指地把一片硝酸甘油送到了鍾董舌下。她雖沒有醫護的專業，但常識告知她老闆的命大約暫時保住了。公司安全部門堅持在辦公室裡設置這樣一個相當專業的急救箱，每三個月還有專人來檢查更新，她一直覺得是種浪費，想不到今日第一回用上，便救了老闆的命。

這時她才打電話給九九九緊急求救，同時想到應該立刻通知樓下的董事長特助胡學賢。

在救護車上的鍾正華自覺已經恢復正常。他胸疼消失，缺氧狀況也消失，呼吸、心跳都漸趨正常，他知道自己的生命暫時無礙。

他一面吸氧，一面暗自思考：不懂爲什麼，平日毫無任何症狀，這回體檢竟發現心血管堵塞已達八成以上。自己由於素無警覺，這份健檢報告建議患者立即看專業醫師，並接受必要治療。而體檢報告擱在辦公桌上沒有及時看到，他自己則不知嚴重，仍在大陸奔波追查紫光寶劍的來歷，更糟糕的是，還在廈門看守所中待了兩個多月……

「對，就是那一、兩個多月的生活劇變和極度焦慮，造成心血管疾速惡化，以致一回香港就發生了這嚴重的缺氧現象。要不是吳小珊手腳俐落，及時找到硝酸甘油舌片，自己能不能渡過這一劫殊不可料。」

救護車送到山頂道的嘉諾撒醫院，醫護人員立刻展開一連串的檢查及處理。鍾正華其實已經清醒如常，但這回他不敢掉以輕心，打定主意任由心血管科的主任醫師擺布，做個百分之百配合的病人。

在醫院裡，鍾正華睡了個好覺，不知是不是因爲醫生給了點鎮定劑的原因，鍾正華一覺足足睡了八個小時，中間沒有間斷，連一個夢都沒有。醒過來時，他只覺整個人神清氣爽，護士爲他記錄了體溫、脈博、血壓、血氧……等數據，給了他一個甜美的笑容說：「鍾先生，你這邊所有的數字都及格了，等葉醫師來，他會和你講昨天檢查的結果。」

「謝謝芬妮小姐，我自己也覺得全恢復了……」他看到護士小姐胸前的姓名牌。

這時心血管主任葉醫師帶了兩個實習醫師走進病房。

「鍾先生，自己的感覺不算數的，你之前不也是覺得一切沒問題嗎？這次出了好大的問題。我們昨天做的各項檢驗的結果顯示，你的冠狀動脈問題相當複雜，恐怕要動手術治療。」

鍾正華自我感覺良好，對自己身體有信心，他對葉醫師說：「眼前公司面臨重大決策時刻，是否可以待一個月後等公司大事搞定，再回醫院來徹底治療？」

葉醫師的聲音低而渾厚，清晰而悅耳，但語氣極爲嚴肅沉重：「鍾先生，您的左主冠狀動脈及多條血管都有嚴重阻塞情形，左心室的功能十分勉強，你的情況比較特別，是平時完全感受不到病徵，一旦發作便立即進入危險期。我們強烈建議您再花兩天做完整檢查，然後可以先回家服藥維持穩定，院方醫療小組會根據綜合數據及專業評估，決定是否作繞道手術或其他侵入式治療。」

鍾正華雖然憂心祕帳案的發展，但聽了葉醫師的說明也不得不遵辦，於是點頭道：「那就麻煩葉醫師費心安排，一切遵照您的建議。」

葉醫師很感滿意，拿出一疊檢驗報告，一項一項詳細解釋給鍾董聽。那兩個實習醫師守在一旁，聚精會神地一面盯著檢驗報告，一面聆聽葉主任解說，其中一個在他的 iPad 上作筆記。

葉醫師離開後，護士小姐芬妮笑著道：「鍾先生好人緣啊，好多人送花來，病房都放不下了，除了本地的，還有內地的、東京的、巴黎的……」

鍾正華心知都是公司各地的主管電郵送的，他微笑道：「好事不出門，壞事傳千里。我在辦公室一倒下，半天之內，全球都有人知道了，好可怕啊。」

「我們服過藥後小憩一會，十一點後醫院開放探病。我瞧不少人會來看您，您就睡不成了……有事您按鈴。」說完便離開了。

病房裡特別安靜，鍾正華閉目苦思，把最近發生的許多事一件件從頭細思。心靜下了，頭腦清明了，他似乎看到了好些先前沒有注意到的細節；有些發生在最近，有的是陳年舊事，都像是些毫無相關的瑣碎事，不知爲何一一飄過他閉著的眼前。

他忽然看見一幅拼湊的照片集錦，其中有一張黑白老照片，兩個中學生在公車候車亭裡，比較高大的高中生是背影，較矮小的似乎是國中生，從側面可認出是少年時的胡學賢。

「這麼多年，他的模樣還認得出來呢。那個背影……那是我的背影。」

鍾正華心中默默地對自己說，他的心神忽地回到多年前他第一次看到這個照片集錦，是在胡學賢的辦公桌上……那一天鍾董事長難得一次出現在胡特助的辦公室中……

正華躺在病床上，耳中好像聽到了一連串的對話，多少年都忘記了的對話，這時忽然飄在耳際。

「哈，這個背影是我吧？」

「對啊，是你。記不記得我們請一位每天同車的一女中傻妞拍的，不過她不會用我的相機，拍得眞他媽爛透……」

「啊，十七路公車。大直站到台北火車站！」

「對。你還記得啊？」

「怎麼不記得？那些年每天搭兩趟，搭了至少七年怎會不記得？」

「也就是咱們兩人每天搭同一班車，搭了少說有七年。」

「你幹嘛保留這張『拍得爛透』的相片，還放在你辦公桌上，每天對著它？哈哈。」

「它提醒我，我最多時看到的你，都是你的背影。」

「這話怎麼說？……」

「你那時候已經那麼優秀，而我有自知之明，永遠沒法跟你比，遑論超過你。古人說『難望其項背』，也說『望塵莫及』，我是在激勵自己每天要能『望其項背』，看得見你的背影。」

「哈哈，你說笑話啊……」

這些對話在當時一笑揭過，多年來早就被封存到記憶的黑箱底了。但不知爲什麼，這時候忽然出現在耳際，而且字字清楚，彷彿昨日。更令人驚心動魄的是，這些話突然之間好像都被賦予了新的活力，每句話都像是在對最近發生的事提出了解釋……

「……如果告密者是他？」

如果是他，許多細節都得到了合理解釋。

「可怕啊，原來你對我的積怨竟然到了這個地步！」

他內心已經確定，躲在黑暗中的背叛者就是他，只除了一個疑問還沒有得到答案：「他不可能看過那份祕帳！可能嗎？」

他口心相商了一會兒，忽然之間，對這個問題也不再像先前那麼篤定了。

「他畢竟是我的親信，如果存了要背叛我的心，也不見得就看不到那份祕帳，只是我不知道紕漏出在哪裡……」

回到家休養的第二天，吳小珊一臉憂慮地拿了簡易法庭的傳票來家中交給鍾董。

鍾正華再度大吃一驚，他不相信檢控方那麼快就將案子送到法庭，但是當他讀完公文，幾乎崩潰了。

由於檢控方聲稱掌握了東西文華貿易公司前一年度完整的祕密帳目，經與該公司同年度正式申報稅目比較後，發現該公司涉及逃稅及洗錢兩項違反稅法之行爲，鍾董個人則涉嫌侵佔公司財產。由於直接證據確鑿，爰立即提起公訴。

鍾正華不敢相信這是眞的，他喃喃自語：「他們掌握了東西文華上一年度祕帳的全部資料？這完全不可能，這份祕帳已轉存進瑞士銀行的電子保險箱，沒有人能拿到手，檢控方面憑什麼宣稱他們拿到了完整的帳目資料，這明顯是在詐唬我們……」

小珊聽到這裡，忍不住插口道：「我就說那個邁可莫不是好人，老闆還替他說好話，那天他趾高氣揚，哪裡是在向老闆示警？我看就是在向我們示威。他能那麼神氣，難道就是他掌握了我們的祕帳資料……」

小珊見老闆在沉思，便接著說：「但這是不可能的，那份資料除了董事長本人，沒有別人看過……他們如果是唬弄咱們，一到法庭上就被戳穿，這對律政司好看嗎？……」

鍾正華輕嘆一口氣，打斷小珊的話：「小珊，快請黃大律師過來，愈快愈好。」

他心中暗忖：「小珊想得淺了，先不說他們手上的資料是眞是假，問題是我們的祕帳絕不能拿出來，就算對方手中的資料完全錯誤，我們怎麼證明它是錯的？何況那份資料的眞假還有財稅專業人士可以研判……小珊雖然聰明能幹，比起施玉來，畢竟還是嫩了些……」

要是施玉在，定能從公司的最佳利益立場，在法律方面給自己一些專業意見。

黃律師當然有專業，也會爲顧客的最佳利益著想，但是公司裡畢竟有一些不足爲外人道的祕密，以鍾正華的個性，以他和黃律師之間的信任度，都不可能對雇用的律師完全透明。

這時他更加懷念施玉。

第二天胡學賢及吳小珊帶來新的發展。小珊報告：「老闆，官方下午派人來搜查辦公室，把您的電腦拆了帶走，連我的電腦也被帶走……」

「什麼？他們來搜查時，誰在現場？」

胡學賢道：「我全程在場，他們帶了法院開的搜索許可，在董事長辦公室搜查了四個小時，光是在董事長的電腦上便花了一個半小時，在現場的感覺上似乎並無所得，最後他們帶走了兩台電腦及一個紙箱的文件——都是報稅記錄和財務報表。我一件一件仔細看過才簽放，文件中沒有什麼不能公開的東西。」

官方的動作其實也是意料中事，只不過動作如此快，有點雷厲風行的震嚇作用，但是對鍾正華而言，他只會暗中感到慶幸，因爲更早一步得到邁可莫的警告，當下便將祕帳存到瑞士電子保險箱，官方在他的電腦中再也找不到任何想要的東西了。

他面無表情地點點頭，胡學賢從鍾董臉上讀不到任何訊息，便問道：「醫療小組告知，過了週末董事長可以較輕鬆地恢復工作，我們是不是請幾位董事一道來公司喝個下午茶？他們幾位都在詢問董事長的情況……」

鍾正華點頭道：「不錯，還是學賢想得周到，就下個星期吧，請他們幾位，還有全總經理，我們準備一些點心，大家聊一聊。我也很想見見他們。」

胡學賢先離開後，鍾正華忽然問吳小珊：「當我在廈門機場遭到扣押後，胡特助是什麼時候和辦公室……和妳聯絡的？」

小珊想了想回答：「我接到胡特助的第一通電話是在您被扣押的那天晚上，他從赤鱲角機場打來。我聽到飛機上空服員播音的聲音，猜想飛機落地滑行中，他便迫不及待通知我……還要我通知三位董事及準備召開臨時董事會的事……」

「所以當天晚上妳是公司裡第一個知道這消息的人。」

「理論上是的，不過在那之前我其實已經知道了……」

鍾正華甚是詫異，問道：「怎麼會？是誰告訴妳的？」

吳小珊略有遲疑地停頓一下，然後道：「在那之前的下午時間，我接到羅邁斗教授從廈門打來的電話，告訴我老闆被扣押的事，同時還告訴我……告訴我……」

她仍在猶豫，鍾正華已耐不住，催促道：「羅教授還說了什麼？」

小珊的聲音有些不自在地放低，小聲道：「他告訴我，這件事裡胡特助的態度很奇怪，要公司特別注意，否則後悔來不及。我問他爲什麼這樣說，他又不肯明言，我覺得不太靠譜，心想胡特助是董事長的心腹大將，在公司服務那麼久了，豈能聽一個內地的在地研究員的一句話，便對胡特助生疑，因此就沒有向董事長報告。今天您問起來，我還眞覺得胡特助這一陣子有些動作不尋常，才跟您報告羅教授打電話來的事。」

鍾正華面色嚴肅地問道：「小珊，妳告訴我這段時間對胡特助的觀察，就只我一人知道，妳放心講不要怕。」

小珊受到鼓勵，便放膽報告了：「羅教授告訴我，當天胡特助也被扣押了，那麼他怎麼可能當晚便回到香港？胡特助回來後，立即依董事會章程召開了一次臨時董事會，由他主持，全總經理也列席……」

鍾正華道：「嗯，我看過了會議記錄……」

小珊道：「會議記錄上我只記下開會事由及討論案的決議，但有一個陳董提的臨時動議沒有列入記錄。他原提議推舉胡特助為代理董事長，後因沒有人附議而撤銷了……我是因為事涉敏感，該案撤銷時董事們交代不要列入記錄，我便不敢多嘴，心想如果事屬必要，全總一定會報告您的。」

鍾正華仔細聽了，直接反應了一句：「全總經理沒有提到這一段。小珊，妳剛才說胡特助這一陣子有些動作不尋常，能講清楚些嗎？」

小珊道：「就在臨時董事會上，他和幾位董事以及董事之間的互動，讓我覺得提議他為代理董事長這件事，應該是會前和陳董及熊田董事講好的，只是不知道為什麼熊田董事臨時不出聲附議，才破了這個局。那時候胡特助急切而尷尬的表情我還記得很清楚，全靠湯普生董事打圓場，把原提案轉化成董事們集體領導、共同處理重大事情的決議……」

鍾董想了一想，囑道：「方才我們談的千萬保密，妳就當從沒說過，我也從未聽到過。」

東西文華貿易公司的祕帳案終於被起訴。檢控方宣稱掌握了祕帳完整的原始文件，其中部分內容明顯指出公司犯有協助洗錢、逃漏稅的罪行，而董事長本人有部分帳目數字不明，有侵佔公司財產之嫌。

鍾正華和黃律師閉門密談，黃律師看完起訴書的全文，皺著眉頭再讀一遍，然後建議鍾董一口咬定公司並無祕帳，堅稱檢控方所謂的祕帳不存在。

鍾董到此時不得不對律師說實話了：「最讓我憂心的是，他們手上的祕帳的確是原始資料，但不知他們從何而得？我若咬定祕帳不存在，不給自己留任何空間，可能的後果有哪些？」

黃律師分析道：「這原是個問題，但現在您電腦中空無祕帳，官方查不出什麼新證據。只要你堅持不認，這場官司還可以打。控訴您的各項罪名，逃漏稅、協助洗錢等等，其數目看來就算有罪也不過罰錢就能了事，麻煩的是您私人帳目部分的侵佔罪，那是刑責，和您的報稅資料有好幾百萬美金的出入，帳面上應該是屬於公司的錢，這就比較麻煩。您若認了罪，刑責是六個月以上，五年以下。可反過來說，您如果堅持控方的資料並不屬實，而官方從您的電腦及其他文件都查不到證據，到時我就可提出要求，要求控方當庭交代所謂祕帳資料的來源，控方若交代不清，證據被採信的機會就減弱了……」

「你是說，告密者不肯出庭爲那份祕帳背書？」

「對，我認爲告密者提供資料給官方時，多半有保護他自己身分不曝光的條件。」

鍾正華點頭，對黃律師的分析極表同意，忖道：「如果告密者眞是『他』，他怎敢在法庭上曝光？只要一曝光，他告密想要除去我的目的就達不到了。」他伸手和黃大律師緊握了一下道：「大律師，就這樣，靠你了。」

黃律師才出門，鍾董的電話鈴聲響起，又聽到那個熟悉的、低沉而渾厚的聲音，是嘉諾撒醫院心血管科的葉主任。

「鍾董事長，我是葉醫師，您的情況還好吧？」

「還穩定，謝謝您啊……」

「您的檢驗報告都出來了，有點複雜，我想請您來醫院一趟，您現在有空嗎？」

「我……嗯，可以，我就過來，四樓心臟血管科主任辦公室，好的，半小時內我會趕到。」

鍾正華從醫院回到家，一語不發把自己關在臥房中，傭人送茶敲門都只得到鍾董「請勿打擾」的回應。

葉醫師急著找鍾正華去醫院，是因爲他缺氧暈倒後做的幾個重要檢驗，經過綜合分析診斷，結果判定他的心臟及冠狀動脈系統罹患了罕見的病變，而且來勢凶猛，如果不能有效治療，半年之內可能急速惡化。目前可考慮的治療方式以心臟移植爲首選，鍾正華如果同意，葉醫師可以介紹他去美國克利夫蘭醫院、中國大陸的中國醫學科學院阜外醫院，或者台灣的振興醫院，這三家醫院對心臟移植有較多經驗及成功案例，其主治醫療團隊中葉主任都有熟人。由於鍾正華的家人在美國，所以他建議以克利夫蘭醫院爲首選。

鍾正華靜躺在床上，在腦海中把葉醫師給他的資訊梳理消化，心情漸漸平靜下來，思慮也恢復清明。

他首先想到自己的健康。這讓他想起年輕時服兵役前，體檢發現自己的心臟有先天異變，還因此免服兵役，爾後幾十年並未出過什麼毛病，便沒放在心上了。雖然近十多年來心肺常有輕微不適，但一來不嚴重，二則不適感不持續，再說定期體檢也從來沒發現什麼嚴重問題，所以自己一直不以爲意。沒想到一旦發作竟已進入嚴重狀況，葉醫師說他這情形和心臟及心血管的先天構造異常有絕對的關係，一般例行健檢不易查出問題，而自己沒有及時做特定的深度檢查，錯過及早治療的時機很是可惜。如此看來，年輕時爲自己體檢的那位軍醫還眞不簡單。

如果要做心臟移植這種大手術，肯定得先和家裡商量，他當下立刻想好一番清晰而平和的說法，讓遠在美國的太太于菱瞭解病情而不致太過驚恐。除了面對重病，麻煩的是同時還要面對官司。下午和黃律師的討論很有幫助，只要在第一庭審中站穩腳步，把控方證據，也就是那份祕帳一口否定，這案子便不可能迅速定案。這種時候，庭上的辯論便特別重要，那就要相信黃大律師的本事了，他打稅法官司少有打輸的紀錄。

「官司在拖，我就先去美國，回家一趟，再去克利夫蘭醫院……」

想到去美國，面對憂心的家人、陌生的醫師和醫院、生死未卜的大手術……心中油然生起一種自憐的哀傷。過了一會，那股哀傷漸漸化爲憤怒，他想到那個告密人，心中的憤怒愈想愈深，他從床上一躍而起，在臥室中踱了十幾個來回，怒氣難消，卻不知該如何處置。

忽然，他從心煩氣躁的走動中停下腳步，因爲一個奇異的想法忽然閃過他的腦子。他迫不及待地衝向書桌，從抽屜中找出一張名片。

那是在東京拍賣會中，以八百多萬美金超高價標得村正妖刀的神祕客的名片。

那個神祕集團的負責人私下和鍾正華見面時，遞給他這張名片，當時，他看了名片後驚得幾乎叫出聲來。那人只淡淡地說：「請保守機密，鍾桑有一天說不定會需要我們的服務。」

正華還記得那人長得劍眉細目，面有異相。他再看了那張名片一眼，上面寫著：

藤原村正　二世

旁邊還有四個小字「勢州桑名」。

全是漢文，除了「二世」兩字，其他與五百年前村正妖刀製作人的名字完全相同。這位神祕集團的負責人，大手筆以八百多萬美金標下那柄刀，竟然是藤原村正的嫡傳後人。他買下這柄祖先鑄造的神兵，讓村正妖刀重歸村正家族。這就解釋了一切。

他的集團顯然擁有龐大的財力，名片上這個神祕集團的名字叫「伊賀統領株式會社」，但究竟是做什麼的？

鍾正華心中有了一個模糊的想法，他做了決定，要見見這位伊賀統領株式會社的負責人藤原村正二世先生。

他喃喃自語：「愈快愈好！」

他從名片上抄下了電郵的地址。

第十八章　反撲

「董事長，有一位日本人藤原村正二世先生說，您有寫信和他約見，他特地從東京趕來會面，不知……」

鍾正華不待小珊說完便連聲道：「對對，我們有約，快請他進來，到我辦公室！」

鍾正華暗忖：「前天才發電郵，他今天已從日本趕來赴約，真是守信之人，好有效率。」

藤原村正二世聞聲從會客室中走出來，迎向鍾董。他十分禮貌地先行一個九十度鞠躬禮，然後熱情地與鍾董握手。鍾正華問候道：「藤原村正桑，歡迎您來到香港，能在我的辦公室迎接您是我的榮幸。」

藤原村正二世道：「東京一別又大半年了，中國古人說一日不見如隔三秋，鍾桑別來無恙乎？」居然一口相當純正的北京話，想來是中文底子不錯，喜歡掉兩句文。

「托福托福！快請到我辦公室來坐。」鍾董心中在苦笑，別後半年多，兩個月的牢獄之災，眼前又是「賤體大恙」，托誰的福也難度過。

待小珊奉茶後緊閉了辦公室門，鍾董才輕聲道：「問候您的寶刀，想來一切安好。您慷慨的標價，敝公司不敢相忘。」

藤原村正哈哈笑道：「這柄刀是我村正祖刀，將永爲我家族供奉爲神器，子孫永不敢忘。鍾桑及您的公司能在它失蹤四百年後讓它重現，讓它重回村正家族，這其間的意義豈是區區金錢所能衡量？」

「正是，正是。我約藤原村正先生來，是有一筆買賣想與貴公司合作，但在下有一個困難之處須先澄清……」

藤原村正道：「敝公司樂於爲鍾董服務，請問這筆買賣中有何難處？『解決難處』正是敝公司最擅長的服務項目。」

鍾正華放下手中的茶杯道：「困難之處是，我不知道貴公司究竟是做什麼業務？」

這問題問得荒謬，把生意對象從數千公里之外請來，居然問人家貴公司是幹什麼的，豈不可笑？

豈料藤原村正完全不以爲意，揚起一對劍眉，睜大了一雙細眼，一臉嚴肅地道：「鍾桑問得好，可否借用白紙一張？」

鍾正華拿了一張A4白紙交給藤原村正，只見他不慌不忙地從上衣口袋中掏出一支自來墨水毛筆，在白紙上寫下一行字，遞給鍾正華。

鍾正華見藤原寫下九個漢字，書法頗有功力：

臨兵鬥者皆陣列前行

鍾正華一讀便面露笑容，很會心地問道：「葛洪《抱朴子》？」
藤原村正深深點頭，雙手空畫了一個字符道：「正是，葛仙翁的九字眞言，亦我忍術祕咒，敝株式會社所業爲何，鍾桑已知之矣。」
鍾正華既已判斷藤原村正的神祕株式會社應該與「現代忍者」有密切關係，他便查了不少東瀛忍者的資訊，知道晉代道教大師葛洪的九字眞言，自古就是日本忍者的術語，是以當藤原村正二世寫下這九個字，他已心領神會。藤原的神祕會社提供的「服務」，正是他此刻需要的。
於是他拱手道：「心中疑慮已解，我要提出一筆買賣，需要貴株式會社的專業服務。」
藤原微笑道：「敝人聆聽。」
鍾正華壓低了聲音道：「我要請貴會社使一個人在我眼前消失——但不是現在，而是要你受命待時，等候我發出號令。」
藤原也低聲道：「受命待時？沒有問題，敝株式會社經常執行這樣的指令。閣下要一個人消失，敢問要死要活？」
「死活不拘，只要此人從此不再出現在我眼前便好。」
「敢問貴方指定的對象是何種行業人士？士農工商兵？還是黑道？情報道？」
鍾正華知道，這必須先弄清楚，因爲關係到報價。他回說：「商道。」
「以閣下之身分衡量之，必除之人其身分可以想像。江戶時代一顆這樣的頭顱索價千兩甲州金，換算爲今日之物價，約合一百萬美金。」

鍾正華沉吟未答，藤原道：「既然死活不拘，八成計價，鍾桑可先付兩成定金，任務完成後再付清。」

鍾正華從抽屜中拿出一張支票，當場塡上數字、簽好名交給藤原。

「不用了，現在我就一次付清八十萬。請藤原村正二世先生記住：需要執行任務時，閣下會收到一串數字，那是香港荷蘭銀行的保險箱密碼，任務的指令就在保險箱中。」

藤原村正面對鍾正華展現的氣魄爲之動容，他低目看了那張支票一眼，正色回答道：「您還用支票，很好，我喜歡老式作風。」

他接著說：「收到鍾桑指令後，敝會社十日內完成任務，次日即向鍾桑回報結果，絕無失誤！伊賀統領株式會社執行任務從來只需一次機會，不成功全額退費！公平嗎，鍾先生？」

鍾正華聽了也爲之動容，他有強烈的感覺，自己面對這個生有異相的現代忍者，不須訂什麼合約，說了便算，就像古時一諾千金的刺客殺手。

於是他伸手和藤原握了一下。上次在東京見面握手時沒有注意到，這時他瞥見藤原的右手背上有個精緻的刺青，似乎是一個淡紫色線條勾勒的魔鬼頭，鼓目咧齒，生動異常。

藤原在那張A4紙上加寫了一個電子郵件地址，將紙遞還鍾正華，謹愼地道：「鍾先生的密碼請寄到這裡。」

鍾正華看了一眼：umeshelp@mail.yahoo.co.jp。不是名片上原來的電郵地址。

他想說什麼，但忍住沒說，只正色道：「咱們一言爲定。」

「一言既定，駟馬難追，鍾桑行事如古人，我喜歡！」

臨離開時，藤原村正三世忽然撂下一句：「任務完成前，我不會去兌現支票。」

鍾正華在送客之後，盯著手上的那張A4白紙，喃喃說道：「umeshelp……umeshelp……umeshelp，梅的幫助？日文是『梅之助』？」

東西文華貿易公司的祕帳案開辯論庭，控方拿出殺手鐧——告密者提供的祕帳清單。鍾正華一口否認祕帳的存在，儘管控方拿出來的資料和數字對所提出的指控項目逃稅、洗錢、侵佔，似乎都能自圓其說，但黃律師提出了要求：委託人既不承認這份資料，控方有義務提出資料來源，以便當庭對質。

由於控方一時拿不出資料來源，陳述正在與提供資料者溝通，說服其出庭作證，法官甚至很含蓄地提醒控方爲告密者依法申請保護。之後這一庭辯論則正如黃大律師之預料，退庭擇期再審。

鍾正華利用這個空檔請葉醫師積極與克利夫蘭醫院聯繫，對方研究過鍾正華的病歷及全部檢驗報告後，來函表示對這種罕見病例有興趣，希望鍾董親赴克利夫蘭檢查及諮詢。葉主任十分熱心，屆時願意陪同鍾董跑一趟。

等待的期間，鍾正華每天服用葉主任的處方藥，除了偶有輕微心悸、心律不整及喘息外，一切尚能維持穩定。他遵照醫囑，開始每日工作半天，中午睡個午覺。

昨天上午，他親自到香港荷蘭銀行租下一個特大號的保險箱，偌大的箱中只存放了兩個東西：一個加了封條的牛皮紙信袋，還有那柄紫光寶劍。

辦完這件事，他關上保險箱門，在複雜的號碼鎖上設定了開鎖的密碼。

「166216621662」，「1662」重複三次，一共十二碼。

他覺得有點喘，便靜坐在靠牆的長條板凳上略作休息。時近中午，銀行地下室中靜悄悄就他一人，他想得很深，心中驀地閃過一絲苦笑：「1662是我被扣押在廈門看守所時囚服上的號碼，呵呵。」

鍾正華去了美國，他回到舊金山的家待了一星期，有充分的時間把好多事作交代。鍾太太于菱是個成熟的女人，雖然初聞這一連串的不幸感到驚駭，但是只一天她便能理性地和丈夫商量共同應付之計，這一切他們決定暫不告訴女兒。

一星期後，他們飛到俄亥俄州的克利夫蘭，在那以移植心臟出名的醫院裡和香港飛來的葉醫師相會。

三天的檢驗、諮詢排得緊湊，有葉醫師的協助，鍾正華夫婦能夠完全掌握資訊，包括比較專業的生化醫學資訊，葉主任總能深入淺出並且正確地傳達。雖然葉醫師的來回旅費都由鍾正華支付，但是他放下了香港繁忙的醫院工作，利用休假三天來幫正華的忙，這份人情實在太令人感動。

克利夫蘭醫院接受了鍾正華，將他的名字放入待醫名單中。所謂待醫，其實是等待適合的器官捐贈者，這事急不得。美國醫師在葉主任的處方外加了一種新藥，囑咐鍾正華回去好生調養，希望在輪到他動手術前能維持穩定。

鍾正華在加州又待了二十幾天，他不急著回香港，但是接到了吳小珊的電郵，祕帳案又要開庭了，這回他必須親自出庭。他打電話請教黃律師。

「班潔明，我必須親自出庭嗎？我想多休息幾天，雖然來回旅行沒大問題，畢竟長途飛行對我目前的狀況還是有點累……」

「鍾董，這回您恐怕非得回來親自出庭，通知書上特別註明了，除非我們申請延期開庭……那得要請醫院出個證明書，說您情況嚴重不能長途旅行……」

鍾正華腦中飛快地轉了兩圈，想到若要請克利夫蘭醫師出這證明，恐怕沒那份交情就只得公事公辦，到時還得再跑一趟克利夫蘭；如果要請葉主任開證明，便有一點爲難他，他必須誇大自己的情況，但葉醫師畢竟是在香港開業。

再者，這官司總是要面對的，愈早結案愈好，趁著目前健康情形尚可，拖延時間未必是好主意，於是他答應依時出庭。

這時于菱把正華的情況通知了女兒，女兒說要請假回舊金山，和媽媽一道去香港陪爸爸。正華和于菱商量好，他先飛回去出庭，妻女隨後趕到。

在妻子千百叮嚀之下，鍾正華飛回香港。臨行前，他將一封密封的信交給于菱，叮囑道：

「萬一……我是說萬一，萬一發生什麼事我不在了，拜託妳將這封信寄出去。記住，不要打開看，更不能讓任何人看。」

于菱立刻緊張起來，她看了一下信封上的地址，忍不住驚詫地問道：「是要寄給一個日本人？……」

正華點頭道：「藤原村正二世，他就是在拍賣會中將我們那柄日本古刀高價標去的日本人。他出的價碼打敗了東京和名古屋博物館的叫價哩。」

于菱點頭，她知道丈夫從事的生意裡有不少機密，她不想追根究底，而且她也知道，有些事就算追根究底，鍾正華也不會告知眞相，最多是編造一個說法。

但她還是問道：「用郵寄的？這年頭用郵寄的人不多了。」

「不錯，用郵寄的。藤原桑說他喜歡老式風格。」

鍾正華回到香港。他一進辦公室，小珊立刻關上門，悄聲報告老闆：「老闆在美國時，四位董事每週都有聚會。昨天全總經理告訴我，他們今日下午三點鐘要開臨時董事會，胡特助主持，全總收到通知列席，但沒有通知我去作記錄，想來胡特助會要他的祕書珍妮記錄。據說這次會議中將推舉胡董事擔任代理董事長……」

鍾正華聽了臉色如常，微笑道：「我請假時間太長了，胡特助照章行事也是應該的。」

小珊道：「但是全總要我盡快通知您，他感覺推舉代理董事長只是開會通知上的事由，會議中恐怕還有變數。」

鍾董道：「上次臨時會，是不是熊田董事臨時變卦，害得學賢一臉尷尬？這回應該不會有問題才對啊……」

小珊急道：「董事長，我……我覺得全總經理想要我轉達的是，他們在會議中可能臨時更改議程，變成改選董事長，好將您一舉推下台！」

鍾正華臉色一沉，低喝道：「胡學賢他敢！」

小珊道：「自從上次的事以後，我對特助的事就比較小心，昨日他問我董事長何時回來，我就說還沒有消息，他又去黃律師處打聽，黃律師只說近日，確切日子不知。他是眞的不知，我誰都沒告知。」

鍾正華忍不住笑了起來道：「怪不得我從機場海關出來，看到的不是小唐，而是妳訂的出租車司機拿著紙牌在人群中找我。厲害，妳連我的司機小唐都信不過。」

「不是信不過，這個時間多小心一點總是比較好。」

鍾正華點了點頭沒有答腔，吳小珊忍不住又道：「照全總經理的說法，如果……如果他們眞的敢臨時變更議程突襲您，您是不是要有對策？要不要請全總來談一下？」

鍾正華搖了搖頭道：「還不到我出面的時候，我沒找全光亭，就表示我不知道他們要開會的事——只當我在養病中！請妳告知全總，開會時如果他們臨時改變議程不推選代理董事長，反而直接改選董事長，那時全總就要發言。記住，他要起來發言申明，以如此方式改換董事長恐有違法之虞……」

「但全總只是列席啊……」

「列席也可以發言，只是沒有決議權。他不但要發言，還要要求將之列入記錄，同時要全程錄音。」

鍾正華暗忖：「公司的章程上只有規定董事長因故長期不能履行職權，則可從董事中推選一人代理，可沒規定可以用我不在場的突襲方式換董事長。嘿，沒有那麼容易，胡學賢你最好不要輕舉妄動。」

他抬眼見吳小珊瞪著一雙大眼睛，對剛才的話將信將疑，一臉的關心之情，他瞧著不禁有些感動，便用微笑安撫她的焦慮，微哂道：「要全總經理在開會前把手機充飽電，爲求保險，還可以多帶個行動電源備用。」

小珊見老闆態度淡定，便放下心中一塊大石，答道：「我立刻去通知全總經理。」

鍾正華道：「我先回家休息，下午不進辦公室了。」

臨時董事會已閉門開了一個多小時，吳小珊既然不是會議記錄人，便只能留在辦公室中乾等。她從三點鐘起便顯得有些坐立難安。

上午鍾董回家休息後，她約了全光亭總經理到董事長辦公室來。她將鍾董交代的話轉告了全總。全總說他已準備好，如果會議中有什麼突發情況，他會擇機傳訊息給她。小珊說她會陪鍾董去法庭，法庭上有什麼突發情況，她也會發訊息給總經理。

另外，他準備了行動電源。

會議室中列席的全總經理被要求對最近公司的營收下降作口頭說明。全總滿心不高興，董事們明明都知道每年這個季節是生意淡季，今年雖然掉得稍微多一些，也不值得大驚小怪。他心知肚明，這背後是有預謀的，目的在強調自己這個新任總經理能力不足，間接彰顯鍾董事長的用人失誤。

全光亭是個沉得住氣的人，他不慍不火地把營收狀況的起落敘述完畢，並就其起落的原因做中肯的說明，最後簡述下兩季的預期業績均能呈現上升的指標。

董事們見全總在被「突襲」的情況下不疾不徐，不需準備資料就將公司現況及前景表達得一清二楚，便是主席胡學賢也不得不暗中佩服。

接著胡學賢宣布，由於鍾董事長先在大陸遭扣押，繼而身體違和，以致長時間請假不能履行職務，爰由湯普生董事提案按公司章程推選代理董事長，請討論。

退下坐在一旁列席的全光亭，悄悄地按下手機的錄音鍵。他暗忖：「上回胡學賢想幹代理董事長，結果大家不支持搞得灰頭土臉，這回學乖了，由湯普生董事提案，先討論是否有需要，如有需要再談人選……手法比上次細膩多了。」

接著幾位董事輪流分析現況，即使溫和的湯普生也多少有點將營收業績下滑歸因於鍾董倦勤，公司缺了一股中心領導力量。激進的陳董毫不修飾地表達對目前情況的不滿，對鍾董將新出土古文物列爲公司新重點的策略，更是明白表示反對。

他直白地表達：「世界上大多數國家都已立法將新出土文物列爲國家管制，東西文華公司如果執意要以新出土文物作爲商業目標，將會陷公司於各國法律的模糊地帶中，今後層出不窮的法律爭議案將使公司有打不完的官司……這一回鍾董事長親身的遭遇難道還不足以爲鑑？」

他的英語其實說得很不錯，就是廣東腔調太重，說話又特快，乍聽之下有時會以爲他在說粵語，認眞聽就會發現他的英文十分注重文法，句子結構完整，絲毫不苟，像是文法課本中的例句。

全總認眞聽完四位董事的第一輪發言，主席問道：「綜合各位發言的要點，似乎大家的共同意見是東西文華公司在現階段確實需要一位代理董事長，我這樣說，各位有無異議？」

眾位董事表示並無異議。這時全總的手機傳來訊息，他暗中打開一看，是吳小珊發的：「全總，法庭開始審祕帳案了。彭秋桂法官。」

全總回了：「收到。這邊要開始選代理董事長了。」

熊田董事提名陳董爲代理董事長，湯普生附議。陳董提名胡學賢，湯普生也附議。

全總暗笑：「一共四個人，這麼多天的商議，肯定有了共識才開會吧？怎麼才一開會就搞出個雙包案來？」

卻見主席不慌不忙地徵詢意見：「我們有兩位候選人，是請他們各自發表一下政見，還是直接投票？」

熊田道：「都是熟人，有什麼想法大家心裡都有數，我說就直接投票！」

湯普生點頭道：「我也贊成直接投票。」

這時全總的手機又收到小珊來訊：「控方陳控公司及負責人的三項犯罪事實，董事長一一否認。」

全總正要回訊，忽然聽到陳董大聲發言：「各位投票之前，我有一個意見供大家參考……」

這時，全總手機上又傳來小珊的訊息：「控方陳庭證據，老闆根本否認，請庭上判定控方證據係僞造。」

會議室中陳董續道：「各位擔任公司董事多年了，從公司創立到這些年來業務蒸蒸日上，而有了今日的規模，鍾董事長的領導功不可沒，但是他個人也與公司形成了盤根錯節的深厚關係，今天在圈內提起東西文華貿易公司，便與鍾正華貿易公司是同義詞。老實說，無論是胡董事或是由我來代理董事長，除了蕭規曹隨，不可能有任何改變。鍾董在公司裡著力太深了，他過去的貢獻那麼大，但是如果看公司的未來，他的策略顯然有很大的問題，我們如果希望他做一些調整和改變，各位都清楚，鍾董是不會甩我們的……」

法庭那邊又傳來消息，全光亭趁陳董啜一口咖啡時飛快瞥了一眼：「黃律師駁控方，控方就疑問逐項提出與報稅資料的差異，控訴聽來合理，又有兩位財稅教授的背書，情形不妙……」

這時陳董大聲道：「我要提一個建議，希望各位董事不要認爲我瘋狂。我建議不要推舉沒有用的『代理董事長』了，我們直接改選董事長，讓新的董事長來突圍，帶領公司走新路線，創造新前景。各位覺得如何？」

會議室中一片寂靜，主席問道：「陳董事，您要變更議程？」

陳董清晰地回答：「對，我提程序案，我們將議程改爲改選董事長，事關本公司的未來前途，請各位董事支持。」

這時全總的手機又傳來小珊的訊息：「黃律師漂亮出擊，要求控方提出新證據，並要求須附證據資料之來源。」

會議主席胡學賢詢問諸董事：「陳董事提案變更程序，有無人附議？」

「附議！」熊田舉手。

胡學賢吸了一口氣，問道：「贊成變更議程案的董事請舉手！」

會議桌上三位董事都舉手贊成，主席胡學賢道：「我也是贊成的，請記錄記下全體四票無異議通過……」

他接著說：「現在我們就來進行新董事長的選舉程序……」

陳董俯案寫了幾行字，起立唸道：「建議我們變更的議案文字如下：鍾董事長身陷稅務訟案，更兼健康有相當嚴重的問題，從去年底至今已超過半年不能履行董事長職務，經臨時董事會四位董事討論後，全體無異議通過改選董事長……這是本案的帽子，下面我們就可以進行推選了。」

胡學賢對主持會議不夠老到，略感尷尬，但此時顧不了那許多，便接著道：「還是陳董考慮周到，這個帽子擬得好，下面請進行提名……」

列席的全光亭總經理這時舉手大聲道：「主席，我有話要說……」

他的手機同時間傳來新的訊息，他無暇點閱，站起身來也不管主席是否允許便朗聲道：「主席，你們這樣做在法律上是有問題的，勢必爲公司製造很大的困擾。我雖不是董事，但既是總經理，又是董事會列席人員，我有權利也有義務提醒董事會，鍾董事長並沒有辭職，你們在他缺席的情況下作出改選董事長的決定，在法律上絕對有瑕疵。我請主席停止進行本案！」

全光亭這一番話，顯然大出四位董事意料之外，主席胡學賢有些驚愕，但是他很快就恢復鎭定，對著全光亭道：「全總經理，你是本會議的列席者，請不要任意發言，干擾董事們議事進行。」

陳董顯然惱火了，他指著全光亭道：「全總經理你這番話全錯。我是學法律的，東西文華不是上市上櫃的公司，我們只要不違背公司法的一般條例，一切依照公司內的章程行事即可，你不要拿上市公司的管理法則來胡攪。你是列席，未經主席同意擅自發言，十分不妥，請你注意一下自己的身分。」

全光亭有備而來，他冷靜地道：「胡特助，我是好心提醒你，我要求將剛才我的發言列入記錄，你們的作法到時候出了問題，不要怪我沒有在會議中警告過你們。」

陳董脫口叫道：「警告？你……你以爲你是誰？竟在我們董事會中大放厥辭……」

胡學賢身爲主席，考慮比較仔細，他知道一般會議中列席者是可以發言的，但主席可以決定是否列入記錄，他對負責記錄的祕書珍妮陳示意：「感謝全總經理的發言供董事們參考，但是不必列入記錄。」

全總經理胸有成竹，應聲道：「你最好列入記錄，我這裡有全程的錄音。」

他揚了揚手中的手機。胡學賢也有些動怒了，他指著全總道：「董事們需要互相商量一下，列席者請暫時迴避！」

他動用了會議主席的權力，全光亭只好一言不發走出會議室，就在外間的沙發椅上坐了下來，這時才有空點閱剛剛來不及看的訊息。

「控方提新證據，傳政府資訊科技總監辦公室專業技司作證。」

這一條訊息有點摸不清含意，但之後也不再有新訊息傳來，全總不禁有些困惑，便主動發訊問：「爲何要資訊專業技司作證？」

接著又發了一條：「陳董果然在會議中變更議程，要改選董事長。我已警告胡學賢不要違法，董事們商議中。」

這時他收到了小珊傳來的新訊息：「新證據是從我的電腦中找到了那份祕帳！」

馬上又有一封。「技司作證說明這份資料早在去年被刪除，他們應用科技還原，證明公司確實存有祕帳，鍾董面臨說謊指控。」

全光亭爲之震駭，祕帳怎會在小珊的電腦中找到？而且是去年被刪去……

「啊，是了，小珊的電腦原是施玉的電腦，是施玉……」

這時訊息再來：「不好了，鍾董病發倒地！」

全總經理起身衝進會議室，一進門就聽到祕書珍妮的尖叫聲：「董事們不好了，鍾董在法庭心肌梗塞發作，倒地不起！」

全光亭暗忖道：「胡學賢肯定也派了人在法庭旁聽。」

會議室中安靜了三秒鍾，胡學賢大聲叫道：「休會！珍妮，妳立刻問明鍾董送去哪間醫院，我們快趕去……」

全光亭已收到小珊傳來訊息：「鍾董已在送嘉諾撒醫院的途中……」

他撥號給司機立刻備車。

鍾正華被送到嘉諾撒醫院時已經沒有生命跡象，葉主任率兩位年輕醫師全力急救，到了晚間九點半終於身心疲累地走出急救室，宣布搶救失敗。鍾正華英年早逝了。

胡學賢立刻掌握狀況，留下財務及庶務人員處理醫院裡的後續事務，他則約全光亭總經理一同回公司商量鍾董的後事。

吳小珊哭紅了眼，她急於趕回董事長辦公室為鍾董收拾重要私人物件，尤其是檢查所有文件，絕不能留下什麼機密落入有心人之手。

於是她主動對全總要求：「全總，我也要回公司，能不能搭您的車？」

上了車，小珊忍不住哭出聲來，全光亭知她受了驚嚇，心情一時難以平復，便任她哭了一會，也就止住了。

「全總，新證據竟然是從我的電腦中查出，當時我嚇得要死過去，我從未見過那資料……」

「是施玉，跟妳無關。」

「是，過了一會我也想到是施玉……」

全光亭點頭沒有出聲，他在沉思，施玉怎麼得到這份資料？又爲什麼要存在自己的電腦中？難道是鍾董某一次打開這份資料，離開時疏忽沒有關閉檔案，施玉抓到機會直接從老闆的電腦轉檔到自己的電腦嗎？施玉不說，眞相永遠沒法得知。

過了十時，舊山頂道上一片寂靜，車輪在路面馳過的聲響清晰可聞。全光亭忽然問道：「鍾董想到了嗎？」

小珊看了全總一眼，點頭道：「嗯，鍾董也想到了。剛才在醫院，黃律師安慰我，說鍾董沒有誤會我。他倒下去時說的最後一句話是：『施玉，是妳……』黃律師說，他覺得正因爲鍾董想通了是施玉，震怒之下才心臟病發作的。」

全光亭點了點頭，沒有說話。目前的證據是，施玉確曾留下那份資料檔案，她有沒有交給告密者？如果沒有，告密者究竟如何得到？

車到公司，小珊要下車時，全光亭輕輕抱了她，拍拍她的背，輕聲道：「我們兩人是最後忠心耿耿爲鍾董做事的人。妳好好收拾他的遺物，記得，進辦公室第一件事，就是打電話到美國通知鍾夫人。」

「這個可怕的消息，我不知怎麼對夫人開口，我怕……」

「不，妳不能怕，鍾夫人必須第一時間知道鍾董出事了。」

十天後，鍾正華的喪禮上來了一個不速之客，他瞻仰遺體，行禮之後走向鍾夫人及她女兒致意。鍾夫人顯然並不識得來人。

那人走到鍾夫人面前，鞠躬低聲道：「敝人藤原村正二世，請夫人和小姐節哀順變。」

鍾夫人聽到「藤原村正」這名字，似乎吃了一驚。她抬眼望了來人一眼。那人未待儀式完畢逕自走了。于菱永遠不會知道，丈夫爲什麼要她寄一封信請這個日本人來參加他的喪禮？

坐在另一邊角落上的吳小珊也吃了一驚。「怎麼這人也來了？」

她永遠不會知道那天在緊閉的辦公室中，董事長和這個面有異相的日本人談了些什麼。

四天後，香港的一條新聞使東西文華貿易公司又成爲關注焦點：

……該公司的執行董事胡學賢突然以書面公開信宣布，即日起辭去公司所有兼職並退休。由於該公司董事長鍾正華兩週前在法庭上心臟病突發送醫不治，公司方面盛傳胡學賢為繼任呼聲最高的人選，此一退休聲明引起各種傳言及猜測，不知是否與該公司及其前董事長鍾正華生前被控的逃稅洗錢及侵占案有關？記者整日無法聯絡上胡董事。

直到次日傍晚，東西文華貿易公司由胡學賢的祕書珍妮陳小姐開記者會向各媒體說明：胡學賢董事與鍾前董事長在事業上爲最佳夥伴，私誼上爲少年總角之交，鍾董突然逝世給他帶來無可解脫的悲痛與徹悟，他決定辭職並退休，已於下午搭機離開香港這個傷心地，不再回來。

這個聲明令各媒體爲之傻眼，胡學賢未滿四十歲，事業正邁向頂峰，居然就這樣辭掉一切、離開香港，怎麼想都沒道理。於是次日的媒體上各種揣測、八卦、謠言不一而足。其中以專門揭發「祕辛」爲賣點的某雜誌所編的故事最火紅，它詳細報導東西文華公司被控的各犯罪事項，都是鍾、胡兩個總角之交多年來狼狽爲奸所幹下的，如今鍾董死了，變成胡學賢要獨擔，那還不趕快閃人？

藤原村正二世坐在國泰航空從香港飛東京的班機上，頭等艙的服務舒適體貼而不商業化。他喝了一碗台灣的凍頂烏龍茶，滿口留香。他仔細將《南華早報》社會版新聞讀完。之後閉上眼睛假寐，心中仍然想著那柄隱隱泛紫色光芒的短劍，暗暗讚嘆。

「這輩子沒見過那麼鋒利的寶劍，那位胡桑還來不及感覺到疼痛，便被我以『飄流風』刀法在他四肢上留下八道一樣長短、一樣深淺的傷口，這時再將鍾桑的一紙指示丟給他，叫他怎麼幹他就那麼幹了。」

做爲村正妖刀的主人，他忍不住想到：「就不知這把劍和我那柄妖刀比試，勝負如何？」

他閉目回想，那日從荷蘭銀行的保險箱拿出短劍和一個牛皮紙信封，信封中有一紙行動指示，第一行寫著十個大字：

背叛之徒　死後必嚴懲之

於是他想到在喪禮中看到鍾正華的遺容，禁不住讚嘆：「眞是個心思縝密、嚴守承諾的君子啊。待我的助手將那柄短劍送到湖南大學羅邁斗教授處，請他轉交給鍾啓芳先生，您交代的事就全部遵照指示圓滿完成了。鍾董，我們約定『受命待時』，原來您所謂的『待時』指的是等您死後，我給您的電郵地址當然用不上了。那個荷蘭銀行保險箱號碼肯定得由您最信任的人郵寄給我，鍾桑啊，那封信從舊金山寄來，該是您夫人寄的吧？」

他睜開眼，看著窗外的藍天，默默道：「接到您夫人的信，第五天完成了任務，今天是第六天，照約定應向您報告，我只能遙告藍天了。鍾桑，謝謝您信任並選擇了我們的服務。」

尾聲

星期日的太陽已落在西方的高樓之後，滿天的紫雲和天際最後一縷彩霞漸漸暗了下來。位於跑馬地黃泥涌道的「香港墳場」上，一層淡淡的暮靄緩緩落下，整個墳場空蕩蕩的，一排排十字架和中式墓碑雜列，顯出一種有別於人世間、幽靜和平的華洋共處。

墳場上還有兩個未歸人，他們是全光亭和吳小珊。

現在他們默默站在一個新墳前，潔白的十字架矗立在大理石基座上，基座上以中英文寫著：

鍾正華先生之墓

SACRED TO THE EVERLASTING MEMORY OF ZHONG ZHENG HUA

立碑者是「愛妻于菱」。

墓前特大的兩束鮮花，紅白玫瑰在最後一線斜陽照耀下反射出鮮豔的彩顏，片刻之後便黯然失色了。

全光亭低聲對英年早逝的老闆報告：「董事長，您離開我們快半年了，這段時間公司各方面漸漸穩定下來，主要向您報告的是胡學賢突然辭職，您的夫人于菱女士已順利被選為東西文華貿易公司的新任董事長，相信您樂於知道。承蒙于菱董事長不棄，公司業務就由光亭負責，小珊現在是我的辦公室主任，我們花了好大力氣在西安成立分公司的籌備處，用更大的力氣說服羅邁斗教授，他將從湖南大學休假一年來西安做我們籌備處的主任。如果進行順利，我們想徹底挖角，一年後讓他正式負責西安的業務。」

他停了一下又道：「特別要跟您報告的是，官方對公司及對您的起訴案，在黃大律師和邁可莫檢控官的協助下，已經撤銷了，公司補繳一筆罰款後正式結案。請您在地下放心，我們會秉承您的企業精神和雄心規劃繼續努力，讓公司走向永續經營，您安息吧。」

他身旁的吳小珊語帶哽咽地說道：「鍾董，您那麼年輕就離我們而去，這半年來，我常常想起您在主持公司時的一切。有一件事要跟您報告，施玉已經請辭離開了公司，她把祕帳那件事的內幕都坦白告訴我了。我確信她絕沒有把機密資料交給任何人，合理的推斷是胡學賢趁她不注意時，偷用了她的手機或筆電。她雖然沒有洩露祕帳，但是不該私留機密資料。她說董事長之死，『我雖不殺伯仁，伯仁因我而死』，自責感使她兩個多月深居簡出，什麼事都不能做，人也瘦了許多。」

小珊接續道：「不過前天我去看她時，她已重新振作，恢復了律師的身分，在兩個公益團體中做法律顧問，專為婦幼及低收入市民處理法律問題。我想董事長一向欣賞她，您大人大量，一定樂於知道她走出陰霾，重拾她的新生活吧。」

夜幕已垂，墳場刮起一陣陰風，全光亭和吳小珊看了鍾董墳墓最後一眼，悄然而悲，肅然而恐，凜乎不再多留。小珊感到有些害怕，不自覺地緊靠著全光亭走向停車場。

後記

《妖刀與天劍》寫的是一柄刀和一把劍的故事，也是一個有關「背叛」的故事。

「背叛」，充斥在古今中外人與人之間的互動中，多數的事屬私人間的糾結，豁達者事後可以一笑揭過，但嚴重者也可能造成世代恩仇；更有的事關重大，影響到一個事業，甚至國家社稷的興衰。

「背叛者」與「被叛者」之間的關係錯綜複雜，如果將事件前因的時空背景追得夠遠，導火線的隱情挖得夠深，有時會覺得孰是孰非竟然莫衷一是了。

《妖刀與天劍》其實包含了三個故事，它們被這一刀一劍串連起來，上下跨越了四百多年的時空。三個故事的主角翁翌皇、鄭成功和鍾正華，前兩人是史有記載的眞實人物，鍾正華則是杜撰的。

鐵匠翁翌皇是鄭成功的外公，他用三十年的時間煉成了「天劍」，終於可以和東瀛的神兵「妖刀」一爭長短。

鄭成功抗清扶明，鏖戰東南。他的堂弟小國姓爺鄭肇基爲避戰禍，護著一家老小婦孺，從老家福建南安遷到湖南衡陽。然而清廷殺手仍不放過他們，這一支鄭氏家族遂隱姓埋名全家改姓鍾；肇基本人改名鍾國用，其父鄭鴻逵（鄭成功之四叔）改名爲鍾守光，尊爲衡陽鍾氏開山之第一代。

而鍾正華是衡陽鍾家的後人。

如果依照衡陽鍾氏族譜「守國鳳朝儀，傳家仰祖芳，文華開景運，世德有餘光」來按字排輩，鍾正華應該屬於開宗先祖鍾守光（鄭鴻逵）第十二代的子孫。

鍾正華是個杜撰人物，不過他的祖父輩，也就是「芳」字輩中，出了一位名爲「畹芳」的眞實人物。她適劉後生了六個男丁，其中三兄弟在少年時共用「上官鼎」這個筆名，寫了十部武俠小說。

上官鼎在年過七十後重新拾筆創作，二〇一九年寫下《妖刀與天劍》，梳理出近四百年前「鄭鍾（盡忠，衡陽話發音）守國」這一段已湮滅的家族史。

【推薦文】

好看的小說，我們都期待

王榮文（遠流出版公司董事長）

花了十天工夫，在手機上斷斷續續地讀完三十萬字——上官鼎再一次穿越歷史的新小說《妖刀與天劍》。只有一個感覺：過癮！過癮！佩服！佩服！

作者知識豐富，想像力突出，實在很會說故事。從德川家康的祖父與父子遭叛、三人受害於村正刀開始，牽引出移居九州的泉州鐵匠翁翌皇鍛造天劍的傳奇。

翁翌皇史有其人，是鄭成功的外祖父。這本小說自然就寫起鄭芝龍的海上霸業和鄭成功反清復明的史實。而作者的企圖不止於此，他創造了一個現代角色鍾正華董事長，透過考古發現近四百年前的刀劍和古物拍賣等情節，描述了古今戰場及商場都會存在的「背叛」主題。

意料之外地，這也是一本家族史小說。依衡陽鍾姓祖譜「守國鳳朝儀，傳家仰祖芳」，作者的母親屬「芳」字輩，其十代前祖輩正是從福建南安避難至湖南衡陽的鄭成功四叔鄭鴻逵的子女。而今鄭系、劉家、鍾姓皆立足台灣。

歷史小說真有趣。《鹿鼎記》也寫鄭成功，但金庸寫的更清楚的應是康熙時期的歷史和事功，史實不明之處、人性精彩之處，他借虛構的韋小寶去補足。金庸描述韋小寶周旋於康熙皇帝和陳近南師父之間，隨時面臨生命困境的抉擇：要對誰忠誠？何爲背叛？最終他忠於庶民「義氣」，隱退通吃島。

我知道陳耀昌醫師寫完《傀儡花》、《獅頭花》、《苦楝花》之後，也決定回頭寫鄭成功及其後人的漢人社會。我知道他用心研究馮錫範、陳永華之爭，以及鄭克塽取代鄭克壓的史實，但我不知道他會寫出什麼精彩故事給我們？會如何不同於上官鼎，處理鄭成功、施琅及其部將、後代不可迴避的「忠誠」vs「背叛」議題？或者他有基於台灣田調的歷史視角，繼續挖掘這塊土地上可以被認同的多元「英雄」，而不管此一英雄出身原漢或來自歐美日？

同樣寫小說，同樣讀歷史，同樣有觀點，金庸寫的《鹿鼎記》、上官鼎寫的《妖刀與天劍》，和陳耀昌即將寫出的故事，一定是不同的。

無論如何，好看的小說，我們都期待！

＊本文係由王榮文二〇一九年八月十四日臉書文章「讀完上官鼎新小說，回想金庸、期待陳耀昌」擴寫而成。

【推薦文】

湖南變閩南——歷史之正反

陳耀昌（醫師作家）

一口氣看完上官鼎的這本書《妖刀與天劍》，太精采了！竟然能將三個不同時代、不同國家的歷史串聯成一個精采故事，拜服。

我有幸為這本書寫推薦文，大概是因為我在《福爾摩沙三族記》中也描寫了鄭成功。若簡單比喻，這本《妖刀與天劍》中的鄭成功，是武俠小說的鄭成功；《福爾摩沙三族記》的鄭成功，是歷史小說的鄭成功。

但上官鼎筆下的鄭成功，基本上非常忠於史實，不像金庸筆下的「陳近南」，幾乎完全脫離了歷史上的陳永華。原因是，上官鼎，不，在寫這本書的時候，他的心態比較像現實中的前行政院長劉兆玄先生。他的母親鍾畹芳女士雖不姓鄭，但卻是鄭成功四叔鄭鴻逵的直系後裔。劉兆玄先生寫這本《妖刀與天劍》，是結合家族史與武俠小說，因此，武俠為表，史實為本。中國歷史上的名人為了逃避戰爭而改姓的很多，例如胡適也說，他的祖先是唐朝皇室李家，為了逃難而改姓胡。因此，劉兆玄寫這本書的動機之一是披露母親的家族史，而他的手法太高明了。

有趣的是，上官鼎這本《妖刀與天劍》中的鄭成功，是自出生到來台灣以前的鄭成功，包括平戶幼年時代的福松、南京太學生時代的鄭森、和父親鄭芝龍產生矛盾的鄭成功。書中述及鄭成功父母的相遇與相處、外祖父翁氏及母親平川氏的心思、鄭成功自幼年福松變少年鄭森，再到成年之後決心棄文從武的國姓爺，每一個細節的心理轉折都做了令人讚嘆的完整詮釋，添補了史實的空隙。

我在《福爾摩沙三族記》中所寫的鄭成功，是鄭成功親信將領眼中的國姓爺，因此我筆下的鄭成功，主要是後半生涯的鄭成功，是那位在鄭芝龍被清兵擄往北京以後的鄭成功；和清兵纏鬥奮戰，功敗垂成，和荷蘭人奮戰艱苦獲勝的鄭成功；內心充滿矛盾，藉投射三太子以支撐自己，卻仍不敵命運作弄，在屈辱與失敗的心境下，舉刀自殘而死的鄭成功。

不論是大陸來台家族上官鼎劉兆玄，或是早期來台移住民白浪[1]後代陳耀昌，所描述的鄭成功都是非常正面的。因爲劉兆玄母親的祖先是鄭芝龍四弟鄭鴻逵的後人，而我則尊鄭成功爲帶領我們祖先入台的「開台聖王」。

然而，隨著時代與空間的不同，隨著全球原住民意識的抬頭，隨著哥倫布地位的大幅貶值，自二〇〇〇年代起，鄭成功在台灣的評價也大爲折損，由「開台聖王鄭成功」變成「屠殺平埔鄭成功」。雖然我認爲以鄭成功比喻哥倫布並不恰當，而把一六七〇年的沙轆社屠殺事件的帳算在一六六二年就過世的鄭成功頭上，更是過度簡化，但我也了解大勢所趨，在多元台灣的

1 早期阿美族、排灣族等原住民統稱漢人為payrang，音近「白浪」。

多元族群、多元文化、多元史觀下，對鄭成功的好惡分歧，實不可免，只能尊重。

在台灣原漢融合的過程中，我希望引用原運領導人之一，馬躍．比吼的一句話與大家共勉：「希望台灣能實現一種不必撕裂彼此和諧的多元文化。」究竟，族群、文化、信仰，不同事件要融合一起，就必須彼此各讓一步，相互尊重。

同樣的，不同的年代，不同的時空，對鄭芝龍的評價也非常不同。在一九五〇至七〇年代「漢賊不兩立」的口號下，鄭芝龍成了名譽跌停板的漢奸。但等到台灣解嚴，兩岸解凍，大批台商登陸，鄭芝龍的形象乃大爲翻身。湯錦台稱他爲「開啓台灣第一人」，我則讚美他是「全球化的東亞第一人」，其雄才大略甚至超越鄭成功。

對鄭家，讚美之外，還有感慨。我百感交集的是，不但鄭成功、鄭芝龍難以評價，東寧三代恩恩怨怨，不知如何說起。鄭芝龍、鄭成功父子反目，鄭經和鄭成功也不睦，鄭經的繼承並不順利，鄭克壓在政變中被叔父所殺。我曾說鄭家四世是個極端不快樂、被詛咒的家族。歷史的光芒之外，家族史竟如此悲愴昏暗，悲哉！

今年（二〇一九）四月，台灣有一場「鄭芝龍國際學術研討會」，是由鄭芝龍的非鄭成功系後人出資召開的。鄭芝龍的子孫遍布美國與台灣，有幾位是我原本認識，但到開會之日才赫然知悉他們是鄭芝龍子孫。會議很盛大，有不少國際學者與會發表論文。畢竟，提到尼古拉斯．一官，他的國際聲望本來就高出兒子鄭成功許多，只是當年黨國「漢賊不兩立」的意識形態扭曲了鄭芝龍的歷史評價，也誤導了台灣人對他的全面認識。

而現在，我們又多了一個可以追溯到鄭芝龍四弟鄭鴻逵及「小國姓爺」鄭肇基的後人。由於戰亂，他們由閩南遠徙到湖南，雖改姓鍾，仍然算是泉州石井鄭氏後人。

由鄭芝龍、鄭成功、鄭鴻逵家族後人在台灣，我想到了施琅。改變台灣歷史的施琅在台灣幾乎無人聞問，在國際間更是沒沒無聞。但是施琅的台灣後人，對台灣的貢獻遠大於鄭成功後人。然而，相對於台灣有二、三百家祭祀鄭成功的廟宇，卻一直沒有大家公認的施琅廟。台灣民間提起施琅都嗤之以鼻，儘管施琅待鄭氏子孫不薄，算是性情中人，我讀施琅的〈祭鄭成功文〉也數度淚下。那是一個人人心中都有痛點的悲劇時代。

眾所皆知，鹿港施姓幾乎都是施琅的子孫，人才輩出。早年造「施公圳」的施世綸，近年出身鹿港的台灣產業鉅子施振榮、施崇棠，作家李昂施家三姐妹等等皆是。施琅雖因清政府之榮寵而在台灣有大片封地（台南將軍區的「將軍」就是施琅），卻不見容於台灣民間清議。一八七四年沈葆楨爲鄭成功施行轉型正義，建延平郡王祠。一八九五年日本人來了，當然認同有二分之一日本血統的鄭成功。一九四九年國民黨政府則視施琅爲漢奸。反之，中共政府一直藉施琅來統戰台灣，連新航空母艦都可能命名爲「施琅號」，雖然施琅好像沒有什麼子孫在中國。

逝者已矣，三百多年了，是東寧後人也好，施家後人也好，最重要的是，大家同在台灣，命運一體。我倒是希望台灣人能拋棄前人恩怨、明清情結，而以歷史視野來公平論述人物。也許不久的將來，台灣也會有施琅廟，或無關統獨，只論歷史的「施琅研討會」！

【推薦文】

古今三地間的傳襲與千絲萬縷

胡川安（中央大學中文系助理教授）

讀完上官鼎的《妖刀與天劍》讓我想起了兩個故事。

我自己是個古代史學者，也在中國幾個地方做過考古工作。寫博士論文的時候在四川住了一段時間，那時比較有機會了解考古和文物拍賣背後的一些祕辛。考古隊員或地方文物工作者相當辛苦，日曬雨淋，不畏風雨地將文物整理出來，之後還有文物保存和整理等繁複工作，但他們的薪水相當微薄。有時候，消息會「不小心」洩漏，幾天後要進行考古挖掘的地點，事先被盜掘了。過了幾個月，疑似挖掘地點的物品就在香港或東京的古物拍賣市場上以高價賣出。在台灣時，我也曾經看過一些古物收藏家手裡有些從考古現場流出來的文物。

《妖刀與天劍》以考古出土的傳世妖刀和文物拍賣的故事開頭，情節相當精彩，而且就我所知，敘寫十分接近實際的狀況。透過現代的古董商人，將古今之間的界線拉開，說了一個台灣、日本和中國三地的故事。由此，我又想起了另外一個故事。

幾年前，我曾在神戶市立博物館看到一張畫，名為〈和唐內國姓爺入城江圖〉。仔細了解其中的故事，原來是江戶時代的戲劇《國姓爺合戰》中的一幕。一六八三年，鄭氏（東寧王朝）

政權在台灣降清，一七一五年，大阪上演這齣戲的時候大為轟動。「和唐內」是什麼意思？「和」即大和民族，「唐」是漢人的意思，「和唐內」指的就是鄭成功是日本和中國的混血兒。

鄭成功的父親是鄭芝龍，他的母親則是住在日本九州平戶的田川松，日本人一直把鄭成功當成自己人。現在到平戶旅遊，仍然可以看到鄭成功的巨大雕像和鄭成功廟。

今年三月，歷史小說作家陳耀昌醫師帶我到鹿耳門溪口一遊，懷想當年鄭成功從鹿耳門溪登陸的場景。鹿耳門溪口有一間兩層樓的小廟「鎮門宮」，由附近的漁民募資所建，據說是鄭成功託夢，而當地數百位漁民都是當初鄭成功的部下。鎮門宮二樓奉祀的是鄭成功的母親田川松，裝飾和擺設都是和式的房間。

或許這間廟是最符合鄭成功內心的家，一位東亞海上霸主鄭芝龍的兒子，從小在日本九州平戶長大。後來到了南京參加科舉考試，因緣際會遇上了明清之際的轉變，支持南明政府。為了尋找根據地，他攻下台灣，將殖民的荷蘭人趕走。然而，生活在不同文化的鄭成功，從小被迫與母親離開，後來再度相遇的時間也很短暫，心中對於母親應該有很多不捨。

過往對於鄭成功的歷史，往往忽略了鄭成功作為一個人的感性層面，忽略了他同時是明朝的遺臣，但也是日本人的事實。

幸好我們有上官鼎的《妖刀與天劍》。透過考古發掘出來的絕世刀劍，還有古物拍賣公司的有趣情節，將鄭氏家族複雜的歷史透過小說，讓我們重新思考台灣、日本與中國之間那千絲萬縷的關係，以及人性面臨抉擇時不斷糾葛與衝突的悲憤情結。

國家圖書館出版品預行編目資料

妖刀與天劍 / 上官鼎著 . -- 初版 . -- 臺北市 : 遠流 ,
2020.01
面； 公分

ISBN 978-957-32-8700-1(平裝)

863.57 108022143

妖刀與天劍

作者：上官鼎
校對：盧芝安
主編：林孜懃
副總編輯：鄭祥琳
封面設計：陳文德
內頁設計排版：中原造像 魯帆育
行銷企劃：舒意雯
出版一部總編輯暨總監：王明雪

發行人：王榮文
出版發行：遠流出版事業股份有限公司
地址：臺北市南昌路二段 81 號 6 樓
電話：（02）2392-6899 傳真：（02）2392-6658
郵撥：0189456-1

著作權顧問：蕭雄淋律師
2020 年 1 月 15 日 初版一刷
2021 年 3 月 15 日 初版二刷
定價：新台幣 460 元（缺頁或破損的書・請寄回更換）

ISBN 978-957-32-8700-1

ylib 遠流博識網 E-mail: ylib@ylib.com
遠流粉絲團 https://www.facebook.com/ylibfans